RICHARD MONTANARI

Romancier, scénariste, essayiste, Richard Montanari est né à Cleveland, dans l'Ohio. Il a écrit pour le *Chicago Tribune,* le *Detroit Free press* et de nombreuses autres publications. Il signe avec *Déviances* (Cherche Midi, 2006), son premier thriller traduit en français, l'entrée en scène du duo de détectives Byrne et Balzano – qui réapparaîtront dans *Psycho* (2007) et *Funérailles* (2008), également publiés au Cherche Midi.

D0724163

PSYCHO

RICHARD MONTANARI

PSYCHO

Traduit de l'anglais (États-Unis)
par Fabrice Pointeau

LE CHERCHE MIDI

Titre original :
THE SKIN GODS

© Richard Montanari, 2006
© le cherche midi, 2007, pour la traduction française.
ISBN : 978-2-266-16769-7

Pour les hommes et les femmes
du département de police de Philadelphie.

Brìgh gach cluiche gu dheireadh.

(L'essence du jeu se trouve à sa fin.)

1

— Ce que je voudrais vraiment, c'est faire de la mise en scène.

Rien. Aucune réaction. Elle me fixe de ses grands yeux bleu de Prusse. Elle attend. Peut-être est-elle trop jeune pour identifier le cliché. Peut-être est-elle plus intelligente que je ne le pensais. La tuer n'en sera que bien plus simple. Ou bien plus difficile.

— Cool, dit-elle.

Facile.

— Tu as déjà joué. Ça se voit.

Elle rougit.

— Pas vraiment.

Je baisse la tête, lève les yeux. Mon regard irrésistible. Monty Clift dans *Une place au soleil*. Je vois que ça prend.

— Pas vraiment ?

— Eh bien, quand j'étais au collège nous avons joué *West Side Story*.

— Et tu étais Maria.

— Pas du tout, répond-elle. J'étais juste une des danseuses.

— Jet ou Shark ?

— Jet, je crois. Et puis j'ai fait deux ou trois choses à la fac.

— Je le savais, dis-je. Je peux repérer quelqu'un qui a la fibre théâtrale à un kilomètre.

— Ce n'était pas grand-chose, croyez-moi. Je pense même que personne n'a fait attention à moi.

— Bien sûr que si. Comment ne t'auraient-ils pas remarquée ?

Elle rougit encore plus. Sandra Dee dans *Ils n'ont que vingt ans*. Je poursuis :

— N'oublie pas que de nombreuses stars du cinéma ont commencé en faisant de la figuration.

— Vraiment ?

— *Naturellement*[1].

Elle a les pommettes saillantes, une natte dorée. Ses lèvres de corail sont luisantes. En 1960, elle aurait arboré une coiffure bouffante ou une coupe courte et effilée. En dessous, une robe chemisier avec une ceinture large. Un collier de fausses perles, peut-être.

Cela dit, en 1960, elle n'aurait sans doute pas accepté mon invitation.

Nous sommes assis dans un bar presque désert des quartiers ouest de Philadelphie, à quelques rues de la rivière Schuylkill.

— Bon. Qui est ta star préférée ? demandé-je.

Elle s'illumine. Elle aime les jeux.

— Homme ou femme ?

— Femme.

Elle réfléchit un instant.

— J'aime beaucoup Sandra Bullock.

— Tiens, c'est un bon exemple. Sandy a débuté dans des téléfilms.

— Sandy ? Vous la connaissez ?

— Bien sûr.

1. En français dans le texte. *(N.d.T.)*

— Et elle a vraiment fait des téléfilms ?

— *L'Espion bionique.* 1989. Le récit saisissant d'un complot international faisant peser une menace bionique sur les Jeux mondiaux de l'unité. Sandy jouait le rôle de la fille en chaise roulante.

— Vous connaissez beaucoup d'actrices ?

— Presque toutes. (Je saisis sa main. Sa peau est douce, parfaite.) Et sais-tu ce qu'elles ont toutes en commun ?

— Quoi ?

— Sais-tu ce qu'elles ont toutes en commun avec toi ?

Elle glousse, trépigne.

— Dites-moi !

— Leur peau est parfaite.

Elle porte distraitement la main à son visage, s'effleure la joue.

— Oh oui, continué-je. Parce que quand la caméra se rapproche très, très près, vous pouvez mettre autant de maquillage que vous voulez, rien ne remplace une peau rayonnante.

Elle regarde par-dessus mon épaule, observe son reflet dans le miroir du bar.

— Penses-y, toutes les grandes légendes de l'écran ont une peau magnifique, dis-je. Ingrid Bergman, Greta Garbo, Rita Hayworth, Vivien Leigh, Ava Gardner. Les actrices ne vivent que pour le gros plan, et le gros plan ne ment jamais.

Je m'aperçois que certains de ces noms ne lui sont pas familiers. Dommage. La plupart des gens de son âge croient que le cinéma a commencé avec *Titanic* et que la célébrité dépend du nombre d'apparitions à « Entertainment Tonight ». Ils n'ont jamais été exposés au génie de Fellini, Kurosawa, Wilder, Lean, Kubrick, Hitchcock.

Ils se fichent du talent. Ce qui compte, c'est la

célébrité. Pour les gens de son âge, la gloire est une drogue. Elle la veut. Elle en crève d'envie. Ils sont tous pareils, d'une manière ou d'une autre. C'est pour ça qu'elle est avec moi. J'incarne la promesse de la célébrité.

D'ici à la fin de la nuit, je l'aiderai à réaliser en partie son rêve.

La chambre du motel est petite, humide, commune. Il y a un lit double et, clouées aux murs, des scènes vénitiennes sur de l'aggloméré effrité. La couverture est moisie, mitée. Un linceul râpé et laid qui suggère mille rencontres illicites. Dans la moquette subsiste l'odeur aigre de la faiblesse des hommes.

Je pense à John Gavin et Janet Leigh.

J'ai payé la chambre en espèces plus tôt dans la journée en me glissant dans la peau de mon personnage du Midwest. Jeff Daniels dans *Tendres Passions*.

J'entends la douche se mettre à couler dans la salle de bains. J'inspire profondément, rassemble mes forces, tire la petite valise de sous le lit. Je passe le peignoir en coton, la perruque grise et le gilet élimé. Tandis que je boutonne le gilet, j'aperçois mon reflet dans le miroir de l'armoire. Pathétique. Je ne serai jamais une jolie femme, pas même une vieille femme.

Mais l'illusion est totale. Et c'est tout ce qui compte.

Elle se met à chanter. Un morceau d'une chanteuse à la mode. À vrai dire, sa voix est plutôt agréable.

La vapeur de la douche se faufile sous la porte de la salle de bains : de longs doigts éthérés qui semblent me faire signe d'approcher. Je saisis le couteau et les suis. Je me glisse dans mon personnage. Dans le cadre.

Dans la légende.

2

La Cadillac Escalade ralentit en arrivant devant le Club Vibe : un requin effilé et étincelant dans un océan de néons. L'énorme ligne de basse du *Climbin' Up the Ladder* des Isley Brothers faisait vibrer les vitres du 4 5 4 tandis qu'il s'arrêtait, ses vitres fumées réfractant les couleurs de la nuit en une palette chatoyante rouge, bleu et jaune.

C'était la mi-juillet, la moiteur de l'été était à son comble et la chaleur s'insinuait sous la peau de Philadelphie. La ville ne respirait plus.

Près de l'entrée du Club Vibe, au coin des rues Kensington et Allegheny, sous le plafond d'acier du métro surélevé, se tenait une grande rousse sculpturale. Telle une cascade soyeuse parant ses épaules nues, ses cheveux auburn lui retombaient jusqu'au milieu du dos. Elle portait une robe noire à bretelles très fines qui épousait les courbes de son corps et de longues boucles d'oreilles en cristal. Une fine couche de transpiration faisait étinceler sa peau légèrement olivâtre.

À cet endroit, à cette heure, elle était une chimère, un fantasme urbain fait chair.

À quelques pas de là, un sans-abri noir d'âge indéterminé se prélassait sur le seuil d'une cordonnerie fermée.

Il portait un manteau de laine en loques malgré la chaleur implacable et couvait amoureusement une bouteille d'Orange Mist presque vide, la serrant contre sa poitrine comme on serrerait un enfant endormi. Près de lui, débordant d'un précieux butin urbain, son caddie attendait tel un cheval fidèle.

À deux heures juste passées, la portière côté conducteur de l'Escalade s'ouvrit d'un coup, laissant échapper une épaisse colonne de fumée de haschisch dans la nuit étouffante. Un homme énorme et sereinement menaçant descendit. Ses épais biceps distendaient les manches de son costume croisé en lin bleu roi. D'Shante Jackson, un bloc d'acier d'à peine trente ans, avait été *running back* dans l'équipe de football d'Edison High dans le nord de Philly. Il mesurait un mètre quatre-vingt-dix pour seulement quatre-vingt-dix-sept kilos de muscles.

D'Shante regarda des deux côtés de Kensington et, estimant que la menace était nulle, ouvrit la portière arrière de l'Escalade. Son employeur, l'homme qui le payait mille dollars par semaine pour assurer sa protection, descendit du véhicule.

Trey Tarver avait une quarantaine d'années. C'était un Noir à la peau claire et à la démarche souple et agile malgré son embonpoint croissant. Il mesurait un mètre soixante-douze, mais avait pris du poids et dépassé la barre des quatre-vingt-dix kilos des années plus tôt et, étant donné son penchant pour le pudding et les sandwiches à l'épaule de porc, menaçait de s'aventurer bien au-delà. Il portait un costume Hugo Boss trois boutons, une paire de richelieus Mezlan en vachette, et deux diamants à chaque main.

Il s'écarta de l'Escalade et lissa d'un petit geste les plis de son pantalon. Il se passa la main dans les cheveux, qu'il portait longs, à la Snoop Dogg, bien qu'il fût trop vieux d'une bonne génération pour légitimement s'approprier la mode hip-hop. Mais si vous lui posiez la question, Trey Tarver répondait qu'il était coiffé comme Verdine White du groupe Earth, Wind and Fire.

Trey étira ses manches pour vérifier ses boutons de manchette et inspecta les rues alentour, son royaume. K & A, comme on appelait ce croisement, avait eu de nombreux maîtres, mais aucun n'était aussi impitoyable que Trey « TNT » Tarver.

Il était sur le point de pénétrer dans le club lorsqu'il remarqua la rousse. Ses cheveux lumineux étaient un phare dans la nuit, ses longues jambes bien galbées, un chant de sirène. Trey leva une main puis s'approcha de la femme, au grand désarroi de son lieutenant. Debout à un carrefour, surtout celui de Kensington et Allegheny, Trey Tarver était vulnérable, une cible parfaite.

— Hé, chérie ! lança Trey.

La rousse se tourna vers lui comme si elle venait tout juste de le remarquer. Mais elle l'avait clairement vu arriver. Son indifférence froide faisait partie de son cinéma.

— Hé, toi-même, finit-elle par répondre en souriant. Ça te plaît ?

— Si ça me plaît ? (Trey fit un pas en arrière et la reluqua de bas en haut.) Chérie, si t'étais du jus, j'lécherais l'assiette.

La rousse éclata de rire.

— Pas de problème.

— Toi et moi ? On va faire des affaires.

— Allons-y.

Trey jeta un coup d'œil en direction de la porte du club, puis consulta sa montre, une Breitling en or.

— Donne-moi vingt minutes.

— Donne-moi un acompte.

Trey Tarver sourit. C'était un homme d'affaires forgé aux feux de la rue, la sinistre et violente cité Richard Allen avait été son école. Il sortit un rouleau de billets, en préleva un de cent dollars et le tendit. Juste à l'instant où la rousse allait le saisir, il retira vivement la main.

— Tu sais qui je suis ? demanda-t-il.

La rousse esquissa un pas en arrière, la main posée sur la hanche. Elle le dévisagea longuement. Ses yeux marron clair étaient mouchetés d'or, ses lèvres, charnues, sensuelles.

— Laisse-moi deviner, répondit-elle. Taye Diggs ?

Trey Tarver éclata de rire.

— C'est ça.

La rousse lui fit un clin d'œil.

— Je sais qui vous êtes.

— Comment tu t'appelles ?

— Scarlet.

— Bon Dieu. Sérieux ?

— Sérieux.

— Comme dans le film ?

— Ouais, mon chou.

Trey Tarver resta un instant songeur.

— Vaudrait mieux que mon fric soit pas emporté par le vent, pigé ?

La rousse sourit.

— Pigé.

Elle prit le billet de cent et le glissa dans son sac à main. Au même instant, D'Shante posa la main sur le bras de Trey. Celui-ci acquiesça. Ils avaient des affaires à régler. Ils étaient sur le point de tourner les talons pour pénétrer dans le club lorsque les phares d'une voiture qui passait éclairèrent un objet, un objet qui sembla scintiller à proximité de la chaussure droite du sans-abri. Un objet métallique et brillant.

D'Shante suivit la lumière du regard. Il repéra la source du scintillement.

Un pistolet, dans un holster de cheville.

— Qu'est-ce que c'est que ce bordel ? lança-t-il.

Le temps sembla brutalement s'accélérer, la promesse

16

d'une violence imminente emplissant soudain l'air d'électricité. Des regards se croisèrent, et, comme submergé par une déferlante, il comprit.

C'était parti.

La rousse en robe noire – l'inspecteur Jessica Balzano de la brigade criminelle de la police de Philadelphie – fit un pas en arrière et, d'un geste souple bien rodé, produisit sa plaque qui était accrochée à un cordon sous sa robe tout en tirant son Glock 17 de son sac à main.

Trey Tarver était recherché pour le meurtre de deux hommes. Les inspecteurs avaient surveillé le Club Vibe – ainsi que trois autres boîtes – quatre nuits d'affilée dans l'espoir que Tarver fasse surface. Tout le monde savait qu'il faisait des affaires au Club Vibe. Tout le monde savait qu'il avait un faible pour les grandes rousses. Trey Tarver se croyait intouchable.

Ce soir, il était touché.

— Police ! hurla Jessica. Je veux voir vos mains !

Tout se mit à bouger autour d'elle tel un spectacle de son et lumière bien réglé. Elle vit le sans-abri remuer. Sentit le poids de son Glock dans sa main. Aperçut un éclat bleu vif – le bras de D'Shante en mouvement. Une arme dans sa main. Un Tec 9. Chargeur long. Cinquante balles.

Non, pensa Jessica. *Pas ma vie. Pas cette nuit.*
Non.

Le temps sembla se suspendre, puis tout s'emballa de nouveau.

— Arme ! cria Jessica.

À cet instant, l'inspecteur John Shepherd, le sans-abri sur le perron, se leva d'un bond. Mais avant qu'il ait pu dégainer son arme, D'Shante pivota et lui assena un coup de crosse en plein front qui l'assomma et déchira la peau au-dessus de son œil droit. Shepherd s'écroula, le sang jaillit et se mit à couler en cascade sur ses yeux, l'aveuglant.

D'Shante leva son arme.

— Lâchez ça ! hurla Jessica en braquant son Glock.

D'Shante n'avait visiblement aucune intention d'obtempérer.

— Lâchez ça, maintenant ! répéta-t-elle.

D'Shante abaissa son arme, visa.

Jessica fit feu.

La balle s'enfonça dans l'épaule droite de D'Shante, faisant exploser les muscles, la chair et les os dans une épaisse projection rose. D'Shante lâcha son arme tandis qu'il effectuait un tour complet sur lui-même avant de s'effondrer en hurlant de surprise et de douleur. Jessica avança prudemment, poussa du pied le Tec en direction de Shepherd tout en maintenant son arme braquée sur Trey Tarver. Celui-ci se tenait, mains en l'air, à proximité d'une allée qui s'enfonçait entre les bâtiments. Si leurs renseignements étaient exacts, il portait un 7,65 mm semi-automatique dans un holster au creux des reins.

Jessica se tourna vers John Shepherd. Il était groggy, mais toujours conscient. Elle ne quitta Trey Tarver des yeux qu'une seconde, mais ce fut suffisant. Il s'engouffra dans l'allée.

— Ça va ? demanda Jessica à Shepherd.

Il essuya le sang de ses yeux.

— Ça va, répondit-il.

— Vous êtes sûr ?

— Allez-y.

Jessica se coula vers l'entrée de l'allée et scruta la pénombre tandis que, au coin de la rue, D'Shante se redressait pour s'asseoir. Il serrait son épaule et du sang ruisselait entre ses doigts. Il vit le Tec. Shepherd arma son Smith & Wesson 9 mm et le pointa vers le front de D'Shante.

— Donne-moi une putain de raison, dit-il.

Shepherd enfonça sa main libre dans la poche de son manteau et en tira sa radio. Dans une camionnette, une demi-rue plus loin, quatre inspecteurs attendaient son appel. Lorsqu'il vit le boîtier de l'appareil qui s'était brisé dans sa chute, il comprit qu'ils ne viendraient pas. Il appuya sur quelques touches. La radio était morte.

John Shepherd fit la grimace, jeta un coup d'œil dans l'allée, dans l'obscurité.

Tant qu'il n'aurait pas fouillé et menotté D'Shante Jackson, Jessica serait seule.

L'allée était jonchée de vieux meubles, de pneus, d'appareils rouillés. Un peu plus loin, sur la droite, une autre allée débouchait à angle droit. Arme baissée, Jessica fouilla l'allée du regard, immobile, plaquée contre le mur. Elle arracha sa perruque ; ses cheveux fraîchement coupés étaient hirsutes et humides. Un vent léger vint la rafraîchir et elle commença à reprendre ses esprits.

Elle jeta un coup d'œil à l'angle de la seconde allée. Aucun mouvement. Pas de Trey Tarver.

À mi-chemin, sur la droite, une vapeur épaisse et âcre aux relents de gingembre, d'ail et d'échalote s'échappait de la fenêtre d'un restaurant chinois ouvert toute la nuit. Plus loin, un bric-à-brac d'objets abandonnés dessinait des formes menaçantes dans les ténèbres.

Bonne nouvelle. L'allée était un cul-de-sac. Trey Tarver était coincé.

Mauvaise nouvelle. Il pouvait être n'importe laquelle de ces formes. Et il était armé.

Que foutent les renforts ?

Jessica décida d'attendre.

Soudain, une silhouette bondit, se précipita en avant. Jessica vit un éclair jaillir du canon juste avant d'entendre l'impact. La balle avait percuté le mur à une trentaine de centimètres de sa tête, faisant pleuvoir une fine poussière de brique.

Oh, bon Dieu, non ! Jessica imagina sa fille, Sophie, assise dans la salle d'attente lumineuse d'un hôpital. Elle pensa à son père, lui-même agent de police en retraite. Mais, surtout, elle pensa au mur du hall du siège de la police, le mur dédié aux policiers tombés en service.

Nouveau mouvement. Tarver se mit à courir, baissé, vers le bout de l'allée. Jessica l'avait dans sa ligne de mire. Elle s'avança au milieu de l'allée.

— Pas un geste !

Tarver s'arrêta, bras écartés.

— Lâchez votre arme ! cria Jessica.

La porte arrière du restaurant chinois s'ouvrit soudain. Un serveur portant deux énormes sacs-poubelle en plastique s'interposa entre Jessica et sa cible et lui boucha la vue.

— Police ! Écartez-vous !

Le jeune homme se figea, confus. Il regarda de chaque côté. Derrière lui, Trey Tarver pivota et tira de nouveau. La deuxième balle s'enfonça dans le mur au-dessus de la tête de Jessica – plus près cette fois. Le jeune Chinois plongea et se plaqua contre le sol. Jessica ne pouvait plus attendre les renforts.

Trey Tarver disparut derrière une benne à ordures. Jessica se colla au mur, le cœur battant, son Glock braqué devant elle. Elle avait le dos trempé. En agent bien entraîné, elle passa mentalement en revue toutes les consignes qu'on lui avait enseignées pour de telles situations. Puis elle les envoya promener. À cet instant précis, il n'y avait plus de consigne qui tienne. Elle s'avança doucement en direction de l'homme armé.

— C'est fini, Trey ! cria-t-elle. Il y a des tireurs d'élite sur le toit. Laissez tomber !

Pas de réponse. Il savait qu'elle bluffait. Il préférait partir en beauté, devenir une légende de la rue.

Un bruit de verre brisé. Ces bâtiments comportaient-ils des soupiraux ? Elle regarda sur sa gauche. Oui. Des fenêtres à battants d'acier, certaines avec des barreaux, d'autres pas.

Merde.

Il se faisait la malle. Elle devait agir. Elle atteignit la benne, s'y adossa, se baissa jusqu'à toucher l'asphalte. Elle regarda en dessous. Il y avait suffisamment de lumière pour distinguer la silhouette des pieds de Tarver s'il était toujours de l'autre côté. Il n'y était plus. Jessica contourna la benne, vit une montagne de détritus et de sacs-poubelle en plastique déposés en vrac – piles de placoplâtre, pots de peinture, planches à l'abandon. Tarver avait disparu. Elle parcourut le bout de l'allée du regard, aperçut un soupirail brisé.

S'était-il enfui par là ?

Elle était sur le point de regagner la rue pour aller rameuter les troupes lorsqu'elle vit une paire de chaussures élégantes dépasser de sous l'amas de sacs-poubelle.

Elle inspira profondément, tenta de se calmer. En vain. Il lui faudrait sans doute des semaines pour se calmer.

— Debout, Trey.

Aucun mouvement.

Jessica reprit son souffle, poursuivit :

— Votre Honneur, étant donné que le suspect avait déjà essayé de m'abattre à deux reprises, je ne pouvais plus courir de risques. Quand les sacs ont bougé, j'ai tiré. Tout s'est passé si vite. J'ai vidé mon chargeur avant même de m'en rendre compte.

Un bruissement de plastique.

— Attendez.

— C'est bien ce que je pensais, dit Jessica. Maintenant, très lentement – et j'ai bien dit très lentement – posez votre arme par terre.

Au bout de quelques secondes, une main apparut avec un 7,65 mm semi-automatique passé autour d'un doigt. Tarver posa l'arme par terre. Jessica la ramassa.

— Maintenant levez-vous. Tout doux. Et je veux voir vos mains.

Trey Tarver émergea lentement de la pile de sacs-poubelle. Il se leva, lui fit face, bras écartés, jetant des coups d'œil furtifs à gauche et à droite. Il allait tenter quelque chose. Après huit ans dans les forces de police, elle connaissait cette expression. Trey Tarver l'avait vue tirer sur un homme à peine deux minutes plus tôt, mais il allait quand même oser la défier. Jessica secoua la tête.

— Je vous déconseille de jouer au con avec moi ce soir, Trey, dit-elle. Votre larbin a cogné mon partenaire et j'ai dû lui tirer dessus. En plus, vous avez essayé de me descendre. Et le pire, c'est qu'à cause de vous j'ai bousillé un des talons de mes chaussures préférées. Alors soyez un homme et avalez votre pilule. C'est fini.

Tarver la regarda fixement, essayant de lui faire perdre son sang-froid en lui jetant un regard assassin. Au bout de quelques secondes, il lut dans ses yeux qu'elle en avait vu d'autres et comprit que ça ne marcherait pas. Il joignit les mains derrière la tête.

— Maintenant, retournez-vous, dit Jessica.

Trey Tarver regarda ses jambes, sa robe courte. Il sourit. Le diamant collé sur sa dent scintilla dans la lueur des réverbères.

— Toi d'abord, salope.

Salope ?

Salope ?

Jessica jeta un coup d'œil dans l'allée. Le jeune Chinois était retourné dans le restaurant. La porte était fermée. Ils étaient seuls.

Elle regarda par terre. Trey se tenait sur une vieille planche d'un mètre quatre-vingts sur soixante centimètres. Une des extrémités de la planche reposait dans un équilibre précaire sur un vieux pot de peinture. Le pot se trouvait à quelques centimètres du pied droit de Jessica.

— Excusez-moi, qu'est-ce que vous avez dit ?

Les yeux de Trey lancèrent des éclairs froids.

— J'ai dit : « Toi d'abord, salope. »

Jessica donna un coup de pied dans le pot de peinture. À cet instant, le visage de Trey Tarver ne fut pas sans rappeler celui du coyote des dessins animés au moment où le malheureux s'aperçoit qu'il n'y a plus de falaise sous ses pieds. En tombant, Trey heurta le bord de la benne, puis il se ratatina par terre tel un origami mouillé.

Jessica le regarda dans les yeux. Ou, plus précisément, dans le blanc des yeux. Trey Tarver était dans les vapes.

Flûte !

Jessica était en train de le retourner sur le ventre lorsque deux inspecteurs de la brigade des fugitifs arrivèrent enfin sur les lieux. Personne n'avait rien vu et, même s'ils avaient vu quelque chose, Trey Tarver n'avait pas beaucoup de fans au département. L'un des inspecteurs lui lança une paire de menottes.

— Oh, oui, dit Jessica au suspect inconscient tout en lui passant les menottes. On va faire des affaires. Salope.

Après une traque couronnée de succès, il est un moment où les agents de police lèvent le pied, où ils repensent à l'opération qui vient d'être menée, se félicitent, évaluent leur performance, temporisent. Le moral est alors au beau fixe. Après une plongée dans les ténèbres, ils voient de nouveau la lumière.

Ils s'étaient réunis au Melrose Diner, un boui-boui ouvert vingt-quatre heures sur vingt-quatre dans Snyder Avenue.

Ils venaient de faire tomber deux véritables ordures. Personne n'y avait perdu la vie, et la seule personne blessée ne l'avait pas volé. La bonne nouvelle était que, pour autant qu'ils sachent, on ne leur collerait pas la fusillade sur le dos.

Jessica était dans la police depuis huit ans. Elle avait passé les quatre premières années en uniforme, puis était passée par la brigade automobile, une division du département des affaires majeures. En avril de cette année, elle avait rejoint la brigade criminelle et avait déjà eu le loisir de voir son lot d'horreurs. Il y avait eu la jeune Hispanique assassinée dans un terrain vague de Northern Liberties qui avait été enroulée dans un tapis et transportée sur le toit d'une voiture avant d'être abandonnée dans Fairmount Park. Il y avait eu l'histoire de ce jeune type que trois de ses camarades de classe avaient attiré dans un parc pour le dépouiller et le battre à mort. Et puis il y avait eu l'affaire du Tueur au rosaire.

Jessica n'était ni la première ni la seule femme de la brigade, mais, à chaque fois que quelqu'un intégrait une petite équipe soudée, la méfiance régnait, il fallait faire ses preuves sans broncher. Son père avait été une légende du département, mais elle devait se faire un nom, pas juste marcher sur ses traces.

Après son débriefing, Jessica entra dans le restaurant. Immédiatement, les quatre inspecteurs déjà présents – Tony Park, Eric Chavez, Nick Palladino et un John Shepherd rafistolé – se levèrent de leurs tabourets, placèrent les mains contre le mur, imitant en signe d'hommage la position du suspect interpellé.

Jessica ne put s'empêcher de rire.

Bienvenue au club.

3

Il est désormais difficile de la regarder. Sa peau n'est plus parfaite, on dirait plutôt de la soie déchirée. Le sang forme une mare autour de sa tête, il paraît presque noir à la faible lueur de la veilleuse du coffre.

Je balaie le parking du regard. Nous sommes seuls, à quelques pas seulement de la rivière Schuylkill. L'eau lèche le rivage – le métronome éternel de la ville.

Je prends l'argent, le place dans le pli du journal et balance le journal sur la fille.

Pauvre Marion.

Elle était vraiment jolie. Avec ses taches de rousseur elle avait un certain charme qui me rappelait Tuesday Weld dans *Le Démon de midi*.

Avant de quitter le motel, j'ai tout nettoyé et déchiré le reçu pour la chambre puis l'ai jeté dans les toilettes. Il n'y avait ni serpillière ni seau. Quand on tourne avec un petit budget, on se débrouille.

Elle semble me regarder fixement, ses yeux ne sont plus bleus. Elle était peut-être jolie, elle incarnait peut-être pour quelqu'un la perfection, mais elle n'était néanmoins pas un ange.

Les lumières de la maison sont éteintes, l'écran s'anime dans une lueur vacillante. Au cours des prochaines semaines, la ville de Philadelphie entendra souvent parler de moi. On dira que je suis un psychopathe, un fou, une force du mal surgie du cœur de l'enfer. Et à mesure que les corps tomberont, à mesure que les rivières deviendront rouges, on écrira des horreurs sur mon compte.

Mais n'en croyez pas un mot.

Je ne ferais pas de mal à une mouche.

4

Six jours plus tard.

Elle semblait complètement normale. D'aucuns auraient même dit chaleureuse, un peu à la manière d'une vieille fille gâteuse. Elle mesurait un mètre soixante et ne devait pas dépasser les quarante-cinq kilos dans sa combinaison en Spandex et ses Reeboks blanches immaculées. Elle avait les cheveux courts couleur rouge brique et les yeux bleu clair. Ses doigts étaient longs et fins, ses ongles, bien entretenus mais pas vernis. Elle ne portait pas de bijoux.

Aux yeux du monde, c'était une femme à l'allure agréable et en bonne forme physique approchant de la cinquantaine.

Pour l'inspecteur Kevin Byrne, elle était une combinaison de Lizzie Borden, Lucrèce Borgia et Ma Baker, le tout réuni dans une enveloppe charnelle qui évoquait Mary Lou Retton.

— Vous pouvez faire mieux que ça, dit-elle.

— Que voulez-vous dire ? parvint à demander Byrne.

— Le surnom que vous venez de me donner dans votre tête. Vous pouvez faire mieux que ça.

C'est une vraie sorcière, pensa-t-il.

— Qu'est-ce qui vous fait croire que je vous ai donné un surnom ?

Elle laissa éclater son rire strident, un rire à la Cruella De Vil. Les chiens de tous les comtés alentour regagnèrent leur niche en rampant.

— Ça fait presque vingt ans que je fais ça, inspecteur, dit-elle. On m'a donné tous les surnoms possibles et imaginables. On m'en a même donné certains inimaginables. On m'a craché dessus, frappée, insultée dans une douzaine de langues, apache compris. On a fabriqué des poupées vaudoues à mon effigie, prié pour que je connaisse une mort atroce. Je vous l'assure, il n'est pas une torture que l'on ne m'ait souhaitée.

Byrne se contenta de la regarder fixement. Il ne se savait pas si transparent. Tu parles d'un flic.

Kevin Byrne en était à sa deuxième semaine d'un programme de rééducation qui devait en durer douze à l'HUP, l'hôpital de l'université de Pennsylvanie. Il s'était fait tirer dessus à bout portant dans la cave d'une maison du nord-est de Philadelphie le Vendredi saint et, bien qu'on lui eût prédit une guérison complète, il savait depuis belle lurette que ce genre d'expression n'était pas à prendre au pied de la lettre.

La balle, celle qui portait son nom, s'était logée dans son lobe occipital, à environ un centimètre du tronc cérébral. Les nerfs n'avaient pas été touchés et les dommages avaient été uniquement vasculaires, mais il avait tout de même subi presque douze heures de chirurgie crânienne, enduré six semaines de coma provoqué et passé presque deux mois à l'hôpital.

La balle coupable était désormais scellée dans un petit cube d'Altuglas posé sur sa table de chevet – trophée macabre gracieusement offert par ses collègues de la criminelle.

Les dégâts les plus sérieux ne provenaient pas de sa blessure au cerveau, mais plutôt de la manière dont son corps s'était tirebouchonné par terre, provoquant une torsion tout à fait contre nature du bas du dos. Le nerf sciatique – ce long nerf courant depuis chaque côté de la partie inférieure de la colonne vertébrale puis traversant le postérieur et l'arrière de la cuisse pour descendre jusqu'au pied, reliant ainsi les muscles des jambes et des pieds à la moelle épinière – avait été endommagé.

S'il avait mal rien qu'à penser aux innombrables affections dont il souffrait, la balle qu'il avait reçue en pleine tête n'était qu'un petit bobo comparé à la douleur causée par son nerf sciatique. Il avait parfois l'impression que quelqu'un lui entaillait la jambe droite et le bas du dos avec un couteau de boucher, s'arrêtant en chemin pour s'acharner sur diverses vertèbres.

Il pourrait reprendre du service dès que les médecins le libéreraient, et dès qu'il se sentirait prêt. En attendant, il était officiellement blessé en service. Salaire intégral, pas de boulot, et une bouteille de whiskey Early Times offerte chaque semaine par la brigade.

Sa sciatique carabinée le faisait sans doute plus souffrir que tout ce qu'il avait enduré jusqu'alors, mais la douleur, en tant que mode de vie, était une vieille amie. Il souffrait de migraines féroces depuis qu'il s'était fait tirer dessus pour la première fois, quinze ans plus tôt, et qu'il avait failli se noyer dans les eaux glaciales de la rivière Delaware.

Il lui avait fallu une seconde balle pour se débarrasser de ses céphalées. Et même s'il n'aurait pas recommandé aux migraineux une balle dans la tête en guise de thérapie, il n'avait aucun doute sur l'efficacité du traitement. Depuis qu'on lui avait tiré dessus pour la seconde fois – et, avec un peu de chance, la dernière –, il n'avait pas souffert du moindre mal de tête.

Prenez-vous deux balles à pointe creuse, vous m'en direz des nouvelles.

Pourtant, il était épuisé. Vingt-deux années dans la

police de l'une des villes les plus brutales des États-Unis avaient eu raison de sa volonté. Il avait fait son temps. Et même s'il s'était retrouvé face à certaines des personnes les plus violentes et dépravées à l'est de Pittsburgh, son ennemi du jour était Olivia Leftwich, une petite kinési-thérapeute dotée d'une infinie réserve de tortures.

Byrne était debout, contre le mur de la salle de rééduca-tion, la jambe soulevée parallèlement au sol, en appui sur une barre située à hauteur de hanche. Il maintenait la position, stoïquement, malgré ses envies de meurtre. Le moindre mouvement lui faisait souffrir le martyre.

— Vous faites de gros progrès, dit-elle. Je suis impressionnée.

Byrne la fusilla du regard. Les cornes de la kiné se rétractèrent et elle sourit. Aucun croc de visible.

Tout ça fait partie de l'illusion, pensa-t-il.

Ça fait partie du piège.

Si l'hôtel de ville était l'épicentre officiel de Center City et l'Independence Hall, le cœur historique de Philadelphie, la véritable fierté de la ville était tou-jours Rittenhouse Square, situé dans Walnut Street, entre la 18e et la 19e Rue. Bien qu'il ne fût pas aussi célèbre que Times Square à New York ou Leicester Square à Londres, Rittenhouse Square était la fierté de Philadelphie et demeurait l'une des adresses les plus chics de la ville. À l'ombre des hôtels huppés, des vieilles églises, des tours de bureaux et des boutiques à la mode, le midi, en été, des foules énormes s'y massaient.

Byrne était assis sur un banc près de la sculpture de Barye, *Le Lion au serpent*, au centre de la place. Il mesurait déjà presque un mètre quatre-vingt-trois en quatrième et avait atteint le mètre quatre-vingt-dix en seconde. À l'école comme dans la police, il avait utilisé sa taille et son poids à son avantage, évitant bien souvent que des situations dégénèrent rien qu'en se levant.

Mais maintenant, avec sa canne, son teint livide et sa démarche rendue traînarde par les cachets qu'il prenait, il se sentait petit, insignifiant, et il avait l'impression que la foule de la place pouvait l'avaler à tout moment.

Comme à chaque fois qu'il quittait une séance de rééducation, il se jurait de ne jamais y remettre les pieds. C'était quoi cette thérapie qui faisait empirer la douleur ? Qui avait eu cette idée ? Pas lui. Bon vent, Barbarella.

Il répartit son poids sur le banc, trouva une position raisonnablement confortable. Au bout de quelques instants, il leva les yeux et vit une adolescente traverser la place, se frayant un chemin parmi les cyclistes, les hommes d'affaires, les vendeurs, les touristes. Elle était mince et athlétique, avait des mouvements félins, ses cheveux fins presque blond platine étaient tirés en queue-de-cheval. Elle portait une robe couleur pêche et des sandales. Ses yeux bleu-vert étaient formidablement lumineux. Chaque jeune homme de moins de vingt et un ans était sous le charme, de même que beaucoup trop d'hommes plus âgés. Elle avait le genre de port aristocratique qui ne pouvait provenir que d'une véritable grâce intérieure. Sa beauté froide et enchanteresse annonçait au monde qu'elle était quelqu'un de spécial.

Comme elle approchait, Byrne comprit pourquoi il savait déjà tout cela. C'était Colleen. Cette jeune femme était sa propre fille et, l'espace d'un instant, il avait failli ne pas la reconnaître.

Elle s'arrêta au centre de la place, le chercha des yeux en posant sa main en visière pour se protéger du soleil. Elle le trouva bientôt parmi la foule, lui adressa un signe de la main et esquissa un sourire gêné, celui-là même qu'elle avait utilisé à son avantage toute sa vie durant, celui grâce auquel elle avait eu son vélo Barbie avec les serpentins rose et blanc sur le guidon quand elle avait six ans ; celui qui lui vaudrait cette année d'aller à la colonie hors de prix pour enfants sourds alors que son père avait à peine les moyens.

Bon Dieu, ce qu'elle est belle, pensa Byrne.

Colleen Siobhan Byrne avait le teint irlandais rayonnant de sa mère, ce qui était à la fois une bénédiction et une malédiction. Une malédiction car, par une telle journée, elle attrapait des coups de soleil en quelques minutes. Une bénédiction car, avec sa peau presque translucide, elle était extraordinairement belle. Cette jeune fille de treize ans d'une splendeur irréprochable deviendrait sans doute une femme d'une beauté à couper le souffle lorsqu'elle aurait une vingtaine ou une trentaine d'années.

Colleen l'embrassa sur la joue et le serra doucement dans ses bras, consciente de la myriade de douleurs qu'il éprouvait. Elle essuya du pouce la marque de rouge à lèvres sur sa joue.

Quand avait-elle commencé à mettre du rouge à lèvres ? se demanda Byrne.

— Il y a trop de monde pour toi ? demanda-t-elle en langue des signes.

— Non, fit-il signe en retour.

— Tu es sûr ?

— Oui, répondit-il. J'aime la foule.

C'était un mensonge éhonté, et Colleen le savait. Elle sourit.

Colleen Byrne était sourde de naissance à cause d'un désordre génétique qui avait placé bien plus d'obstacles sur le chemin de son père que sur le sien. Alors que Kevin Byrne avait gâché de nombreuses années à se lamenter de ce qu'il considérait avec arrogance comme un handicap pour sa fille, Colleen avait simplement pris la vie à bras-le-corps sans jamais se plaindre de sa soi-disant mauvaise fortune. C'était une excellente élève, une athlète exceptionnelle, elle maîtrisait à la perfection la langue des signes américaine et savait admirablement lire sur les lèvres. Elle apprenait même la langue des signes norvégienne.

Byrne avait depuis longtemps appris que nombre de sourds communiquent de manière très directe, sans perdre leur temps en palabres vaines et laborieuses comme le font les entendants. Nombre d'entre eux vivaient à ce qu'ils appelaient en plaisantant l'HSS – l'heure standard des sourds –, allusion au fait qu'ils étaient tout le temps en retard à cause de leur penchant pour les longues conversations. Une fois qu'ils étaient lancés, il devenait difficile de les faire taire.

La langue des signes, malgré ses nombreuses nuances, était, après tout, une sorte de langue abrégée. Byrne faisait de son mieux pour suivre. Il l'avait apprise alors que Colleen était encore très jeune et avait pris le pli étonnamment vite si l'on considérait le cancre qu'il avait été à l'école.

Colleen trouva une place sur le banc et s'assit. Byrne était passé chercher deux salades dans une cafétéria. Il était pratiquement certain que Colleen ne mangerait pas – quelle jeune fille de treize ans prenait encore la peine de déjeuner de nos jours ? – et il avait raison. Elle tira du sac la bouteille de Snapple sans sucre, arracha le capuchon en plastique. Byrne ouvrit le sac, se mit à picorer sa salade. Il attira son attention et lui demanda :

— Tu es sûre que tu n'as pas faim ?

Elle lui fit comprendre d'un regard qu'il était inutile d'insister.

Ils restèrent ainsi un moment à prendre le soleil, heureux d'être ensemble. Byrne écouta la cacophonie de l'été tout autour d'eux : la symphonie discordante de cinq musiques différentes, les rires d'enfants, une discussion politique animée quelque part derrière eux, le sempiternel bruit de la circulation. Comme il l'avait déjà si souvent fait, il tenta de s'imaginer comment un tel endroit apparaissait à Colleen, tenta de se représenter le silence profond de son monde. Il replaça le reste de sa salade dans le sac, attira de nouveau l'attention de Colleen.

— Quand pars-tu en colonie ?

— Lundi.

Byrne hocha la tête.

— Es-tu contente ?

Le visage de Colleen s'illumina.

— Oui.

— Tu veux que je te conduise là-bas ?

Byrne perçut une infime hésitation dans les yeux de Colleen. La colonie se trouvait juste au sud de Lancaster, à deux heures à l'ouest de Philadelphie par une route agréable. La réponse à retardement de Colleen signifiait une chose : sa mère allait l'emmener, probablement en compagnie de son nouveau petit ami. Colleen était aussi mauvaise pour dissimuler ses émotions que son père était doué.

— Non. Tout est arrangé.

Tandis qu'ils discutaient, Byrne voyait les gens qui les observaient. Ce n'était pas une nouveauté. Auparavant, il se mettait en rogne, mais ça faisait un bout de temps qu'il avait laissé tomber. Les gens étaient curieux. Un an plus tôt, à Fairmount Park, un adolescent s'était mis en tête d'impressionner Colleen avec son skateboard en sautant par-dessus une barrière et s'était salement vautré, s'écrasant par terre aux pieds de Colleen.

En se relevant, il avait essayé de faire comme si de rien n'était et, juste sous son nez, Colleen s'était tournée vers Byrne et avait déclaré : « Quel trou du cul ! »

Le gamin avait souri, pensant avoir marqué un point.

La surdité avait ses avantages, et Colleen Byrne les connaissait tous.

Les employés commençaient à regagner à contrecœur leur bureau, la foule se faisait un peu moins dense. Byrne et Colleen regardèrent un jack russell terrier blanc moucheté tenter de grimper à un arbre voisin dans l'espoir d'attraper un écureuil qui frémissait sur la première branche.

Byrne observa sa fille qui observait le chien. Il sentit son cœur sur le point d'exploser. Elle était si calme, si paisible. Elle était en train de devenir une femme juste sous ses yeux et il avait une trouille bleue qu'elle estime qu'il n'avait plus rien à faire dans sa vie. Ça faisait longtemps qu'ils ne vivaient plus comme une famille et Byrne sentait que son influence – cette partie de lui qui était encore positive – diminuait. Colleen regarda sa montre, fronça les sourcils.

— Il faut que j'y aille.

Byrne acquiesça. L'immense et effroyable ironie était que plus on vieillissait, plus le temps passait vite.

Colleen porta leurs déchets jusqu'à une poubelle proche. Byrne remarqua que tous les mâles des parages la regardaient. Il avait du mal à supporter ça.

— Est-ce que ça va aller ? demanda-t-elle.

— Ça va, mentit Byrne. Je te vois ce week-end ?

Colleen fit oui de la tête.

— Je t'aime, fit-elle.

— Je t'aime aussi, mon bébé.

Elle l'étreignit une nouvelle fois, l'embrassa sur le sommet du crâne. Il la regarda s'enfoncer dans la foule, dans l'effervescence de la ville à l'heure du déjeuner.

Un instant plus tard, elle avait disparu.

Il semblait perdu.

Assis à l'arrêt de bus, il lisait le *Dictionnaire de la langue des signes*, un ouvrage de référence essentiel pour quiconque voulait apprendre cette langue. Il tentait de maintenir le livre en équilibre sur ses genoux tout en s'escrimant à épeler les mots de la main droite. De l'endroit où se tenait Colleen, il avait l'air de parler une langue depuis longtemps morte, ou pas encore inventée. Mais certainement pas la langue qu'elle connaissait.

Elle ne l'avait jamais vu à l'arrêt de bus auparavant. Il était plus âgé – le monde entier était plus âgé –, avait belle allure, un visage sympathique. Et il était plutôt mignon à se démener ainsi avec son livre. Il leva les yeux, s'aperçut qu'elle l'observait.

— Bonjour, dit-elle.

Il sourit, un peu gêné, mais de toute évidence ravi de rencontrer quelqu'un qui parlait la langue qu'il cherchait à apprendre.

— Est-ce… que je… suis… très mauvais ? demanda-t-il, hésitant.

Elle avait envie d'être gentille. Elle voulait l'encourager. Malheureusement, son visage la trahit avant que ses mains aient le temps de mentir.

— Oui.

Il regarda ses mains, confus. Colleen pointa le doigt vers son visage, il leva les yeux et elle hocha plutôt théâtralement la tête. Il sourit. Elle éclata de rire. Il fit de même.

— Vous devez vraiment commencer par comprendre les cinq paramètres.

Elle utilisa les signes, lentement, faisant allusion aux cinq paramètres de base de la langue, soit la configuration, l'orientation, l'emplacement, le mouvement et les signaux non manuels. Redoublement de confusion. Elle lui prit le livre des mains et l'ouvrit au début. Elle lui montra quelques bases. Il parcourut la section en acquiesçant puis, levant de nouveau les yeux, il forma un signe qui voulait à peu près dire « Merci » avant d'ajouter :

— Si vous voulez enseigner, je serai votre premier élève.

— Avec grand plaisir, répondit-elle en souriant.

Une minute plus tard, elle grimpa dans le bus. L'homme

resta à l'arrêt. Il n'allait visiblement pas dans la même direction qu'elle.

Enseigner, pensa-t-elle tandis qu'elle se trouvait une place près de l'avant du bus. Un jour, peut-être. Elle avait toujours été patiente avec les autres, et elle devait avouer qu'elle éprouvait un certain plaisir lorsqu'elle parvenait à leur transmettre un peu de sagesse. Son père, bien entendu, voulait qu'elle devienne présidente des États-Unis. Ou, au minimum, ministre de la Justice.

Quelques instants plus tard, son futur élève se leva du banc et s'étira. Il jeta son livre dans une poubelle.

Il faisait une chaleur à crever. Il se glissa dans sa voiture, regarda l'écran LCD de son téléphone portable. Il avait réussi à prendre une bonne photo. Elle était magnifique.

Il démarra, s'engagea prudemment dans la circulation et suivit le bus le long de Walnut Street.

5

En rentrant chez lui, Byrne trouva un appartement calme. Comment aurait-il pu en être autrement ? Deux pièces étouffantes au-dessus d'une ancienne imprimerie dans la 2e Rue meublées de façon quasi spartiate : une causeuse râpée et une misérable table basse en acajou, une télévision, une grosse radiocassette et une pile de CD de blues. Dans la chambre, un grand lit et une petite table de chevet achetée d'occasion.

Byrne mit le climatiseur en route, se rendit dans la salle de bains, cassa un comprimé de Vicodine en deux, l'avala. Il s'aspergea le visage et le cou d'eau froide en laissant l'armoire à pharmacie ouverte. Il essayait de se convaincre que c'était pour éviter d'éclabousser le miroir et ne pas avoir à l'essuyer ensuite, mais la vraie raison était qu'il préférait éviter de se voir. Depuis combien de temps faisait-il ça ? se demanda-t-il.

À son retour au salon, il inséra un CD de Robert Johnson dans la radiocassette. Il était d'humeur à écouter *Stones in My Passway*.

Après son divorce, il était revenu vivre dans son ancien quartier : la section sud de Philadelphie nommée Queen Village. Son père, ancien docker, avait été un *mummer*[1] célèbre dans toute la ville. Tout comme son père et ses oncles, Kevin Byrne était et resterait à jamais fidèle à son quartier. Et même s'il lui avait fallu du temps pour s'y réhabituer, les anciens résidents n'avaient pas tardé à lui faire sentir qu'il était chez lui en lui posant les trois questions standard dans le sud de Philly :

Vous venez d'où ?

Propriétaire ou locataire ?

Des enfants ?

Il avait brièvement envisagé de claquer un bon paquet de fric pour acheter l'une des maisons nouvellement restaurées de Jefferson Square, un quartier qui s'était récemment embourgeoisé, mais il n'était pas certain que son cœur, contrairement à son esprit, fût toujours à Philadelphie. Pour la première fois de sa vie, il n'avait plus d'entraves. Il avait quelques dollars de côté – en plus de la somme réservée aux frais universitaires de Colleen –, il pouvait donc mettre les voiles et faire ce qu'il voulait.

Mais pouvait-il quitter la police ? Pouvait-il rendre son arme de service et sa plaque, échanger ses papiers contre une carte de retraité et s'en aller comme ça ?

Honnêtement, il n'en savait rien.

Il s'assit sur la causeuse, passa en revue les chaînes du câble. Il envisagea de se servir un verre de bourbon puis de boire jusqu'à la tombée de la nuit. Non. L'alcool ne lui réussissait pas ces temps-ci. Il était devenu l'un de ces affreux ivrognes morbides entourés de quatre tabourets vides au beau milieu d'un bar bondé.

Son téléphone portable sonna. Il le tira de sa poche, le regarda fixement. C'était un nouveau téléphone qui faisait aussi appareil photo. Colleen le lui avait offert pour son anniversaire et il n'était pas encore trop familier

---

1. Personne participant à la parade du nouvel an à Philadelphie. *(N.d.T.)*

avec toutes les fonctions. Il vit l'icône qui clignotait et comprit qu'il avait reçu un SMS. Il commençait à peine à maîtriser la langue des signes qu'il lui fallait déjà apprendre tout un nouveau jargon. Le message était de Colleen. Les SMS faisaient fureur depuis quelque temps parmi les adolescents, surtout les adolescents sourds.

Celui-ci était simple. Il disait :

Merki pour le DjEné :)

Byrne sourit. *Merci pour le déjeuner.* Il était le plus grand veinard du monde. Il écrivit.

2 ryl Jtm

De rien. Je t'aime. Colleen répondit à son tour :

Jtm ossi

Puis, comme toujours, elle termina par :

CBT !

Ce qui signifiait : *Colleen Byrne Terminé* !

Byrne replia le téléphone, le cœur gros.

Le climatiseur commençait enfin à rafraîchir la pièce. Byrne ne savait pas quoi faire de sa peau. Il pouvait peut-être aller faire un tour à la Rotonde, traîner ses guêtres à la brigade. Il était sur le point de se convaincre de n'en rien faire lorsqu'il vit qu'il y avait un message sur son répondeur.

À quelle distance se trouvait-il, cinq pas ? Sept ? Sur le coup, ça ressemblait plutôt au marathon de Boston. Il attrapa sa canne, affronta la douleur.

Le message était de Paul DiCarlo, l'un des meilleurs assistants du bureau du procureur. Depuis environ cinq ans, DiCarlo et Byrne avaient travaillé ensemble sur un certain nombre d'affaires. Si vous étiez un criminel et que vous passiez en jugement, vous n'aimeriez pas lever le nez un beau jour et voir Paul DiCarlo entrer dans la salle d'audience. C'était un pit-bull habillé en Perry Ellis. Si vous tombiez entre ses griffes, vous étiez baisé. Personne n'avait envoyé plus de monde à la chaise électrique que Paul DiCarlo.

Mais ce jour-là, ce n'était pas une bonne nouvelle que Paul voulait annoncer à Byrne. L'une de ses proies était apparemment dans la nature : Julian Matisse avait été relâché.

C'était impossible, et pourtant vrai.

Le fait que Kevin Byrne s'intéressait particulièrement aux meurtres de jeunes femmes n'était un secret pour personne. Il en avait été ainsi depuis le jour où Colleen était née. Dans son esprit et dans son cœur, chaque jeune femme serait toujours la fille de quelqu'un, l'enfant adorée de quelqu'un. Chaque jeune femme avait été cette petite fille qui avait appris à tenir une tasse à deux mains, à se dresser sur ses jambes flageolantes, ses cinq doigts minuscules posés sur la table basse.

Des jeunes filles comme Marygrace Devlin, que Julian Matisse avait violée et assassinée deux ans plus tôt.

Gracie Devlin avait dix-neuf ans le jour où elle s'était fait tuer. Elle avait des cheveux châtains bouclés dont les anglaises lui retombaient doucement sur les épaules, le visage légèrement parsemé de taches de rousseur. C'était une jeune femme menue, étudiante en première année à Villanova. Elle avait un faible pour les robes paysannes, les bijoux indiens et les *Nocturnes* de Chopin. Elle était morte par une froide nuit de janvier dans un immonde cinéma abandonné du sud de Philadelphie.

Et maintenant, suite à un revirement sacrilège de la justice, l'homme qui lui avait volé sa dignité et sa vie venait de sortir de prison. Julian avait pris perpète avec une peine de sécurité de vingt-cinq ans, et il était relâché au bout de deux ans.

Deux ans.

L'herbe avait tout juste commencé à repousser sur la tombe de Gracie.

Matisse était un maquereau de seconde zone, un sadique de premier ordre. Avant Gracie Devlin, il avait passé

41

trois ans et demi au trou pour avoir taillardé à coups de cutter une femme qui avait refusé ses avances. Il lui avait si sauvagement lacéré le visage qu'il avait fallu une opération de dix heures pour réparer les muscles endommagés, et presque quatre cents points de suture.

Après l'attaque au cutter, quand Matisse avait été libéré de la prison Curran-Frumhold – alors qu'il n'avait purgé que quarante mois sur une peine de dix ans –, il ne lui avait pas fallu longtemps pour passer au stade supérieur et assassiner quelqu'un. Byrne et son partenaire Jimmy Purify avaient soupçonné Matisse du meurtre d'une serveuse de Center City nommée Jane Tillman, mais sans jamais parvenir à trouver la moindre preuve contre lui. On avait retrouvé son corps à Harrowgate Park, poignardé et mutilé, après qu'elle avait été enlevée dans un parking souterrain de Broad Street. Elle avait été violée avant et après le meurtre.

Un témoin du parking s'était fait connaître et avait identifié Matisse sur photo. Le témoin était une vieille femme nommée Marjorie Samms. Ils n'avaient pas eu le temps de mettre la main sur Matisse que Marjorie Samms avait disparu. Une semaine plus tard, on la retrouvait flottant sur la rivière Delaware.

Matisse vivait soi-disant chez sa mère après sa libération de Curran-Frumhold. Les inspecteurs avaient placé l'appartement de la mère sous surveillance, mais il ne s'était jamais montré. L'affaire était tombée aux oubliettes.

Mais Byrne savait qu'il retrouverait un jour Matisse sur sa route.

Puis, il y avait deux ans de cela, par une glaciale nuit de janvier, la police avait reçu un coup de fil signalant qu'une jeune femme était en train de se faire agresser dans une allée derrière un cinéma abandonné du sud de Philadelphie. Byrne et Jimmy, qui dînaient à une rue de là, avaient répondu à l'appel. Lorsqu'ils étaient arrivés sur les lieux, l'allée était déserte, mais une traînée de sang les avait menés à l'intérieur.

Quand Byrne et Jimmy étaient entrés dans le cinéma, ils avaient trouvé Gracie sur la scène, seule. Elle avait été sauvagement battue. Byrne n'oublierait jamais le tableau : la forme molle de Gracie sur la scène de cette salle glaciale, la vapeur qui s'élevait de son corps, sa force vitale qui la quittait. En attendant les secouristes, il avait frénétiquement tenté de lui faire du bouche-à-bouche. Elle avait respiré une fois, un ultime souffle qui avait pénétré les poumons de Byrne. Puis, avec un infime frémissement, elle était morte dans ses bras. Marygrace Devlin avait vécu dix-neuf ans, deux mois et trois jours.

L'équipe de police scientifique avait découvert une empreinte digitale sur les lieux du crime. Elle appartenait à Julian Matisse. Une douzaine d'inspecteurs avaient été mis sur l'affaire et, après une bonne dose d'intimidation sur les voyous de l'entourage de Matisse, ils l'avaient retrouvé recroquevillé dans un placard dans une maison brûlée de Jefferson Street où ils avaient aussi découvert un gant recouvert du sang de Gracie Devlin. Il avait fallu contenir Byrne.

Matisse avait été jugé, condamné et incarcéré au pénitentiaire d'État de Greene County.

Après le meurtre de Gracie, Byrne avait longtemps eu l'impression que le souffle de Gracie était encore en lui, qu'il lui donnait la force de continuer à faire son boulot. Il avait longtemps eu le sentiment que c'était tout ce qu'il avait de pur, la seule partie de lui qui n'avait pas été souillée par cette ville.

Mais maintenant Matisse était libre, il se baladait dans la rue, il se prélassait au soleil. Byrne en était malade. Il composa le numéro de Paul DiCarlo.

— Ici DiCarlo.

— Dis-moi que j'ai mal compris ton message.

— J'aimerais bien, Kevin.

— Qu'est-ce qui s'est passé ?

— Tu es au courant pour Phil Kessler ?

Après avoir été inspecteur divisionnaire dix ans durant, Phil Kessler en avait passé vingt-deux à la brigade criminelle ; c'était un franc-tireur qui avait plus d'une fois mis la vie de ses collègues en péril par inattention, ignorance de la procédure, ou par manque de cran.

Il y avait toujours quelques types à la brigade qui n'aimaient pas trop se retrouver en présence de cadavres, et ils faisaient généralement tout leur possible pour éviter d'avoir à se rendre sur les scènes de crime. Ils s'arrangeaient toujours pour aller chercher des mandats, rassembler et transporter des témoins, effectuer des planques. Kessler était exactement ce type d'inspecteur. L'idée d'être inspecteur à la brigade criminelle lui plaisait, mais les crimes à proprement parler le faisaient flipper.

Byrne n'avait eu Kessler comme partenaire principal que sur une affaire : une fille retrouvée morte dans une station-service abandonnée du nord de Philly. Il s'était avéré qu'il s'agissait d'une overdose et non d'un meurtre, et Byrne n'avait eu qu'une hâte, se débarrasser de ce type.

Ça faisait presque un an que Kessler avait pris sa retraite. Byrne avait entendu dire qu'il était en phase terminale d'un cancer du pancréas.

— On m'a dit qu'il était malade, répondit Byrne. Je ne sais pas grand-chose de plus.

— Eh bien, à ce qu'on dit, il n'en a plus que pour quelques mois, précisa DiCarlo. Peut-être même moins.

Byrne avait beau ne pas apprécier Kessler, il ne souhaitait une fin aussi douloureuse à personne.

— Je ne vois toujours pas le rapport avec Julian Matisse.

— Kessler est allé voir le procureur et lui a raconté

que c'était Jimmy Purify qui avait placé le gant plein de sang dans la maison où Matisse a été arrêté. Il a fait une déclaration sous serment.

La pièce se mit à tourner. Byrne dut se retenir pour ne pas tomber.

— Qu'est-ce que c'est que ces conneries ?

— Je ne fais que répéter ce qu'il a dit, Kevin.

— Et tu le crois ?

— Bon, *primo*, ce n'est pas mon affaire. *Secundo*, notre département criminel est en train d'enquêter sur le sujet. Et tertio, non, je ne le crois pas. Jimmy était le flic le plus réglo que j'aie jamais connu.

— Alors pourquoi est-ce qu'on y accorde du crédit ?

DiCarlo marqua une hésitation que Byrne interpréta comme le signe qu'une nouvelle encore pire allait lui être annoncée. Comment était-ce possible ? Il ne mit pas longtemps à le savoir.

— Kessler avait le deuxième gant ensanglanté, Kevin. Il l'a rendu. Les gants appartenaient à Jimmy.

— Tout ça, c'est des conneries ! C'est un coup monté !

— Toi et moi, nous le savons bien. Tous ceux qui ont bossé avec Jimmy le savent. Malheureusement, c'est Conrad Sanchez qui représente Matisse.

Bon Dieu ! pensa Byrne. Conrad Sanchez était une légende chez les avocats de l'assistance judiciaire, un obstructionniste de premier ordre, l'un des rares qui avaient décidé depuis un bout de temps de faire carrière dans l'aide juridictionnelle. Il avait désormais une cinquantaine d'années, mais faisait ce boulot depuis plus de vingt-cinq ans.

— La mère de Matisse est-elle encore en vie ?

— Je n'en sais rien.

Byrne n'était jamais parvenu à élucider la relation entre Matisse et sa mère Edwina. Mais il avait des soupçons. Au cours de l'enquête sur le meurtre de Gracie, ils avaient obtenu un mandat de perquisition de son appartement. La chambre de Matisse était décorée comme une chambre d'enfant : abat-jour ornés de cow-boys sur les lampes, affiche de *La Guerre des étoiles* au mur, couvre-lit *Spider Man*.

— Donc il est libre ?

— Oui, répondit DiCarlo. Ils l'ont relâché il y a deux semaines en attente de l'appel.

— Deux semaines ? Comment ça se fait que je n'ai rien lu sur le sujet ?

— Ce n'est pas franchement l'épisode le plus glorieux de l'histoire de la Pennsylvanie. Sanchez a trouvé un juge compréhensif.

— Est-ce qu'il est sous surveillance ?

— Non.

— Putain de ville !

Byrne donna un violent coup de poing dans le mur, enfonçant le placoplâtre. *Envolé, mon dépôt de garantie*, pensa-t-il. Il n'éprouva pas la moindre douleur. Pas pour le moment, du moins.

— Où habite-t-il ?

— Je ne sais pas. Nous avons envoyé deux inspecteurs à sa dernière adresse connue, juste histoire de l'intimider un peu, mais il a pris le large.

— Fantastique, dit Byrne.

— Écoute, Kevin, je dois aller au tribunal. Je te rappelle plus tard et on mettra une stratégie en place. Ne t'en fais pas. On va le remettre derrière les barreaux. Cette accusation contre Jimmy, c'est des conneries. Un château de cartes.

Byrne raccrocha, se leva lentement, douloureusement. Il attrapa sa canne et traversa le salon. Il regarda par la fenêtre, vit des enfants accompagnés de leurs parents dans la rue.

Il avait longtemps cru que le mal était une chose relative, qu'il y avait sur terre toutes sortes d'individus

46

diaboliques, chacun à sa manière. Puis il avait vu le cadavre de Gracie Devlin, et il avait su que l'homme qui avait accompli cette monstruosité était l'incarnation du mal. Il représentait à lui seul tout ce qu'il y avait d'infernal sur cette planète.

Maintenant, après avoir envisagé une journée, une semaine, un mois, toute une vie d'oisiveté, Byrne se retrouvait avec des impératifs moraux face à lui. Tout d'un coup, il avait des gens à voir, des choses à faire. Au diable la douleur. Il pénétra dans la chambre, ouvrit le tiroir supérieur de sa commode. Il vit le mouchoir de Gracie, le petit carré de soie rose.

Ce bout de tissu renferme un souvenir terrible, se dit-il. Il se trouvait dans la poche de Gracie quand elle avait été assassinée. Sa mère avait insisté pour que Byrne le garde le jour où Matisse avait été condamné. Il s'en empara et…

… ses cris résonnent dans la tête de l'homme… son souffle chaud pénètre dans son corps… son sang lui gicle dessus… chaud et luisant dans l'air glacial de la nuit…

… recula, son pouls lui martelant les tempes, son esprit refusant l'idée que ce qu'il venait d'éprouver était la répétition de ce pouvoir effroyable qui, croyait-il, appartenait à son passé.

La prescience était revenue.

Melanie Devlin se tenait devant un petit barbecue sur la minuscule terrasse de sa maison d'Emily Street. La fumée s'élevait paresseusement de la grille à moitié rouillée pour aller se mêler à l'air épais et humide. Une mangeoire pour oiseaux depuis longtemps vide était posée sur le mur qui tombait en ruine au bout de la terrasse. La minuscule terrasse, comme la plupart des prétendues terrasses de Philly, était à peine assez grande pour deux personnes. Melanie était quand même parvenue à y installer un barbecue, deux chaises en fer forgé poli et une petite table.

Depuis deux ans que Byrne ne l'avait pas vue, Melanie Devlin avait pris une quinzaine de kilos. Elle portait un ensemble jaune – short stretch jaune et débardeur à rayures horizontales – mais ce n'était pas un jaune gai. Ce n'était pas le jaune des jonquilles, ni des tournesols, ni des boutons d'or. C'était plutôt un jaune plein de colère, un jaune sans chaleur qui cherchait à faire revenir le soleil dans sa vie dévastée. Ses cheveux étaient courts, juste parce que c'était l'été. Ses yeux avaient la couleur d'un café léger au soleil de midi.

À environ quarante-cinq ans, Melanie Devlin avait accepté le chagrin comme un fardeau permanent dans sa vie. Elle avait cessé de lutter, vivait enveloppée dans un linceul de tristesse.

Byrne l'avait appelée en disant qu'il était dans le quartier, rien de plus.

— Vous êtes certain de ne pas pouvoir rester dîner ? demanda-t-elle.

— Je dois rentrer, répondit Byrne. Mais merci pour l'invitation.

Melanie faisait griller des côtelettes. Elle versa une bonne quantité de sel dans la paume de sa main, en saupoudra la viande. Puis elle répéta l'opération avant de regarder Byrne, comme pour s'excuser.

— Je ne sens plus le goût des aliments.

Byrne savait ce qu'elle voulait dire. Mais comme il voulait établir un dialogue, il répondit. S'ils discutaient un peu, il aurait moins de mal à lui dire ce qu'il avait à dire.

— Comment ça ?

— Depuis que Gracie est… morte, j'ai complètement perdu le sens du goût. Bizarre, hein ? Un jour, ça a disparu, comme ça. (Elle versa de nouveau du sel sur les côtelettes, rapidement, comme en pénitence.)

Maintenant je dois mettre du sel partout. Du ketchup, de la sauce pimentée, de la mayonnaise, du sucre. Sinon, je ne sens rien.

Elle fit un geste pour lui montrer sa silhouette, expliquant ainsi sa prise de poids. Ses yeux s'emplirent de larmes. Elle les essuya du revers de la main.

Byrne demeura silencieux. Il avait vu tant de personnes aux prises avec le chagrin, chacun à sa façon. Combien de femmes avait-il vues nettoyer leur maison encore et encore après la mort violente d'un proche ? Remettant sans cesse les oreillers bien en place, faisant et refaisant les lits. Et combien d'hommes avait-il vus astiquer leur voiture sans raison, ou tondre leur pelouse chaque jour ? Le chagrin harcèle lentement le cœur humain. Les gens ont souvent le sentiment que s'ils demeurent en mouvement, ils le sèmeront.

Melanie Devlin plaça des briquettes de charbon sur le grill, rabaissa le couvercle. Elle leur servit un verre de limonade, s'assit sur la minuscule chaise en fer forgé face à Byrne. Quelques maisons plus loin, quelqu'un écoutait un match des Phillies. Ils se turent un instant, accablés par la chaleur écrasante de l'après-midi. Byrne remarqua que Melanie ne portait plus son alliance. Il se demanda si elle et Garrett avaient divorcé. Ils ne seraient assurément pas le premier couple à se déchirer après la mort violente d'un enfant.

— Elle était bleu lavande, finit par dire Melanie.

— Excusez-moi ?

Elle regarda le soleil, plissa les yeux. Elle baissa de nouveau le regard, tourna plusieurs fois son verre entre ses mains.

— La robe de Gracie. Celle dans laquelle elle a été enterrée. Elle était bleu lavande.

Byrne acquiesça. Il ignorait ce détail. À l'enterrement, le cercueil était resté fermé.

— Personne n'a pu la voir, poursuivit Melanie, car

49

elle était… vous savez. Mais c'était une très jolie robe. L'une de ses préférées. Elle aimait beaucoup ce bleu.

Byrne eut soudain le sentiment que Melanie savait pourquoi il était venu. Elle ne savait pas exactement ce qu'il avait à dire, naturellement, mais le fil ténu qui les reliait – la mort de Marygrace Devlin – était forcément la raison. Pour quel autre motif serait-il passé ? Melanie Devlin savait que cette visite avait quelque chose à voir avec Gracie et elle se disait probablement que le fait de parler de sa fille dans les termes les plus doux lui épargnerait peut-être une douleur supplémentaire.

Mais cette douleur, Byrne l'avait dans sa poche. Comment trouverait-il le courage de la sortir ?

Il but une gorgée de limonade. Le silence devint gênant. Une voiture passa dans la rue, son autoradio diffusant à plein volume une vieille chanson des Kinks. Nouveau silence. Silence chaud et vide de l'été. Byrne le rompit.

— Julian Matisse est sorti de prison.

Melanie le regarda quelques instants avec des yeux inexpressifs.

— Non, vous vous trompez, répondit-elle d'une voix neutre, dénuée d'émotion.

Pour Melanie, le simple fait de prononcer une telle phrase suffisait à la rendre vraie. Byrne avait entendu ça mille fois au cours de ses deux décennies dans la police. Ce n'était pas que la personne avait compris de travers. C'était juste une façon de gagner du temps, comme si une telle affirmation pouvait transformer la réalité, ou bien, au bout de quelques secondes, rendre la pilule moins difficile à avaler.

— J'ai peur que non. Il a été relâché il y a deux semaines, précisa Byrne. Il a fait appel de son jugement.

— Je croyais que vous aviez dit que…

— Je sais. Je suis terriblement désolé. Parfois le système…

Byrne laissa sa phrase en suspens. Ça ne servait vraiment à rien d'expliquer la situation. Surtout à une personne aussi effrayée et exaspérée que Melanie Devlin. Julian Matisse avait tué sa fille unique. La police avait arrêté le coupable, les tribunaux l'avaient jugé, on l'avait collé en prison et enfermé dans une cage d'acier. Tous ces souvenirs – même s'ils n'étaient jamais bien loin de la surface – avaient commencé à s'estomper. Et maintenant ils resurgissaient. Les choses n'étaient pas censées se dérouler ainsi.

— Quand va-t-il retourner en prison ? demanda-t-elle.

Byrne s'attendait à cette question, mais il n'avait pas la réponse.

— Melanie, beaucoup de gens vont faire tout leur possible pour qu'il y retourne. Je vous le promets.

— Vous y compris ?

Il prit alors sa décision, mettant un terme au dilemme qui le tourmentait depuis qu'il avait appris la nouvelle.

— Oui, répondit-il. Moi, y compris.

Melanie ferma les yeux. Byrne ne pouvait qu'imaginer les images qui lui passaient par la tête. Gracie lorsqu'elle était enfant. Gracie dans la pièce de théâtre du collège. Gracie dans son cercueil. Au bout d'un moment, Melanie se leva. Elle semblait en lévitation, sur le point de s'envoler d'une seconde à l'autre. Byrne se leva à son tour. Il était temps de partir.

— Je voulais juste vous l'annoncer en personne, dit-il. Et vous dire que je vais faire tout mon possible pour qu'il retourne là où il devrait être.

— Il devrait être en enfer, dit-elle.

Byrne n'avait rien à répondre à ça.

Ils se tinrent quelques instants face à face, gênés, puis Melanie tendit le bras pour lui serrer la main. Ils ne s'étaient jamais étreints – certaines personnes ne s'exprimaient simplement pas ainsi. Après le procès, après l'enterrement, même quand ils s'étaient dit au revoir après ce jour pénible deux ans plus tôt, ils s'étaient serré la main. Cette fois-ci, Byrne décida de tenter le coup. Autant pour Melanie que pour lui-même. Il ouvrit les bras et l'attira doucement à lui.

Il crut tout d'abord qu'elle allait résister, mais elle finit par lui tomber dans les bras, ses jambes se dérobant presque sous son corps. Il la serra contre lui quelques instants…

… *elle reste assise enfermée dans le placard de Gracie pendant des heures et des heures… elle parle aux poupées de Gracie comme on parle à un bébé… Ça fait deux ans qu'elle n'a pas touché son mari…*

… puis Byrne s'écarta, quelque peu ébranlé par les images qu'il venait de voir. Il lui promit de l'appeler bientôt.

Quelques minutes plus tard, elle lui fit traverser la maison pour le raccompagner à la porte. Elle l'embrassa sur la joue. Il sortit sans ajouter un mot.

Tandis qu'il s'éloignait, il jeta un dernier coup d'œil dans le rétroviseur. Debout sur le petit perron de sa maison, Melanie Devlin le regardait, sa douleur de nouveau aussi vive qu'au premier jour, son triste ensemble jaune semblant hurler son supplice sur fond de briques rouges insensibles.

Il se retrouva devant le cinéma où ils avaient découvert Gracie. La ville bourdonnait autour de lui. La ville ne se souvenait pas. La ville s'en foutait. Il ferma les yeux, sentit de nouveau le vent glacial qui balayait la rue cette nuit-là, revit la lueur mourante dans les yeux de la jeune femme. Il avait reçu une éducation catholique, mais dire qu'il n'était plus pratiquant était un euphémisme. Les êtres humains détruits qu'il avait croisés au cours de sa carrière lui avaient fait ouvrir les yeux sur le caractère fragile et fugace de l'existence. Il avait tellement côtoyé la douleur, le malheur, la mort. Cela faisait des semaines qu'il se demandait s'il allait reprendre du service ou tirer sa révérence. Ses papiers étaient posés sur la commode de sa chambre, prêts à être signés. Mais il savait maintenant qu'il devait y retourner. Ne fût-ce que pour quelques semaines. S'il voulait laver le nom de Jimmy, il devait agir de l'intérieur.

Ce soir-là, tandis que les ténèbres enveloppaient la Ville de l'amour fraternel et que la lueur de la lune s'élevait à l'horizon, tandis que la ville écrivait son nom en lettres de néon, l'inspecteur Kevin Francis Byrne prit une douche et s'habilla, puis il inséra un nouveau chargeur dans son Glock et s'enfonça dans la nuit.

6

À trois ans, Sophie Balzano était déjà une authentique fanatique de la mode. Certes, quand on la laissait se débrouiller seule et choisir ses vêtements, il y avait de grandes chances pour que sa tenue passe en revue la totalité du spectre lumineux, depuis l'orange au bleu lavande en passant par le vert chartreuse, mêlant carreaux, motifs écossais et rayures, le tout agrémenté de tous les accessoires de rigueur. Les ensembles coordonnés n'étaient pas son fort. Elle était plutôt du genre à n'en faire qu'à sa tête.

Par cette matinée étouffante de juillet, cette matinée qui allait voir le début d'une odyssée qui mènerait l'inspecteur Jessica Balzano au cœur de la folie et au-delà, elle était en retard, comme d'habitude. Ces matins-ci, chez les Balzano, c'était la panique : café, céréales, bonbons, petites tennis perdues, barrettes manquant à l'appel, boîtes de jus de fruits égarées, lacets cassés, comptes rendus de circulation sur la station KYW.

Deux semaines auparavant, Jessica s'était fait couper les cheveux. Elle les avait portés au moins jusqu'aux épaules – d'ordinaire bien plus longs – depuis sa plus tendre enfance et, lorsqu'elle travaillait en uniforme, elle les attachait presque constamment en queue-de-cheval.

Au début, Sophie l'avait suivie à travers la maison, jaugeant son nouveau style, la regardant de travers. Puis, au bout d'une semaine d'observation intensive, Sophie avait aussi voulu se faire couper les cheveux.

Sa nouvelle coupe n'était sans doute pas pour rien dans ses résultats en tant que boxeuse professionnelle. Ce qui avait commencé comme une plaisanterie était devenu une passion. Avec son palmarès de quatre victoires sans défaite, Jessica commençait à avoir bonne presse dans les magazines spécialisés et était soutenue par la quasi-totalité de la brigade.

Ce que de nombreuses femmes ne comprenaient pas, c'était qu'il fallait avoir les cheveux courts pour boxer. Si vous aviez les cheveux longs et les attachiez en queue-de-cheval, le moindre petit coup à la mâchoire faisait s'envoler vos cheveux et les juges accordaient le point à votre adversaire. De plus, votre queue-de-cheval risquait de se détacher en plein combat et vous vous retrouviez avec les cheveux dans les yeux. La première fille que Jessica avait mise K-O était une certaine Trudy « Kwik » Kwiatkowski qui, à la seconde reprise, avait marqué une pause pour écarter ses cheveux de ses yeux. L'instant d'après, elle comptait les étoiles au plafond.

Vittorio, l'oncle de Jessica – qui faisait à la fois office de manager et d'entraîneur – négociait un contrat avec la chaîne ESPN2. Jessica ne savait pas si elle avait plus peur de monter sur le ring ou de passer à la télé. D'un autre côté, ce n'était pas pour rien qu'il était inscrit JESSIE BALLS[1] sur son short.

Depuis une semaine, lorsqu'elle s'habillait, Jessica n'accomplissait plus le rituel d'aller chercher son arme dans le coffre qui se trouvait dans le placard du couloir. Elle devait bien admettre qu'elle se sentait nue et vulnérable sans son Glock. Mais c'était la procédure standard

1. Jessie la Hargne. *(N.d.T.)*

dès qu'une fusillade impliquait un agent. Cela faisait presque une semaine qu'elle était cantonnée derrière son bureau en attendant la fin de l'enquête sur l'incident.

Elle fit bouffer ses cheveux, appliqua un strict minimum de rouge à lèvres, jeta un coup d'œil à l'horloge. Encore à la bourre. Tant pis. Elle traversa le couloir, frappa à la porte de Sophie.

— Prête à y aller ? demanda-t-elle.

Sophie devait passer sa première journée dans une école maternelle proche de leur maison de Lexington Park, un petit quartier résidentiel du nord-est de Philadelphie. Paula Farinacci, qui était à la fois la baby-sitter de Sophie et l'une des plus anciennes amies de Jessica, emmenait aussi sa fille Danielle.

— M'man ? demanda Sophie de derrière la porte.

— Oui, chérie.

— Maman ?

Oh, oh, pensa Jessica. Le préambule « M'man/Maman » signifiait que Sophie était sur le point de poser une question difficile. C'était sa façon à elle de gagner du temps – la même technique que celle utilisée par les petites frappes qui cherchaient à embobiner les flics.

— Oui, ma puce ?

— Il revient quand, papa ?

Jessica avait bien vu. La grande question. Elle sentit son cœur se serrer.

Jessica et Vincent Balzano consultaient un conseiller conjugal depuis presque six semaines. Malgré leurs progrès, et bien que Vincent lui manquât terriblement, elle n'était pas encore tout à fait prête à le laisser entrer de nouveau dans leur vie. Il l'avait trompée et elle n'arrivait pas encore à lui pardonner.

Vincent, qui était inspecteur à la brigade des stupéfiants et travaillait à la division centrale, voyait Sophie quand il le voulait, et leurs échanges étaient moins sanglants qu'à l'époque où elle avait fait goûter la pelouse

56

à ses fringues en les balançant par la fenêtre de la chambre du premier étage. Cependant, la rancœur était toujours là. Un jour, en rentrant, elle l'avait trouvé au lit, dans leur maison, avec une morue du sud du New Jersey nommée Michelle Brown, une traînée avec les seins en gants de toilette et les dents du bonheur, les cheveux décolorés et des bijoux de chez QVC. Et encore, c'était ce qu'elle avait de mieux.

Ça s'était produit presque trois mois plus tôt. Avec le temps, la colère de Jessica s'était quelque peu adoucie. Tout n'allait pas pour le mieux, mais ça s'arrangeait.

— Bientôt, chérie, répondit Jessica. Papa va bientôt revenir à la maison.

— Papa me manque, ajouta Sophie. Affreusement.

À moi aussi, pensa Jessica.

— C'est l'heure d'y aller, ma puce.

— OK, m'man.

Jessica s'adossa au mur en souriant; sa fille était décidément un vrai perroquet. Son nouveau mot : affreusement. Les bâtonnets de poisson étaient *affreusement* bons. Elle était *affreusement* fatiguée. Ça prenait *affreusement* longtemps pour aller chez grand-père. Où avait-elle chopé ça? Jessica regarda les autocollants sur la porte de Sophie, sa ménagerie d'amis du moment : Winnie l'Ourson, Tigrou, Bourriquet, Mickey, Pluto, Tic et Tac.

Jessica cessa bientôt de penser à Sophie et Vincent et se remémora l'incident avec Trey Tarver. Elle avait été à deux doigts d'y passer. Même si elle ne l'aurait jamais avoué à quiconque – et surtout pas à un autre flic –, elle revoyait le 7,65 mm dans tous ses cauchemars depuis l'échange de coups de feu, chaque voiture pétaradant, chaque porte claquée, chaque coup de feu à la télévision lui rappelait le claquement de la balle percutant le mur de brique au-dessus de sa tête.

Comme tous les flics, lorsqu'elle se préparait à partir en mission, elle n'avait qu'une seule règle, un principe fondamental qui primait sur tout le reste : rentrer chez elle en un seul morceau. Rien d'autre n'avait d'importance. Et tant qu'elle serait dans la police, rien d'autre ne compterait jamais. Comme la plupart des autres flics, Jessica avait une devise :

Celui qui braque son arme sur moi a perdu. Point final. Si j'ai tort, qu'on me reprenne ma plaque, mon arme et même ma liberté. Mais ils ne me prendront jamais ma vie.

On avait proposé à Jessica de voir un psychologue, mais vu que ce n'était pas obligatoire, elle avait décliné l'offre. Son entêtement provenait peut-être de ses origines italiennes. Ou du fait qu'elle était une *femme* d'origine italienne. En tout cas, le fin mot de l'histoire – et cela l'effrayait un peu – était qu'elle s'accommodait très bien de ce qui s'était passé. Que Dieu lui vienne en aide, elle avait tiré sur un homme et ça ne lui faisait ni chaud ni froid.

La bonne nouvelle était qu'au cours de la semaine qui avait suivi, la commission d'enquête l'avait blanchie. Elle avait eu des raisons valables de tirer. Elle devait recommencer à patrouiller aujourd'hui. L'audience préliminaire de D'Shante Jackson était censée avoir lieu d'ici trois semaines, mais elle se sentait prête. Le jour venu, sept mille anges gardiens veilleraient sur elle : tous les flics de la police de Philadelphie.

Lorsque Sophie sortit de sa chambre, Jessica comprit qu'un nouveau devoir l'attendait. Sa fille portait des chaussettes de couleurs différentes, six bracelets en plastique, les boucles d'oreilles à clips en faux grenat qui avaient appartenu à sa grand-mère et un gros sweat-shirt rose à capuche bien que le mercure fût censé dépasser les trente degrés dans la journée.

Si dans le vaste monde cruel Jessica Balzano était supposée être inspecteur à la criminelle, chez elle, sa mission était différente. Et d'un rang inférieur. Ici, elle était commissaire à la brigade de la mode.

Elle interpella sa petite criminelle et l'escorta dans sa chambre.

La brigade criminelle de la police de Philadelphie comportait soixante-cinq agents qui faisaient les trois-huit, sept jours sur sept. Philadelphie se classait constamment dans les douze premières villes du pays pour ce qui était du taux de criminalité, et le chaos, l'effervescence, l'activité de la salle commune reflétaient ce palmarès. La brigade se trouvait au premier étage du siège de la police, aussi connu sous le nom de Rotonde, au coin de la 8e Rue et de Race Street.

Jessica franchit la porte de verre et salua de la tête les quelques agents et inspecteurs présents. Avant même d'avoir pu atteindre la rangée d'ascenseurs, elle entendit :

— Bonjour, inspecteur.

Jessica se retourna au son de la voix familière. C'était l'agent Mark Underwood. Jessica portait l'uniforme depuis environ quatre ans quand Underwood avait rejoint le troisième district, son ancien terrain de jeux. Ce jeune homme au visage juvénile fraîchement émoulu de l'école de police avait été l'un des quelques bleus affectés au district du sud de Philly cette année-là. Elle avait participé à la formation de plusieurs agents de sa classe.

— Salut, Mark.

— Comment allez-vous ?

— On ne peut mieux, répondit Jessica. Toujours au troisième ?

— Oh, oui, dit Underwood. Mais j'ai été affecté à ce film qu'ils sont en train de tourner.

— Oh, oh, fit Jessica.

Tout le monde savait que Will Parrish tournait son

nouveau film en ville. C'est pourquoi, tous ceux qui, dans le secteur, prétendaient à la gloire prenaient cette semaine la direction du sud de Philly.

— Lumière, caméra, attitude.

— Vous avez tout pigé, répondit Underwood en riant.

Les énormes camions, les gros projecteurs, les barrages étaient devenus un spectacle assez habituel au cours des quelques dernières années. Grâce à un bureau du cinéma très agressif et accommodant, Philadelphie était en passe de devenir un des principaux centres de la production cinématographique. Et même si certains policiers estimaient qu'assurer la sécurité pendant la durée du tournage était une mission en or, le boulot consistait principalement à faire le pied de grue. La ville elle-même avait une relation d'amour et de haine avec le cinéma. Bien souvent, c'était un désagrément. Mais Philly n'était pas peu fière.

Bizarrement, Mark Underwood avait encore l'air d'un étudiant. Bizarrement, elle avait déjà dépassé les trente ans. Jessica se rappelait le jour où il était entré dans la police comme si c'était la veille.

— J'ai entendu dire que vous jouiez dans la cour des grands, dit Underwood. Félicitations.

— Capitaine à quarante ans, répondit Jessica, faisant intérieurement la grimace au mot « quarante ». Vous verrez.

— Je n'en doute pas le moins du monde. (Underwood consulta sa montre.) Faut que j'y aille. Ça m'a fait plaisir de vous voir.

— Moi aussi.

— On se retrouve au Finnigan's Wake demain soir, reprit Underwood. Le sergent O'Brien prend sa retraite. Passez boire une bière. On rattrapera le temps perdu.

— Êtes-vous sûr d'avoir l'âge de boire ? demanda Jessica.

Underwood se mit à rire.

— Bonne tournée, inspecteur.

— Merci, dit-elle. Vous aussi.

Jessica le regarda ajuster sa casquette, glisser sa matraque dans son étui et s'éloigner en contournant l'éternelle rangée de fumeurs.

L'agent Mark Underwood était déjà un vétéran avec ses trois ans de service.

Bon Dieu, ce qu'elle vieillissait.

Lorsque Jessica pénétra dans la salle commune de la brigade criminelle, elle fut accueillie par une poignée d'inspecteurs du service précédent, celui qui avait commencé à minuit. Il était rare qu'un service ne dure que huit heures. La plupart du temps, si vous commenciez à minuit, vous pouviez vous arranger pour repartir vers les dix heures du matin, puis vous rendre directement au centre de la justice criminelle où il vous fallait poireauter jusqu'à l'après-midi dans une salle d'audience bondée pour témoigner, puis grappiller quelques heures de sommeil avant de retourner à la Rotonde. C'était une des nombreuses raisons pour lesquelles les gens présents dans cette pièce, comme ailleurs dans ce bâtiment, étaient votre vraie famille. Le taux d'alcoolisme confirmait ce fait, tout comme celui des divorces. Jessica s'était juré de ne contribuer à aucune de ces statistiques.

Avec ses trente-huit ans d'ancienneté dans la police de Philadelphie, le sergent Dwight Buchanan, l'un des superviseurs du service de jour, était un vieux de la vieille. Et ça se voyait. Après l'incident de l'allée, il était arrivé sur les lieux et avait confisqué son arme à Jessica avant de diriger le débriefing réglementaire en cas de fusillade impliquant un agent pour servir de liaison avec le service des affaires internes. Bien qu'il ne fût pas de service au moment où l'incident s'était produit, il avait quitté son lit et foncé sur les lieux pour ne pas laisser tomber l'un des siens. De tels moments créaient entre les hommes et les femmes en bleu des liens que la plupart des gens ne comprendraient jamais.

Ça faisait presque une semaine que Jessica était cantonnée derrière son bureau, et elle était heureuse de retourner en première ligne. Elle n'était pas du genre casanier.

— Content de vous revoir, inspecteur, dit Buchanan en lui restituant son Glock.

— Merci, monsieur.

— Prête à retrouver la rue ?

Jessica leva son arme.

— La question est : est-ce que la rue est prête à me retrouver ?

— Il y a quelqu'un qui souhaite vous voir.

Il pointa le doigt par-dessus l'épaule de Jessica. Elle se retourna. Un homme était penché au-dessus du bureau des missions, un homme imposant aux yeux vert émeraude et aux cheveux d'un blond tirant sur le roux. Un homme dont l'allure dénotait une personne hantée par de puissants démons.

Son partenaire, Kevin Byrne.

Le cœur de Jessica s'emballa brièvement lorsque leurs regards se croisèrent. Ils ne faisaient équipe que depuis quelques jours lorsque Kevin Byrne s'était fait tirer dessus au printemps précédent, mais ce qu'ils avaient partagé au cours de cette semaine effroyable était si intime, si personnel, que ça dépassait même ce que pouvaient éprouver deux amants. C'était un sentiment qui s'adressait directement à leur âme. Il s'avérait qu'aucun des deux, même au cours des derniers mois, n'avait eu le temps de prendre du recul par rapport à ce qu'ils avaient éprouvé. Personne ne savait si Kevin Byrne réintégrerait l'équipe et, le cas échéant, si Jessica et lui feraient de nouveau équipe. Elle avait eu l'intention de l'appeler ces dernières semaines. Elle n'en avait rien fait.

Le fait était que Kevin Byrne s'était pris une balle

pour la compagnie – pour Jessica – et qu'il aurait mérité mieux de la part de sa coéquipière. Elle s'en voulait, mais était sincèrement heureuse de le revoir.

Jessica traversa la pièce, les bras grands ouverts. Ils s'étreignirent, un peu maladroitement, en maintenant un peu de distance.

— Est-ce que vous revenez ? demanda Jessica.

— Les toubibs disent que je dois alterner quarante-huit heures de service et quarante-huit heures de repos. Mais oui, je reviens.

— Je vois déjà le taux de criminalité chuter.

Byrne sourit. Il y avait de la tristesse dans ce sourire.

— Il vous reste une place pour votre ancien partenaire ?

— On trouvera bien un cageot pour vous asseoir et un seau en cas de besoin, répondit Jessica.

— Nous, les anciens, c'est tout ce qu'il nous faut, vous savez. Trouvez-moi un fusil à silex et je serai paré.

— Marché conclu.

Jessica avait à la fois espéré et appréhendé ce moment. Après le carnage du Vendredi saint, elle se demandait ce qu'ils éprouveraient lorsqu'ils se trouveraient de nouveau ensemble. Est-ce que ce serait – est-ce que ça *pouvait* être – encore comme avant ? Elle n'en avait aucune idée. Mais de toute évidence elle allait bientôt le savoir.

Ike Buchanan les laissa tranquilles un moment. Quand il fut certain de leur avoir laissé suffisamment de temps, il tint un objet en l'air. Une cassette vidéo.

— Je veux que vous voyiez ça, dit-il.

7

Jessica, Byrne et Ike Buchanan se tassèrent dans la minuscule cafétéria qui abritait une rangée d'écrans et des magnétoscopes. Quelques instants plus tard, un troisième homme entra dans la pièce.

— Je vous présente l'agent spécial Terry Cahill, annonça Buchanan. Terry nous est prêté par l'unité du FBI spécialisée dans le crime en milieu urbain, mais juste pour quelques jours.

Cahill avait dans les trente-cinq ans. Il portait la tenue de rigueur : costume bleu marine, chemise blanche et cravate à rayures bordeaux et bleues. Il avait les cheveux blonds, une coupe bien nette d'étudiant, était plutôt beau gosse dans un style classique façon catalogue J. Crew. Il exhalait une forte odeur de savon et de cuir de bonne qualité.

Buchanan acheva les présentations.

— Voici l'inspecteur Jessica Balzano.

— Ravi de vous rencontrer, inspecteur, dit Cahill.

— Moi aussi.

— Voici l'inspecteur Kevin Byrne.

— Enchanté.

— Tout le plaisir est pour moi, agent Cahill, répondit Byrne.

Cahill et Byrne échangèrent une poignée de main. Froide, mécanique, professionnelle. La rivalité inter-agences était si épaisse qu'on aurait pu la couper au couteau. Puis Cahill porta de nouveau son attention sur Jessica.

— C'est vous, la boxeuse ? demanda-t-il.

Elle savait de quoi il parlait, mais c'était tout de même une drôle de question. Comme si elle avait été un chien. *C'est vous, le schnauzer ?*

— Oui.

Il hocha la tête, visiblement impressionné.

— Pourquoi me demandez-vous cela ? Vous comptez sortir du rang, agent Cahill ?

Il se mit à rire. Il avait les dents bien alignées, une fossette se creusa sur sa joue gauche.

— Non, non. C'est juste que j'ai moi aussi pratiqué un peu la boxe.

— En professionnel ?

— Rien de comparable. Principalement des tournois Golden Gloves. Un peu dans la police.

C'était maintenant au tour de Jessica d'être impressionnée. Elle savait ce qu'il fallait pour tenir le coup sur un ring.

— Terry est ici pour observer et faire des recommandations à l'unité spéciale, expliqua Buchanan. La mauvaise nouvelle, c'est que nous avons vraiment besoin de son aide.

C'était vrai. Les crimes avec violences en tout genre étaient en hausse à Philadelphie. Pourtant, il n'y avait pas un seul inspecteur de la brigade qui voulait qu'une agence extérieure vienne fourrer son nez dans leurs affaires. *Observer*, pensa Jessica. *Ben voyons.*

— Ça fait combien de temps que vous travaillez pour le bureau ? demanda Jessica.

— Sept ans.

— Vous êtes de Philadelphie ?

— Pur jus, répondit Cahill. Quartier de la 10ᵉ Rue et Washington.

Byrne resta en retrait durant toute la conversation, écoutant, observant. Il était comme ça. Cela dit, ça faisait plus de vingt ans qu'il faisait ce boulot, pensa Jessica. Se méfier des fédéraux était une seconde nature.

Pressentant un accrochage territorial, bon enfant ou non, Buchanan inséra la cassette dans l'un des magnétoscopes et appuya sur la touche LECTURE.

Au bout de quelques secondes, une image en noir et blanc s'anima sur l'un des écrans. *Psychose* d'Alfred Hitchcock, le film avec Anthony Perkins et Janet Leigh. L'image était un peu granuleuse, les bords étaient flous. La cassette démarrait par la scène où, après avoir réservé une chambre dans le motel et partagé un sandwich avec Norman Bates dans son bureau, Janet Leigh se prépare à prendre une douche.

Tandis que la vidéo défilait, Byrne et Jessica échangèrent un coup d'œil. Il était clair que Buchanan ne les avait pas convoqués pour leur projeter un classique du cinéma d'horreur, mais, pour le moment, ni l'un ni l'autre n'avait la moindre idée de ce dont il retournait.

Ils continuèrent de regarder le film. Norman décrochant le tableau du mur. Norman regardant par le trou grossièrement pratiqué dans le plâtre. Marion Crane – le personnage interprété par Janet Leigh – se déshabillant, enfilant son peignoir. Norman marchant jusqu'à sa maison. Marion entrant dans la baignoire et refermant le rideau.

Tout sembla normal jusqu'à ce qu'une anomalie apparaisse à l'écran, une sorte de bande verticale avançant lentement et signalant un raccord grossier. L'espace d'une seconde, l'écran vira au noir; puis une nouvelle image apparut. Ils comprirent immédiatement qu'une autre scène avait été enregistrée par-dessus le film.

C'était un plan fixe, pris en hauteur depuis le coin de ce qui ressemblait à une salle de bains de motel. L'objectif grand-angulaire montrait un lavabo, des toilettes, une baignoire, un sol carrelé. Malgré la lueur diffusée par l'applique fixée au-dessus du miroir, la luminosité était faible. L'image en noir et blanc avait un aspect grossier, comme si elle avait été tournée au moyen d'une Webcam ou d'un caméscope bon marché.

À mesure que la bande défilait, il apparut que, derrière le rideau tiré, quelqu'un prenait une douche. On entendait le bruit faible d'un jet d'eau en fond sonore et, de temps à autre, le rideau de douche se déformait, épousant les mouvements de la personne qui se tenait dans la baignoire. Une ombre dansait sur le plastique translucide. Outre le bruit de l'eau, on distinguait une voix de jeune femme. Elle chantait une chanson de Norah Jones.

Jessica et Byrne échangèrent un nouveau regard, conscients d'assister à une scène qu'ils n'auraient pas dû voir et que le simple fait qu'ils y assistaient signifiait que quelque chose de terrible allait se produire. Jessica se tourna vers Cahill. Il semblait captivé par le film. Une veine battait sur sa tempe.

À l'écran, le plan restait fixe. De la vapeur s'échappait au-dessus du rideau de douche, la condensation troublant légèrement le quart supérieur de l'image.

Puis, soudain, la porte de la salle de bains s'ouvrit et une silhouette surgit : une personne mince qui semblait être une vieille femme aux cheveux blancs coiffés en chignon. Elle portait une robe d'intérieur à motif fleuri qui lui descendait jusqu'au milieu du mollet et un gilet sombre. Elle tenait un grand couteau de boucher. Son visage n'était pas visible, mais elle avait une carrure d'homme, un maintien et une démarche d'homme.

Après quelques secondes d'hésitation, la silhouette ouvrit le rideau et la jeune femme nue qui se trouvait sous la douche apparut, mais la caméra était placée trop haut et l'image était de trop mauvaise qualité pour que les inspecteurs puissent se faire la moindre idée de ce à quoi elle ressemblait. Vue sous cet angle, la seule chose certaine était qu'elle était blanche et probablement âgée d'une vingtaine d'années.

Aussitôt, Jessica comprit avec effroi ce qu'ils regardaient. Avant qu'elle ait pu réagir, le couteau tenu par la silhouette indistincte s'abattit sur la jeune femme, encore et encore, lui déchirant la chair, lui tranchant la poitrine, les bras, le ventre. La femme hurla. Du sang jaillit, éclaboussant le carrelage. Des petits bouts de chair et de muscles allèrent claquer contre les murs. La silhouette continua de poignarder sauvagement la jeune femme sans s'arrêter jusqu'à ce qu'elle s'écroule dans la baignoire, le corps sillonné par de profondes plaies béantes.

Puis, aussi vite que ça avait commencé, tout fut fini.

La vieille femme sortit de la pièce en courant. L'eau de la douche charria le sang dans l'écoulement de la baignoire. La jeune femme ne bougeait plus. Quelques secondes plus tard, après un nouveau raccord grossier, le film original reprit son cours : un gros plan très rapproché de l'œil droit de Janet Leigh, la caméra qui s'éloigne en tournoyant. Puis le cri effrayant qu'Anthony Perkins lâche depuis la maison des Bates retentit.

« Maman ! Oh mon Dieu ! Maman ! Ce sang ! Tout ce sang ! »

Lorsque Ike Buchanan arrêta la cassette, le silence s'empara de la petite pièce pendant presque une minute complète.

Ils venaient d'assister à un meurtre.

Quelqu'un avait filmé un assassinat brutal, sauvage, et avait inséré la scène à l'endroit précis du film *Psychose* où se produit le meurtre de la douche. Ils avaient tous été témoins de suffisamment de carnages pour savoir qu'il ne s'agissait pas d'un quelconque trucage.

— Ce crime est bien réel, dit Jessica.

— Ça m'en a tout l'air, confirma Buchanan. Ce que vous venez de visionner était une copie. L'unité audiovisuelle analyse la cassette originale en ce moment. Elle est de qualité un peu meilleure, mais pas beaucoup.

— Est-ce qu'il y a autre chose du même genre sur la cassette ? demanda Cahill.

— Rien, répondit Buchanan. Juste le film original.

— D'où vient cette cassette ?

— Elle a été louée dans une petite boutique vidéo d'Aramingo, dit Buchanan.

— Qui l'a apportée ? demanda Byrne.

— Il est dans la salle A.

Le jeune homme assis dans la salle d'interrogatoire A était pâle comme un linge. Il avait à peine une vingtaine d'années, des cheveux bruns coupés en brosse, des yeux clairs légèrement ambrés, les traits fins. Il portait un polo d'un vert tirant sur le jaune et un jean noir. Son 229 – un rapport bref sur lequel figuraient ses nom, adresse et lieu de travail – indiquait qu'il était étudiant à l'université de Drexel et cumulait deux emplois à temps partiel. Il vivait à Fairmount, dans le nord de Philadelphie. Son nom était Adam Kaslov. Les seules empreintes digitales prélevées sur la cassette étaient les siennes.

Jessica pénétra dans la pièce, se présenta. Kevin Byrne et Terry Cahill observaient derrière le miroir sans tain.

— Est-ce que je peux vous apporter quelque chose ? demanda Jessica.

Adam Kaslov esquissa un sourire triste.

— Non merci, répondit-il.

Deux boîtes de Sprite vides étaient posées devant lui sur la table sillonnée de rayures. Il tenait un bout de carton rouge qu'il ne cessait de tirebouchonner. Jessica posa sur la table le boîtier de la cassette vidéo enveloppé dans un sachet transparent.

— Quand avez-vous loué ça ?

— Hier après-midi, répondit Adam d'une voix un peu tremblante. Peut-être sur le coup de trois heures.

Il n'avait pas de casier et c'était probablement la première fois qu'il se retrouvait dans un poste de police. Pour un interrogatoire avec la police criminelle, rien que ça. Jessica avait pris soin de laisser la porte ouverte. Elle jeta un coup d'œil sur l'étiquette de la cassette.

— Et vous l'avez eue chez Reel Deal dans Aramingo ?

— Oui.

— Comment avez-vous payé ?

— Excusez-moi ?

— Avez-vous utilisé une carte de crédit ? Des espèces ? Est-ce que vous aviez un abonnement ?

— Oh, fit-il. J'ai payé en espèces.

— Avez-vous gardé le reçu ?

— Non. Désolé.

— Êtes-vous un client régulier ?

— En quelque sorte.

— À quelle fréquence louez-vous des films là-bas ?

— Je ne sais pas. Peut-être deux fois par semaine.

Jessica consulta le rapport 229. Adam occupait un poste à temps partiel à Rite Aid, dans Market Street, et un autre au Cinemagic 3, dans Penn, le cinéma proche de l'hôpital de l'université de Pennsylvanie.

— Puis-je vous demander pourquoi vous allez dans cette boutique ?

— Que voulez-vous dire ?

— Vous habitez juste à côté d'un Blockbuster.

Adam haussa les épaules.

— Parce qu'ils ont plus de films étrangers et indépendants que les grosses chaînes, je suppose.

— Vous aimez les films étrangers, Adam ?

Jessica parlait sur un ton amical, comme s'il s'agissait d'une simple conversation. Le visage d'Adam s'illumina légèrement.

— Oui.

— J'aime beaucoup *Cinema Paradiso*, dit Jessica. C'est l'un de mes films préférés. Vous l'avez vu ?

— Bien sûr, répondit Adam, son visage s'illuminant un peu plus. Giuseppe Tornatore est formidable. Peut-être bien l'héritier de Fellini.

Il commençait à se détendre un peu. Il posa son petit bout de carton, désormais tordu en une spirale si serrée qu'on aurait pu s'en servir pour remuer des cocktails. Jessica s'assit sur une chaise cabossée en métal face à lui, comme quelqu'un qui voudrait simplement discuter. Discuter d'un meurtre abominable que quelqu'un avait filmé.

— Avez-vous regardé ça seul ? demanda Jessica.

— Oui.

Sa réponse était teintée de mélancolie, comme s'il venait de rompre récemment et était encore habitué à regarder des vidéos avec quelqu'un.

— Quand l'avez-vous regardée ?

Adam saisit de nouveau sa spirale de carton.

— Eh bien, je quitte mon second boulot à minuit et je rentre vers minuit et demi. En général, je prends une douche et je mange un morceau. Je suppose que j'ai dû commencer à regarder ce film vers une heure ou une heure et demie. Peut-être deux heures.

— L'avez-vous regardé d'une traite ?

— Non, répondit Adam. J'ai regardé jusqu'à la scène où Janet Leigh arrive au motel.

— Et après ?

— Après, j'ai éteint et je me suis couché. J'ai regardé… la suite ce matin. Avant de partir pour la fac. Ou plutôt avant l'heure où j'étais censé partir pour la fac.

Quand j'ai vu le… vous savez, j'ai appelé les flics. La police. J'ai appelé la police.

— Est-ce que quelqu'un d'autre a vu ça ?

Adam secoua la tête.

— En avez-vous parlé à quelqu'un ?

— Non.

— Cette cassette est-elle restée tout le temps en votre possession ?

— Je ne suis pas sûr de vous suivre.

— Entre le moment où vous l'avez louée et celui où vous avez appelé la police, êtes-vous resté en possession de la cassette ?

— Oui.

— Vous ne l'avez pas prêtée à un ami ou laissée un moment dans une voiture ou dans un sac que vous auriez accroché à un portemanteau dans un lieu public ?

— Non, répondit Adam. Rien de tel. Je l'ai louée, rapportée à la maison et posée sur la télé.

— Et vous vivez seul ?

Nouvelle grimace. Il venait bien de rompre.

— Oui.

— Y avait-il quelqu'un chez vous quand vous étiez au travail hier soir ?

— Je ne pense pas, dit Adam. Non. Ça m'étonnerait vraiment.

— Personne d'autre n'a la clé ?

— Juste le propriétaire. Et ça doit faire un an que je lui demande de réparer ma douche. Je ne pense pas qu'il serait entré durant mon absence.

Jessica prit quelques notes.

— Avez-vous déjà loué ce film chez Reel Deal auparavant ?

Adam baissa les yeux vers le sol quelques instants et réfléchit.

— Le film ou cette cassette en particulier ?

— L'un ou l'autre.

— Je crois avoir loué le DVD de *Psychose* chez eux l'année dernière.

— Pourquoi avoir pris la version VHS cette fois-ci ?

— Mon lecteur DVD est cassé. J'ai bien un lecteur optique sur mon portable, mais je n'aime pas vraiment regarder des films sur un ordinateur. Le son craint un peu.

— À quel endroit de la boutique se trouvait la cassette quand vous l'avez louée ?

— Où elle était ?

— Je veux dire, est-ce que les cassettes sont sur des rayonnages ou est-ce qu'ils exposent juste des boîtiers vides et conservent les cassettes derrière le comptoir ?

— Non, les cassettes sont sur les rayonnages.

— Où se trouvait cette cassette ?

— Ils ont une section appelée CLASSIQUES. Elle était là.

— Sont-elles classées par ordre alphabétique ?

— Je crois.

— Vous rappelez-vous si ce film était bien à l'endroit où il était censé être sur le rayonnage ?

— Je ne me souviens pas.

— Avez-vous loué autre chose en même temps ?

Le peu de couleur qui lui restait quitta le visage d'Adam à la simple idée que d'autres cassettes puissent contenir quelque chose d'aussi horrible.

— Non. Seulement cette vidéo-là.

— Connaissez-vous d'autres clients de la boutique ?

— Pas vraiment.

— Connaissez-vous une autre personne qui aurait pu louer cette cassette ?

— Non, répondit-il.

— Et voici une question plus compliquée, annonça Jessica. Êtes-vous prêt ?

— Je suppose.

— Avez-vous reconnu la jeune femme sur la vidéo ?

Adam ravala sa salive et fit signe que non.

— Désolé.

— C'est bon, dit Jessica. Nous avons presque fini maintenant. Vous vous en sortez comme un chef.

À ces mots, le jeune homme esquissa un demi-sourire. Le fait qu'il allait bientôt partir – le simple fait qu'ils allaient le relâcher – semblait lui ôter un lourd fardeau des épaules. Jessica prit quelques notes supplémentaires, consulta sa montre.

— Est-ce que je peux vous poser une question ? demanda Adam.

— Bien sûr.

— Est-ce que cette scène est… heu… réelle ?

— Nous n'en sommes pas sûrs.

Adam hocha la tête. Jessica soutint son regard, cherchant le moindre signe suggérant qu'il pouvait cacher quelque chose. Tout ce qu'elle vit fut un jeune homme tombé par hasard sur quelque chose de bizarre et, probablement, effroyablement réel. Il l'avait eu, son film d'horreur.

— Bien, monsieur Kaslov, dit-elle. Nous vous remercions d'avoir apporté cette cassette. Nous vous tiendrons au courant.

— OK, répondit Adam. Est-ce qu'on a fini ?

— Oui. Et nous vous serions reconnaissants de ne parler de cette affaire à personne pour le moment.

— D'accord.

Ils se levèrent, se serrèrent la main. La main d'Adam Kaslov était froide comme de la glace.

— L'un de nos agents va vous raccompagner jusqu'à la sortie, ajouta Jessica.

— Merci.

Tandis que le jeune homme quittait la salle commune de la brigade criminelle, Jessica jeta un coup d'œil en direction du miroir sans tain. Elle ne pouvait pas voir à travers, mais inutile de voir le visage de Kevin Byrne pour savoir qu'ils étaient sur la même longueur d'onde. Il y avait de grandes chances pour qu'Adam Kaslov n'ait rien à voir avec le crime de la vidéo.

Pour autant qu'un crime eut bien été commis.

Byrne dit à Jessica qu'il la retrouverait sur le parking. Lorsqu'il fut certain que personne ne prêtait attention à lui, il s'assit devant l'un des ordinateurs et lança une vérification sur Julian Matisse. Comme il s'y attendait, aucune affaire en cours ne le concernait. Il y avait eu un cambriolage chez la mère de Matisse un an plus tôt, mais rien impliquant Julian. Matisse avait passé les deux dernières années derrière les barreaux et la liste de ses associés n'était plus à jour. Byrne imprima néanmoins leurs adresses.

Puis, quitte à foutre en l'air le travail d'un autre inspecteur, il vida la mémoire cache de l'ordinateur et effaça l'historique du PCIC, le fichier informatique qui recensait les crimes commis à Philadelphie.

Au rez-de-chaussée de la Rotonde, à l'arrière du bâtiment, se trouvait une cantine équipée d'une douzaine de box délabrés et d'autant de tables. La nourriture était passable, le café archifort. L'un des murs semblait soutenu par une rangée de distributeurs automatiques. De l'autre côté, de grandes fenêtres offraient une vue dégagée sur des climatiseurs.

Tandis que Jessica récupérait deux cafés pour elle et Byrne, Terry Cahill entra dans la pièce et s'approcha d'elle. La poignée de flics en uniforme et d'inspecteurs dispersés dans la pièce le toisa avec dédain. Tout en lui trahissait l'agent fédéral, jusqu'à sa paire de richelieus en cuir de Cordoue, bien cirés quoique sobres. Jessica aurait parié qu'il repassait ses chaussettes.

— Vous avez une seconde, inspecteur ?

— Tout juste, répondit Jessica.

Elle et Byrne étaient sur le point de se rendre à la boutique où la cassette de *Psychose* avait été louée.

— Je voulais juste vous dire que je ne vous accompagnerai pas ce matin. Je vais vérifier les informations que nous avons dans le VICAP[1] et les autres bases de données fédérales. Histoire de voir si je trouve quelque chose.

Nous essaierons de nous en sortir sans vous, pensa Jessica.

— Ça pourra nous être utile, dit-elle.

Elle s'aperçut soudain qu'elle venait de lui parler sur un ton condescendant. Mais ce type faisait simplement son boulot, exactement comme elle. Par chance, Cahill ne sembla rien remarquer.

— Pas de problème, reprit-il, j'essaierai de vous rejoindre sur le terrain dès que possible.

— OK.

— Je suis heureux de bosser avec vous, ajouta-t-il.

— Moi aussi, mentit-elle.

Elle posa les couvercles sur les cafés et se dirigea vers la sortie. Elle aperçut son reflet dans la porte en verre et chercha à distinguer la pièce derrière elle. Accoudé au comptoir, l'agent spécial Terry Cahill arborait un grand sourire.

Est-ce qu'il est en train de me reluquer ?

---

1. Violent Criminal Apprehension Program, la base de données du FBI qui recense, compare et analyse les délits commis avec violences, en particulier les meurtres. (*N.d.T.*)

8

Reel Deal était une boutique indépendante de location vidéo située dans Aramingo Avenue, près de Clearfield, coincée entre un petit restaurant vietnamien et un salon de manucure nommé Claws and Effect. C'était l'un des derniers petits établissements de Philadelphie que Blockbuster et West Coast Video n'avaient pas encore forcés à mettre la clé sous la porte.

Dans la vitrine crasseuse, des affiches de films avec Vin Diesel et Jet Li recouvraient des posters de comédies romantiques pour adolescents sorties au cours des dix dernières années. Il y avait aussi des portraits en noir et blanc décolorés par le soleil de vedettes de films d'action sur le déclin : Jean-Claude Van Damme, Steven Seagal, Jackie Chan. Dans un coin de la vitrine, une pancarte annonçait : Nous avons des films cultes et des séries Z mexicaines !

Jessica et Byrne entrèrent.

C'était une boutique étroite et tout en longueur. De chaque côté les murs étaient recouverts de cassettes vidéo, et un présentoir à double façade avait été installé au centre de la pièce. Les rayonnages étaient surmontés de pancartes sur lesquelles le genre des films avait été inscrit à la main : Drame, Comédie, Action, Étranger,

FAMILIAL. Une section nommée FILMS D'ANIMATION occupait un tiers d'un des murs. Un coup d'œil au rayon CLASSIQUES suffisait pour découvrir toute une série de films d'Hitchcock.

Outre des vidéos, on y proposait aussi du pop-corn à réchauffer au micro-ondes, des boissons non alcoolisées, des chips, des magazines sur le cinéma. Sur les murs, au-dessus des cassettes, se trouvaient des affiches gondolées, principalement des films d'action et d'horreur, plus quelques productions de Merchant et Ivory ici et là pour ajouter une touche un peu plus classe.

À droite, près de l'entrée, se trouvait un comptoir légèrement surélevé. L'écran fixé au mur diffusait un film d'épouvante des années soixante-dix que Jessica ne reconnut pas immédiatement. L'étudiante en tenue légère de rigueur était poursuivie dans un sous-sol obscur par un psychopathe portant un masque et armé d'un couteau.

L'employé derrière le comptoir approchait de la vingtaine. Ses longs cheveux étaient d'un blond sale, il portait un jean troué aux genoux, un T-shirt du groupe Wilco et un bracelet clouté. Jessica n'aurait pu dire à quelle branche du grunge il appartenait : version originale façon Neil Young ? Tendance Nirvana-Pearl Jam ? Ou une nouvelle espèce dont, à l'âge avancé de trente ans, elle n'avait jamais entendu parler ?

Il y avait une poignée de clients dans la boutique. Sous l'odeur écœurante de l'encens à la fraise flottait un faible relent de marijuana plutôt bonne.

Byrne montra sa plaque à l'employé.

— Ouah ! fit le jeune type.

Il tourna nerveusement ses yeux injectés de sang vers le rideau de perles qui se trouvait derrière lui, vers la pièce où, Jessica en était à peu près certaine, se trouvait sa petite réserve d'herbe.

— Quel est votre nom ? demanda Byrne.

— Mon nom ?

— Oui, dit Byrne. C'est le mot que les gens utilisent quand ils veulent attirer votre attention.

— Heu, Leonard, répondit-il. Leonard Puskas. Mais on m'appelle Lenny.

— Êtes-vous le manager, Lenny ? demanda Byrne.

— Enfin, genre, pas officiellement.

— Ce qui signifie, genre, quoi ?

— Ce qui signifie que c'est moi qui m'occupe de l'ouverture et de la fermeture de la boutique, qui passe toutes les commandes et qui fais tout le boulot ici. Tout ça pour un salaire de misère.

Byrne montra le boîtier du film qu'Adam Kaslov avait loué. L'unité audiovisuelle avait toujours la cassette originale.

— Hitch, dit Lenny, en opinant du chef. Un classique.

— Vous aimez ?

— Oh, oui. À fond, répondit Lenny. Même si j'ai jamais trop accroché à ses trucs politiques des années soixante. *L'Étau*, *Le Rideau déchiré*.

— Je vois.

— Mais *Les Oiseaux*, *La Mort aux trousses*, *Fenêtre sur cour*… Génial !

— Et *Psychose*, Lenny ? demanda Byrne. Êtes-vous fan de *Psychose* ?

Lenny se redressa, enroula ses bras autour de son torse comme s'il portait une camisole de force et se creusa les joues. Il était visiblement sur le point d'imiter quelqu'un.

— Je ne ferais pas de mal à une mouche, dit-il.

Jessica et Byrne se regardèrent en haussant les épaules.

— Et qui était-ce censé être ? demanda Byrne.

Lenny eut l'air consterné.

— C'était Anthony Perkins. C'est ce qu'il dit à la fin

79

du film. En fait, il le dit pas réellement, bien sûr. C'est un doublage. D'ailleurs, techniquement, le doublage dit : « Mais, elle n'aurait pas fait de mal à une mouche »… (La mine vexée de Lenny se transforma soudain en expression d'horreur.) Vous l'avez vu, non ? Je veux dire… j'ai pas… Je supporte pas qu'on me raconte un film quand je l'ai pas vu.

— J'ai vu le film, répondit Byrne. Mais je n'avais encore jamais vu quelqu'un imiter Anthony Perkins.

— Je peux aussi faire Martin Balsam. Vous voulez voir ?

— Peut-être plus tard.

— OK.

— Cette cassette vient de cette boutique ?

Lenny regarda l'étiquette sur la tranche du boîtier en plissant les yeux.

— Ouais, fit-il. Elle est à nous.

— Nous devons savoir qui a loué cette cassette-ci.

— Pas de problème, dit-il de sa voix la plus solennelle.

Ça lui ferait une bonne histoire à raconter plus tard autour d'un joint. Il passa la main sous le comptoir et produisit un épais cahier à spirale dont il se mit à tourner les pages.

Tandis qu'il feuilletait le cahier, Jessica remarqua que les pages portaient des taches d'à peu près tous les aliments possibles et imaginables, plus quelques autres dont elle ne voulait même pas connaître l'origine.

— Vous n'avez pas de fichier informatique ? demanda Byrne.

— Heu, il faudrait un logiciel, ce qui nécessiterait une dépense, répondit Lenny d'un ton qui laissait clairement entendre que ce n'était pas le grand amour entre lui et son patron. La cassette n'a été louée que trois fois cette année, poursuivit-il, en comptant la location d'hier.

— À trois personnes différentes ? demanda Jessica.

— Ouais.

— Est-ce que vos registres remontent à plus loin dans le temps ?

— Ouais, dit Lenny. Mais nous avons dû remplacer *Psychose* l'année dernière. L'ancienne bande s'est cassée, je crois. La copie que vous avez n'est sortie que trois fois.

— Ça ne semble pas beaucoup pour un classique, dit Byrne.

— La plupart des gens louent le DVD.

— Et cette cassette est la seule copie que vous avez en VHS ? demanda Jessica.

— Oui, m'dame.

M'dame, pensa Jessica, *je suis une m'dame.*

— Nous allons avoir besoin du nom et de l'adresse des personnes qui ont loué cette cassette.

Lenny regarda à droite et à gauche, comme s'il avait eu à ses côtés deux avocats de l'ACLU[1] avec qui il aurait pu s'entretenir de la question. Il était en fait entouré par un Nicolas Cage et un Adam Sandler en carton grandeur nature.

— Je ne crois pas que j'aie le droit de faire ça.

— Lenny, dit Byrne en se penchant en avant et en lui faisant signe du doigt d'approcher, ce que fit le jeune homme. Avez-vous remarqué la plaque que je vous ai montrée quand nous sommes entrés ?

— Ouais, j'ai vu ça.

— Bien. Alors voilà le marché que je vous propose. Si vous me donnez les informations que je vous ai demandées, j'essaierai de fermer les yeux sur le fait que ça sent un peu comme dans le studio d'enregistrement de Bob Marley ici. OK ?

Lenny s'écarta. Il ne s'était visiblement jamais rendu

1. American Civil Liberties Union, organisation de défense des libertés individuelles. *(N.d.T.)*

compte que l'encens à la fraise ne couvrait pas complètement l'arôme de ses pétards.

— OK. Pas de problème.

Tandis que Lenny cherchait un stylo, Jessica jeta
un coup d'œil à l'écran fixé au mur. Un nouveau film
passait. Un film policier en noir et blanc avec Veronica
Lake et Alan Ladd.

— Ça ne vous dérange pas si je note ces noms pour
vous ? demanda Lenny.

— Je pense qu'on s'en remettra, répliqua Jessica.

Outre Adam Kaslov, les deux autres clients qui
avaient loué le film étaient un homme nommé Isaiah
Crandall et une femme nommée Emily Trager. Ils
vivaient tous deux à trois ou quatre rues de la boutique.

— Est-ce que vous connaissez bien Adam Kaslov ?
demanda Byrne.

— Adam ? Oh, ouais. Un type cool.

— C'est-à-dire ?

— Eh bien, il a bon goût question cinéma. Il paie ses
amendes de retard sans broncher. On discute parfois de
cinéma indépendant. On est tous les deux fans de Jim
Jarmusch.

— Adam vient-il souvent ?

— Je suppose. Peut-être deux fois par semaine.

— Vient-il seul ?

— La plupart du temps. Même si je l'ai déjà vu accompagné d'une femme plus âgée.

— Savez-vous de qui il s'agissait ?

— Non.

— Qu'entendez-vous par plus âgée ? demanda Byrne.

— Dans les vingt-cinq ans.

Jessica et Byrne se regardèrent en soupirant.

— De quoi avait-elle l'air ?

— Blonde, jolie. Bien foutue. Vous savez. Pour une
nana de son âge.

— Connaissez-vous bien les deux autres clients ? demanda Jessica en tapotant le cahier.

Lenny retourna le registre, lut les noms.

— Bien sûr. Je connais Emily.

— C'est une cliente régulière ?

— En quelque sorte.

— Qu'est-ce que vous pouvez nous dire sur elle ?

— Pas grand-chose, répondit Lenny. Je veux dire, on traîne pas ensemble ni rien.

— Tout ce que vous pourrez nous dire nous sera très utile.

— Eh bien, elle achète un sachet de Twizzlers à la cerise chaque fois qu'elle loue une cassette. Elle met un peu trop de parfum, mais, vous savez, comparé à l'odeur de certaines personnes qui viennent ici, c'est plutôt agréable.

— Quel âge a-t-elle ? demanda Byrne.

Lenny haussa les épaules.

— Je sais pas. Soixante-dix ans ?

Jessica et Byrne échangèrent un nouveau coup d'œil. Bien qu'ils fussent à peu près certains que la « vieille femme » de la vidéo était un homme, ils avaient déjà vu des choses plus dingues.

— Et M. Crandall ? demanda Byrne.

— Lui, je le connais pas. Attendez une seconde, dit Lenny en produisant un deuxième cahier qu'il feuilleta jusqu'à atteindre la page désirée. Ouais. Ça fait seulement trois semaines qu'il est inscrit ici.

Jessica prit note.

— Je vais aussi avoir besoin du nom et de l'adresse de tous les autres employés.

Lenny fit la moue mais ne prit même pas la peine de protester.

— Nous ne sommes que deux. Moi et Juliet.

Sur ce, une jeune femme passa la tête à travers le rideau de perles. De toute évidence, elle écoutait. Si

Lenny Puskas était l'incarnation du grunge, sa collègue était une gothique pur jus. Petite et râblée, environ dix-huit ans, cheveux bruns à reflets violets, vernis bordeaux foncé, rouge à lèvres noir. Elle portait une robe longue d'époque en taffetas jaune citron, des Doc Martens et d'épaisses lunettes à monture blanche.

— Très bien, dit Jessica. J'ai juste besoin de vos coordonnées à tous les deux.

Lenny griffonna les informations et tendit le papier à Jessica.

— Est-ce que vous louez beaucoup de films d'Hitch-cock ici ? demanda Jessica.

— Bien sûr, répondit Lenny. Nous les avons presque tous, y compris certains des plus vieux comme *Les Cheveux d'or* ou *Jeune et innocent*. Mais, comme je vous l'ai dit, la plupart des gens louent des DVD. Les vieux films sont de bien meilleure qualité. Surtout les éditions Criterion Collections.

— C'est quoi, les éditions Criterion Collection ? demanda Byrne.

— Ils sortent des classiques et des films étrangers en version remastérisée avec plein de suppléments. Vraiment des trucs de qualité.

Jessica prit quelques notes supplémentaires.

— Connaissez-vous quelqu'un qui loue beaucoup de films d'Hitchcock ? Ou quelqu'un qui vous les aurait demandés ?

Lenny réfléchit à la question.

— Pas vraiment. Enfin, personne qui me vienne à l'esprit. Jools ? demanda-t-il en se tournant vers sa collègue.

La fille dans la robe de taffetas jaune ravala sa salive et secoua la tête. Cette visite de la police ne passait pas trop bien.

— Désolé, ajouta Lenny.

Jessica jeta un coup d'œil aux quatre coins de la

pièce. Il y avait deux caméras de surveillance au fond de la boutique.

— Est-ce que vous avez les vidéos filmées par ces caméras ?

Lenny grogna.

— Heu, non. Elles sont juste là pour faire peur. Elles ne sont pas connectées. Entre nous, on a de la chance d'avoir un verrou sur la porte.

Jessica lui tendit deux cartes.

— Si l'un de vous pense à autre chose, n'importe quelle information en relation avec cette cassette, passez-moi un coup de fil.

Lenny tint les cartes comme si elles risquaient de lui exploser dans les mains.

— D'accord. Pas de problème.

Les deux détectives regagnèrent leur Taurus de service, une douzaine de questions se bousculant dans leur tête. La première d'entre elles était : enquêtaient-ils oui ou non sur un meurtre ? Les inspecteurs de la criminelle à Philadelphie étaient à cheval là-dessus. Ils avaient toujours trop de choses sur le feu, et s'ils se retrouvaient à enquêter sur quelque chose qui risquait d'être un suicide ou un accident ou autre chose, ils râlaient généralement jusqu'à ce qu'on les autorise à refiler l'affaire à quelqu'un d'autre.

Mais le patron leur avait confié une mission, et ils devaient s'y coller. La plupart des enquêtes criminelles commençaient lorsqu'il y avait une victime et un lieu où un crime avait été commis. Rares étaient celles qui commençaient avant.

Ils montèrent en voiture et se mirent en route pour aller interroger M. Isaiah Crandall, amateur de classiques du cinéma et potentiel tueur psychotique.

De l'autre côté de la rue, face à la boutique vidéo, un homme tapi dans l'ombre d'une porte observait la scène qui se déroulait chez Reel Deal. La seule chose de remarquable en lui était sa capacité à se fondre dans l'environnement, comme un caméléon. À cet instant, on aurait pu le prendre pour Harry Lime dans *Le Troisième Homme*.

Plus tard dans la journée, il pourrait être Gordon Gekko dans *Wall Street*.

Ou Tom Hagen dans *Le Parrain*.

Ou Babe Levy dans *Marathon Man*.

Ou Archie Rice dans *Le Cabotin*.

Car lorsqu'il s'avançait devant son public, il pouvait être de nombreux hommes, de nombreux personnages. Il pouvait être médecin, docker, batteur dans un orchestre. Il pouvait être prêtre, portier, bibliothécaire, agent de voyage, même officier de police.

C'était un homme aux mille déguisements, doué pour les arts de l'imitation et de la gestuelle. Il pouvait être tout ce que la situation imposait.

C'était ça, après tout, le métier d'acteur.

9

À quelque dix mille mètres au-dessus d'Altoona, en Pennsylvanie, Seth Goldman commença enfin à se détendre. Il avait beau prendre l'avion en moyenne trois fois par semaine depuis quatre ans – ils venaient de décoller de Philadelphie et se dirigeaient vers Pittsburgh pour ensuite refaire le chemin inverse quelques heures plus tard –, voler lui fichait encore la trouille. La moindre turbulence, le moindre mouvement d'aileron, le moindre trou d'air l'emplissait d'appréhension.

Mais maintenant, dans le Learjet 60 parfaitement aménagé, il commençait à se relaxer. Quitte à voler, autant le faire dans un siège en cuir couleur crème, entouré d'un décor de loupe de bois et de cuivre, avec un frigidaire bien rempli à disposition.

Ian Whitestone était assis à l'arrière du jet, ses chaussures retirées, les yeux fermés, un casque sur les oreilles. C'était en de tels instants – lorsque Seth savait où se trouvait son patron, lorsque le planning de la journée était prêt et la sécurité en place – qu'il s'autorisait un brin de détente.

Seth Goldman était né trente-sept ans plus tôt sous le nom de Jerzy Andres Kiedrau, pauvre comme les pierres, à Muse, en Floride. Ce fils unique d'une femme autoritaire et bornée et d'un homme au cœur noir avait été un enfant tardif non désiré, chose que, du plus loin qu'il se souvînt, son père n'avait jamais manqué de lui rappeler.

Lorsque Krystof Kiedrau n'était pas occupé à battre sa femme, il frappait et engueulait son fils unique. Certaines nuits, il criait si fort, cognait si brutalement, que le jeune Jerzy devait fuir le mobile home, s'enfonçant dans les champs de broussailles qui bordaient le terrain de caravaning pour rentrer à l'aube couvert de morsures de coléoptères et de centaines de piqûres de moustiques.

Durant ces années, Jerzy n'avait qu'une consolation : le cinéma. Il effectuait toutes sortes de petits boulots comme récurer des mobile homes, faire des courses, nettoyer des piscines, et dès qu'il avait de quoi se payer une séance, il allait en stop au cinéma Lyceum de Palmdale.

Il se rappelait bien des après-midi passés dans la fraîche obscurité du cinéma, ce lieu où il se perdait dans un monde de rêve. Il avait très tôt compris que les films avaient le pouvoir de transporter, exalter, mystifier, terrifier. C'était une histoire d'amour sans fin.

Lorsqu'il rentrait chez lui, si sa mère n'avait pas picolé, il discutait avec elle du film qu'il avait vu. Sa mère savait tout sur les films. Elle avait jadis été actrice et était apparue dans plus d'une douzaine de films depuis ses débuts, lorsqu'elle était adolescente à la fin des années quarante, sous le pseudonyme de Lily Trieste.

Elle avait travaillé avec tous les grands metteurs en scène du film noir – Dmytryk, Siodmak, Dassin, Lang. L'apogée de sa carrière – au cours de laquelle on l'avait surtout vue tapie dans des allées obscures, fumant des cigarettes sans filtre, entourée d'hommes presque beaux aux moustaches fines et aux costumes croisés – avait été une scène avec Franchot Tone où elle prononçait l'une des phrases préférées de Jerzy de toute l'histoire du film noir. Debout dans l'embrasure d'une porte menant à un appartement miteux, elle cessait de se brosser les cheveux, se tournait vers l'acteur qui était en train de se faire embarquer par la police, et disait : « J'ai passé la matinée à me faire des cheveux blancs, bébé. Maintenant, tu peux aller te brosser. »

Elle avait environ trente-cinq ans lorsque l'industrie l'avait mise au rebut. Refusant de se confiner aux rôles de tante cinglée, elle était allée vivre en Floride avec sa sœur, et c'était là qu'elle avait rencontré son futur mari. Sa carrière était depuis longtemps finie quand elle avait donné naissance à Jerzy à l'âge de quarante-sept ans.

Alors qu'il avait cinquante-six ans, on avait diagnostiqué à Krystof Kiedrau une cirrhose du foie en stade avancé, résultat de trente-cinq années passées à boire une bouteille de mauvais whiskey par jour. On l'informa que la moindre goutte d'alcool risquait de le plonger dans un coma qui pouvait s'avérer fatal. Pendant quelques mois, effrayé par l'avertissement, Krystof avait fait preuve d'abstinence. Puis, après avoir perdu son boulot à mi-temps, il était allé se pocharder et était rentré à la maison ivre mort.

Ce soir-là, il avait sauvagement battu sa femme. Le dernier coup l'avait envoyée heurter la poignée acérée d'une commode qui lui avait profondément entaillé la tempe. Lorsque Jerzy était rentré de son boulot de balayeur dans un atelier de carrosserie de Moore Haven, sa mère s'était vidée de son sang dans un coin de la cuisine et son père était assis dans son fauteuil, une bouteille de whiskey à moitié vide dans une main, trois autres pleines posées près de lui et son album de mariage maculé de graisse sur les genoux.

Heureusement pour le jeune Jerzy, son père, trop bourré pour pouvoir se lever, ne risquait pas de lui tomber sur le râble.

Jerzy avait alors forcé son père à boire jusque tard

dans la nuit, l'aidant même parfois à porter le verre immonde à ses lèvres. Vers minuit, tandis qu'il restait deux bouteilles, Krystof avait commencé à piquer du nez, désormais incapable de tenir son verre. Jerzy avait alors essayé de le faire boire directement au goulot. À quatre heures et demie, son père avait consommé un total de quatre bouteilles de whiskey, et il était tombé dans le coma à exactement cinq heures dix du matin. Quelques minutes plus tard, il laissait échapper son dernier souffle infâme.

Au bout de quelques heures, alors que les mouches commençaient à s'intéresser à la chair en décomposition de ses parents dans l'espace confiné et étouffant du mobile home, Jerzy avait appelé la police.

Après une brève enquête durant laquelle Jerzy avait à peine prononcé un mot, il avait été placé dans un foyer du comté de Lee où il avait appris l'art de la persuasion et de la manipulation. À dix-huit ans, il s'inscrivait à l'Edison Community College. C'était un élève vif et brillant et il s'était plongé dans ses études avec une soif de connaissance dont il ne se croyait pas capable. Deux ans plus tard, muni de son diplôme, Jerzy avait déménagé dans le nord de Miami et s'était trouvé un boulot de vendeur de voitures le jour tout en prenant des cours du soir pour passer sa licence à l'université internationale de Floride. À force de travail, il s'était retrouvé promu directeur des ventes.

Puis, un jour, un homme était entré dans la boutique. Un homme à l'allure extraordinaire : élancé, yeux sombres, barbu, la mine songeuse. Sa tenue et son maintien lui avaient fait penser à Stanley Kubrick. C'était Ian Whitestone.

Seth avait vu le film à petit budget de Whitestone et, malgré ce flop commercial, il savait que Whitestone finirait par accomplir de grandes choses.

Il s'était avéré qu'Ian Whitestone était un inconditionnel

de films noirs et qu'il connaissait le travail de Lily Trieste. Ils avaient discuté cinéma autour de quelques bouteilles de vin et, aux premières lueurs du matin, Whitestone l'avait embauché comme assistant de production.

Conscient qu'un nom comme Jerzy Andres Kiedrau ne le mènerait pas bien loin dans le show-business, Seth avait décidé d'en changer. Le nom de famille était venu facilement. Il admirait depuis de nombreuses années William Goldman et le considérait comme un dieu. Et si quelqu'un faisait le rapport et soupçonnait le moindre lien de parenté entre Seth et le scénariste de *Marathon Man*, *Magic* et *Butch Cassidy et le Kid*, il ne chercherait pas à le détromper.

Hollywood, après tout, fonctionnait sur l'illusion.

Il s'appellerait donc Goldman. Le prénom avait été une autre paire de manches. Il avait opté pour un prénom biblique afin de parachever l'illusion. Même s'il était aussi juif que Pat Robertson, c'était une tromperie inoffensive. Un jour, il s'était emparé d'une bible, avait fermé les yeux avant de l'ouvrir au hasard et de pointer le doigt sur une page. Il prendrait le premier nom sur lequel il tomberait. Malheureusement, il n'avait pas vraiment l'air d'une Ruth Goldman. Il n'était pas non plus partisan de Mathusalem Goldman. Sa troisième tentative avait été la bonne. Seth. Seth Goldman.

Seth Goldman obtiendrait à coup sûr une table à L'Orangerie.

Depuis cinq ans, il avait rapidement gravi les échelons de la société White Light Pictures. Il avait commencé en tant qu'assistant de production, s'occupant de tout depuis la restauration sur les plateaux jusqu'au transport des figurants, sans oublier de récupérer les vêtements d'Ian chez le teinturier. Puis il avait aidé Ian à achever un script qui allait tout changer, un thriller fantastique nommé *Dimensions*.

Le scénario d'Ian Whitestone avait circulé, mais,

étant donné ses précédents résultats peu glorieux au box-office, tout le monde l'avait refusé. Puis Will Parrish l'avait lu. L'acteur superstar qui s'était fait un nom dans les films d'action avait envie de changement. Le rôle tout en nuance du professeur aveugle l'avait attiré et, en quelques semaines, le film avait reçu le feu vert.

Dimensions avait fait sensation à travers le monde entier, générant plus de six millions de dollars de bénéfices. Ian Whitestone s'était instantanément retrouvé dans la liste des gens en vue. Quant à Seth Goldman, de modeste assistant de production il était devenu l'assistant personnel d'Ian.

Pas mal pour un type qui avait passé son enfance à crever la dalle dans un mobile home du comté de Glades.

Seth compulsa son classeur rempli de DVD. Que regarder ? Il n'aurait pas le temps de visionner une vidéo dans son intégralité avant l'atterrissage, mais, dès qu'il avait quelques minutes de libres, il aimait les occuper en regardant un film.

Il opta pour *Les Diaboliques*, le film de 1955 avec Simone Signoret ; une histoire de trahison, de meurtre et, avant tout, de secrets – un sujet que Seth connaissait par cœur.

Pour Seth Goldman, la ville de Philadelphie regorgeait de secrets. Il savait où le sang avait souillé la terre, où les os étaient enterrés. Il savait où rôdait le diable.

Parfois, il marchait à son côté.

10

Malgré tous ses défauts, Vincent Balzano était un sacré bon flic. Au cours de ses dix années en civil à la brigade des stupéfiants, il avait organisé certaines des plus grosses saisies de l'histoire récente de Philadelphie. Vincent était déjà une légende grâce à sa capacité à se faufiler tel un caméléon dans les milieux de la drogue de quelque côté que ce fût – flic, junkie, dealer, indic.

Sa liste d'informateurs et de vermines en tout genre était considérable. Mais pour le moment, Jessica et Byrne s'intéressaient à une vermine bien précise. Elle aurait préféré ne pas avoir à appeler Vincent – leur relation était une succession de paroles inopportunes, d'allusions irréfléchies, d'insistances déplacées, et, à ce stade, le bureau du conseiller conjugal était probablement le seul endroit où ils pouvaient dialoguer.

Elle avait pourtant une affaire sur les bras, et le boulot impliquait parfois de mettre ses problèmes personnels de côté.

Tandis qu'elle attendait d'entendre de nouveau la voix de son mari au bout du fil, Jessica fit mentalement le point sur cette affaire étrange : pas de cadavre, pas de suspect, pas de mobile. Terry Cahill avait effectué une recherche sur le VICAP, mais il n'avait rien trouvé de comparable au mode opératoire de la cassette de *Psychose*. Les résultats les plus proches étaient des vidéos enregistrées par des gangs montrant les rites d'initiation de nouvelles recrues faisant leurs preuves.

Jessica et Byrne avaient interrogé Emily Trager et Isaiah Crandall, les deux personnes qui, outre Adam Kaslov, avaient loué la cassette de *Psychose* chez Reel Deal. Ces entretiens n'avaient pas donné grand-chose. Emily Trager avait dépassé les soixante-dix ans depuis un sacré bout de temps et se déplaçait grâce à un déambulateur en aluminium – petit détail que Lenny Puskas avait négligé de mentionner. Isaiah Crandall approchait de la soixantaine. Il était court sur pattes, aussi nerveux qu'un chihuahua, et travaillait comme cuisinier dans un petit restaurant de Frankford Avenue. Il avait failli tomber dans les pommes quand les inspecteurs lui avaient montré leurs plaques. Il n'avait de toute évidence pas les tripes nécessaires pour faire ce que les inspecteurs avaient vu sur la vidéo. Et il n'avait assurément pas le physique.

Trager et Crandall affirmèrent avoir regardé le film du début à la fin sans rien remarquer d'étrange. Un coup de fil à la boutique de location avait révélé qu'ils avaient l'un comme l'autre rendu le film dans les délais.

Les inspecteurs entrèrent les deux noms dans les bases de données NCIC et PCIC, sans résultat. Ni l'un ni l'autre n'avait de casier. Idem pour Adam Kaslov, Lenny Puskas et Juliet Rausch.

Entre le moment où Isaiah Crandall avait rendu le film et celui où Adam Kaslov l'avait loué, quelqu'un avait mis la main sur la cassette et remplacé la célèbre scène de la douche par sa propre version.

Les inspecteurs n'avaient aucune piste – sans cadavre, aucune piste ne risquait de leur tomber toute cuite dans le bec – mais ils avaient une direction. En creusant un peu, ils avaient découvert que Reel Deal appartenait à un certain Eugene Kilbane.

Eugene Hollis Kilbane, quarante-quatre ans, était un repris de justice, un voleur de bas étage et un pornographe. Il importait des livres, des revues, des films et des vidéos hardcore, de même que divers jouets sexuels et autres accessoires pour adultes. Outre Reel Deal, M. Kilbane possédait une deuxième boutique de vidéos indépendante ainsi qu'une librairie pour adultes et un peep-show dans la 13e Rue.

Ils étaient allés rendre visite à son « siège social » situé au fond d'un entrepôt d'Erie Avenue. Barreaux aux fenêtres, volets tirés, porte verrouillée, pas de réponse. Un sacré empire.

Les associés connus de Kilbane étaient un ramassis de crapules de Philly dont bon nombre trempaient dans le commerce de la drogue. Et, dans la ville de Philadelphie, si vous vendiez de la drogue, l'inspecteur Vincent Balzano vous connaissait.

Vincent reprit bientôt le téléphone et informa Jessica que Kilbane fréquentait un rade de Port Richmond nommé White Bull Tavern.

Avant de raccrocher, il lui proposa du renfort. Même si elle n'aurait jamais voulu l'avouer, et même si ça pouvait paraître étrange aux personnes étrangères aux forces de police, une offre de renfort avait quelque chose de touchant.

Elle déclina, mais c'était toujours un point de marqué en vue d'une réconciliation.

Le White Bull était un taudis à façade de pierres situé près des rues Richmond et Tioga. Byrne et Jessica garèrent la Taurus et, tandis qu'ils s'approchaient de la taverne, Jessica pensa : *On sait qu'on s'apprête à mettre les pieds dans un endroit peu fréquentable quand la porte est maintenue par du papier adhésif.* Une pancarte près de la porte proclamait : « Crabes toute l'année ! »

Ça ne m'étonne pas, pensa Jessica[1].

À l'intérieur, ils découvrirent un bar sombre et exigu constellé de luminaires en plastique et d'enseignes au néon vantant des marques de bière. L'air était chargé de fumée rance et du parfum suave du whiskey. En dessous flottait un relent qui n'était pas sans rappeler la réserve des primates du zoo de Philly.

Comme elle pénétrait dans l'établissement et s'accoutumait à la pénombre, Jessica mémorisa la disposition des lieux. Une petite pièce avec une table de billard sur la gauche, quinze tabourets de bar sur la droite, une poignée de tables bancales au milieu. Deux hommes étaient assis sur des tabourets, vers le milieu du bar. Un homme et une femme discutaient à l'autre extrémité de la pièce. Quatre hommes jouaient au billard. Elle avait appris durant sa première semaine dans la police que la première chose à faire quand on entrait dans la fosse aux serpents était de repérer les serpents et de prévoir sa sortie.

Jessica identifia immédiatement Eugene Kilbane. Il se tenait à l'autre bout du bar, sirotant un café, discutant avec une fausse blonde qui, quelques années plus tôt, et sous un autre éclairage, n'avait pas dû être trop moche. Ici, elle était aussi pâle que les serviettes en papier. Kilbane était maigre, il avait les cheveux teints en noir et portait un costume croisé gris fripé, une cravate couleur cuivre et des bagues aux petits doigts. Jessica le reconnut grâce à la description que lui avait faite Vincent. Elle remarqua qu'environ un quart de sa lèvre supérieure, du côté droit, manquait et était remplacé par une cicatrice striée. Il avait constamment l'air de faire

1. En anglais, crabs signifie à la fois « crabes » et « morpions ». *(N.d.T.)*

96

une grimace haineuse, ce qui n'était sans doute pas pour lui déplaire.

Tandis que Byrne et Jessica se dirigeaient vers le fond du bar, la blonde se laissa glisser de son tabouret et se rendit dans l'arrière-salle.

— Je suis l'inspecteur Kevin Byrne, et voici ma partenaire, l'inspecteur Balzano, annonça Byrne en produisant sa plaque.

— Et moi, je suis Brad Pitt, répliqua Kilbane.

À cause de sa lèvre estropiée, il prononça « Mrad » au lieu de « Brad ». Byrne préféra ignorer la provocation. Pour le moment.

— Nous sommes ici parce que nous avons découvert au cours d'une enquête qu'il s'était produit quelque chose dans l'un de vos établissements, et nous aimerions en discuter, expliqua-t-il. Vous êtes bien le propriétaire de Reel Deal dans Aramingo ?

Kilbane ne répondit pas. Il continua de boire son café, les yeux fixés droit devant lui.

— Monsieur Kilbane ? intervint Jessica.

Kilbane porta son regard sur elle.

— Excusez-moi, vous pouvez me rappeler votre nom, chérie ?

— Inspecteur Balzano.

Kilbane se pencha légèrement vers elle, l'examina de la tête aux pieds. Jessica se dit qu'elle avait bien fait de mettre un jean et non une jupe, ce qui ne l'empêcha pourtant pas de se sentir salie.

— Je veux dire votre prénom, dit Kilbane.

— Inspecteur.

Kilbane lâcha un petit rire sournois.

— C'est mignon.

— Êtes-vous le propriétaire de Reel Deal ? demanda Byrne.

— Jamais entendu parler, répondit Kilbane.

Byrne garda son sang-froid. Difficilement.

— Je vais vous le demander une dernière fois. Mais sachez que trois est ma limite. Après trois, c'est à la Rotonde qu'on va continuer à s'amuser. Et ma partenaire et moi adorons nous amuser très tard le soir. D'ailleurs, certains de nos meilleurs amis ont passé toute la nuit dans la petite pièce douillette qu'on met à leur disposition. On se plaît à l'appeler l'Hôtel de la Criminelle.

Kilbane inspira profondément. Il y avait toujours un moment où ce genre de petite frappe finissait par se demander s'il avait grand-chose à gagner à continuer à jouer au malin.

— Oui, dit-il. C'est l'une de mes boîtes.

— Nous pensons que l'une des cassettes disponibles dans cette boutique pourrait bien contenir la preuve d'un délit très sérieux. Nous croyons que quelqu'un a pu récemment prendre la cassette sur le présentoir et enregistrer quelque chose par-dessus.

Kilbane ne montra pas la moindre réaction.

— Oui ? Et alors ?

— Voyez-vous quelqu'un qui aurait pu faire quelque chose de ce genre ? demanda Byrne.

— Qui, moi ? Comment je pourrais le savoir ?

— Eh bien, nous vous serions reconnaissants de bien vouloir réfléchir un peu à la question.

— Ah oui ? Et ça me rapporterait quoi ? demanda Kilbane.

Byrne inspira profondément, expira lentement. Jessica vit le muscle de sa joue se contracter.

— La reconnaissance de la police de Philadelphie, répondit-il.

— Pas suffisant. Bonne journée.

Kilbane se pencha en arrière, s'étira, laissant apparaître le manche percé de deux trous de ce qui était sans doute un éviscérateur accroché à sa ceinture. Il s'agissait d'un couteau aussi effilé qu'une lame de rasoir utilisé pour dépecer le gibier. Étant donné qu'il n'y avait pas la moindre zone de chasse dans les environs, Kilbane le portait très probablement pour d'autres raisons.

Byrne baissa ostensiblement les yeux et les fixa sur l'arme. En bon repris de justice, Kilbane pigea. Le simple fait d'être en possession de cet objet alors qu'il était en liberté conditionnelle pouvait le renvoyer au trou.

— Vous avez bien dit le Reel Deal ? demanda Kilbane, désormais pénitent, respectueux.

— C'est exact, répondit Byrne.

Kilbane hocha la tête, regarda le plafond, fit mine de réfléchir intensément. Comme s'il en était capable.

— Je peux me renseigner. Voir si quelqu'un a remarqué quoi que ce soit de suspect, dit-il. J'ai une clientèle pour le moins variée dans cette boutique.

Byrne leva les deux mains, paumes tournées vers le ciel.

— Et on dit que la police de proximité ne fonctionne pas. J'attends votre appel, sans faute, dit-il en balançant une carte sur le bar. Kilbane n'y toucha pas, ne la regarda même pas.

Les deux inspecteurs jetèrent un coup d'œil à la ronde. Personne ne bloquait leur sortie, mais les autres clients étaient assez proches pour leur tomber dessus.

— Aujourd'hui, ajouta Byrne.

Il fit un pas de côté, fit signe à Jessica de partir devant lui. Tandis que Jessica se retournait pour s'éloigner, Kilbane lui passa la main autour de la taille et l'attira brutalement à lui.

— Vous avez déjà fait du cinéma, ma belle ?

Jessica portait son Glock dans son holster, sur sa hanche droite. La main de Kilbane n'était plus qu'à quelques centimètres de son arme.

— Avec un corps comme le vôtre, je pourrais faire de vous une sacrée star, continua-t-il en la serrant de plus en plus fort, sa main se rapprochant de l'arme.

Jessica se libéra en pivotant sur elle-même, prit ses appuis et lui décocha un crochet du gauche parfaitement ciblé et équilibré à l'abdomen. Le coup l'atteignit au niveau du rein droit et un bruit mou sembla résonner à travers le bar. Jessica recula, en position de garde, plus par instinct que par tactique. Mais la petite escarmouche était finie. Quand on s'entraîne à la Frazier's Gym, on sait frapper au corps. Un seul coup avait suffi à couper les pattes à Kilbane.

Et, visiblement, à lui faire rendre son petit déjeuner.

Tandis qu'il se recroquevillait sur lui-même, un filet mousseux de bile jaune jaillit de sous sa lèvre estropiée, manquant de peu Jessica. Coup de bol.

Les deux voyous assis au bar se mirent sur le qui-vive, bombant le torse, prêts à cogner. Byrne leva la main pour bien leur faire comprendre deux choses. *Primo*, ne bougez pas. *Secundo*, ne bougez pas d'un seul centimètre.

L'atmosphère s'épaissit dans la pièce tandis qu'Eugene Kilbane tentait de retrouver son souffle. Mais il ne parvint qu'à poser un genou par terre. Mis K-O par une fille de cinquante-huit kilos. Pour un type comme Kilbane, on pouvait difficilement faire pire. Un coup au corps, par-dessus le marché.

Jessica et Byrne avancèrent prudemment, lentement, vers la porte, les doigts sur le fermoir de leur holster. Byrne tendit un doigt menaçant en direction des canailles à la table de billard.

— Je l'avais prévenu, pas vrai ? chuchota Jessica tout en continuant de se diriger vers la sortie.

— Oui, inspecteur, répondit Byrne.

— J'ai cru qu'il allait s'emparer de mon arme.

— Une très mauvaise idée, de toute évidence.

— J'étais forcée de le frapper, pas vrai ?

— Ça ne fait aucun doute.

— Maintenant, il ne nous appellera sans doute pas, hein?

— Eh bien, non, répondit Byrne. Je ne pense pas.

Une fois dans la rue, ils restèrent près de leur voiture pendant environ une minute, juste histoire de s'assurer qu'aucun des copains de Kilbane n'allait tenter de pousser les choses plus loin. Comme ils s'y attendaient, ils se tinrent à carreau. Jessica et Byrne avaient tous deux rencontré des milliers d'hommes comme Eugene Kilbane depuis qu'ils étaient dans la police – des arnaqueurs à la petite semaine régnant sur leur petit fief peuplé de types qui se nourrissaient des charognes abandonnées par les vrais durs.

Jessica avait mal à la main. Elle espérait qu'elle ne s'était pas blessée; l'oncle Vittorio la tuerait s'il découvrait qu'elle cognait des gens sans se faire payer.

Ils montèrent en voiture et reprirent le chemin de Center City. Le téléphone portable de Byrne sonna. Il répondit, écouta, le referma et annonça :

— L'unité audiovisuelle a quelque chose pour nous.

11

L'unité audiovisuelle de la police de Philadelphie était située dans les sous-sols de la Rotonde. Quand le laboratoire criminel avait emménagé dans ses nouveaux locaux au coin de la 8ᵉ Rue et de Poplar, l'unité audiovisuelle avait été l'une des rares sections à ne pas suivre le mouvement. La principale fonction de cette unité était de fournir du matériel audiovisuel à toutes les autres agences de la ville – caméras, télés, magnétoscopes, équipement photographique. Elle fournissait aussi des synthèses des nouvelles, ce qui signifiait qu'on y regardait et enregistrait les informations vingt-quatre heures sur vingt-quatre, sept jours sur sept, et que si le commissaire ou le chef ou n'importe quel grand ponte avait besoin de quelque chose, il y avait instantanément accès.

Lorsqu'il s'agissait d'assister les divisions d'inspecteurs, l'essentiel du travail de l'unité consistait à analyser des vidéos de surveillance, même si de temps à autre une cassette audio contenant des menaces téléphoniques venait ajouter un peu de piment. Les vidéos de surveillance étaient, en règle générale, enregistrées au moyen d'une technologie chronocinématographique permettant des enregistrements de vingt-quatre heures ou plus sur une simple cassette VHS de cent vingt minutes. Quand ces cassettes étaient visualisées sur un magnétoscope ordinaire, les mouvements étaient si rapides qu'ils ne pouvaient être analysés. Un magnétoscope spécifique était donc nécessaire pour visualiser la cassette à vitesse normale.

Cette unité était suffisamment demandée pour occuper chaque jour à temps plein six agents et un sergent. Et le roi de l'analyse des vidéos de surveillance était l'agent Mateo Fuentes. Mateo – un homme élancé d'une petite trentaine d'années, à l'allure impeccable, toujours vêtu à la dernière mode – était dans la police depuis neuf ans et ne vivait que pour et par la vidéo. Toute question sur sa vie personnelle était à vos risques et périls.

Ils se réunirent au petit poste de montage près de la salle de contrôle. Au-dessus des écrans, un avertissement imprimé sur du papier jauni disait :

Vous enregistrez une vidéo, vous la montez.

— Bienvenue au *Cinéma macabre*[1], inspecteurs, dit Mateo.

— Qu'est-ce qui se passe ? demanda Byrne.

Mateo montra une photo numérique représentant le boîtier de la vidéo de *Psychose*, attirant leur attention sur la tranche qui comportait une courte bande autocollante argentée.

— Bon, pour commencer, ça, c'est une vieille étiquette antivol, expliqua Mateo.

— OK. Que nous enseigne cette découverte fondamentale ? demanda Byrne en lui adressant un clin d'œil et un sourire.

Mateo était connu pour ses manières guindées et professionnelles et pour son débit monotone qui masquaient en fait une personnalité sémillante. Il fallait le connaître.

1. En français dans le texte. *(N.d.T.)*

— Je suis heureux que vous ayez posé cette question, répondit Mateo en jouant le jeu de Byrne et en désignant du doigt la bande argentée sur la tranche du boîtier. Cette étiquette antivol est vieillotte. Elle doit dater du début des années quatre-vingt-dix. Les nouvelles versions sont bien plus sensibles, bien plus efficaces.

— J'ai bien peur de ne rien connaître à ce sujet, dit Byrne.

— Bon, je ne suis pas non plus expert, mais je vais vous dire ce que je sais. Ce genre de système s'appelle système de surveillance électronique des marchandises. Il en existe deux types : les étiquettes rigides et les étiquettes souples. Les rigides sont ces gros macarons en plastique qu'on trouve sur les vestes en cuir, les pulls Armani, les chemises Zegna, etc. Tous les trucs de qualité. Ce genre de sécurité doit être détaché avec un appareil au moment de payer l'article. En revanche, les souples doivent être désactivées en les passant sur une plaque ou au moyen d'un scanner manuel qui indique à l'étiquette, en gros, qu'elle peut sortir du magasin.

— Qu'en est-il pour les cassettes vidéo ? demanda Byrne.

— C'est la même chose pour les cassettes vidéo et les DVD.

— C'est pour ça que vous devez passer devant ces…

— Portiques, compléta Mateo. C'est ça. Exactement. Les deux types d'étiquettes fonctionnent sur un système de radiofréquence. Si l'étiquette n'a pas été détachée ou désactivée, vous franchissez le portique et ça se met à sonner. Et on vous tombe dessus.

— Et il n'y a pas moyen de contourner ça ? demanda Jessica.

— Il y a toujours moyen de tout contourner.

— Comment ? demanda Jessica.

Mateo fronça un sourcil.

— Vous avez l'intention d'aller voler à l'étalage, inspecteur ?

— J'ai repéré une paire d'adorables Blahniks en lin noir.

— Bon courage, dit Mateo en riant. Les trucs de ce genre sont mieux protégés que Fort Knox.

Jessica claqua des doigts d'un air dépité.

— Mais avec ces systèmes préhistoriques, reprit-il, il peut suffire d'envelopper l'article dans du papier d'aluminium pour tromper les détecteurs. Vous pourriez aussi placer l'article contre un aimant.

— Ce qui permettrait d'entrer et de sortir de la boutique ?

— Oui.

— Donc, une personne qui aurait enveloppé une cassette vidéo dans du papier d'aluminium ou qui l'aurait placée contre un aimant aurait pu la sortir de la boutique, la garder quelque temps, puis l'envelopper de nouveau et la rapporter en douce ? demanda Jessica.

— C'est possible.

— Tout cela sans être détecté ?

— Je pense, répondit Mateo.

— Génial, dit Jessica.

Ils s'étaient concentrés sur les personnes qui avaient loué la cassette. Maintenant les possibilités s'élargissaient à n'importe quel habitant de Philadelphie possédant du papier d'alu.

— Est-ce qu'il serait possible de transporter une cassette d'une boutique à une autre ? Disons, d'entrer dans un West Coast Video avec une cassette de chez Block-buster ?

— L'industrie n'est pas encore standardisée. Ils cherchent à imposer de nouveaux portiques capables de détecter de multiples types d'étiquettes. D'un autre côté, si seulement les gens savaient que ces détecteurs ne repèrent qu'environ soixante pour cent des vols, ils tenteraient sans doute plus souvent leur chance.

— Et pour ce qui est d'enregistrer par-dessus une cassette préenregistrée ? demanda Jessica. Est-ce que c'est difficile ?

— Pas le moins du monde, répondit Mateo en montrant du doigt une petite indentation à l'arrière de la cassette. Il suffit de recouvrir ça.

— Donc, si quelqu'un a sorti la vidéo de la boutique en l'enveloppant dans du papier d'aluminium, il a pu l'emporter chez lui et enregistrer par-dessus, et si personne n'a essayé de la louer pendant quelques jours, personne n'a remarqué sa disparition, dit Byrne. Il suffisait alors de l'envelopper de nouveau dans du papier d'aluminium et de la rapporter en douce.

— C'est probablement ce qui s'est passé.

Jessica et Byrne se regardèrent. Ils n'étaient pas simplement revenus à la case numéro un. Ils n'avaient même pas commencé de jouer.

— Merci de nous avoir foutu la journée en l'air, dit Byrne.

Mateo sourit.

— Hé, vous croyez que je vous ferais venir ici si je n'avais pas quelque chose de positif à vous montrer, *capitàn, mi capitàn* ?

— Voyons voir ça, dit Byrne.

— Regardez.

Mateo fit pivoter sa chaise et enfonça quelques touches de la console dTective qui se trouvait derrière lui. Le système dTective servait à numériser les vidéos standard, ce qui permettait aux techniciens de manipuler les images directement depuis un disque dur. La vidéo de *Psychose* commença aussitôt à défiler sur l'écran. La porte de la salle de bains s'ouvrit et la vieille femme apparut. Mateo revint en arrière jusqu'à ce que la pièce fût de nouveau vide, puis il appuya sur la touche PAUSE, figeant l'image. Il désigna le coin supérieur gauche de l'écran. Là, sur le dessus de la barre de douche, se trouvait une trace grise.

— Chouette, fit Byrne. Une tache. Lançons un mandat d'arrêt.

Mateo secoua la tête.

— *Usted de poca fe*[1]. (Il fit un agrandissement de l'image, si flou qu'on ne distinguait presque rien.) Laissez-moi rendre ça un peu plus net.

Il enfonça une série de touches, ses doigts courant à toute allure sur le clavier. L'image s'éclaircit. La petite tache sur la barre de douche était désormais un peu plus identifiable. Elle semblait représenter une étiquette blanche rectangulaire portant une inscription à l'encre noire. Mateo enfonça quelques touches supplémentaires. L'image s'agrandit d'environ vingt-cinq pour cent. Ça commençait à ressembler à quelque chose.

— Qu'est-ce que c'est, un bateau ? demanda Byrne tout en plissant les yeux face à l'image.

— Un bateau du Mississippi, précisa Mateo.

Il éclaircit encore légèrement l'image. Elle était toujours très floue, mais un mot commença à apparaître sous le graphique. Une sorte de logo.

Jessica sortit ses lunettes, les chaussa. Elle se pencha vers l'écran.

— Ça dit… Natchez ?

— Oui, répondit Mateo.

— C'est quoi, Natchez ?

Mateo se tourna vers un ordinateur connecté à Internet. Il saisit quelques mots et enfonça la touche ENTRÉE. En un instant, un site web apparut sur lequel ils purent distinguer une version beaucoup plus claire du même graphique : un bateau du Mississippi très stylisé.

— Natchez, Inc. fabrique de matériel de plomberie

1. « Homme de peu de foi. » *(N.d.T.)*

107

et d'équipement de salles de bains, expliqua Mateo. Je pense que cette barre de douche provient de chez eux.

Jessica et Byrne échangèrent un coup d'œil. Après une matinée passée à poursuivre des ombres, ils tenaient enfin une piste. Petite, certes, mais une piste tout de même.

— Est-ce que toutes leurs barres de douche portent ce logo ? demanda Jessica.

Mateo secoua la tête.

— Non, dit-il. Regardez. (Il cliqua pour consulter le catalogue. Les barres ne portaient ni logo ni marque d'aucun genre.) Je suppose que ce que nous recherchons, c'est une sorte d'étiquette qui permet à l'installateur d'identifier l'article. Quelque chose qu'il est supposé retirer une fois qu'il a fini de tout monter.

— Vous êtes donc en train de dire que cette barre de douche a été installée récemment ? dit Jessica.

— Telle serait ma déduction, dit Mateo de son phrasé étrange et précis. Si elle était là depuis longtemps, on pourrait imaginer que la vapeur l'aurait décollée. Je vais vous l'imprimer.

Mateo enfonça quelques touches supplémentaires et déclencha l'imprimante laser. Tandis qu'ils attendaient, Mateo saisit son Thermos et se versa une tasse de soupe. Il ouvrit un Tupperware dans lequel se trouvaient deux rangées bien nettes de petits biscuits salés. Jessica se demanda s'il lui arrivait de rentrer chez lui.

— J'ai entendu dire que vous travailliez là-dessus avec les fédéraux ? dit Mateo.

Jessica et Byrne échangèrent un nouveau coup d'œil, suivi d'une grimace.

— Qui vous a dit ça ? demanda Jessica.

— Le fédéral en personne, répondit Mateo. Il était ici il y a environ une heure.

— L'agent spécial Cahill ?

— Ça doit être lui.

— Qu'est-ce qu'il voulait ?

— Juste tout ce que je savais. Il a posé beaucoup de questions. Il voulait connaître tous les détails sur cette cassette.

— Les lui avez-vous donnés ?

Mateo eut l'air mortifié.

— Je ne couche pas si facilement, inspecteur. Je lui ai dit que je travaillais dessus.

Jessica ne put réprimer un sourire. PPD *über alles*. Parfois, elle adorait cet endroit et tous ses occupants. Elle se promit pourtant de percer un deuxième trou du cul à ce blanc-bec d'agent à la première occasion.

Mateo tendit la main, retira la page imprimée et la tendit à Jessica.

— Je sais que ce n'est pas grand-chose, mais c'est un début, *sí* ?

Jessica lui déposa une bise sur le haut du crâne.

— Vous êtes un chef, Mateo.

— Dites-le au reste du monde, *hermana*.

Le plus grand fournisseur de matériel de plomberie de Philadelphie était une société nommée Standard Plumbing and Heating. Son entrepôt de cinq mille mètres carrés situé dans Germantown Avenue abritait toilettes, lavabos, baignoires, cabines de douche, et à peu près tous les autres équipements possibles et imaginables. Elle proposait des marques haut de gamme telles que Porcher, Bertocci et Casana, mais également des installations moins onéreuses comme celles fabriquées par Natchez, Inc., une société basée, comme on pouvait s'y attendre, dans le Mississippi. Standard Plumbing and Heating était le seul distributeur de Philadelphie à proposer le produit qui les intéressait.

Le directeur commercial s'appelait Hal Hudak.

— Il s'agit de la référence NF-5506-L. Une barre

d'aluminium coudée de 2,5 centimètres de diamètre, expliqua-t-il.

Il regardait la photographie prise à partir de la cassette vidéo. Elle avait été recadrée pour ne laisser voir que le dessus de la barre de douche.

— Et elle est fabriquée par Natchez ? demanda Jessica.

— Exact. Mais c'est un équipement plutôt bas de gamme. Rien de bien formidable.

Hudak approchait de la soixantaine, il avait le crâne dégarni et un air malicieux, comme si tout était potentiellement amusant. Son haleine sentait les bonbons à la cannelle. Ils se trouvaient dans son bureau qui croulait sous la paperasse et surplombait l'entrepôt chaotique.

— Nous vendons beaucoup d'équipements Natchez au gouvernement fédéral pour ses logements sociaux.

— Et les hôtels, les motels ? demanda Byrne.

— Bien sûr, répondit-il. Mais vous ne trouverez pas cette barre dans des hôtels luxueux ou de moyenne gamme. Pas même dans les établissements du genre Motel 6.

— Pourquoi ?

— Principalement parce que dans ces motels pas chers et très fréquentés les équipements servent beaucoup. Ça ne serait pas commercialement intéressant d'utiliser du matériel bon marché. Ils seraient forcés de les remplacer deux fois par an.

— Alors pourquoi un autre motel les achèterait-il ? demanda Jessica après avoir pris quelques notes.

— Entre nous, les seuls motels susceptibles d'installer ce genre d'équipement sont ceux où les clients ne restent en général pas toute la nuit, si vous voyez ce que je veux dire.

Ils voyaient exactement ce qu'il voulait dire.

— En avez-vous vendu récemment ? demanda Jessica.

— Ça dépend de ce que vous entendez par récemment.

— Au cours des derniers mois.

— Voyons voir, dit-il en enfonçant quelques touches sur son clavier d'ordinateur. Oui. J'ai reçu une petite commande il y a trois semaines de… Arcel Management.

— Quelle quantité ?

— Ils ont commandé vingt barres de douche. Coudées, en aluminium. Identiques à celle de votre photo.

— C'est une société du coin ?

— Oui.

— La commande a-t-elle été livrée ?

Hudak sourit.

— Évidemment.

— Quelle est exactement l'activité d'Arcel Management ?

Il enfonça quelques touches supplémentaires.

— Ils gèrent des appartements. Quelques motels, je crois.

— Le genre de motels où on loue des chambres à l'heure ? demanda Jessica.

— Je suis un homme marié, inspecteur. Il faudrait que je me renseigne.

— Ça va aller, dit Jessica en souriant. Je crois que nous pourrons nous débrouiller tout seuls.

— Ma femme vous remercie.

— Nous allons avoir besoin de leur adresse et de leur numéro de téléphone.

— C'est comme si c'était fait.

Lorsqu'ils regagnèrent Center City, ils s'arrêtèrent au croisement de la 9e Rue et Passyunk, tirèrent à pile ou face. Face signifiait Pat's. Pile, Geno's. Ce fut face. C'était facile de déjeuner à ce carrefour. Comme Jessica rapportait les *cheesesteaks* à la voiture, Byrne repliait son téléphone.

— Arcel Management gère quatre complexes d'appartements dans le nord de Philly et un motel dans Dauphin Street, dit-il.

— À l'ouest ?

Byrne acquiesça.

— Dans le quartier de Strawberry Mansion.

— Et je suppose que c'est un cinq-étoiles avec thalasso et parcours de golf de compétition, dit Jessica en se glissant dans la voiture.

— En fait, ce serait plutôt un hôtel de passe nommé le Rivercrest Motel, répliqua Byrne.

— Est-ce que ce sont eux qui ont commandé ces barres de douche ?

— Selon la très obligeante et suave Mlle Rochelle Davis, ils les ont bien commandées.

— Et la très obligeante et suave Mlle Rochelle Davis aurait-elle dit à l'inspecteur Kevin Byrne en âge d'être son père combien de chambres il y a au Rivercrest Motel ?

— Oui.

— Combien ?

Byrne démarra la Taurus, prit la direction de l'ouest.

— Vingt.

12

Seth Goldman était assis dans l'élégant salon du Park Hyatt, l'hôtel somptueux qui occupait les étages supérieurs de l'ancien immeuble Bellevue, au coin de Broad Street et Walnut. Il passait en revue le planning de la journée. Rien de trop héroïque. Ils avaient rencontré un journaliste du *Pittsburgh Magazine* pour une brève interview et une séance photo puis avaient immédiatement regagné Philadelphie. Ils devaient être sur le plateau dans une heure. Seth savait qu'Ian était quelque part dans l'hôtel, ce qui était une bonne chose. Même s'il n'avait jamais vu Ian manquer un tournage, ce dernier avait la mauvaise habitude de disparaître pendant des heures.

Juste après quatre heures, Ian sortit de l'ascenseur, suivi d'Aileen, la nourrice, qui portait dans ses bras Declan, son fils âgé de six mois. Julianne, la femme d'Ian, était à Barcelone. Ou Florence. Ou Rio. Il avait du mal à suivre.

Aileen était talonnée par Erin, la directrice de production d'Ian.

Erin Halliwell travaillait pour Ian depuis près de trois ans, mais Seth avait depuis longtemps décidé de la garder à l'œil. Il n'était un secret pour personne que cette femme coquette, sèche et extrêmement efficace lorgnait le boulot de Seth et, si elle n'avait pas couché avec Ian – mettant ainsi malgré elle un terme à ses chances de promotion –, elle l'aurait probablement obtenu.

La plupart des gens pensaient qu'une société de production comme White Light employait des douzaines, voire des vingtaines, d'employés à temps plein. La vérité était qu'ils n'étaient que trois. Ian, Erin et Seth. Ce personnel suffisait jusqu'à ce qu'un film entre en production, après quoi ils se mettaient à embaucher pour de bon.

Ian s'adressa brièvement à Erin, qui pivota sur ses talons éclatants, adressa un sourire tout aussi éclatant à Seth et remonta dans l'ascenseur. Ian passa ensuite la main dans les cheveux roux et duveteux du petit Declan, traversa le hall, consulta l'une de ses deux montres – celle réglée sur l'heure locale. L'autre était à l'heure de Los Angeles. Les maths n'étaient pas le fort d'Ian Whitestone. Il avait encore quelques minutes devant lui. Il se versa une tasse de café, s'assit face à Seth.

— À qui le tour ? demanda Seth.

— À toi.

— OK. Cite-moi deux films dont les deux acteurs principaux ont reçu un oscar en tant que metteurs en scène.

Ian sourit. Il croisa les jambes, se passa la main sur le menton. Il ressemblait de plus en plus à Stanley Kubrick vers quarante ans, se dit Seth. Les yeux très enfoncés animés d'un éclat malicieux. La garde-robe onéreuse et décontractée.

— Bonne question, dit Ian.

Cela faisait presque trois ans qu'ils jouaient de temps à autre à ce jeu. Seth n'était encore jamais parvenu à le coller.

— Quatre acteurs-metteurs en scène qui ont obtenu un oscar. Deux films.

— Exact. Mais rappelle-toi que c'est en tant que metteurs en scène qu'ils ont eu un oscar, pas en tant qu'acteurs.

— Post-1960 ?

Seth le fusilla du regard. Comme s'il allait lui donner un indice. Comme si Ian avait besoin d'un indice.

— Quatre personnes différentes ? demanda Ian.

Nouveau regard assassin.

— OK, OK, dit-il, levant les mains en signe de capitulation.

Les règles étaient les suivantes : celui qui posait la question accordait cinq minutes à l'autre pour répondre. Aucune tierce personne ne pouvait être consultée, il était interdit de chercher sur Internet. Celui qui ne trouvait pas la réponse dans les cinq minutes payait à l'autre un repas dans le restaurant de son choix.

— Tu donnes ta langue au chat ? demanda Seth.

Ian jeta un coup d'œil à ses deux montres.

— Alors qu'il me reste trois minutes ?

— Deux minutes quarante secondes, corrigea Seth.

Ian regarda la voûte richement décorée du plafond tout en fouillant dans sa mémoire. Visiblement, Seth avait enfin réussi à le coller. Lorsqu'il ne lui resta plus que dix secondes, Ian dit :

— Woody Allen et Sydney Pollack dans *Maris et femmes*. Kevin Costner et Clint Eastwood dans *Un monde parfait*.

— Bon sang !

Ian éclata de rire. C'était toujours lui le champion. Il se leva, attrapa son sac.

— Quel est le numéro de téléphone de Norma Desmond ?

Quand il était question de cinéma, Ian parlait toujours au présent. La plupart des gens utilisaient le passé, mais pour Ian, les films se déroulaient toujours sur le moment.

— Crestview 5-1733, répondit Seth. Sous quel nom Janet Leigh s'est-elle enregistrée dans le motel de Bates ?

— Marie Samuels, répondit Ian. Quel est le nom de la sœur de Gelsomina ?

Facile, pensa Seth. Il connaissait par cœur le moindre plan de *La Strada* de Fellini. Il l'avait vu pour la première fois au cinéma Monarch Art à l'âge de dix ans. Le simple fait d'y penser lui donnait encore la larme à l'œil. Il lui suffisait d'entendre le gémissement mélancolique de la trompette du générique pour se mettre à chialer.

— Rosa.

— *Molto bene*, dit Ian en lui faisant un clin d'œil. On se retrouve sur le plateau.

— *Sí*, maestro.

Seth attrapa un taxi et prit la direction de la 9e Rue. Tandis qu'ils roulaient vers le sud, il regarda les quartiers changer, depuis l'agitation de Center City jusqu'à la vaste zone urbaine du sud de Philadelphie. Seth devait bien avouer qu'il aimait travailler à Philadelphie, la ville natale d'Ian. Malgré toutes les pressions l'incitant à déménager officiellement les bureaux de White Light à Hollywood, Ian avait résisté.

Au bout de quelques minutes, ils rencontrèrent les premières voitures de police et les premiers barrages. La production avait bouclé la 9e Rue sur deux pâtés de maisons dans les deux sens. Au moment où Seth arriva sur le plateau, tout était en place – lumières, sonorisation, agents de sécurité indispensables à tout tournage en zone urbaine. Seth montra son passe, contourna les barrages et pénétra chez Anthony's. Il commanda un cappuccino et retourna sur le trottoir.

Tout était réglé comme du papier à musique. Ne manquait plus que l'acteur principal, Will Parrish.

Parrish, la vedette de *Daybreak*, une série à mi-chemin entre film d'action et comédie qui avait connu un énorme succès sur ABC dans les années quatre-vingt, profitait d'une sorte de retour en grâce, le second de sa carrière. À cette époque, il avait fait la une de tous les magazines, était apparu dans toutes les émissions télé, sur pratiquement toutes les affiches des transports en commun de chaque grande ville. Son personnage de *Daybreak* au petit sourire narquois qui sortait constamment des vannes n'était pas si différent de lui et, vers la fin des années quatre-vingt, il était l'acteur de télévision le mieux payé.

Puis il y avait eu *Kill Game*, un film d'action qui l'avait catapulté tout en haut de l'affiche et qui avait généré presque deux cent soixante-dix millions de dollars à travers le monde. Trois suites avaient été tournées, qui avaient connu le même succès. Entre-temps, Parrish avait tourné un certain nombre de comédies romantiques et joué dans de petites pièces de théâtre. Puis les films d'action à gros budget étaient passés de mode et Parrish n'avait plus reçu de scénarios. Il avait fallu presque une décennie pour qu'Ian Whitestone le remette sous les feux des projecteurs.

Dans *Le Palais*, son second film avec Whitestone, il interprétait un chirurgien veuf qui soignait un jeune homme sévèrement brûlé lors d'un incendie déclenché par sa mère. Au fur et à mesure qu'il effectuait des greffes de peau sur le garçon, le personnage interprété par Parrish, Ben Archer, découvrait progressivement que son patient était extralucide et que de malveillantes agences gouvernementales voulaient lui mettre la main dessus.

La scène du jour était relativement simple d'un point de vue logistique : le docteur Benjamin Archer sort d'un restaurant du sud de Philly et aperçoit un homme mystérieux portant un costume sombre. Il le suit.

Seth emporta son cappuccino et vint se poster au coin

de la rue. Ils allaient commencer à tourner dans environ une demi-heure.

Pour Seth Goldman, l'élément le plus intéressant lorsqu'ils tournaient en extérieur – n'importe où, mais surtout dans les villes –, c'étaient les femmes. Des jeunes femmes, d'autres moins jeunes, des femmes riches, des pauvres, des femmes au foyer, des étudiantes et des travailleuses – elles se tenaient de l'autre côté des barrages, ensorcelées par le glamour de la situation, fascinées par les célébrités, alignées tels de beaux canards parfumés dans une galerie. Dans les grandes villes, même les chefs électriciens s'envoyaient en l'air.

Et Seth Goldman était loin d'être chef électricien.

Il but son café à petites gorgées, faisant mine d'être émerveillé par l'efficacité de l'équipe. Mais ce qui l'émerveillait vraiment, c'était la femme blonde qui se tenait de l'autre côté du barrage, juste derrière l'une des voitures de police qui bloquaient la rue.

Seth se fraya un chemin jusqu'à elle en parlant doucement tout seul dans sa radio, histoire d'attirer son attention. Il s'approcha de plus en plus près du barrage, n'était plus désormais qu'à quelques mètres de la femme. Il portait un blazer Joseph Abboud bleu marine par-dessus un polo blanc déboutonné. Il suintait l'importance. Il avait une sacrée allure.

— Bonjour, lança la jeune femme.

Seth se retourna, comme s'il ne l'avait pas remarquée. Elle était encore plus jolie de près. Elle portait une robe bleu pastel et des chaussures blanches à talons bas, un collier de perles et des boucles d'oreilles assorties. Elle avait dans les vingt-cinq ans. Le soleil parait ses cheveux de reflets dorés.

— Bonjour, répondit Seth.

— Faites-vous partie de…

Elle désigna l'équipe de la main, les projecteurs, le camion-son, le plateau en général.

— La production ? Oui, répondit Seth. Je suis l'assistant personnel de M. Ian Whitestone.

Elle hocha la tête, impressionnée.

— C'est vraiment excitant.

Seth balaya la rue du regard.

— Oui, en effet.

— J'étais aussi venue pour l'autre film.

— Est-ce qu'il vous a plu ?

Il lui tendait une perche, et il le savait.

— Beaucoup, répondit-elle, sa voix montant légèrement dans les aigus. *Dimensions* est l'un des films les plus effrayants que j'aie jamais vus.

— Laissez-moi vous poser une question.

— Allez-y.

— Et je veux que vous soyez complètement honnête avec moi.

Elle leva la main, trois doigts tendus.

— Promesse de scout.

— Avez-vous vu la fin venir ?

— Absolument pas, répondit-elle. J'ai été complètement surprise.

Seth sourit.

— Vous avez répondu ce qu'il fallait. Vous êtes sûre de ne pas être d'Hollywood ?

— Bon, c'est vrai. Mon petit ami m'a dit qu'il avait deviné depuis le début, mais je ne l'ai pas cru.

Seth fronça exagérément les sourcils.

— Petit ami ?

La jeune femme éclata de rire.

— *Ex*-petit ami.

À cette nouvelle, Seth se fendit d'un large sourire. Tout marchait comme sur des roulettes. Il ouvrit la bouche comme s'il était sur le point de dire quelque chose, mais se ravisa. Ou, du moins, c'était ce qu'il voulait lui faire croire. Ça fonctionna.

— Qu'est-ce qu'il y a ? demanda-t-elle, mordant à l'hameçon.

Seth secoua la tête.

— J'allais dire quelque chose, mais il ne vaut mieux pas.

Elle inclina légèrement la tête, commença à rougir. Pile au bon moment.

— Qu'est-ce que vous alliez dire ?

— Vous allez me trouver trop direct.

Elle sourit.

— Je suis du sud de Philly. Je saurai faire face.

Seth lui saisit la main. Elle ne l'ôta pas, ne se crispa pas. Ça aussi, c'était bon signe. Il la regarda au fond des yeux et dit :

— Vous avez une très jolie peau.

13

Le Rivercrest Motel était un hôtel de passe en ruine comportant vingt chambres situé au coin de la 33e Rue et de Dauphin Street, à l'ouest de Philly, non loin de la rivière Schuylkill. C'était un bâtiment d'un seul étage en angle droit doté d'un parking parsemé de mauvaises herbes. Deux distributeurs de boissons hors service flanquaient la porte du bureau. Il y avait cinq voitures dans le parking. Deux d'entre elles n'avaient plus de roues.

Le directeur du Rivercrest Motel était un homme nommé Karl Stott. Stott était un quinquagénaire endurci aux lèvres humides d'alcoolique et aux joues creuses, récemment arrivé d'Alabama. Il arborait deux tatouages de la marine sur les avant-bras. Il résidait sur place, dans l'une des chambres.

Jessica dirigea l'entretien tandis que Byrne rôdait autour d'eux, lançant des regards noirs. Ils avaient élaboré cette dynamique à l'avance.

À exactement quatre heures et demie, Terry Cahill arriva. Il resta en retrait sur le parking, observant, prenant des notes, faisant le tour des lieux.

— Je crois que ces barres de douche ont été installées il y a deux semaines, dit Stott en allumant une cigarette d'une main légèrement tremblante.

Ils se trouvaient dans le petit bureau miteux du motel dans lequel flottait une odeur de salami tiède. Aux murs étaient accrochées des affiches représentant certaines des principales attractions de Philadelphie – Independence Hall, Penn's Landing, Logan Square, le musée d'art – comme si le Rivercrest Motel était fréquenté par des touristes. Jessica remarqua que quelqu'un avait dessiné un minuscule Rocky Balboa sur les marches du musée.

Elle remarqua également que Karl Stott avait déjà une cigarette qui se consumait dans le cendrier sur le guichet.

— Vous en avez déjà une, dit-elle.

— Pardon ?

— Vous en avez déjà une allumée, répéta-t-elle en pointant le doigt vers le cendrier.

— Bon sang, dit-il.

Il écrasa la cigarette presque consumée.

— Un peu nerveux ? demanda Byrne.

— Ben, ouais, répondit Stott.

— Et pourquoi ça ?

— Quoi, vous plaisantez ? Vous êtes de la criminelle. Et moi, la criminelle, ça me rend nerveux.

— Avez-vous assassiné quelqu'un récemment ?

Stott fit la grimace.

— Quoi ? Non !

— Alors vous n'avez aucune raison de vous en faire, dit Byrne.

Jessica nota dans son calepin qu'il faudrait effectuer une vérification sur Stott, même si c'était la procédure habituelle. Il avait fait de la taule, elle en était certaine. Elle lui montra une photo de la salle de bains.

— Est-ce que vous pouvez dire si cette photo a été prise ici ? demanda-t-elle.

Stott regarda la photo en plissant les yeux.

— Ça ressemble bien à l'une des nôtres.

— Pourriez-vous me dire laquelle ?

Stott ronchonna.

— Vous voulez dire, genre, est-ce que c'est la suite présidentielle ?

— Excusez-moi ?

Il fit un geste en direction du bureau délabré.

— Vous trouvez que ça ressemble au Crowne Plaza ?

— Monsieur Stott, j'ai un marché à vous proposer, intervint Byrne en se penchant par-dessus le guichet.

Il s'approcha à quelques centimètres du visage de Stott. Son regard de granit cloua l'homme sur place.

— Allez-y.

— Arrêtez de jouer au malin ou nous faisons fermer cet établissement pendant deux semaines, le temps d'examiner le moindre carreau, le moindre tiroir, le moindre interrupteur. Nous noterons aussi les plaques d'immatriculation de toutes les voitures qui se gareront dans ce parking.

— C'est ce que vous appelez un marché ?

— Faites-moi confiance. Et vous vous en tirez à bon compte. Parce que, en ce moment, ma partenaire n'a qu'une envie : vous embarquer à la Rotonde et vous coller en cellule, dit Byrne.

Nouvel éclat de rire, mais nettement moins railleur cette fois.

— Vous jouez à quoi, au bon flic et au mauvais flic ?

— Non, au mauvais flic et au flic encore pire. On ne vous proposera pas d'autre choix.

Stott fixa le sol quelques instants en se penchant légèrement en arrière pour s'éloigner de l'orbite de Byrne.

— Je suis désolé, je suis juste un peu…

— Nerveux.

— Ouais.

— Vous l'avez déjà dit. Maintenant, répondez à la question de l'inspecteur Balzano.

Stott poussa un profond soupir, puis tira sur sa cigarette à s'en faire exploser les poumons. Il regarda de nouveau la photo.

— Bon, je ne peux pas vraiment vous dire de quelle chambre il s'agit mais, vu la disposition, je dirais que c'est un numéro pair.

— Pourquoi ?

— Parce que ici les toilettes sont dos à dos. Si c'était une chambre avec un numéro impair, la baignoire serait de l'autre côté.

— Est-ce que vous pouvez réduire les possibilités ?

— Quand les gens louent une chambre, vous savez, pour quelques heures, nous essayons de leur donner les chambres numérotées de cinq à dix.

— Pourquoi ça ?

— Parce qu'elles sont du côté opposé à la rue. Souvent, les gens aiment être discrets.

— Donc, si la chambre sur la photo est l'une de celles-ci, ce sera soit la six, soit la huit, soit la dix.

Stott regarda le plafond moucheté de taches humides. Il était en plein calcul mental. De toute évidence, Stott avait des problèmes avec les maths. Il posa de nouveau les yeux sur Byrne.

— Exact.

— Est-ce que vous vous rappelez avoir eu des problèmes avec les clients de ces chambres au cours des dernières semaines ?

— Des problèmes ?

— Quoi que ce soit d'inhabituel. Disputes, désaccord, clients bruyants.

— Croyez-le ou non, c'est un endroit plutôt paisible, répondit Stott.

— Ces chambres sont-elles occupées en ce moment ?

Stott consulta le tableau de liège auquel étaient suspendues les clés.

— Non.

— Nous allons avoir besoin des clés des chambres six, huit et dix.

— D'accord, dit Stott en décrochant les clés du tableau et en les tendant à Byrne. Est-ce que je peux vous demander à quoi rime toute cette histoire ?

— Nous avons des raisons de croire qu'un crime a été commis dans votre motel au cours des deux dernières semaines, répondit Jessica.

Les deux détectives n'avaient pas atteint la porte que Karl s'était déjà allumé une deuxième cigarette.

La chambre six était une pièce exiguë qui sentait le renfermé : grand lit de travers aux montants défoncés, tables de chevet en contreplaqué fendillé, abat-jour tachés, plâtre fissuré sur les murs. Jessica remarqua un cercle de miettes par terre autour de la petite table qui se trouvait près de la fenêtre. La moquette beige sale et usée était moisie et humide.

Jessica et Byrne enfilèrent tous deux une paire de gants en latex. Ils vérifièrent les montants et les poignées de porte, les interrupteurs, à la recherche de traces de sang. Étant donné la quantité de sang versé au cours du meurtre sur la vidéo, il pouvait rester des éclaboussures et des taches dans la chambre. Ils n'en trouvèrent aucune. C'est-à-dire aucune qui fût visible à l'œil nu.

Ils pénétrèrent dans la salle de bains, allumèrent la lumière. Au bout de quelques secondes, l'éclairage au néon s'anima en tremblotant et se mit à émettre un fort bourdonnement. Jessica sentit son estomac se nouer. La pièce était identique à celle de la cassette de *Psychose*. Du haut de son mètre quatre-vingt-dix, Byrne n'eut pas trop de mal à examiner le dessus de la barre de douche.

— Rien ici, dit-il.

Ils farfouillèrent dans la petite salle de bains,

soulevant le rabat des toilettes, faisant courir un doigt autour des écoulements de la baignoire et du lavabo, vérifiant les joints du carrelage autour de la baignoire ainsi que les plis du rideau de douche. Pas de sang.

Ils répétèrent la même procédure dans la chambre huit, obtinrent des résultats similaires.

Lorsqu'ils entrèrent dans la chambre dix, ils surent. Ce n'était pas quelque chose d'évident, pas quelque chose que la plupart des gens auraient remarqué. Mais c'étaient des flics aguerris. Le mal était entré ici, ils l'entendaient presque murmurer.

Jessica alluma la lumière de la salle de bains. La pièce avait été récemment nettoyée. Tout était recouvert d'une infime pellicule, une fine couche grisâtre causée par un excès de produit nettoyant mal rincé. Ils n'avaient rien constaté de tel dans les deux autres salles de bains.

Byrne vérifia le dessus de la barre de douche.

— Bingo, dit-il. Nous avons notre étiquette.

Il produisit la photo. L'étiquette était identique.

Jessica suivit l'angle de prise de vue en partant de la barre de douche. Dans le mur, à l'endroit où la caméra avait dû être placée, se trouvait une aération, située à quelques centimètres à peine du plafond.

Elle alla chercher la chaise dans l'autre pièce, la traîna jusqu'à la salle de bains, grimpa dessus. Il était clair que quelqu'un avait trafiqué la plaque d'aération. La peinture laquée était écaillée à l'endroit où deux vis maintenaient la plaque. Elle semblait avoir été récemment ôtée puis remise en place.

Le cœur de Jessica s'emballa et se mit à battre à un rythme particulier. Rien dans son travail ne lui procurait un sentiment comparable.

Debout près de sa voiture dans le parking du Rivercrest Motel, Terry Cahill parlait au téléphone. L'inspecteur Nick Palladino, qui était désormais lui aussi sur l'affaire, avait commencé à se renseigner auprès des quelques commerces du voisinage en attendant l'arrivée de l'équipe de police scientifique. Palladino était un homme d'environ quarante ans d'une beauté un peu dure, un Italien du sud de Philly de la vieille école – ce qui signifiait qu'il mangeait sa salade à la fin du repas, possédait une cassette des plus grands succès de Bobby Rydell dans sa voiture et n'enlevait pas ses illuminations de Noël avant la Saint-Valentin. C'était aussi l'un des meilleurs inspecteurs de la brigade.

— Il faut que nous discutions, dit Jessica en s'approchant de Cahill.

Elle remarqua que, en dépit du soleil et de la température qui avait atteint les trente degrés, il portait un manteau et une cravate et n'avait pas une seule goutte de sueur sur le visage. Jessica aurait volontiers piqué une tête dans la piscine la plus proche. Ses vêtements trempés lui collaient au corps.

— Je vais devoir vous rappeler, dit Cahill à son interlocuteur, après quoi il replia son téléphone et se tourna vers Jessica. Pas de problème. Qu'est-ce qui se passe ?

— Vous voulez bien m'expliquer ce que vous fabriquez ?

— Je ne suis pas sûr de vous suivre.

— J'avais cru comprendre que vous étiez ici pour observer et faire des recommandations au bureau.

— En effet, dit Cahill.

— Alors qu'est-ce que vous fichiez à l'unité audiovisuelle avant même que nous ayons été briefés sur la cassette ?

Cahill baissa un instant les yeux, penaud, pris la main dans le sac.

— J'ai toujours été fana de vidéo, expliqua-t-il. J'avais entendu dire que vous aviez une excellente unité audiovisuelle et j'ai voulu la voir de mes yeux.

— Je vous serais reconnaissante de bien vouloir nous

en informer à l'avenir, soit moi, soit l'inspecteur Byrne, dit Jessica, qui sentait déjà sa colère diminuer.

— Vous avez absolument raison. Ça ne se reproduira pas.

Elle avait une sainte horreur de ce genre de réaction. Elle comptait lui donner une bonne leçon, et il lui avait aussitôt coupé l'herbe sous le pied.

— Je vous en serais reconnaissante, répéta-t-elle.

Cahill jeta un coup d'œil à la ronde, histoire de laisser la tension se dissiper. Le soleil était à son zénith, chaud, impitoyable. Avant que la gêne s'installe, il désigna le motel d'un geste de la main.

— C'est une affaire rondement menée, inspecteur Balzano.

Bon Dieu, ce que les fédéraux pouvaient être arrogants, pensa Jessica. Elle n'avait pas besoin qu'il lui dise ça. La situation s'était débloquée grâce au bon boulot que Mateo avait accompli sur la cassette, et ils n'avaient eu qu'à suivre ses indications. Cela dit, peut-être Cahill essayait-il juste d'être agréable. Elle regarda son visage sérieux en se disant : *Relax, Jess.*

— Merci, répondit-elle sans s'attarder sur le sujet.

— Vous n'avez jamais envisagé une carrière au FBI ? demanda-t-il.

Elle aurait voulu lui dire que c'était son deuxième choix. Juste après conductrice de gros culs. Sans compter que son père l'aurait tuée.

— Je suis plutôt heureuse où je suis, répondit-elle.

Cahill acquiesça. Son téléphone portable sonna. Il leva un doigt, répondit.

— Cahill. Oui, salut. (Il consulta sa montre.) Dix minutes. Faut que j'y aille, dit-il en refermant son téléphone.

Rien à foutre de l'enquête, pensa Jessica.

— Nous nous sommes donc bien compris ?

— Absolument, répondit Cahill.

— Très bien.

Cahill monta dans sa voiture, chaussa ses lunettes de soleil aviateur, lui lança un petit sourire façon FBI et, respectant toutes les règles de circulation – aussi bien d'État que locales –, s'engagea dans Dauphin Street.

Tandis que Jessica et Byrne regardaient l'unité de police scientifique décharger son matériel, Jessica pensa à la série télévisée à succès « FBI : Portés disparus ». Les criminalistes adoraient cette expression. Mais personne ne disparaissait jamais vraiment. Il demeurait toujours une trace. C'était la raison d'être des agents de la police scientifique : rien ne s'évanouissait jamais complètement. Vous pouviez brûler les indices, les plonger dans l'eau, dans l'eau de Javel, les enterrer, les essuyer, les réduire en miettes. Ils trouveraient toujours quelque chose.

Ce jour-là, outre les procédures communes à toutes les scènes de crime, ils allaient effectuer un test au luminol dans la salle de bains de la chambre numéro dix. Au contact de l'hémoglobine, l'élément porteur d'oxygène du sang, le luminol émet de la lumière. Si des traces de sang sont présentes, le luminol, vu sous une lumière noire, produit donc une chimioluminescence, le même phénomène qui fait briller les lucioles.

Bientôt, lorsque l'équipe eut fini de chercher des empreintes digitales et de prendre des photos de la salle de bains, un agent de la police scientifique commença à pulvériser le liquide sur les carreaux qui entouraient la baignoire. À moins que la pièce n'ait été nettoyée à plusieurs reprises avec de l'eau bouillante et de l'eau de Javel, il resterait des traces de sang. Lorsque l'agent eut fini, il brancha la lampe à arc UV.

— Lumière, dit-il.

Jessica éteignit la lumière de la salle de bains, ferma la porte. L'agent alluma la lumière noire.

En un instant, ils eurent leur réponse. Ce n'étaient pas de minuscules traces indiquant une présence de sang qu'ils trouvèrent sur le sol, les murs, le rideau de douche ou les carreaux.

Il y avait du sang *absolument* partout.

Ils avaient trouvé le lieu du crime.

— Nous allons devoir consulter vos registres pour voir qui a loué cette chambre au cours des deux dernières semaines, annonça Byrne.

Ils étaient de nouveau dans le bureau du motel et, pour diverses raisons, le fait qu'une douzaine d'agents de la police de Philadelphie avaient investi les lieux de son jadis paisible commerce illicite n'étant pas la moindre, Karl Stott suait à grosses gouttes. Le petit espace exigu avait maintenant l'odeur âcre d'une cage aux singes.

Stott baissa les yeux vers le sol, puis les releva. Il savait qu'il risquait de décevoir ces flics tout à fait effrayants, et cette idée le rendait visiblement malade. Nouvelle coulée de sueur.

— Eh bien, on ne garde pas vraiment de registres détaillés, si vous voyez ce que je veux dire. Quatre-vingt-dix pour cent des clients s'enregistrent sous le nom de Smith, Jones ou Johnson.

— Chaque location figure-t-elle sur le registre ? demanda Byrne.

— Qu'est-ce… qu'est-ce que vous voulez dire ?

— Je veux dire, est-ce qu'il vous arrive de laisser des amis ou des connaissances utiliser ces chambres sans s'enregistrer ?

Stott eut l'air scandalisé. Après avoir analysé le verrou de la chambre dix, les techniciens avaient conclu que personne ne l'avait récemment forcé. Quiconque était entré dans cette chambre avait utilisé une clé.

— Bien sûr que non, répondit Stott, indigné qu'on puisse le soupçonner de ce genre de petite escroquerie.

— Nous allons avoir besoin de vos reçus de cartes de crédit, poursuivit Byrne.

Il acquiesça.

— Bien sûr. Pas de problème. Mais comme vous vous en doutez, ici, on paie plutôt en espèces.

— Vous souvenez-vous des clients qui ont loué cette chambre ? demanda Byrne.

Stott se passa une main sur le visage. Il avait de toute évidence besoin d'une bonne bière bien fraîche.

— Ils se ressemblent tous un peu à mes yeux. Et puis j'ai un petit… heu… problème avec l'alcool, OK ? J'en suis pas fier, mais c'est comme ça. À dix heures, j'ai déjà un verre dans le nez.

— Nous aimerions que vous veniez à la Rotonde demain, dit Jessica.

Elle tendit une carte à Stott. Il la prit, ses épaules se voûtèrent.

Les flics !

Dehors, Jessica dessina un tableau chronologique sur son calepin.

— Je pense que le meurtre a pu se produire sur une période de dix jours. Ces barres de douche ont été installées il y a deux semaines, ce qui signifie que, entre le moment où Isaiah Crandall a rapporté la vidéo de *Psychose* chez Reel Deal et celui où Adam Kaslov l'a louée, notre assassin est allé chercher la cassette sur le présentoir, a occupé cette chambre de motel, commis son crime, puis il a remis la cassette à sa place.

Byrne lui signifia d'un hochement de tête qu'il était d'accord.

Dans les jours qui suivraient, ils parviendraient à réduire ce laps de temps grâce aux résultats des tests effectués sur les traces de sang. En attendant, ils commenceraient par consulter le fichier des personnes disparues à la recherche d'une femme ressemblant à la victime sur la cassette, une femme qui n'aurait pas été vue depuis une semaine.

Avant de reprendre la route de la Rotonde, Jessica se retourna pour regarder la porte de la chambre dix.

Une jeune femme y avait été assassinée, et ce crime qui aurait pu passer inaperçu pendant des semaines, voire des mois, ne datait en fait, si leurs calculs étaient corrects, que d'à peu près une semaine.

Le cinglé qui avait fait ça croyait peut-être posséder une sacrée avance sur ces abrutis de flics.

Il se trompait.

La traque était lancée.

14

Il y a un moment dans *Assurance sur la mort*, le grand film noir de Billy Wilder adapté du roman de James M. Cain, où Phyllis, interprétée par Barbara Stanwyck, regarde Walter, interprété par Fred Mac Murray. Ce moment se produit tandis que le mari de Phyllis signe malgré lui une police d'assurance, scellant par là même son sort. Sa mort prématurée, grâce à un stratagème, déclenchera désormais un paiement équivalent à deux fois le montant normal. Une indemnité double.

Il n'y a pas de musique solennelle, pas de dialogue. Juste un regard. Phyllis lance à Walter un regard lourd de sous-entendus – et chargé d'une bonne dose de tension sexuelle... Ils savent qu'ils viennent de franchir une ligne et qu'ils ont atteint ce point de non-retour à partir duquel ils deviennent des meurtriers.

Je suis un meurtrier.

Inutile de le nier ou de se voiler la face. Aussi longtemps que je vivrai, et quoi que je fasse du temps qui me reste à vivre, telle sera mon épitaphe.

Je suis Francis Dolarhyde. Je suis Cody Jarrett. Je suis Michael Corleone.

Et j'ai du pain sur la planche.

Me verront-elles venir ?

Peut-être.

Celles qui acceptent leur souffrance mais refusent la pénitence me sentiront peut-être approcher comme un souffle glacé sur leur nuque. C'est pourquoi je dois être prudent. C'est pourquoi je dois me mouvoir dans la ville tel un fantôme. La ville pense peut-être que j'agis au hasard. C'est tout le contraire.

— C'est juste ici, dit-elle.

Je ralentis la voiture.

— Je crois que c'est un peu en désordre à l'intérieur, ajoute-t-elle.

— Oh, ne t'en fais pas pour ça, dis-je, sachant pertinemment que ce désordre n'est rien à côté de ce qu'il sera bientôt. Tu devrais voir comment c'est chez moi.

Elle sourit tandis que nous nous engageons dans son allée. Je jette un coup d'œil à la ronde. Personne ne nous observe.

— Bon, nous sommes arrivés, dit-elle. Prêt ?

Je lui retourne son sourire, coupe le moteur, touche le sac sur la banquette. La caméra est à l'intérieur, batterie chargée.

Prêt.

15

— Salut, beau gosse !

Byrne prit une rapide inspiration, rassembla ses forces avant de se retourner. Ça faisait un bout de temps qu'il ne l'avait pas vue et il voulait que son visage reflète la chaleur et l'affection qu'il éprouvait réellement à son égard, pas le choc ni la surprise que la plupart des gens laissaient paraître.

Quand Victoria Lindstrom avait quitté Meadville, une petite ville du nord-ouest de la Pennsylvanie, pour Philadelphie, c'était une beauté de dix-sept ans pleine de vie. Comme de nombreuses jolies filles qui faisaient le voyage, elle aspirait alors à devenir mannequin et vivre le rêve américain. Comme pour nombre d'entre elles, son rêve avait vite tourné au vinaigre et s'était transformé en ce sinistre cauchemar qu'est la vie dans les rues des grandes villes. C'était là qu'elle avait fait la rencontre d'un homme violent qui avait failli la détruire. Un homme du nom de Julian Matisse.

Pour une jeune femme telle que Victoria, Matisse possédait un certain charme opaque. Après qu'elle eut refusé ses avances répétées, il l'avait suivie un soir jusqu'au deux-pièces de Market Street qu'elle partageait avec sa cousine Irina, puis il l'avait harcelée plus ou moins régulièrement pendant des semaines.

Et une nuit, il était passé à l'attaque.

Julian Matisse lui avait lacéré le visage au moyen d'un cutter, tailladant sa chair parfaite pour ne laisser qu'un entrelacs de plaies béantes. Byrne avait vu les photos prises sur les lieux de l'agression. La quantité de sang était stupéfiante.

Après quasi d'un mois d'hôpital, alors qu'elle avait encore le visage recouvert de nombreux pansements, elle avait eu le courage de témoigner contre Julian Matisse. Il avait été condamné à une peine de quinze ans dont dix incompressibles.

Le système étant ce qu'il était, et ce qu'il est toujours, Matisse avait été relâché au bout de quarante mois. Mais son macabre ouvrage avait duré bien plus longtemps.

Byrne avait rencontré Victoria pour la première fois alors qu'elle approchait des vingt ans, peu de temps avant qu'elle fasse la connaissance de Matisse ; il l'avait un jour littéralement vue interrompre la circulation dans Broad Street. Avec ses yeux argent, ses cheveux noir de jais et sa peau lumineuse, Victoria Lindstrom avait été une jeune femme d'une extraordinaire beauté. Elle l'était encore, si vous parveniez à voir au-delà de l'horreur. Kevin Byrne s'était aperçu qu'il y parvenait. La plupart des hommes en étaient incapables.

Byrne se leva péniblement en s'appuyant sur sa canne, une douleur aiguë lui traversa le corps. Victoria lui posa une main chaleureuse sur l'épaule et se pencha pour l'embrasser sur la joue. Elle l'aida à se rasseoir sur sa chaise. Il la laissa faire. L'espace d'un bref instant, le parfum de Victoria l'emplit d'un puissant mélange de désir et de nostalgie et il repensa à leur première rencontre. Ils étaient alors si jeunes, la vie n'avait pas encore tiré ses premières flèches.

Ils se trouvaient dans l'espace restauration du premier

étage de Liberty Place, le complexe de boutiques et de bureaux situé au coin de la 15e Rue et de Chestnut Street. Le service de Byrne avait officiellement pris fin à six heures. Il avait voulu rester quelques heures de plus pour avoir le résultat des analyses du sang trouvé au Rivercrest Motel, mais Ike Buchanan lui avait ordonné de rentrer chez lui.

Victoria s'assit. Elle portait un jean serré délavé et un chemisier en soie rose fuchsia. Si le temps et les épreuves avaient fait naître quelques petites rides au coin de ses yeux, ils n'avaient en rien altéré sa silhouette. Elle était aussi mince et sexy qu'à leur première rencontre.

— J'ai lu ce qui t'est arrivé dans les journaux, dit-elle en ôtant le couvercle de son café. Cela m'a beaucoup peinée d'apprendre que tu avais eu tous ces ennuis.

— Merci, répondit Byrne.

Au cours des derniers mois, il avait entendu ça à maintes reprises. Il avait cessé d'y réagir. Tous ceux qu'il connaissait – bien intentionnés ou non – avaient un mot différent pour décrire ce qui lui était arrivé. *Soucis, incident, accident, confrontation.* Il s'était pris une balle dans la tête. C'était ça, la réalité. Il supposait que la plupart des gens avaient du mal à dire : « Hé, j'ai entendu dire que tu t'étais pris une balle en pleine tête. La forme ? »

— Je voulais… prendre des nouvelles, ajouta-t-elle.

Byrne avait aussi entendu ça un paquet de fois. Il comprenait. La vie suivait son cours.

— Comment vas-tu, Tori ?

Elle fit un vague geste des mains. Ni mal ni bien.

Byrne entendit un ricanement proche, un rire moqueur. Il se retourna et vit deux adolescents assis quelques tables plus loin, des types qui se prenaient pour des durs, des blancs-becs de banlieue arborant la tenue hip-hop extralarge de rigueur. Ils n'arrêtaient pas de jeter des coups d'œil dans leur direction, mimant des masques de films d'horreur. Ils se croyaient sans doute en sécurité à cause de la canne de Byrne. Ils se trompaient.

— Je reviens tout de suite, dit Byrne.

Il commença de se lever, mais Victoria lui posa la main sur le bras.

— C'est bon, dit-elle.

— Non.

— Je t'en prie, dit-elle. Si ça devait m'affecter à chaque fois…

Byrne se retourna complètement sur sa chaise, fusilla les crétins du regard. Ils soutinrent son regard quelques secondes mais ne faisaient pas le poids face à l'ardeur glaciale de ses yeux verts. Seuls les durs de chez dur ne baissaient pas les yeux. Quelques secondes plus tard, ils semblèrent comprendre qu'il serait plus sage de décamper. Byrne les regarda traverser la zone des restaurants, puis emprunter l'escalator. Ils n'eurent même pas le cran de leur jeter un dernier regard. Byrne se tourna de nouveau vers Victoria. Il vit qu'elle lui souriait.

— Quoi ?

— Tu n'as pas changé, dit-elle. Pas d'un pouce.

— Oh, si.

Byrne désigna sa canne. Même ce simple geste provoqua une douleur insoutenable.

— Non. Tu es toujours galant.

Byrne se mit à rire.

— On m'a traité de bien des choses dans ma vie. Mais jamais de galant. Pas une seule fois.

— C'est pourtant vrai. Tu te rappelles comment nous nous sommes rencontrés ?

Comme si c'était hier, pensa Byrne. Il travaillait aux mœurs à la division centrale quand ils avaient dû faire une descente dans un salon de massage de Center City.

Lorsqu'ils avaient rassemblé les filles ce soir-là, Victoria avait descendu les marches jusqu'au vestibule de la maison vêtue d'un kimono de soie bleue. Elle lui avait coupé le souffle, comme à tous les autres hommes présents dans la pièce.

Un inspecteur – un petit merdeux à tête de fouine avec des chicots et une haleine infecte – avait fait une réflexion désobligeante à propos de Victoria. Même s'il aurait été bien en peine d'expliquer son geste à l'époque, et encore maintenant, Byrne avait plaqué le type contre un mur, si fort que le placoplâtre s'était enfoncé. Il ne se souvenait pas du nom de l'inspecteur, mais il pouvait se rappeler sans problème la couleur de l'ombre à paupières que Victoria portait ce jour-là.

Elle s'occupait désormais de jeunes fugueuses. Elle parlait à des jeunes filles qui suivaient la même pente qu'elle quinze ans plus tôt.

Victoria regarda par la fenêtre. La lueur du soleil accentuait le relief des cicatrices qui sillonnaient son visage. Mon Dieu, se dit Byrne. La douleur qu'elle a dû endurer. En pensant à la brutalité de ce que Julian Matisse avait fait à cette jeune femme, Byrne sentit une colère sourde monter en lui. Une fois de plus. Il s'efforça de la réprimer.

— Je voudrais qu'ils puissent voir, dit Victoria.

Elle parlait maintenant d'un ton distant, plein d'une mélancolie familière, d'une tristesse avec laquelle elle vivait depuis de nombreuses années.

— Qu'est-ce que tu veux dire ?

Victoria haussa les épaules, but une gorgée de café.

— Je voudrais qu'ils puissent voir de l'intérieur.

Byrne pensait comprendre de quoi elle parlait, mais elle semblait vouloir le lui dire elle-même.

— Voir quoi ? demanda-t-il.

— Tout. (Elle prit une cigarette, marqua une pause, la fit rouler entre ses longs doigts fins. C'était un espace non-fumeurs, mais elle avait besoin de cette béquille.) Chaque jour, quand je me réveille, je suis au fond d'un trou, tu vois. Un trou profond, noir. Si je passe une vraiment bonne journée, je parviens tout juste à émerger. À atteindre la surface. Et si je passe une journée fantastique, je peux même apercevoir un rayon de soleil. Sentir une fleur. Entendre un bébé rire. Mais si je passe une mauvaise journée – autant dire la plupart du temps –, alors là… C'est ça que je voudrais que les gens puissent voir.

Byrne ne savait que répondre. Il avait flirté avec des accès de dépression durant sa vie, mais ce n'était rien comparé à ce que Victoria venait de décrire. Il tendit le bras, lui toucha la main. Elle regarda quelques instants par la fenêtre, puis reprit :

— Ma mère était très belle, tu sais. Elle l'est encore à ce jour.

— Toi aussi, dit Byrne.

Elle se tourna de nouveau vers lui, fronça les sourcils. Mais sous la grimace on pouvait discerner une rougeur infime. Il avait encore le pouvoir de la faire rougir. C'était une bonne chose.

— Tu es un vrai baratineur. Mais c'est pour ça que je t'aime.

— J'étais sincère.

Elle fit un geste de la main en direction de son visage.

— Tu ne sais pas ce que c'est, Kevin.

— Si, je le sais.

Victoria le regarda, attendant qu'il déballe ce qu'il avait sur le cœur. Elle fréquentait des thérapies de groupe au cours desquelles chacun racontait son histoire. Byrne tenta de mettre de l'ordre dans ses pensées. Il ne s'était vraiment pas préparé à ça.

— Après m'être fait tirer dessus, je n'arrivais plus à penser qu'à une chose. Je me foutais de savoir si j'allais reprendre le boulot ou non. Si j'allais pouvoir retourner dans la rue ou non. Ou même si je voulais y retourner. Je ne pensais qu'à Colleen.

— Ta fille ?

— Oui.

— Qu'est-ce que tu te disais ?

— Je n'arrêtais pas de me demander si elle me regarderait encore de la même façon. Tu vois, pendant toute sa vie, j'avais été ce type qui prenait soin d'elle, pas vrai ? Ce grand type balèze. Papa. Papa le flic. J'avais une trouille bleue qu'elle me trouve insignifiant. Qu'elle me trouve diminué. Quand je suis sorti du coma, elle est venue me voir seule à l'hôpital. Ma femme n'était pas avec elle. Et je suis là sur le lit, avec quasiment plus un cheveu sur la tête, j'ai perdu dix kilos, les antalgiques me font constamment piquer du nez. Je regarde son visage et je vois.

— Tu vois quoi ?

Byrne haussa les épaules, cherchant le mot juste. Il le trouva bientôt.

— De la pitié, répondit-il. Pour la première fois de sa vie, j'ai lu de la pitié dans le regard de ma petite fille. D'accord, il y avait aussi de l'amour et du respect. Mais elle avait aussi pitié de moi, et ça m'a brisé le cœur. À ce moment, il m'est venu à l'esprit que, si elle avait eu des problèmes, si elle avait eu besoin de moi, je n'aurais pas été foutu de faire quoi que ce soit, dit-il en jetant un coup d'œil en direction de sa canne. Et je ne suis guère en meilleure forme aujourd'hui.

— Ça va revenir. Tu te porteras mieux que jamais.

— Non, répliqua Byrne. Je ne crois pas.

— Les hommes comme toi se remettent toujours.

Ce fut maintenant au tour de Byrne de rougir. Il tenta de n'en rien laisser voir.

— Les hommes comme moi ?

— Oui, tu en imposes, mais ce n'est pas ça qui te rend fort. Ce qui te rend fort est à l'intérieur.

— Ouais, eh bien…

Byrne médita ces paroles un moment. Il vida son café, s'aperçut que le moment était venu. Il n'y avait pas moyen de rendre la pilule plus facile à avaler. Il ouvrit la bouche et lui annonça de but en blanc :

— Il est sorti.

Victoria soutint son regard quelques instants. Inutile pour Byrne d'être plus explicite, ni d'en dire plus. Inutile d'identifier ce *il*.

— Sorti, répéta-t-elle.

— Oui.

Victoria hocha la tête, encaissant le coup.

— Comment ?

— Il y a un appel de sa condamnation. Le bureau du procureur pense détenir la preuve que son accusation pour le meurtre de Marygrace Devlin était un coup monté.

Byrne poursuivit et lui raconta tout ce qu'il savait sur les indices prétendument placés par la police. Victoria se souvenait bien de Jimmy Purify. Elle se passa une main légèrement tremblante dans les cheveux. Au bout d'une ou deux secondes, elle reprit contenance.

— C'est marrant. Je n'ai plus vraiment peur de lui. Tu vois, quand il m'a attaquée, je croyais avoir beaucoup à perdre. Mon apparence, ma… vie, telle qu'elle était. J'ai longtemps fait des cauchemars à son sujet. Mais maintenant…

Victoria haussa les épaules et se mit à faire tourner son gobelet entre ses mains. Elle avait l'air exposée, vulnérable. Mais en réalité elle était plus coriace que Byrne. Est-ce qu'il serait capable de marcher dans la rue la tête droite s'il avait le visage tailladé comme Victoria ? Non. Probablement pas.

— Il va recommencer, dit Byrne.

— Qu'est-ce que tu en sais ?

— Je le sais, c'est tout.

Victoria hocha la tête.

— Je veux l'en empêcher, continua Byrne.

Bizarrement, la Terre ne s'arrêta pas de tourner quand

142

il prononça ces mots, le ciel ne vira pas à un gris menaçant, les nuages ne se déchirèrent pas. Victoria savait
ce qu'il voulait dire. Elle se pencha vers lui, baissa la
voix.

— Comment ?

— Bon, je dois commencer par le dénicher. Il entrera
sans doute en contact avec les vauriens qu'il fréquentait,
les dingues du porno et les sadomasos.

Byrne s'aperçut que ses propos pouvaient sembler
sévères. Victoria venait de ce milieu. Peut-être se sen-
tait-elle jugée par lui. Par bonheur, il n'en fut rien.

— Je vais t'aider.

— Je ne peux pas te demander de faire ça, Tori. Ce
n'est pas pour ça que...

Victoria l'interrompit en levant la main.

— Quand je vivais à Meadville, ma grand-mère suédoise
avait une maxime : On n'apprend pas à faire
la grimace à un vieux singe. D'accord ? Je connais ce
monde-là. Je vais t'aider.

Les grands-mères irlandaises de Byrne avaient elles
aussi leurs proverbes. Inutile de discuter. Toujours assis,
il prit Victoria dans ses bras et l'étreignit.

— On commence ce soir, reprit-elle. Je t'appelle dans
une heure.

Elle chaussa ses lunettes de soleil trop grandes dont
les verres recouvraient un tiers de son visage puis se
leva, lui effleura la joue et partit. Il la regarda s'éloigner
– le métronome fluide et sensuel de sa foulée. Elle se
retourna, lui fit un geste de la main, souffla un baiser,
puis disparut sur l'escalator. Elle était toujours à tomber
par terre, se dit Byrne. Il aurait souhaité pour elle un
bonheur qu'il savait inaccessible.

Il se leva à son tour. La douleur dans ses jambes
et son dos était comme des tessons brûlants. Il s'était
garé plus d'une rue plus loin, et la distance lui semblait
désormais énorme. Il se fraya un chemin avec peine à

travers la zone des restaurants, appuyé sur sa canne, puis emprunta l'escalator jusqu'au hall.

Melanie Devlin. Victoria Lindstrom. Deux femmes pleines de tristesse et de colère et de peur, leurs vies jadis heureuses naufragées sur les rivages sombres d'un homme monstrueux.

Julian Matisse.

Byrne savait maintenant que ce qui était à l'origine une mission destinée à blanchir le nom de Jimmy Purify était devenu autre chose.

Comme il se tenait au coin de la 17e Rue et de Chestnut, enveloppé par le tourbillon d'une chaude soirée estivale à Philadelphie, Byrne savait au fond de lui que, même s'il ne devait rien faire d'autre du restant de sa vie, même s'il ne se trouvait pas d'objectif plus élevé, il lui restait une mission : s'assurer que Julian Matisse ne ferait plus jamais souffrir un seul être humain.

16

Le marché italien s'étirait sur environ trois pâtés de maisons le long de la 9e Rue, dans le sud de Philly, *grosso modo* entre les rues Wharton et Fitzwater, et abritait certaines des meilleures boutiques de nourriture italienne de la ville, probablement du pays. Fromage, fruits et légumes, fruits de mer, viandes, café, pâtisseries, pain – depuis plus de cent ans, le marché était le cœur de l'importante communauté italo-américaine de Philly.

Tandis qu'elle arpentait la 9e Rue avec Sophie, Jessica repensa à la scène de *Psychose*. Elle revit le tueur pénétrant dans la salle de bains, écartant le rideau de douche, levant son couteau. Elle repensa aux hurlements de la jeune femme, au sang giclant à travers la pièce.

Elle serra la main de Sophie un peu plus fort.

Elles se rendaient chez Ralph's, l'illustre restaurant italien où elles dînaient une fois par semaine avec Peter, le père de Jessica.

— Alors, c'était comment, l'école ?

Elles flânaient d'un pas nonchalant, insouciant, tout comme Jessica le faisait lorsqu'elle était enfant. Ah, si seulement elle pouvait avoir encore trois ans.

— La maternelle, corrigea Sophie.

— La maternelle, répéta Jessica.

— Je me suis affreusement amusée, dit Sophie.

Quand elle était entrée dans la police, Jessica avait passé sa première année à patrouiller dans ce quartier. Elle connaissait chaque lézarde dans le trottoir, chaque brique fendillée, chaque porte, chaque plaque d'égout…

— *Bella ragazza!*

… et chaque voix. Celle-ci ne pouvait appartenir qu'à Rocco Lancione, le propriétaire de Lancione & Fils, fournisseur de viandes et de volailles de qualité.

Jessica et Sophie se retournèrent et virent Rocco qui se tenait sur le pas de la porte de sa boutique. Il devait désormais avoir dans les soixante-quinze ans. C'était un petit homme rondouillard aux cheveux teints en noir qui arborait un tablier immaculé, d'une blancheur éblouissante, pour la simple et bonne raison que c'étaient ses petits-fils qui faisaient dorénavant tout le boulot dans la boucherie. Il lui manquait deux phalanges à la main gauche. Les risques du métier. Encore aujourd'hui, il gardait la main gauche dans sa poche dès qu'il mettait les pieds hors de la boutique.

— Bonjour, monsieur Lancione, dit Jessica.

Elle avait beau vieillir, elle l'appellerait toujours « monsieur Lancione ». Rocco plaça sa main droite derrière l'oreille de Sophie et fit apparaître comme par magie un morceau de *torrone* Ferrara, le nougat en emballage individuel avec lequel Jessica avait grandi. Jessica se rappelait bien des Noëls où elle s'était disputé avec sa cousine Angela le dernier morceau de *torrone* Ferrara. Ça faisait presque cinquante ans que Rocco Lancione faisait apparaître cette friandise sucrée et qui collait aux dents derrière les oreilles des petites filles. Il tint le *torrone* devant les yeux écarquillés de Sophie, qui regarda brièvement sa mère avant de s'en emparer. *Super, ma gamine*, pensa Jessica.

— Vas-y, chérie, dit Jessica.

Sophie attrapa le bonbon et le fit disparaître en un clin d'œil.

— Dis merci à M. Lancione.

— Merci.

— Il faut le garder pour après le dîner, d'accord, ma puce ? l'avertit Rocco en agitant le doigt.

Sophie acquiesça, tout en échafaudant de toute évidence une stratégie pour le manger avant.

— Comment va ton père ? demanda Rocco.

— Bien, répondit Jessica.

— Heureux d'être à la retraite ?

Si le bonheur c'était avoir un cafard terrible, s'ennuyer à mourir et passer seize heures par jour à râler à propos du taux de criminalité, alors il était en pleine extase.

— Il est en pleine forme. Il se la coule douce. Nous allons dîner avec lui.

— Villa di Roma ?

— Ralph's.

Rocco hocha la tête en signe d'approbation.

— Dis-lui bonjour de ma part.

— Je n'y manquerai pas.

Rocco étreignit Jessica. Sophie tendit la joue pour qu'il lui fasse une bise. En bon mâle italien qui ne manquait jamais une occasion d'embrasser une jolie fille, Rocco se pencha en avant et s'exécuta avec joie.

Une vraie petite diva, pensa Jessica.

De qui tient-elle ça ?

Peter Giovanni se tenait sur le terrain de jeu de Palumbo, impeccablement vêtu d'un pantalon en lin couleur crème, d'une chemise en coton noir et de sandales. Avec ses cheveux blancs comme neige et son bronzage intense, il aurait pu passer pour un gigolo en goguette sur la Côte d'Azur en quête d'une riche veuve américaine.

Ils se dirigèrent vers le restaurant, Sophie ouvrant la marche quelques pas devant eux.

— Elle grandit, dit Peter.

Jessica regarda sa fille. En effet, elle grandissait. Ses premiers pas hésitants à travers le salon semblaient pourtant dater d'hier. Tout comme ce jour où ses pieds n'atteignaient pas les pédales de son tricycle.

Jessica était sur le point de répondre lorsqu'elle jeta un coup d'œil en direction de son père. Elle lui trouva cette mine mélancolique qu'il commençait à avoir de plus en plus régulièrement. Était-ce la même chose pour tous les retraités, ou juste pour les anciens flics ? se demanda Jessica.

— Qu'est-ce qu'il y a, papa ? demanda-t-elle.

Peter fit un geste de la main.

— Ah ! Rien.

— Papa ?

Peter Giovanni savait quand il ne pouvait plus se défiler. Il en était déjà ainsi avec Maria, sa défunte femme. Maintenant avec sa fille. Un jour, ce serait la même chose avec Sophie.

— C'est juste… juste que je ne veux pas que tu fasses les mêmes erreurs que moi, Jess.

— De quoi parles-tu ?

— Tu sais ce que je veux dire.

Jessica le savait, mais si elle ne le poussait pas dans ses derniers retranchements, elle risquait d'ajouter foi à ce que disait son père. Et elle ne pouvait pas faire ça. Elle n'était pas d'accord avec lui.

— Non, je n'en ai aucune idée.

Peter balaya la rue du regard, rassemblant ses pensées. Il salua de la main un homme penché à la fenêtre du troisième étage d'une maison.

— Tu ne peux pas vouer toute ta vie à ton boulot.

— Ce n'est pas ce que je fais.

Peter Giovanni était taraudé par la culpabilité. Il

148

estimait avoir négligé ses enfants, mais rien n'aurait pu être plus éloigné de la vérité. Quand la mère de Jessica, Maria, était morte d'un cancer du sein à l'âge de trente et un ans, alors que Jessica n'avait que cinq ans, Peter Giovanni avait consacré sa vie à élever sa fille et son fils, Michael. Peut-être qu'il n'était pas là pour chaque match de championnats des juniors ni pour chaque spectacle de danse, mais chaque anniversaire, chaque Noël, chaque dimanche de Pâques était un événement unique. Jessica n'avait que des souvenirs heureux de son enfance dans la maison de Catharine Street.

— Bon, commença Peter, combien as-tu d'amis qui ne sont pas de la police ?

Un, pensa Jessica. Peut-être deux.

— Plein.

— Tu veux que je te demande leurs noms ?

— OK, lieutenant, répondit-elle, capitulant. Mais j'aime les gens avec qui je travaille. J'aime les flics.

— Moi aussi, dit Peter.

D'aussi loin qu'elle pût se souvenir, les flics avaient toujours fait partie de sa famille. Depuis le jour où sa mère était morte, elle avait vécu dans un cocon, protégée par des hommes en bleu. Elle avait toujours vu des agents à la maison. Elle se rappelait bien cette femme flic qui venait la chercher pour aller acheter les vêtements qu'elle devrait porter à l'école. Il y avait constamment des voitures de patrouille garées dans la rue devant leur maison.

— Écoute, reprit Peter. Après le décès de ta mère, je n'ai vraiment pas su m'y prendre. J'avais un jeune fils et une fille encore plus jeune. Mais je ne vivais que pour le boulot. J'ai raté tant de moments de votre vie.

— Ce n'est pas vrai, papa.

Peter leva la main pour l'interrompre.

— Jess. Pas de faux-semblants entre nous.

149

Jessica laissa son père continuer, même s'il se fourvoyait complètement.

— Puis après Michael…

En quinze ans, Peter Giovanni n'était jamais parvenu à achever cette phrase. Le frère aîné de Jessica, Michael, avait été tué au Koweït en 1991. Ce jour-là, son père s'était replié comme une huître, fermant son cœur à toute émotion. Il avait fallu l'arrivée de Sophie pour qu'enfin il s'ouvre de nouveau.

Peu de temps après la mort de Michael, Peter Giovanni avait commencé à prendre des risques inconsidérés au boulot. Si vous êtes boulanger ou vendeur de chaussures, l'imprudence n'est pas la pire chose au monde. Mais pour un flic, il n'y a rien de pire. Quand Jessica avait reçu sa plaque dorée, c'en avait été trop pour Peter. Il avait pris sa retraite le jour même.

— Ça fait quoi, huit ans que tu fais ce boulot maintenant ? demanda-t-il en contenant ses émotions.

Jessica était certaine que son père savait exactement depuis combien de temps elle était en bleu. Probablement à la semaine, au jour, à la minute près.

— Oui. Dans ces eaux-là.

Peter acquiesça.

— Ne reste pas trop longtemps. C'est tout ce que je dis.

— C'est quoi trop longtemps ?

Peter sourit.

— Huit ans et demi. (Il lui prit la main et la serra. Ils cessèrent de marcher, il la regarda dans les yeux.) Tu sais que je suis fier de toi, pas vrai ?

— Je le sais, papa.

— Enfin quoi, à trente ans tu es déjà à la criminelle. Tu t'occupes de véritables affaires. Tu es quelqu'un avec qui les gens doivent compter.

— J'espère, dit Jessica.

150

— Mais vient un moment où... ce sont les enquêtes qui prennent le dessus.

Jessica savait exactement ce qu'il voulait dire.

— Je me fais juste du souci pour toi, ma chérie, dit Peter, l'émotion l'empêchant presque de finir sa phrase.

Ils se ressaisirent, entrèrent dans le restaurant et s'installèrent à une table. Ils commandèrent leurs habituels *cavatelli* avec de la sauce à la viande. Ils ne parlèrent plus du travail ni de crimes ni de l'état des affaires dans la Ville de l'amour fraternel, au lieu de quoi Peter se contenta de goûter le plaisir d'être en compagnie des deux femmes de sa vie.

Lorsqu'ils se séparèrent, ils s'étreignirent un peu plus longuement que d'ordinaire.

17

— Pourquoi veux-tu que je porte ça ?

Elle tient la robe à bout de bras. C'est une robe T-shirt blanche à encolure ronde et à manches longues, évasée au niveau de la taille, qui lui arrive juste au-dessous du genou. J'ai dû chercher un peu avant d'en trouver une, mais je l'ai finalement dénichée dans une boutique de fripes de l'Armée du Salut d'Upper Darby. Elle ne m'a pas coûté cher, mais lui ira fabuleusement bien. C'est le genre de robe qui était prisée dans les années quatre-vingt.

Ce soir, nous sommes en 1987.

— Parce que je crois qu'elle t'ira bien.

Elle tourne la tête et esquisse un sourire. Une vraie sainte-nitouche. J'espère que ça ne sera pas un problème.

— Tu es un petit pervers, hein ?

— Je plaide coupable.

— Il y a autre chose ?

— J'aimerais t'appeler Alex.

Elle rit.

— Alex ?

— Oui.

— Pourquoi ?

— Disons que c'est juste une sorte de bout d'essai.

Elle réfléchit un instant, lève de nouveau la robe, se contemple dans la psyché. L'idée semble la séduire. Enfin.

— Oh, pourquoi pas ? dit-elle. Je suis un peu éméchée.

— Je t'attends ici, Alex, dis-je.

Elle pénètre dans la salle de bains, s'aperçoit que j'ai déjà fait couler un bain. Elle hausse les épaules, referme la porte.

Son appartement est décoré de façon éclectique et farfelue. Il comporte un amalgame de divans, tables, étagères, affiches et tapis non assortis, probablement des dons de la famille, avec, ici et là, la touche colorée et plus personnelle d'un article acheté chez Pier Imports, Crate & Barrel ou Pottery Barn.

Je parcours ses CD, à la recherche de quelque chose enregistré dans les années quatre-vingt. Je tombe sur Céline Dion, Matchbox 20, Enrique Iglesias, Martina McBride. Rien qui rende vraiment justice à cette époque. Puis, coup de pot, je tombe sur un coffret poussiéreux de *Madame Butterfly* remisé au fond du tiroir.

J'insère le CD dans le lecteur, avance jusqu'à *Un bel di, vedremo*. Bientôt la musique nostalgique emplit la pièce.

Je traverse le salon et entrouvre doucement la porte de la salle de bains. Elle se retourne vivement, un peu surprise de me voir là. Elle aperçoit la caméra que je tiens, hésite un instant, puis sourit.

— J'ai vraiment l'air d'une pute.

Elle se tourne sur la droite, puis sur la gauche, lissant la robe sur ses hanches, adoptant une pose façon couverture de *Cosmopolitan*.

— Tu dis ça comme si c'était mal.

Elle glousse. Elle est vraiment adorable.

— Tiens-toi là-bas, dis-je en désignant une zone au pied de la baignoire.

Elle obéit, joue les vamps à mon intention.

— Qu'est-ce que tu en dis ?

Je l'examine de la tête aux pieds.

— Tu es parfaite. On dirait une star de cinéma.

— Flatteur.

Je m'avance, caméra levée, et la pousse doucement en arrière. Elle tombe dans la baignoire en projetant de l'eau tout autour d'elle. J'ai besoin qu'elle soit trempée pour tourner ma scène. Elle agite frénétiquement les bras et les jambes, cherche à sortir de la baignoire.

Elle parvient à se remettre sur pied, dégoulinante, légitimement indignée. Je ne peux pas lui en vouloir. À ma décharge, je me suis assuré que l'eau du bain n'était pas trop chaude. Elle se retourne pour me faire face, les yeux pleins de colère.

En un clin d'œil, je dégaine le pistolet que je porte à la hanche et lui tire une balle en pleine poitrine. La blessure dessine une fleur sur la robe blanche, des traînées rouges se répandent vers l'extérieur telles de petites mains offrant la bénédiction.

Elle se tient un instant parfaitement immobile, son joli minois laissant lentement voir qu'elle comprend ce qui vient de lui arriver. Elle a tout d'abord l'air outrée, puis horrifiée par cette conclusion abrupte et violente de sa courte vie. Je regarde derrière elle pour voir l'épais mélange de chair et de sang sur les stores vénitiens.

Elle glisse le long du mur carrelé, laissant derrière elle une traînée cramoisie. Elle s'affale dans la baignoire.

La caméra dans une main et le pistolet dans l'autre, je m'approche, aussi doucement que possible. Le mouvement n'est certes pas aussi régulier que si la caméra était posée sur un rail, mais ça conférera une certaine immédiateté à la scène, une certaine *vérité*[1].

À travers l'objectif, l'eau se teinte de rouge – des pois-

1. En français dans le texte. *(N.d.T.)*

sons écarlates tentent de regagner la surface. La caméra adore le sang. La lumière est idéale.

Je zoome sur ses yeux – des orbites blancs sans vie dans l'eau du bain. Je maintiens le plan un moment, puis…

COUPE SUR

Quelques minutes plus tard. Je suis prêt à démonter le décor, pour ainsi dire. Tout est empaqueté. Je mets le CD de *Madame Butterfly* au début de l'*atto secondo*. La musique est vraiment émouvante.

J'essuie les quelques objets que j'ai touchés. Je marque une pause à la porte, j'examine le plateau. Parfait.

C'est dans la boîte.

18

Byrne songea à mettre une chemise et une cravate, mais il se ravisa. Moins il attirerait l'attention, mieux ce serait. Cela dit, il n'était plus tout à fait l'homme imposant qu'il avait été. Et peut-être était-ce une bonne chose. Ce soir, il devait passer inaperçu. Ce soir, il devait se fondre parmi eux.

Quand on est flic, il n'y a que deux types de personnes au monde : les crétins et les flics. Eux et nous.

À cette idée la grande question se posa de nouveau à lui. Encore.

Pouvait-il vraiment prendre sa retraite ? Pouvait-il vraiment devenir l'un d'eux ? S'il se faisait contrôler en voiture dans quelques années, quand les flics plus âgés qu'il connaissait se seraient retirés, plus personne ne le reconnaîtrait. Il serait juste un crétin de plus. Il dirait au flicaillon qui il était, où il avait bossé, lui raconterait une histoire de boulot débile ; il montrerait sa carte de retraité et le jeune type le laisserait repartir.

Mais il ne serait plus de la famille. Être de la famille était l'essentiel. Pas juste pour le respect, ou l'autorité, mais pour l'adrénaline. Il croyait avoir pris sa décision. De toute évidence, il n'était pas prêt.

Il opta pour une chemise et un jean noirs. Il fut surpris

de constater qu'il entrait de nouveau dans son Levi's serré. Le fait de prendre une balle dans la tête avait peut-être un avantage. On perdait du poids. Il pourrait écrire un livre : *Le Régime par tentative de meurtre.*

Il était parvenu à se passer de sa canne pendant l'essentiel de la journée – soutenu par une bonne dose de fierté et autant de Vicodine – et il songea à ne pas l'emporter avec lui maintenant. Mais comment allait-il se débrouiller sans ? *Ouvre les yeux, Kevin. Tu as besoin d'une canne pour marcher.* De plus, paraître faible pouvait être une bonne chose.

Néanmoins, on risquait de se souvenir d'un homme avec une canne, et ça, il ne le voulait pas. Il n'avait pas la moindre idée de ce qu'ils risquaient de trouver ce soir.

Oh, ouais. Je me souviens de lui. Un grand type. Qui boitait. C'est lui, Votre Honneur.

Il prit la canne.

Il prit aussi son arme.

19

Une fois Sophie baignée et essuyée – et poudrée, encore une de ses nouvelles lubies –, Jessica commença à se détendre. Et avec le calme vinrent les doutes. Elle songea à sa vie. Elle venait d'avoir trente ans. Son père avait pris un coup de vieux ; bien que plein de vitalité, il passait sa retraite dans le désœuvrement et la solitude. Elle s'en faisait pour lui. Sa fille grandissait à vue d'œil, et il fallait bien envisager la possibilité qu'elle continue de grandir dans une maison où son père ne vivait plus.

Jessica se revoyait enfant, courant dans Catharine Street un sorbet à la main, totalement insouciante, comme si c'était hier.

À quand cela remontait-il ?

Comme Sophie était occupée à colorier son livre de coloriages à la table du salon et que son monde semblait pour le moment en ordre, Jessica inséra une vidéo dans le magnétoscope.

Elle avait emprunté une copie de *Psychose* à la bibliothèque. Ça faisait un bon bout de temps qu'elle n'avait pas vu le film dans son intégralité. Elle n'était néanmoins pas certaine de pouvoir le regarder sans songer à l'affaire.

Adolescente, elle adorait les films d'horreur. C'était le genre de films qu'elle allait voir avec ses amis au cinéma multiplex le vendredi soir. Elle se rappelait avoir loué des vidéos quand elle gardait les deux petits garçons du docteur Iacone – elle et sa cousine Angela regardant *Vendredi 13*, *Les Griffes de la nuit*, la série des *Halloween*.

Bien entendu, son intérêt avait cessé à l'instant où elle était devenue flic. Elle voyait assez d'horreurs chaque jour. Elle n'en avait pas besoin pour se distraire le soir.

Cependant, un film comme *Psychose* transcendait assurément le simple genre du film d'horreur.

Qu'y avait-il dans ce film qui incitait l'assassin à reproduire la scène ? Et qu'est-ce qui lui donnait envie de partager son crime avec un public sans méfiance d'une façon aussi tordue ?

Quel était son état d'esprit ?

Elle regarda les scènes qui menaient à la séquence de la douche avec une sombre anticipation, même si elle n'aurait su dire pourquoi. S'imaginait-elle réellement que toutes les copies de *Psychose* de la ville avaient été altérées ? La scène de la douche se déroula sans incident, mais ce furent les scènes juste après qui attirèrent son attention.

Elle regarda Norman nettoyer après le meurtre – étalant le rideau de douche par terre, tirant le cadavre de la victime dessus, essuyant le carrelage et la baignoire, reculant la voiture de Janet Leigh jusqu'à la porte de la chambre du motel.

Il porte ensuite le corps jusqu'au coffre ouvert de la voiture et le dépose à l'intérieur. Après quoi il retourne dans la chambre et récupère méthodiquement tous les objets de Marion, y compris le journal contenant l'argent qu'elle a volé à son patron. Il fourre le tout dans le coffre de la voiture qu'il conduit jusqu'au bord d'un lac proche. Puis il pousse la voiture dans l'eau.

La voiture se met à couler, lentement absorbée par

l'eau noire. Puis elle s'immobilise. Hitchcock enchaîne sur un plan de Norman qui regarde nerveusement autour de lui. Au bout de quelques secondes intenables, la voiture se remet à couler et finit par disparaître.

Coupe sur le lendemain.

Jessica appuya sur PAUSE, réfléchissant à toute vitesse.

Le Rivercrest Motel se trouvait à quelques rues à peine de la rivière Schuylkill. Si leur assassin était aussi obsédé par l'idée de rejouer le meurtre de *Psychose* qu'il le semblait, il avait peut-être été jusqu'au bout. Il avait pu balancer le cadavre dans le coffre d'une voiture avant de la faire couler, comme l'avait fait Anthony Perkins avec Janet Leigh.

Jessica décrocha le téléphone et appela l'unité maritime.

20

La 13ᵉ Rue était la dernière artère chaude du centre-ville, du moins pour ce qui était des divertissements pour adultes. Depuis Arch Street, où elle s'achevait par deux librairies érotiques et un club de strip-tease, jusqu'à hauteur de Locust Street, où se trouvaient un autre petit cordon de boîtes érotiques et un « club pour hommes » plus grand et plus chic, c'était la seule rue de Philadelphie que le Bureau des conventions et des visiteurs de Philadelphie déconseillait aux touristes, bien qu'elle débouchât en plein sur le Palais des Congrès.

Sur le coup de dix heures, les bars commençaient à se remplir de leur étrange ramassis de lubriques et d'hommes d'affaires de passage. Ce que Philly n'avait pas en quantité, elle le compensait à coup sûr en dépravation et en innovation : de la danse contact en sous-vêtements à la « danse de la cerise au marasquin ». La nudité complète était autorisée dans les endroits où l'on devait apporter sa propre bouteille. Dans certains lieux où l'on servait de l'alcool, les filles portaient un minuscule string en latex qui donnait l'impression qu'elles étaient nues. Si la nécessité était mère d'invention dans la plupart des commerces, elle était le moteur de l'industrie des divertissements pour adultes. Le week-end, la file d'attente devant le Show and Tell faisait le tour du pâté de maisons.

À minuit, Byrne et Victoria avaient visité une demi-douzaine de boîtes. Personne n'avait vu Julian Matisse ou, s'ils l'avaient vu, ils avaient trop peur de l'admettre. La possibilité que Matisse ait quitté la ville commençait à être de plus en plus envisageable.

Vers une heure du matin, ils arrivèrent devant un club nommé Tick Tock. C'était un autre de ces clubs avec une licence lui permettant de servir de l'alcool qui accueillait des hommes d'affaires de seconde zone – le plouc de Dubuque qui vient de signer un contrat à Center City et qui, bourré et excité, fait un détour avant de rentrer au Hyatt de Penn's Landing ou au Sheraton de Society Hill.

Tandis qu'ils approchaient de la porte d'entrée du bâtiment de plain-pied, ils entendirent une altercation bruyante entre un homme corpulent et une jeune femme qui se tenaient dans l'ombre, à l'autre extrémité du parking. Fut un temps où Byrne serait intervenu, même s'il n'était pas en service. Ce temps-là était derrière lui.

Le Tick Tock était un club de strip-tease typique – un bar court avec des poteaux en guise de piste de danse, une poignée de danseuses pathétiques et flasques, un minimum de deux consommations allongées à l'eau. L'air était chargé de fumée, de parfum bon marché, et de l'odeur primale de la misère sexuelle.

Lorsqu'ils entrèrent, une grande Noire maigre coiffée d'une perruque blonde platinée dansait à un poteau sur une vieille chanson de Prince. De temps à autre, elle s'agenouillait et rampait devant les hommes qui se tenaient au bar. Certains agitaient de l'argent ; la plupart d'entre eux ne prenaient même pas cette peine. Elle saisissait parfois les billets et les accrochait à son string. Tant qu'elle restait sous les éclairages rouges et jaunes, elle était passable, du moins pour une boîte du

162

centre-ville. Mais dès qu'elle s'aventurait sous la lumière blanche, on pouvait voir les heures de vol. Elle évitait les projecteurs blancs.

Byrne et Victoria restèrent au bar du fond. Victoria s'était installée à quelques tabourets de Byrne pour lui laisser le champ libre. Tous les hommes étaient très intéressés par elle jusqu'à ce qu'ils l'aient bien vue. Ils y regardaient alors à deux fois, sans l'exclure complètement. Il était encore tôt. Il était clair qu'ils estimaient tous pouvoir faire mieux. En payant. Occasionnellement, un homme d'affaires s'arrêtait, se penchait en avant et lui chuchotait quelque chose à l'oreille. Byrne n'était pas inquiet. Victoria était assez grande pour se défendre toute seule.

Byrne en était à son deuxième Coca-Cola lorsqu'une jeune femme s'approcha et se glissa près de lui. Ce n'était pas une danseuse ; c'était une professionnelle qui racolait le client au bar du fond. Elle était plutôt grande, brune, portait un tailleur à fines rayures anthracite et des chaussures noires à talons aiguilles. Sa jupe était très courte et elle ne portait rien sous sa veste. Byrne se dit que sa spécialité devait être d'assouvir le fantasme de la secrétaire que bon nombre de ces hommes d'affaires de passage devaient avoir envers leurs collègues de bureau. Il s'aperçut que c'était la fille qui se faisait malmener plus tôt dans le parking. Elle avait le teint sain, les joues rouges de la jeune fille récemment débarquée de sa campagne, peut-être de Lancaster ou Shamokin, et qui ne faisait pas ce boulot depuis longtemps. Cet éclat va à coup sûr disparaître, pensa Byrne.

— Salut.

— Salut, répondit Byrne.

Elle le regarda de la tête aux pieds, sourit. Elle était très jolie.

— Vous êtes sacrément baraqué, mon vieux.

— Ce sont mes vêtements qui sont grands. Ça fait illusion.

Elle sourit de nouveau.

— Comment vous appelez-vous ? demanda-t-elle en criant pour se faire entendre par-dessus la musique.

Une nouvelle danseuse était montée sur le bar, une Hispanique trapue en body rouge fraise et escarpins bordeaux. Elle dansait sur une vieille chanson du Gap Band.

— Denny.

Elle acquiesça, comme s'il venait de lui donner un tuyau pour ses impôts.

— Moi, c'est Lucky. Enchantée, Denny.

Elle prononça Denny avec une insistance qui indiquait qu'elle savait que ce n'était pas son vrai nom, mais que, en même temps, elle s'en moquait. Personne au Tick Tock n'avait de vrai nom.

— Enchanté, répliqua Byrne.

— Des projets pour la soirée ?

— À vrai dire, je cherche un vieil ami, répondit Byrne. Avant, il venait tout le temps ici.

— Ah ouais ? Il s'appelle comment ?

— Julian Matisse. Vous le connaissez ?

— Julian ? Ouais, je le connais.

— Vous savez où je peux le trouver ?

— Ouais, bien sûr, dit-elle. Je peux vous mener à lui.

— Tout de suite ?

La jeune fille balaya la pièce du regard.

— Accordez-moi une minute.

— D'accord.

Lucky se fraya un chemin à travers la pièce jusqu'à l'endroit où Byrne supposait que se trouvaient les bureaux. Il croisa le regard de Victoria et hocha la tête. Quelques minutes plus tard, Lucky reparut. Elle portait son sac à main en bandoulière.

— Prêt ? demanda-t-elle.

— Bien sûr.

— Normalement, ce genre de service n'est pas gratuit, vous savez, dit-elle en clignant de l'œil. Faut bien gagner sa vie.

Byrne glissa la main dans sa poche, en tira un billet de cent dollars qu'il déchira en deux. Il en tendit une moitié à Lucky. Pas la peine d'expliquer. Elle saisit la moitié de billet, sourit et le prit par la main.

— Quand on s'appelle Lucky, on a forcément de la veine, dit-elle.

Tandis qu'ils se dirigeaient vers la porte, Byrne croisa une nouvelle fois le regard de Victoria. Il leva la main, cinq doigts tendus.

Ils longèrent le pâté de maisons jusqu'à un bâtiment en ruine qui faisait le coin de la rue, le genre de structure connue à Philly sous le nom de « Père, Fils et Saint-Esprit » – une maison mitoyenne de trois étages. D'autres appelaient ça une trinité. Il y avait de la lumière à quelques-unes des fenêtres. Ils empruntèrent une rue perpendiculaire puis contournèrent par l'arrière. Ils pénétrèrent dans la maison et gravirent un escalier branlant. Byrne ressentit une douleur atroce dans le dos et les jambes.

Au sommet de l'escalier, Lucky poussa une porte et entra. Byrne la suivit.

L'appartement infect avait tout d'un repaire de junkie. Des piles de journaux et de vieux magazines s'élevaient dans les coins, il flottait une odeur de nourriture pour chiens avariée. Une fuite dans la salle de bains ou la cuisine avait imprégné l'appartement d'une odeur humide et saumâtre, gondolé le vieux linoléum et rongé les plinthes. Une douzaine de bougies parfumées brûlaient ici et là, sans guère parvenir à masquer la puanteur. Quelqu'un écoutait un morceau de rap non loin.

Ils avancèrent jusqu'à la pièce qui donnait sur la rue.

— Il est dans la chambre, annonça Lucky.

Byrne regarda la porte qu'elle désignait. Il se tourna de nouveau vers la jeune fille, remarqua un infime tic sur son visage, entendit le plancher craquer, aperçut un reflet vacillant sur la fenêtre qui donnait sur la rue.

Pour autant qu'il sache, il n'y avait qu'un seul homme derrière lui.

Byrne estima le moment de l'impact, comptant en silence tandis que les pas lourds approchaient. Il fit un pas de côté à la dernière seconde. C'était un type costaud, aux épaules larges, jeune. Il alla percuter le mur en plâtre. Lorsqu'il retrouva ses esprits, il se retourna, hébété, et bondit de nouveau sur Byrne, qui prit ses appuis et projeta sa canne en avant de toutes ses forces. Elle atteignit le type en pleine gorge. Un caillot de sang et de mucus jaillit de sa bouche. Il tenta de retrouver son équilibre, Byrne le frappa une nouvelle fois, cette fois juste sous le genou. Le type poussa un cri puis se ratatina par terre tout en cherchant à attraper un objet accroché à sa ceinture. Un couteau de chasse dans une gaine en toile. Byrne lui écrasa la main du pied et repoussa le couteau à l'autre bout de la pièce.

Ce n'était pas Julian Matisse. C'était un coup monté, un guet-apens classique. Byrne s'en était douté, mais si le bruit courait qu'un type nommé Denny cherchait quelqu'un et que mieux valait ne pas l'emmerder, les heures et les jours à venir risquaient d'être un peu moins agités.

Byrne regarda l'homme au sol qui se tenait la gorge et suffoquait, puis il se tourna vers la fille qui, tremblante, reculait lentement vers la porte.

— Il... il m'a forcée, dit-elle. Il me fait du mal.

Elle retroussa ses manches, révélant des bras couverts de bleus. Depuis le temps qu'il était du métier, Byrne savait qui disait la vérité et qui mentait. Lucky n'était qu'une gamine, elle ne devait même pas avoir vingt ans. Les types de ce genre s'attaquaient constamment à des filles comme elle. Byrne fit rouler le type sur le ventre, attrapa son portefeuille dans sa poche revolver et en tira son permis de conduire. Il s'appelait Gregory Wahl. Byrne fouilla ses autres poches et trouva un épais rouleau de billets maintenu par un élastique – peut-être mille dollars. Il préleva un billet de cent, le mit dans sa poche, puis lança l'argent à la fille.

— Enculé… tu es… un homme mort, parvint à articuler Wahl.

Byrne souleva un pan de sa chemise, révélant la crosse de son Glock.

— On peut mettre un terme à tout ça sur-le-champ si tu veux, Greg.

Wahl continua de le fixer du regard, mais toute expression de menace avait quitté son visage.

— Non ? Plus envie de jouer ? C'est bien ce que je pensais. Regarde le plancher, ordonna Byrne. (L'homme s'exécuta. Byrne porta son attention sur la fille.) Quitte la ville. Ce soir.

Lucky regarda à droite et à gauche, incapable de bouger. Elle aussi avait vu le pistolet. Byrne s'aperçut qu'elle avait déjà fait disparaître le rouleau de billets.

— Quoi ?

— Décampe.

Il lut la crainte dans ses yeux.

— Mais si je le fais, comment je saurai que vous ne…

— Je ne te le dirai pas deux fois, Lucky. Il te reste cinq secondes.

Elle détala. *Incroyable ce que les femmes peuvent faire avec des talons hauts quand elles y sont obligées*, pensa Byrne. Quelques secondes plus tard, il l'entendait dévaler l'escalier, puis la porte de derrière claqua. Byrne s'agenouilla. Pour le moment, l'adrénaline annihilait la douleur qu'il aurait dû éprouver dans le dos et les jambes. Il attrapa Wahl par les cheveux et lui souleva la tête.

— Si jamais je te revois, ce qui s'est passé ce soir ne sera qu'une plaisanterie. D'ailleurs, si jamais j'entends juste dire qu'un homme d'affaires s'est fait dépouiller dans les parages, et ce pour les prochaines années à venir, je te tiendrai pour responsable, dit Byrne en lui collant son permis de conduire sous le nez. J'emporte ça en souvenir du bon temps que nous avons passé ensemble. (Il se leva, attrapa sa canne, dégaina son arme.) Je vais faire le tour du propriétaire. Toi, tu ne bouges pas d'un centimètre. Pigé ?

Wahl conserva un silence bravache. Byrne pointa le canon du Glock contre le genou droit de l'homme.

— Tu aimes la nourriture d'hôpital, Greg ?

— OK, d'accord.

Byrne traversa la pièce, entrouvrit les portes donnant sur la salle de bains et la chambre. Les fenêtres de la chambre étaient grandes ouvertes. Il y avait eu quelqu'un ici. Une cigarette se consumait dans le cendrier. Mais la pièce était désormais vide.

Byrne regagna le Tick Tock. Debout près des toilettes des femmes, Victoria se rongeait les ongles. Il se dirigea vers elle. La musique était assourdissante.

— Qu'est-ce qui s'est passé ? demanda Victoria.

— Rien, répondit Byrne. Allons-y.

— Tu l'as trouvé ?

— Non, dit-il.

Victoria le regarda de travers.

— Il s'est passé quelque chose. Dis-moi, Kevin.

Byrne lui prit la main, l'attira vers la porte.

— Disons que je me suis heurté à un mur.

Le Bar X se trouvait au sous-sol d'un ancien dépôt de meubles d'Erie Avenue. Un grand Noir dans un costume en lin jaunissant se tenait à la porte. Il portait un panama et des chaussures en cuir verni rouge et arborait une bonne douzaine de bracelets en or au poignet droit. Deux portes plus loin, un homme plus petit mais bien plus musclé se tenait partiellement dans l'ombre – crâne rasé, tatouages de prisonnier sur ses bras énormes.

Le prix d'entrée était de vingt-cinq dollars par personne. Ils franchirent la porte et payèrent auprès d'une jeune femme vêtue d'une robe fétichiste rose qui glissa l'argent dans une fente métallique pratiquée dans le mur derrière elle.

Ils empruntèrent un long escalier étroit et débouchèrent sur un couloir plus long encore. Les murs étaient recouverts d'une laque brillante rose framboise. Le rythme lourd d'une chanson disco se faisait de plus en plus fort à mesure qu'ils approchaient du bout du couloir.

Le Bar X était l'une des dernières boîtes sadomaso hardcore de Philadelphie, un reste des hédonistes années soixante-dix, d'un monde antérieur au sida où tout était possible.

Avant de pénétrer dans la salle principale, ils découvrirent une niche creusée dans le mur, une alcôve profonde à l'intérieur de laquelle une femme était assise sur une chaise. Elle était blanche, avait une cinquantaine d'années. Elle portait un masque en cuir. Byrne se demanda tout d'abord si elle était réelle ou non. La peau de ses bras et de ses cuisses était cireuse et elle était parfaitement immobile. Mais à l'approche de deux hommes, elle se leva. L'un d'eux avait le torse engoncé dans une camisole de force et portait un collier de chien relié à une laisse. Le second le traîna brutalement jusqu'aux pieds de la femme, qui brandit une cravache et se mit à fouetter doucement l'homme à la camisole. Bientôt, il se mit à pleurer.

Tandis que Byrne et Jessica se frayaient un chemin à

travers la salle principale, Byrne remarqua que la moitié des clients portaient des costumes fétichistes : cuir et chaînes, pointes, combinaisons. L'autre moitié était constituée de curieux, de parasites, de voyeurs. Au bout de la pièce se trouvait une petite scène avec une chaise en bois éclairée par un projecteur solitaire. La scène était pour le moment déserte.

Byrne marchait derrière Victoria. Il observait les réactions qu'elle suscitait. Les hommes la repéraient immédiatement : sa silhouette sexy, sa démarche souple et confiante, sa crinière de cheveux noirs brillants. Mais quand ils voyaient son visage, ils y regardaient à deux fois.

En cet endroit, sous cet éclairage, elle avait néanmoins quelque chose d'exotique. Ici, il y en avait pour tous les goûts.

Ils atteignirent le bar du fond où un serveur était occupé à essuyer le comptoir en acajou. Il portait un gilet en cuir, pas de chemise, un collier clouté. Ses cheveux châtains et gras étaient plaqués en arrière et dessinaient un V bien net sur son front. Chacun de ses avant-bras arborait un tatouage représentant une araignée minutieusement exécutée. À la dernière seconde, il leva les yeux. Il vit Victoria et sourit, découvrant une rangée de dents en or surmontées de gencives grisâtres.

— Salut, chérie, dit-il.

— Comment allez-vous ? demanda Victoria en s'installant sur le dernier tabouret.

L'homme se pencha en avant et lui fit un baisemain.

— Merveilleusement bien, répondit-il.

Le serveur regarda par-dessus l'épaule de Victoria, vit Byrne, et son sourire disparut rapidement. Byrne soutint son regard jusqu'à ce que l'homme détourne les yeux. Après quoi Byrne jeta un coup d'œil derrière le bar. Près des étagères couvertes de bouteilles d'alcool se trouvaient des alignements de livres traitant de la culture BDSM – cuir, fisting, chatouilles, entraînement d'esclaves, fessée.

— Il y a du monde, dit Victoria.

— Vous devriez voir ça le samedi soir, répondit l'homme.

Je passe mon tour, pensa Byrne.

— Voici un de mes bons amis, dit Victoria au serveur. Denny Riley.

L'homme ne pouvait continuer d'ignorer Byrne. Ils échangèrent une poignée de main. Ils s'étaient déjà rencontrés, mais le serveur ne s'en souvenait pas. Son nom était Darryl Porter. Byrne était présent le jour où Porter s'était fait pincer pour prostitution de mineurs. Le raid avait eu lieu durant une fête à Northern Liberties au cours de laquelle un groupe de gamines avaient été retrouvées à faire joujou avec deux hommes d'affaires nigérians. Certaines des filles n'avaient que douze ans. Porter, si Byrne se souvenait bien, n'avait pris qu'à peu près un an suite à un marché conclu avec le procureur. Ce type n'aimait que la chair fraîche. C'était une des nombreuses raisons pour lesquelles Byrne aurait aimé se laver la main qui avait serré celle de Porter.

— Alors, qu'est-ce qui vous amène dans notre petit paradis ? demanda Porter.

Il remplit un verre de vin blanc et le plaça devant Jessica. Il ne demanda même pas à Byrne ce qu'il voulait.

— Je cherche un vieil ami, répondit Victoria.

— De qui s'agit-il ?

— Julian Matisse.

Darryl Porter fit mine de réfléchir. Soit c'était un bon acteur, soit il ne le connaissait pas, pensa Byrne. Il observa les yeux de l'homme. Puis… une lueur ? Aucun doute.

— Julian est en taule. À Greene, à ce qu'on m'a dit.

Victoria but une gorgée de vin, secoua la tête.

171

— Il est sorti.

Darryl Porter fit la grimace, recommença d'astiquer le bar.

— Première nouvelle. Je croyais qu'il avait pris perpète.

— Il est sorti grâce à un détail technique, je crois.

— Julian est un type bien, dit Porter. Ça fait un bout de temps qu'on est potes.

Byrne aurait voulu sauter par-dessus le bar. Il se contenta de regarder sur sa droite. Un petit chauve était assis sur le tabouret à côté de Victoria. Il regardait Byrne d'un air docile. Il portait une tenue de campeuse.

Byrne se tourna de nouveau vers Darryl Porter qui servait quelques commandes. Puis il revint vers eux, se pencha au-dessus du bar et chuchota quelque chose à l'oreille de Victoria sans jamais quitter Byrne des yeux. Les hommes et leurs putains de délires de pouvoir, pensa Byrne.

Victoria éclata de rire, repoussa ses cheveux par-dessus son épaule. Byrne était malade à l'idée qu'elle pût être flattée de quelque manière que ce fût par les attentions que lui portait un type comme Darryl Porter. Elle valait tellement mieux. Peut-être jouait-elle seulement son rôle. Peut-être qu'il était tout simplement jaloux.

— Faut qu'on y aille, dit Victoria.

— OK, chérie. Je vais me renseigner. Si j'entends quoi que ce soit, je vous appelle, répondit Porter.

Victoria acquiesça.

— Super.

— Où je peux vous joindre ? demanda-t-il.

— Je vous appellerai demain.

Victoria déposa un billet de dix sur le bar. Porter le plia en deux et voulut le lui rendre. Elle sourit, se laissa glisser de son tabouret. Porter lui retourna son sourire, se remit à astiquer son bar sans même prendre la peine de lever les yeux vers Byrne.

Sur la scène, deux femmes aux yeux bandés et équipées de bâillons-boules étaient agenouillées devant un énorme Noir arborant un masque en cuir.

L'homme tenait un fouet.

Byrne et Victoria sortirent dans l'air humide de la nuit, pas plus près de trouver Julian Matisse qu'ils ne l'étaient au début de la nuit. Après la folie du Bar X, la ville semblait étonnamment paisible. Elle sentait même le propre.

Il était presque quatre heures.

En regagnant la voiture, ils tournèrent à un coin de rue et virent deux gamins : deux jeunes garçons noirs âgés de huit ou neuf ans aux jeans rapiécés et aux baskets miteuses. Ils étaient assis sur un perron derrière une boîte pleine de chiots bâtards. Victoria se tourna vers Byrne, la lèvre inférieure en avant, les sourcils relevés.

— Non, non, non, dit Byrne. Tss, tss. Pas question.

— Tu devrais avoir un petit chien, Kevin.

— Pas moi.

— Pourquoi pas ?

— Tori, dit Byrne. J'ai déjà assez de mal à m'occuper de moi.

Elle lui jeta un regard de chiot puis s'assit près de la boîte et examina le petit océan de fourrure. Elle attrapa l'un des chiens, se releva et le tint à la lueur d'un réverbère, comme un calice.

Byrne s'appuya au mur de brique, soutenu par sa canne. Il saisit le chiot, qui se mit à lui lécher le visage tout en battant l'air de ses pattes arrière.

— Il vous aime bien, mec, dit le plus jeune des deux gamins.

C'était de toute évidence lui, le Donald Trump de cette organisation.

À vue de nez, Byrne aurait dit que le chiot était un

173

croisement de berger et de colley. Encore un enfant de la nuit.

— Si j'avais envie d'acheter un chien – et je ne dis pas que j'en ai envie –, combien vous en voudriez ? demanda-t-il.

— Cinquante billets, répondit le gamin.

Byrne regarda l'inscription tracée à la main sur le devant de la boîte en carton.

— Ça dit vingt dollars sur la boîte.

— C'est un cinq.

— C'est un deux.

Le gamin secoua la tête. Il alla se placer devant la boîte, bloquant le champ de vision de Byrne.

— Naan. C'est des pu' race.

— Pu' race ?

— Ouais.

— Tu es sûr ?

— À donf.

— Quelle race exactement ?

— C'est des pit-bulls de Philadelphie.

Byrne ne put s'empêcher de sourire.

— Vraiment ?

— Pas de doute, répondit le gamin.

— Je n'ai jamais entendu parler de cette espèce.

— C'est les meilleurs, mec. Y font leurs affaires dehors, y gardent la maison, y mangent pas trop.

Le gamin sourit. Un charme assassin. Rien ne l'arrêterait jamais, quelle que soit la direction qu'il prendrait.

Byrne jeta un coup d'œil en direction de Victoria. Il commençait à se laisser attendrir. Légèrement. Il fit de son mieux pour le cacher. Il reposa le chien dans la boîte, regarda les garçons.

— Vous ne devriez pas être rentrés à cette heure ?

— Il est pas tard, mec. Il est tôt. On se lève tôt. On fait du business.

— Très bien, dit Byrne. Évitez les ennuis, les gars.

Victoria lui prit le bras comme ils se retournaient pour s'éloigner.

— Vous voulez pas le chien ? demanda le gamin.

— Pas ce soir, répondit Byrne.

— Quarante pour vous, insista le gamin.

— Je te donne ma réponse demain.

— Ils seront peut-être plus là demain.

— Moi non plus, dit Byrne.

Le gamin haussa les épaules. Et pourquoi pas ?

Il avait encore mille ans devant lui.

Lorsqu'ils atteignirent la voiture de Victoria dans la 13e Rue, ils virent trois adolescents saccager une camionnette de l'autre côté de la rue. Ils avaient brisé la vitre du conducteur avec une brique, ce qui avait déclenché l'alarme. L'un des adolescents passa le bras à l'intérieur du véhicule et ramassa ce qui se trouvait sur le siège. Ça ressemblait à deux appareils photo 24 5 36. Lorsqu'ils repérèrent Byrne et Victoria, ils décampèrent. Une seconde plus tard, ils avaient disparu. Byrne et Victoria échangèrent un coup d'œil, secouèrent la tête.

— Attends-moi, dit Byrne. Je reviens tout de suite.

Il traversa la rue, fit un tour complet sur lui-même pour s'assurer que personne ne l'observait, et, après l'avoir essuyé sur un pan de chemise, déposa le permis de conduire de Gregory Wahl dans le véhicule fracturé.

Victoria Lindstrom vivait dans un petit appartement du quartier de Fishtown. Il était décoré dans un style très féminin : meubles français provinciaux, foulards délicats sur les lampes, papier peint à motif fleuri. Où qu'il pose les yeux, son regard rencontrait un édredon ou une couverture en tricot. Byrne se représenta ses nombreuses soirées solitaires, aiguilles à tricoter en main, un verre de chardonnay posé près d'elle. Il remarqua aussi que, même lorsque la lumière était allumée, la pièce demeurait sombre. Toutes les lampes étaient munies d'ampoules à faible puissance. Il comprenait.

— Tu veux un verre ? demanda-t-elle.

— Avec plaisir.

Elle lui versa une bonne rasade de bourbon, lui tendit le verre. Il s'assit sur l'accoudoir du canapé.

— On réessaiera demain, dit Victoria.

— J'apprécie vraiment ton aide, Tori.

Victoria lui fit un geste de la main que Byrne n'eut aucun mal à interpréter. Elle avait de bonnes raisons de vouloir que Julian Matisse disparaisse des rues. Voire de la surface de la planète.

Byrne vida la moitié de son verre. Presque instantanément, le bourbon et la Vicodine se rencontrèrent dans son organisme, provoquant une sensation de chaleur. Il s'était retenu de boire tout au long de la soirée pour éviter de mélanger alcool et médicaments. Il consulta sa montre. C'était l'heure d'y aller. Il avait suffisamment pris sur le temps de Victoria.

Victoria le raccompagna jusqu'à la porte puis elle plaça les bras autour de la taille de Byrne, posa la tête contre sa poitrine. Elle avait ôté ses chaussures et, pieds nus, semblait minuscule. Byrne ne s'était jamais rendu compte qu'elle était si petite. Son énergie la faisait toujours paraître immense.

Au bout de quelques instants, elle leva les yeux vers lui, ses yeux argentés presque noirs dans la lumière faible. Ce qui avait commencé comme une étreinte affectueuse et un baiser sur la joue – un au revoir entre vieux amis – devenait soudain autre chose. Victoria l'attira à elle et l'embrassa à pleine bouche. Puis ils s'écartèrent l'un de l'autre et échangèrent un regard pas tant chargé de désir que, peut-être, de surprise. Ce sentiment avait-il couvé juste sous la surface pendant quinze ans ? L'avaient-ils toujours eu en eux ? En voyant l'expression sur le visage de Victoria, Byrne comprit qu'elle ne le laisserait pas partir.

Elle se mit à déboutonner sa chemise en souriant.

— Quelles sont exactement vos intentions, mademoiselle Lindstrom ? demanda Byrne.

— Je n'avouerai jamais.

— Si, vous avouerez.

— Qu'est-ce qui vous fait croire ça ?

— Il s'avère que je suis un policier très compétent, dit Byrne.

— Vraiment ?

— Oh oui.

— Allez-vous m'emmener dans votre petite pièce ?

Elle continua de déboutonner sa chemise.

— Oui.

— Allez-vous me malmener ?

— Assurément.

— Allez-vous me faire parler ?

— Oh, aucun doute là-dessus. Je suis un interrogateur aguerri. KGB.

— Je vois, dit Victoria. Et ça veut dire quoi, KGB ?

Byrne leva sa canne.

— Kevin le Gâteux Byrne.

Victoria se mit à rire tout en lui ôtant sa chemise, puis elle le mena à la chambre.

Plus tard, alors qu'ils étaient étendus après avoir fait l'amour, Victoria prit la main de Byrne dans la sienne. Le soleil commençait de poindre à l'horizon.

Elle lui embrassa doucement le bout des doigts, un à un. Puis elle fit courir l'index de Byrne sur les cicatrices de son visage.

Après tant d'années, maintenant qu'ils avaient enfin fait l'amour, Byrne savait que ce que Victoria faisait alors était bien plus intime que l'acte sexuel. Il ne s'était jamais senti si proche d'un être humain de toute sa vie.

Il pensa à toutes les étapes de sa vie au cours desquelles il avait été présent – l'adolescente enflammée, la victime d'une agression atroce, la femme indépendante et solide qu'elle était devenue. Il se rendit compte qu'il nourrissait depuis longtemps des sentiments profonds et mystérieux à son égard, des émotions cachées qu'il n'avait jamais su identifier.

Lorsqu'il sentit les larmes sur le visage de Victoria, il comprit.

Durant tout ce temps, il l'avait aimée.

21

L'unité maritime de la police de Philadelphie était en activité depuis plus de cent cinquante ans. Originellement censée assister le commerce fluvial sur les rivières Delaware et Schuylkill, sa mission avait évolué au fil du temps et elle effectuait désormais des opérations de patrouille, de repêchage et de sauvetage. Dans les années cinquante, l'unité avait ajouté la plongée à sa liste d'activités, et elle était depuis devenue l'une des meilleures divisions du pays dans son genre.

L'unité maritime agissait avant tout comme un complément aux forces de patrouille de la police de Philadelphie et sa mission consistait à répondre à toutes sortes d'urgences en milieu aquatique ainsi qu'à repêcher des personnes, des objets et des indices.

Ils avaient commencé à ratisser la rivière aux premières lueurs du jour, débutant par une zone située juste au sud du pont de Strawberry Mansion. La rivière Schuylkill était trouble, sans la moindre visibilité depuis la surface. Ce serait un processus long et méthodique, les plongeurs quadrillant les abords des berges par segments de quinze mètres.

Lorsque Jessica arriva sur les lieux, juste après huit heures, ils avaient passé au peigne fin une section de soixante mètres. Elle vit Byrne qui se tenait sur la rive, sa silhouette se détachant sur l'eau noire. Il avait sa canne. Jessica sentit son cœur se serrer. Elle connaissait sa fierté et savait que la moindre concession à la faiblesse – n'importe quelle faiblesse – lui coûtait. Elle s'approcha de la rivière, deux gobelets à la main.

— Bonjour, dit Jessica en lui tendant un café.

— Hé, fit-il en saisissant le gobelet. Merci.

— Quelque chose ?

Byrne fit signe que non. Il posa son café sur un banc, alluma une cigarette, jeta un coup d'œil à la pochette d'allumettes rouge vif. Elle venait du Rivercrest Motel. Il la regarda de plus près.

— Si on ne trouve rien, je pense qu'on ferait bien de retourner voir le directeur de ce trou à rat.

Jessica repensa à Karl Stott. Elle ne le soupçonnait pas du meurtre, mais elle ne croyait pas non plus qu'il disait toute la vérité.

— Vous pensez qu'il nous fait des cachotteries ?

— Je pense qu'il a du mal à se souvenir, répondit Byrne. Intentionnellement.

Jessica posa les yeux sur la rivière. Ici, dans cette douce courbe de la Schuylkill, il était difficile de concevoir ce qui s'était passé à quelques rues de là, au Rivercrest Motel. Si son intuition était juste – et il y avait de grandes chances pour qu'elle ne le soit pas –, elle se demanda comment une telle horreur avait pu se produire en un si bel endroit. Les arbres étaient en pleine floraison ; l'eau faisait doucement tanguer les bateaux à quai. Elle était sur le point de répondre à Byrne lorsque sa radio se mit à grésiller.

— J'écoute.

— Inspecteur Balzano ?

— Oui.

— Nous avons trouvé quelque chose.

La voiture était une Saturn de 1969, immergée dans la rivière à quatre cents mètres de la petite station de l'unité maritime de Kelly Drive. Cette station n'était opérationnelle qu'aux heures de bureau. Cela expliquait que quelqu'un avait pu, à la faveur de la nuit, conduire ou pousser la voiture dans la Schuylkill sans être vu. La voiture n'avait pas de plaques minéralogiques. Ils effectueraient une recherche à partir du numéro de série s'il était toujours dans la voiture et intact.

Lorsque la voiture brisa la surface de l'eau, toutes les personnes présentes sur la berge se tournèrent vers Jessica. Pouce levé en signe de félicitations. Elle croisa le regard de Byrne et y lut du respect, ainsi qu'une bonne dose d'admiration. C'était plus que suffisant.

La clé était toujours dans le contact. Après avoir pris un certain nombre de photos, un agent de la police scientifique la retira et ouvrit le coffre. Terry Cahill et une demi-douzaine d'inspecteurs s'amassèrent autour de la voiture.

Le souvenir de ce qu'ils allaient découvrir à l'intérieur les hanterait longtemps.

La femme dans le coffre avait été massacrée. Elle avait reçu de multiples coups de couteau et, à cause de son immersion, la plupart des petites plaies s'étaient plissées et refermées. Des plus grandes – notamment celles du ventre et des cuisses – suintait un infect liquide brun.

Comme elle était restée enfermée dans le coffre de la voiture, elle n'avait pas été exposée aux éléments et son cadavre n'était pas recouvert de déchets, ce qui pourrait faciliter un peu l'autopsie. Philadelphie étant bordée par deux rivières, le bureau du légiste avait une bonne expérience des cadavres retrouvés dans l'eau.

La femme était nue, étendue sur le dos, bras sur les côtés, le visage tourné vers la gauche. Les coups de couteau étaient trop nombreux pour pouvoir être comptés sur place. Les coupures étaient nettes, ce qui indiquait qu'aucun animal ni aucune bestiole de la rivière ne s'en était pris à elle.

Jessica se força à regarder le visage de la victime. Ses yeux étaient ouverts et injectés de sang. Ouverts, mais totalement dénués d'expression. Ni peur, ni colère, ni chagrin. Ces émotions appartiennent aux vivants.

Jessica repensa à la scène originale de *Psychose*, à la manière dont la caméra s'éloignait après un gros plan sur le beau visage intact de Janet Leigh. Elle regarda la jeune femme dans le coffre de cette voiture en se disant que la réalité était décidément différente. Pas de maquilleur ici. C'était ça, le visage de la mort.

Les deux inspecteurs enfilèrent leurs gants.

— Regardez, dit Byrne.

— Quoi ?

Byrne désigna un journal gorgé d'eau sur la droite. C'était un exemplaire du *Los Angeles Times*. Il l'ouvrit doucement au moyen d'un stylo. À l'intérieur se trouvait une liasse de bouts de papier rectangulaires.

— Qu'est-ce que c'est que ça, des faux billets ? demanda Byrne.

Les bouts de papier empilés semblaient être des photocopies de billets de cent dollars.

— Oui, répondit Jessica.

— Oh, génial, fit Byrne.

Jessica se pencha en avant pour regarder d'un peu plus près.

— Combien vous voulez parier qu'il y en a pour quarante mille dollars en billets bidon ? demanda-t-elle.

— Je ne vous suis pas, dit Byrne.

— Dans *Psychose*, le personnage interprété par Janet Leigh vole quarante mille dollars à son patron. Elle s'achète un journal de Los Angeles et planque l'argent à l'intérieur. Dans le film, c'est le *Los Angeles Tribune*, mais ce journal n'existe plus.

Byrne la regarda fixement quelques secondes.

— Comment savez-vous ça ?

— J'ai cherché sur Internet.

— Internet, répéta-t-il, puis il se pencha en avant, souleva les faux billets du bout de son stylo, secoua la tête. Ce type est complètement barré.

À cet instant, Tom Weyrich, le médecin légiste, arriva accompagné de son photographe. Les inspecteurs s'écartèrent pour lui laisser la place.

Tandis que Jessica ôtait ses gants et inspirait une bouffée d'air frais de ce nouveau jour, elle éprouva un grand soulagement de voir que son intuition avait porté ses fruits. Il n'était plus question d'un vague spectre de meurtre commis en deux dimensions sur un écran de télé, d'un obscur semblant de crime.

Ils avaient un cadavre. Ils avaient un homicide.

Ils avaient une affaire.

Le kiosque de Little Jake était installé dans Filbert Street. Little Jake vendait toute la presse locale, de même que les journaux de Pittsburgh, Harrisburg, Erie et Allenton. Il proposait en outre un éventail de quotidiens d'autres États et une sélection de magazines pour adultes discrètement exposés derrière lui et recouverts de petits carrés de carton. C'était l'un des rares endroits de Philadelphie où l'on pouvait acheter le *Los Angeles Times*.

Nick Palladino accompagna l'équipe de police scientifique chargée d'analyser la voiture retrouvée. Jessica et Byrne interrogèrent Little Jake tandis que Terry Cahill ratissait les alentours de Filbert.

Little Jake Policka avait été affublé de ce surnom de « petit » à cause du fait qu'il mesurait environ un mètre quatre-vingt-dix pour cent quarante kilos. Il se tenait toujours légèrement recourbé à l'intérieur de son kiosque. Avec sa barbe broussailleuse, ses cheveux longs et son dos voûté, il rappelait à Jessica le personnage de Hagrid dans l'adaptation cinématographique de *Harry Potter*. Elle s'était toujours demandé pourquoi Little Jake n'achetait pas ou ne construisait pas tout simplement un kiosque plus grand, mais elle n'avait jamais osé poser la question.

— Avez-vous des clients qui achètent régulièrement le *Los Angeles Times* ? demanda Jessica.

Little Jake réfléchit quelques instants.

— Non, je ne vois pas. Je ne reçois que l'édition du dimanche, et en seulement quatre exemplaires. Je n'en vends pas des masses.

— Est-ce que vous les recevez le jour de la publication ?

— Non. Avec deux ou trois jours de retard.

— Nous nous intéressons à la parution d'il y a deux semaines. Est-ce que vous vous rappelez à qui vous l'avez vendue ?

Little Jake caressa sa barbe. Jessica remarqua qu'il y avait des miettes dedans, des restes de son petit déjeuner de ce matin. Du moins présumait-elle qu'il s'agissait de celui de ce matin.

— Maintenant que vous m'en parlez, un type est venu me le demander il y a quelques semaines. Je n'en avais plus d'exemplaire à ce moment-là, mais je suis à peu près certain de lui avoir dit quand j'en recevrais. S'il est repassé l'acheter, je n'étais pas là. Mon frère s'occupe de la boutique deux jours par semaine maintenant.

— Vous vous souvenez de quoi il avait l'air ? demanda Byrne.

Little Jake haussa les épaules.

— Difficile de se souvenir. Je vois défiler beaucoup de monde ici. Et je ne vois généralement que ça d'eux, expliqua Little Jake en formant un rectangle avec ses mains, tel un metteur en scène de cinéma, pour imiter l'ouverture du kiosque.

— Tout ce que vous pourrez vous rappeler nous sera d'une grande aide.

— Eh bien, ce dont je me souviens, c'est que c'était un type on ne peut plus ordinaire. Casquette de base-ball, lunettes de soleil, peut-être une veste bleu foncé.

— Une casquette de quelle équipe ?

— Les Flyers, je crois.

— Des inscriptions sur la veste ? Des logos ?

— Pas que je me souvienne.

— Est-ce que vous vous souvenez de sa voix ? De son accent.

Little Jake fit signe que non.

— Désolé.

Jessica prit quelques notes.

— Est-ce que vous vous souvenez suffisamment de lui pour établir un portrait-robot ?

— Bien sûr ! répondit Jake, visiblement enthousiasmé à l'idée de participer à une véritable enquête.

— Nous arrangerons ça, dit Jessica en lui tendant sa carte. En attendant, si vous repensez à quelque chose, ou si vous revoyez ce type, passez-nous un coup de fil.

Little Jake manipula la carte avec révérence, comme si elle venait de lui donner une photo dédicacée de Larry Bowa[1].

— Ouah ! Exactement comme dans *New York District*.

Exactement, pensa Jessica. Sauf que dans *New York District* ils résolvaient généralement tout en environ une heure. Moins si on enlevait la pub.

Jessica, Byrne et Terry Cahill étaient assis dans la salle d'interrogatoire A. Les billets photocopiés et l'exemplaire

1. Joueur de base-ball de l'équipe des Philadelphia Phillies dans les années soixante-dix. *(N.d.T.)*

185

du *Los Angeles Times* étaient au labo. Un portrait de l'homme décrit par Little Jake était en train d'être élaboré. La voiture était en route pour le garage du labo. Ils étaient au beau milieu de ce temps mort qui succède à la découverte de la première piste et précède les premiers résultats d'analyses.

Jessica regarda par terre et aperçut le morceau de carton qu'Adam Kaslov avait si nerveusement trituré. Elle le ramassa, se mit à l'enrouler et à le dérouler, découvrant que ça avait un véritable effet thérapeutique.

Byrne sortit une pochette d'allumettes, la tourna et la retourna entre ses doigts. C'était ça, sa thérapie. Il était interdit de fumer partout dans la Rotonde. Les trois enquêteurs repensaient en silence à la journée.

— OK, c'est qui, ce type qu'on cherche ? finit par demander Jessica.

C'était une question purement rhétorique, provoquée par la colère qui avait commencé à bouillonner en elle et par le souvenir de la femme dans le coffre de la voiture.

— Vous voulez dire, pourquoi il a fait ça, n'est-ce pas ? demanda Byrne.

Jessica songea à la question. Dans leur boulot, le *qui* et le *pourquoi* étaient intimement liés.

— Soit. Pourquoi ? dit-elle. Enfin quoi, est-ce qu'il s'agit juste d'un type qui veut devenir célèbre ? Est-ce qu'il s'agit juste d'un type qui veut passer aux infos ?

Cahill haussa les épaules.

— Difficile à dire. Mais si vous avez fréquenté un minimum d'experts en sciences comportementales, vous savez que quatre-vingt-dix-neuf pour cent des affaires de ce genre vont chercher beaucoup plus loin que ça.

— Que voulez-vous dire ? demanda Jessica.

— Je veux dire qu'il faut une psychose profondément ancrée pour faire quelque chose de ce genre. À tel point que vous pourriez vous retrouver assise à côté du tueur sans rien soupçonner. Ce genre de psychose peut être complètement enfouie.

— Nous en saurons beaucoup plus quand nous aurons identifié la victime, dit Byrne. Espérons juste qu'il s'agit d'une affaire personnelle.

— Comment ça ? demanda Jessica.

— Si c'est personnel, ça s'arrêtera là.

Jessica savait que Byrne était un flic à l'ancienne. Vous descendiez dans la rue, vous posiez des questions, vous intimidiez les petites frappes, vous obteniez des réponses. Il n'avait rien contre les universitaires, mais ce n'était juste pas son style.

— Vous avez parlé d'experts en sciences comportementales, dit Jessica à Cahill. N'en dites rien à mon patron, mais je ne suis pas sûre de savoir ce qu'ils font exactement.

Elle avait passé son diplôme de justice criminelle, mais il n'avait guère été question de la psychologie des criminels.

— Eh bien, ils étudient tout d'abord le comportement et la motivation, principalement dans les domaines de la formation et de la recherche, expliqua Cahill. Mais c'est loin d'être aussi excitant que dans *Le Silence des agneaux*. La plupart du temps, c'est un travail plutôt aride, clinique. Ils étudient la violence des gangs, la gestion du stress, la police de proximité, les analyses de crimes.

— Ils doivent voir le pire du pire, dit Jessica.

Cahill acquiesça.

— C'est quand un crime sordide cesse de faire les gros titres qu'ils se mettent au boulot. Ça peut ne pas sembler trop excitant au policier moyen, mais de nombreuses affaires sont résolues ainsi. Le VICAP ne serait pas ce qu'il est sans eux.

Le téléphone de Cahill sonna. Il s'excusa, sortit de la pièce.

Jessica réfléchit à ce qu'il venait de dire. Elle se repassa mentalement la scène de la douche de *Psychose*. Elle essaya de se représenter l'horreur de la situation du point de vue de la victime – l'ombre sur le rideau de douche, le bruit de l'eau, le bruissement du plastique qu'on écarte, le scintillement du couteau. Elle frissonna. Elle tirebouchonna son bout de carton encore plus fort.

— Ça vous dit quoi, tout ça ? demanda Jessica.

Les sciences comportementales et toutes les unités spéciales financées par le gouvernement fédéral avaient beau être sophistiquées et à la pointe de la technologie, elle les aurait volontiers toutes échangées contre les instincts d'un inspecteur comme Kevin Byrne.

— Ça me dit que l'assassin n'a pas eu un coup de folie, répondit Byrne. Il veut dire quelque chose. Je ne sais pas de qui il s'agit, mais il veut que nous lui accordions toute notre attention.

— Eh bien, il a réussi.

Jessica déroula le morceau de carton tirebouchonné qu'elle avait dans les mains avec la ferme intention de le tordre de nouveau. Mais elle n'eut pas le loisir d'aller jusqu'au bout de son geste.

— Kevin !

— Quoi ?

— Regardez.

Jessica étala minutieusement le rectangle rouge vif sur la table cabossée en évitant de laisser ses empreintes digitales dessus. Le visage de Byrne laissa voir sa stupéfaction. Il plaça sa pochette d'allumettes à côté du bout de carton. Ils étaient identiques.

Le Rivercrest Motel.

Adam Kaslov s'était rendu au Rivercrest Motel.

22

Il revint à la Rotonde de lui-même, ce qui était une bonne chose. Ils n'avaient certainement pas de quoi aller le chercher ni le retenir. Ils lui avaient simplement dit qu'ils avaient quelques détails à éclaircir. Une ruse classique. S'il craquait durant l'entretien, ils le tenaient.

Terry Cahill et l'assistant du procureur, Paul DiCarlo, observaient à travers le miroir sans tain. Nick Palladino s'occupait toujours de la voiture. Le numéro de série avait été masqué, l'identification du propriétaire allait donc prendre un bout de temps.

— Alors, ça fait combien de temps que vous habitez dans le nord de Philadelphie, Adam ? demanda Byrne.

Il était assis face à Kaslov. Jessica était adossée à la porte fermée.

— Environ trois ans. Depuis que j'ai quitté la maison de mes parents.

— Où vivent-ils ?

— Bala Cynwyd.

— C'est là que vous avez grandi ?

— Oui.

— Que fait votre père, si je puis me permettre ?

— Il est dans l'immobilier.

— Et votre mère ?

— Elle est… eh bien… au foyer. Est-ce que je peux vous demander…

— Ça vous plaît d'habiter dans le nord de Philly ?

Adam haussa les épaules.

— C'est pas mal.

— Vous passez beaucoup de temps dans l'ouest de Philly ?

— Un peu.

— C'est-à-dire ?

— Eh bien, j'y travaille.

— Au cinéma, c'est ça ?

— Oui.

— Sympa, comme boulot ? demanda Byrne.

— Je suppose, répondit Adam. Ça ne paie pas des masses.

— Mais au moins vous voyez des films gratuitement, pas vrai ?

— Quand vous vous tapez pour la quinzième fois un film de Rob Schneider, pas sûr que ce soit une bonne affaire.

Byrne se mit à rire, mais Jessica s'aperçut clairement qu'il aurait été incapable de faire la différence entre Rob Schneider et Rob Petrie.

— Ce cinéma se trouve dans Walnut, n'est-ce pas ?

— En effet.

Byrne prit note, même s'ils savaient déjà tout ça. Ça faisait plus officiel.

— Autre chose ?

— Que voulez-vous dire ?

— Avez-vous d'autres raisons d'aller dans l'ouest de Philly ?

— Pas vraiment.

— Et la fac, Adam ? La dernière fois que j'ai vérifié, Drexel était dans cette partie de la ville.

— Enfin, oui, j'y vais pour les cours.

— Êtes-vous étudiant à plein temps ?

190

— Juste à temps partiel, pendant l'été.

— Qu'étudiez-vous ?

— L'anglais, répondit Adam. Ma matière principale est l'anglais.

— Des cours de cinéma ?

Adam haussa les épaules.

— Un ou deux.

— Qu'est-ce que vous apprenez dans ces cours ?

— Principalement la théorie et la critique. Mais je ne vois pas ce que...

— Aimez-vous le sport ?

— Le sport ? Comme quoi ?

— Oh, je ne sais pas. Le hockey peut-être. Vous aimez les Flyers ?

— Ils ne sont pas mauvais.

— Est-ce que vous auriez une casquette des Flyers par hasard ? demanda Byrne.

Cette question sembla l'effrayer, comme s'il se disait que la police le suivait peut-être. S'il devait se refermer, ce serait à partir de maintenant. Jessica remarqua qu'il commençait à battre le sol du pied.

— Oui, pourquoi ?

— Nous devons juste tout passer en revue.

Cela n'avait aucun sens, bien entendu, mais la laideur de la pièce et la proximité de tous ces agents de police ôtèrent à Adam Kaslov l'envie d'objecter. Pour le moment.

— Vous êtes déjà allé dans un motel de l'ouest de Philly ? demanda Byrne.

Ils l'observaient attentivement, cherchant le tic révélateur. Il regardait le sol, les murs, le plafond, tout sauf les yeux blasés de Byrne.

— Qu'est-ce que j'irais faire dans un motel là-bas ? finit-il par demander.

Bingo, pensa Jessica.

191

— J'ai l'impression que vous répondez à une question par une question, Adam.

— Bon, OK, dit-il. Non.

— Vous n'êtes jamais allé dans un endroit nommé le Rivercrest Motel dans Dauphin Street ?

Adam Kaslov ravala sa salive. Une fois de plus, il balaya la pièce du regard. Jessica lui donna quelque chose sur quoi porter son attention. Elle déposa la pochette d'allumettes déroulée sur la table. Elle était enfermée dans un petit sachet transparent. En la voyant, Adam blêmit.

— Êtes-vous en train de me dire que… que l'incident sur la cassette de *Psychose* a eu lieu à… ce Rivercrest Motel ?

— Oui.

— Et vous croyez que je…

— Pour le moment, nous essayons juste de comprendre ce qui s'est passé. C'est tout, dit Byrne.

— Mais je n'y ai jamais mis les pieds.

— Jamais ?

— Non. J'ai… J'ai trouvé ces allumettes.

— Nous avons un témoin qui dit que vous y êtes allé.

Quand Adam Kaslov était arrivé à la Rotonde, John Shepherd l'avait pris en photo avec un appareil numérique pour lui constituer un badge de visiteur. Il s'était ensuite rendu au Rivercrest où il avait montré la photo à Karl Stott. Shepherd avait ensuite appelé pour dire que Stott avait reconnu Adam et que, selon lui, il était allé au moins deux fois au motel au cours du dernier mois.

— Qui dit que je suis allé là-bas ?

— Aucune importance, Adam, répondit Byrne. Ce qui est important, c'est que vous venez de mentir à la police. Ça, on ne s'en remet jamais. Pas vrai, inspecteur ? demanda-t-il en jetant un coup d'œil à Jessica.

— Exact, répondit Jessica. Ça nous vexe, et après nous avons beaucoup de mal à vous faire confiance.

— Elle dit vrai. Maintenant, nous ne vous faisons plus confiance, ajouta Byrne.

— Mais pourquoi… pourquoi est-ce que je vous amènerais la cassette si j'avais quoi que ce soit à voir avec cette vidéo ?

— Pouvez-vous nous dire pourquoi une personne en tuerait une autre, filmerait le meurtre et insérerait son film sur une bande préenregistrée ?

— Non, répondit Adam. Je n'en sais rien.

— Nous non plus. Mais si nous pouvons admettre que quelqu'un a réellement fait ça, nous pouvons aussi imaginer que cette même personne nous a apporté la cassette, histoire de se payer notre tête. Quitte à être dingue, hein ?

Adam baissa les yeux vers le sol et resta silencieux.

— Parlez-nous du Rivercrest, Adam.

Adam se frotta le visage, se tordit les mains. Lorsqu'il releva les yeux, les inspecteurs étaient toujours là. Il lâcha le morceau.

— D'accord. J'y suis allé.

— Combien de fois ?

— Deux fois.

— Pourquoi allez-vous là-bas ? demanda Byrne.

— J'y suis allé, c'est tout.

— Quoi, pour passer des vacances ou quelque chose du genre ? Vous avez réservé par votre agence de voyages ?

— Non.

Byrne se pencha en avant, baissa la voix.

— Nous allons tirer ça au clair, Adam. Avec ou sans votre aide. Avez-vous vu tous ces gens en arrivant ici ?

Au bout de quelques secondes, Adam s'aperçut qu'on attendait une réponse de sa part.

— Oui.

— Vous voyez, ces gens ne rentrent jamais chez eux. Ils n'ont pas de vie sociale ni la moindre vie de famille. Ils bossent vingt-quatre heures sur vingt-quatre, et ils ne laissent rien passer. Rien. Prenez un instant pour réfléchir à ce que vous êtes en train de faire. Vos prochaines paroles seront peut-être les plus importantes de toute votre vie.

Adam releva la tête. Ses yeux étaient luisants.

— Promettez-moi de n'en parler à personne.

— Ça dépend de ce que vous avez à nous dire, répondit Byrne. Mais si ça n'a rien à voir avec ce crime, ça ne sortira pas de cette pièce.

Adam regarda Jessica, puis détourna vivement le regard.

— J'y suis allé avec quelqu'un, dit-il. Une femme. C'est une *femme*.

Il insista sur ce mot, comme si être soupçonné de meurtre était une chose, mais être soupçonné d'homosexualité était bien pire.

— Vous souvenez-vous du numéro de votre chambre ? demanda Byrne.

— Je ne sais plus, répondit Adam.

— Faites un effort.

— Je... je crois que c'était la chambre dix.

— Les deux fois ?

— Je crois.

— Quel genre de voiture conduit cette femme ?

— Je n'en ai pas la moindre idée. On n'y allait jamais dans sa voiture.

Byrne se pencha en arrière. Inutile d'y aller trop fort pour le moment.

— Pourquoi ne pas nous avoir dit tout ça plus tôt ?

— Parce que... commença Adam, parce qu'elle est mariée.

— Il va nous falloir son nom.

— Je... ne peux pas vous le dire, répondit Adam.

Son regard passa de Byrne à Jessica, puis il le braqua vers le sol.

— Regardez-moi, dit Byrne.

Lentement, à contrecœur, Adam obéit.

— Avez-vous l'impression que je suis le genre de type à accepter cette réponse ? demanda Byrne. Bon, je sais que nous ne nous connaissons pas, mais jetez un petit coup d'œil autour de vous. Vous croyez que c'est un hasard si cette pièce est si moche ?

— Je... je ne sais pas.

— OK. Soit. Voici ce qu'on va faire, dit Byrne. Si vous ne nous donnez pas le nom de cette femme, vous allez nous obliger à fouiner dans votre vie. Nous connaîtrons le nom de tous les étudiants qui suivent les mêmes cours que vous, de tous vos professeurs. Nous nous pointerons dans le bureau du doyen pour lui poser des questions à votre sujet. Nous parlerons à vos amis, à votre famille, à vos collègues. Est-ce vraiment ce que vous voulez ?

Bizarrement, au lieu de lâcher le morceau, Adam Kaslov se contenta de regarder Jessica. Pour la première fois depuis qu'elle l'avait rencontré, elle crut déceler quelque chose dans ses yeux, quelque chose de sinistre, quelque chose qui disait qu'il n'était pas juste un gamin avec la trouille de sa vie. Elle crut même deviner l'ombre d'un sourire sur son visage.

— J'ai besoin d'un avocat, n'est-ce pas ? demanda Adam.

— J'ai bien peur que nous ne puissions vraiment pas vous conseiller sur ce sujet, Adam, répondit Jessica. Tout ce que je dirai, c'est que si vous n'avez rien à cacher, vous n'avez rien à craindre.

Si Adam Kaslov était aussi féru de cinéma et de télé qu'ils le soupçonnaient, il avait probablement vu suffisamment de scènes exactement similaires à celle-ci pour savoir qu'il avait parfaitement le droit de se lever et quitter le bâtiment sans ajouter un mot.

— Je peux y aller maintenant ? demanda Adam.

Encore merci, New York District, pensa Jessica.

Jessica repensa à la description que leur avait faite Little Jake : casquette de l'équipe des *Flyers*, lunettes de soleil, peut-être une veste bleu foncé. Un agent en uniforme avait regardé par la vitre de la voiture d'Adam Kaslov pendant qu'il se faisait interroger. Il n'avait vu aucun de ces articles. Pas de perruque grise non plus, ni de peignoir ni de gilet gris.

Adam Kaslov avait un lien direct avec la vidéo du meurtre, il était allé sur les lieux du crime et avait menti à la police. Était-ce suffisant pour un mandat de perquisition ?

— Je ne pense pas, déclara Paul DiCarlo.

Quand Adam avait dit que son père travaillait dans l'immobilier, il avait omis de mentionner que son père était Lawrence Kaslov, l'un des plus importants promoteurs de l'est de la Pennsylvanie. S'ils s'en prenaient trop tôt à son fils, une flopée d'avocats en costumes rayés leur tomberait dessus en moins d'une seconde.

— Peut-être que ça va faire pencher la balance, dit Cahill en pénétrant dans la pièce.

Il tenait un fax à la main.

— Qu'est-ce que c'est ? demanda Byrne.

— Le jeune Kaslov a un casier, répondit Cahill.

Byrne et Jessica échangèrent un regard.

— J'ai déjà vérifié, dit Byrne. Son casier était vierge.

— Pas tant que ça.

Ils se penchèrent tous sur le fax. À quatorze ans, Adam Kaslov avait été arrêté après avoir filmé la fille de son voisin à travers la fenêtre de sa chambre. Il avait dû consulter un psychiatre et effectuer des travaux d'intérêt général, mais avait échappé à la maison de redressement.

— On ne peut rien faire de ça, dit Jessica.

Cahill haussa les épaules. Il savait aussi bien que toutes les personnes présentes dans la pièce que les casiers des jeunes délinquants étaient censés être scellés.

— Juste pour votre information.

— Nous ne sommes même pas supposés *savoir* ça, ajouta Jessica.

— Savoir *quoi*? demanda Cahill sans ciller.

— Il y a une sacrée différence entre un adolescent voyeur et ce qui a été fait à cette femme, intervint Buchanan.

Ils savaient tous que c'était vrai. Néanmoins, chaque information pouvait servir, peu importait la manière dont elle était obtenue. Ils devaient juste faire attention à suivre la voie officielle chaque fois qu'ils avançaient d'un pas. N'importe quel étudiant en première année de droit pouvait foutre une affaire par terre sur la base de fichiers obtenus illégalement. Paul DiCarlo, qui, délibérément, faisait son possible pour ne pas écouter, reprit :

— Bien. Donc, quand vous aurez identifié la victime et établi qu'Adam aurait pu la croiser, je pourrai obtenir un mandat de perquisition du juge. Mais pas avant.

— Est-ce qu'il faut le mettre sous surveillance? demanda Jessica.

Adam se trouvait toujours dans la salle d'interrogatoire A. Mais pas pour longtemps. Il avait d'ores et déjà demandé à partir et, plus la porte restait fermée, plus cela poserait problème à la brigade.

— Je peux m'y coller quelques heures, dit Cahill.

Buchanan parut encouragé par cette proposition. La surveillance ne mènerait sans doute à rien, et ce serait le FBI qui paierait l'addition pour les heures supplémentaires.

— Vous êtes sûr? demanda Buchanan.

— Pas de problème.

Quelques minutes plus tard, Cahill rattrapa Jessica près des ascenseurs.

— Écoutez, je ne pense vraiment pas que nous allons découvrir grand-chose avec ce gamin. Mais j'ai quelques idées sur l'affaire. Ça vous dirait que je vous paie un café après votre tournée ? On pourra en causer.

Jessica regarda les yeux de Cahill. Il y avait toujours un moment avec un inconnu – un inconnu attirant, elle était bien forcée de l'admettre – où la moindre proposition ingénue, le moindre commentaire d'apparence anodine, devait être examiné. Lui demandait-il de sortir avec lui ? Était-il en train de la draguer ? Ou bien lui proposait-il simplement d'aller boire un café pour discuter d'une enquête criminelle ? Elle avait jeté un petit coup d'œil à sa main gauche la première fois qu'elle l'avait rencontré. Il n'était pas marié. Elle, naturellement, l'était. Même si son mariage ne tenait plus qu'à un fil.

Bon sang, Jess, se dit-elle. *Tu portes un flingue à la hanche. Tu n'as sans doute rien à craindre.*

— Payez-moi plutôt un scotch et je suis partante, répondit-elle.

Quinze minutes après le départ de Cahill, Byrne et Jessica se retrouvèrent à la cafétéria. Byrne s'aperçut que quelque chose clochait.

— Qu'est-ce qui ne va pas ? demanda-t-il.

Jessica leva le sachet contenant la pochette d'allumettes du Rivercrest Motel.

— Je me suis trompée sur le compte d'Adam Kaslov la première fois, expliqua Jessica. Ça me fait vraiment chier.

— Ne vous en faites pas. Si c'est notre homme – et je n'en suis pas convaincu –, il y a un bon paquet d'autres couches entre le visage qu'il montre au monde et le cinglé sur cette cassette.

Jessica acquiesça. Byrne avait raison. Néanmoins, elle se targuait de savoir percer les gens à jour. Chaque inspecteur apportait ses propres talents à la table. Les siens étaient ses dons d'organisatrice et sa perspicacité. C'est du moins ce qu'elle croyait. Elle était sur le point d'ajouter quelque chose lorsque le téléphone de Byrne sonna.

— Allô ? (Il écouta, ses yeux verts perçants s'agitant un moment dans leurs orbites.) Merci.

Il replia son téléphone tout en esquissant un sourire du coin des lèvres, chose que Jessica ne l'avait pas vu faire depuis un bout de temps. Elle avait déjà vu cette expression. Il y avait du nouveau.

— Qu'est-ce qui se passe ? demanda-t-elle.

— C'était la police scientifique, répondit-il en se dirigeant vers la porte. Ils ont identifié la victime.

23

La victime s'appelait Stephanie Chandler. Elle avait vingt-deux ans, était célibataire. Au dire de tous, c'était une jeune femme chaleureuse et sympathique. Elle vivait avec sa mère dans Fulton Street et travaillait dans une société de relations publiques de Center City nommée Braceland Westcott McCall. Elle avait été identifiée grâce au numéro de série de sa voiture.

Le légiste avait rendu son rapport préliminaire. Comme ils s'y attendaient, il concluait à un assassinat. Stephanie Chandler avait passé environ une semaine immergée. L'arme du crime était un grand couteau sans dents. Elle en avait reçu onze coups et, même s'il ne l'aurait pas juré sous serment, du moins pas à ce stade car ce n'était pas son domaine, le docteur Tom Weyrich pensait qu'elle avait bien été tuée pendant le tournage de la vidéo.

Les analyses toxicologiques n'avaient révélé la présence d'aucune drogue illégale dans son organisme, mais ils avaient trouvé des traces d'alcool. Le légiste avait également recherché des indices de viol. Sans résultat.

Ce que les rapports ne disaient pas, c'était ce que Stephanie Chandler fabriquait dans un motel miteux de l'ouest de Philly. Ni, plus important, avec qui elle se trouvait.

Un quatrième inspecteur, Eric Chavez, travaillait désormais sur l'affaire et faisait équipe avec Nick Palladino. Avec ses costumes italiens, Eric était la gravure de mode de la brigade criminelle. Lorsque ce célibataire ne parlait pas de sa nouvelle cravate Zegna, il discutait de la dernière bouteille de bordeaux qui avait rejoint sa cave.

D'après ce que les inspecteurs avaient pu reconstituer, la dernière journée de la vie de la victime s'était déroulée comme suit :

Stephanie, une petite jeune femme pleine de vie avec un faible pour les costumes tailleurs, la nourriture thaïlandaise et les films avec Johnny Depp, était partie au travail, comme toujours, à sept heures tapantes. Elle avait conduit sa Saturn couleur champagne depuis Fulton jusqu'à son bureau de South Broad Street et s'était garée dans le parking souterrain. À l'heure du déjeuner, elle s'était rendue à Penn's Landing en compagnie de quelques collègues pour voir une équipe de film préparer le tournage d'une scène sur les bords de la rivière dans l'espoir d'apercevoir une ou deux célébrités. À dix-sept heures trente, elle avait pris l'ascenseur jusqu'au parking et avait quitté le bâtiment par la sortie de Broad Street.

Jessica et Byrne rendraient visite aux bureaux de Braceland Westcott McCall pendant que Nick Palladino, Eric Chavez et Terry Cahill iraient ratisser les abords de Penn's Landing.

Le hall de réception de Braceland Westcott McCall était décoré dans un style scandinave moderne – lignes droites, bureaux et étagères d'un rouge cerise clair, miroirs à bordures métalliques, panneaux de verre dépoli, belles affiches bien encadrées énumérant les clients les plus éminents de la société : studios d'enregistrement, agences de publicité, stylistes de mode.

La supérieure de Stephanie était une femme nommée Andrea Cerrone. Jessica et Byrne la retrouvèrent dans le bureau de Stephanie Chandler, au dernier étage du bâtiment.

Byrne se chargea de mener l'entretien.

— Stephanie avait tendance à faire confiance aux gens, expliqua Andrea d'une voix quelque peu mal assurée. Un peu crédule, je suppose.

Elle était visiblement secouée par l'annonce du décès de Stephanie.

— Sortait-elle avec quelqu'un ?

— Pas que je sache. Un rien la blessait, et je crois qu'elle avait fait une croix sur les aventures pour quelque temps.

Andrea Cerrone n'avait pas encore trente-cinq ans, c'était une petite femme aux hanches larges avec des mèches argentées et des yeux bleu pastel. Malgré son léger surpoids, ses vêtements étaient taillés avec une précision d'architecte. Elle portait un costume en lin vert olive et un pashmina couleur miel. Byrne changea de sujet.

— Depuis combien de temps Stephanie travaillait-elle ici ?

— Environ un an. Elle est arrivée juste après la fin de ses études.

— Où étudiait-elle ?

— Temple.

— Avait-elle des problèmes avec quiconque au travail ?

— Stephanie ? Certainement pas. Tout le monde l'appréciait et elle aimait bien tout le monde. Je ne l'ai jamais entendue se plaindre.

— Qu'avez-vous pensé quand elle n'est pas venue travailler la semaine dernière ?

— Eh bien, Stephanie prenait pas mal de congés maladie. Je me suis dit qu'elle avait pris sa journée, même si ça ne lui ressemblait pas de ne pas téléphoner. Le lendemain, je l'ai appelée sur son portable, j'ai laissé quelques messages. Elle ne m'a jamais rappelée.

Andrea attrapa un mouchoir en papier, se tapota les yeux, comprenant peut-être enfin pourquoi son téléphone n'avait pas sonné.

Jessica prit quelques notes. Aucun téléphone portable n'avait été retrouvé dans la Saturn ni aux alentours de la scène de crime.

— Avez-vous appelé chez elle ?

Andrea secoua la tête, sa lèvre inférieure se mit à trembler. Jessica sentit que les grandes eaux allaient bientôt se mettre à couler.

— Que pouvez-vous me dire de sa famille ? demanda Byrne.

— Je crois qu'elle vivait juste avec sa mère. Je ne me souviens pas qu'elle ait jamais parlé de son père, ni de frères et sœurs.

Jessica jeta un coup d'œil au bureau de Stephanie. Outre le porte-crayon et les dossiers bien empilés, il y avait une photo de douze centimètres sur quinze dans un cadre argenté représentant Stephanie et une femme plus âgée. La jeune femme sur la photo – souriante, debout devant le Wilma Theater de Broad Street – avait l'air heureuse. Jessica eut du mal à faire le lien entre ce cliché et le cadavre amoché qu'elle avait vu dans le coffre de la Saturn.

— S'agit-il de Stephanie et sa mère ? demanda Byrne en montrant la photo sur le bureau.

— Oui.

— Avez-vous déjà rencontré sa mère ?

— Non, répondit Andrea.

Elle attrapa un autre mouchoir en papier sur le bureau, s'essuya de nouveau les yeux.

— Y avait-il un bar ou un restaurant dans lequel Stephanie aimait se rendre après le travail ? demanda Byrne. Un endroit qu'elle fréquentait ?

— On allait parfois au Friday situé à côté des Embassy Suites. Quand on avait envie de danser, on allait au Shampoo.

— Je dois vous poser une question, prévint Byrne. Stephanie était-elle homosexuelle ou bisexuelle ?

Andrea émit une sorte de grognement.

— Heu, non.

— Êtes-vous allée à Penn's Landing avec Stephanie ?

— Oui.

— Avez-vous remarqué quelque chose d'inhabituel ?

— Que voulez-vous dire ?

— Quelqu'un l'a-t-il importunée ? Suivie ?

— Je ne crois pas.

— L'avez-vous vue faire quoi que ce soit qui sorte de l'ordinaire ? demanda Byrne.

Andrea réfléchit quelques instants.

— Non. On s'est juste contenté de traîner dans les parages. En espérant peut-être voir Will Parrish ou Hayden Cole.

— Avez-vous vu Stephanie parler à qui que ce soit ?

— Je ne faisais pas vraiment attention. Mais je crois qu'elle a parlé un moment à un type. Les hommes l'abordaient constamment.

— Pouvez-vous décrire ce type ?

— Blanc. Casquette des Flyers. Lunettes de soleil.

Jessica et Byrne échangèrent un regard. Cette description correspondait à celle faite par Little Jake.

— Quel âge ?

— Aucune idée. Je n'étais pas assez près.

Jessica lui montra une photo d'Adam Kaslov.

— Est-ce que ça pourrait être lui ?

— Je ne sais pas. Peut-être. Je me rappelle juste m'être dit que ce type n'était pas son genre.

— Quel était son genre ? demanda Jessica.

— Eh bien, elle était assez difficile question hommes. Elle était toujours intéressée par les types bien mis. Façon Chestnut Hill.

— Ce type à qui elle parlait était-il dans la foule ou faisait-il partie de la société de production ? demanda Byrne.

Andrea haussa les épaules.

— Je n'en sais vraiment rien.

— A-t-elle dit qu'elle le connaissait ? Ou peut-être qu'elle lui a donné son numéro ?

— Je ne crois pas qu'elle le connaissait. Et je serais vraiment surprise qu'elle lui ait donné son numéro. Comme je vous l'ai dit, ce n'était pas son genre. Mais bon, peut-être qu'il était juste mal habillé ce jour-là. Je ne l'ai pas vraiment regardé de près.

Jessica prit quelques notes supplémentaires.

— Nous allons avoir besoin des noms et coordonnées de toutes les personnes qui travaillent ici, dit-elle.

— Bien entendu.

— Ça vous ennuierait qu'on fouille le bureau de Stephanie ?

— Non, répondit Andrea. Pas de problème.

Tandis qu'Andrea regagnait d'un pas incertain le hall de réception, emportée par ce qui semblait être une vague de choc et de chagrin, Jessica enfila une paire de gants en latex et commença à se plonger dans la vie de Stephanie Chandler.

Les tiroirs du côté gauche contenaient des dossiers suspendus, principalement des communiqués de presse et des coupures de journaux. Quelques dossiers étaient remplis d'épreuves de photos de presse en noir et blanc. Les photos représentaient principalement des remises de prix, le genre de clichés sur lesquels deux personnes posent en tenant un chèque ou une plaque ou une quelconque citation.

Le tiroir du milieu renfermait les outils indispensables à la vie au bureau : trombones, punaises, étiquettes, élastiques, épingles, cartes de visite, bâtons de colle.

Dans le tiroir en haut à droite se trouvait le kit de survie de la jeune urbaine célibataire : petit tube de lotion pour les mains, baume à lèvres, quelques échantillons de parfum, bain de bouche. Il renfermait aussi un collant, trois livres : *L'Engrenage* de John Grisham, *Windows XP pour les nuls*, et un livre intitulé *White Heat*, la biographie non autorisée d'Ian Whitestone, le metteur en scène de *Dimensions* natif de Philadelphie qui dirigeait actuellement le nouveau film de Will Parrish, *Le Palais*.

Il n'y avait pas de notes, pas de lettres de menaces, rien qui pût relier Stephanie à l'horrible crime de la cassette vidéo.

Mais la photo de Stephanie et sa mère posée sur le bureau avait déjà commencé à hanter Jessica. Ce n'était pas le fait que Stephanie y apparaissait si pleine de vie, mais plutôt ce que la photo symbolisait en elle-même. Une semaine plus tôt, elle avait été synonyme de vie, la preuve de l'existence d'une jeune femme souriante, un être humain avec des amis, de l'ambition, des chagrins, des pensées et des regrets. Un être humain avec un avenir.

Maintenant, elle représentait la mort.

24

Faith Chandler vivait dans une maison de brique sans cachet mais bien entretenue de Fulton Street. Jessica et Byrne la rencontrèrent dans son petit salon qui donnait sur la rue. De l'autre côté de la fenêtre, deux gamins de cinq ans jouaient à la marelle sous l'œil vigilant de leurs grands-mères. Jessica se demanda ce qu'évoquait à Faith Chandler le rire de ces deux enfants en ce jour qui était le plus sombre de sa vie.

— Toutes mes condoléances, madame Chandler, dit Jessica.

Même si elle avait eu l'occasion de prononcer ces paroles un certain nombre de fois depuis qu'elle avait intégré la brigade criminelle en avril, elle avait le sentiment qu'elle ne s'y ferait jamais.

Faith Chandler avait un peu plus de quarante ans. Son visage portait des marques de fatigue, cette fatigue des gens qui se couchent tard et se lèvent tôt. C'était une femme de la classe ouvrière qui se retrouvait soudain à faire partie des statistiques d'une autre couche de la population, celle des victimes de crime violent. Des yeux las dans un visage encore jeune. Elle était employée en tant que serveuse de nuit au Melrose Diner. Elle tenait entre ses mains un gobelet en plastique rayé contenant un doigt de whiskey. Près d'elle, sur un plateau, se trouvait une bouteille de Seagram's à moitié pleine. Jessica se demanda à combien de verres elle en était.

Faith ne répondit pas aux condoléances de Jessica. Peut-être se disait-elle qu'en ne répondant pas, en ignorant le témoignage de sympathie de Jessica, elle ferait reculer la vérité.

— Quand avez-vous vu Stephanie pour la dernière fois ? demanda Jessica.

— Lundi matin, répondit Faith. Avant qu'elle ne parte au travail.

— Avez-vous remarqué quoi que ce soit d'anormal ce matin-là ? Quelque chose de différent dans son humeur ou ses habitudes ?

— Non. Rien.

— Vous a-t-elle dit si elle avait des projets après le travail ?

— Non.

— Lorsqu'elle n'est pas rentrée lundi soir, qu'est-ce que vous vous êtes dit ?

Faith se contenta de hausser les épaules, s'essuya les yeux. Elle but une gorgée de whiskey.

— Avez-vous appelé la police ?

— Pas tout de suite.

— Pourquoi ? demanda Jessica.

Faith reposa son verre, joignit les mains sur ses cuisses.

— Stephanie dormait parfois chez des amis. Elle était adulte, indépendante. Je travaille le soir, vous voyez. Elle travaillait la journée. On pouvait passer des jours sans vraiment se voir.

— Avait-elle des frères et sœurs ?

— Non.

— Et son père ?

Faith esquissa un geste de la main, ce rappel de son

208

passé semblant la sortir de sa torpeur. Ils avaient touché un point sensible.

— Il ne fait plus partie de notre vie depuis des années.

— Vit-il à Philadelphie ?

— Non.

— Nous avons appris de ses collègues que Stephanie sortait avec quelqu'un jusqu'à récemment. Que pouvez-vous nous dire de lui ?

Faith observa de nouveau ses mains pendant quelques instants avant de répondre.

— Vous devez comprendre que Stephanie et moi n'avons jamais été proches de cette manière. Je savais qu'elle voyait quelqu'un, mais elle ne l'a jamais amené ici. Elle avait ses petits secrets. Même quand elle était petite.

— Voyez-vous autre chose qui pourrait nous aider ?

Faith Chandler leva les yeux. Ils avaient cet aspect terne que Jessica avait souvent vu, une expression d'incrédulité dans laquelle se mêlaient colère, douleur, chagrin.

— Elle était plutôt indomptable quand elle était adolescente, dit Faith. Jusqu'à l'université.

— Comment ça ?

Faith haussa de nouveau les épaules.

— Têtue. Toujours à droite à gauche. Elle s'était récemment calmée, avait trouvé un bon emploi, répondit-elle d'une voix empreinte de fierté et de chagrin, puis elle but une nouvelle gorgée de whiskey.

Byrne attira l'attention de Jessica. Il détourna délibérément les yeux vers le meuble de la télévision et Jessica suivit son regard. Le meuble, dressé dans un coin du salon, était l'une de ces armoires conçues pour accueillir divers équipements multimédias. Il semblait fait d'un bois précieux – du bois de rose, peut-être. Les portes étaient entrouvertes et, depuis l'autre côté de la pièce, ils purent distinguer qu'il renfermait une télé à écran plat ;

au-dessus, un empilement d'équipements audio et vidéo visiblement onéreux. Jessica laissa errer son regard dans la pièce tandis que Byrne continuait de poser des questions. Cette pièce, dont Jessica s'était tout d'abord dit qu'elle était bien rangée et meublée avec goût, abritait de toute évidence du mobilier hors de prix. Salon et salle à manger Thomasville, lampes Stiffel.

— Puis-je utiliser vos toilettes ? demanda Jessica.

Elle avait grandi dans une maison mitoyenne quasi identique et savait que les toilettes se trouvaient à l'étage. C'était le but de la manœuvre.

Faith la regarda, le visage dénué d'expression, comme si elle n'avait pas compris. Puis elle acquiesça et pointa le doigt vers l'escalier.

Jessica gravit l'étroit escalier aux marches de bois jusqu'au premier étage. Sur sa droite se trouvait une petite chambre ; droit devant, les toilettes. Jessica jeta un coup d'œil en bas de l'escalier. Faith Chandler, comme dans un état second, était toujours assise sur le divan. Elle se glissa dans la chambre. Les affiches encadrées au mur indiquaient qu'il s'agissait de celle de Stephanie. Jessica ouvrit l'armoire. À l'intérieur se trouvaient une demi-douzaine de tailleurs onéreux, autant de paires de chaussures de qualité. Elle consulta les étiquettes. Ralph Lauren, Dana Buchman, Fendi. Les étiquettes étaient intactes. Stephanie ne fréquentait visiblement pas les boutiques de dégriffés où les étiquettes étaient souvent coupées en deux. Sur l'étagère se trouvaient quelques sacs de chez Tumi. Stephanie Chandler avait bon goût et, de toute évidence, le budget qui allait avec. Mais d'où venait l'argent ?

Jessica balaya rapidement la chambre du regard. Sur un mur se trouvait une affiche de *Dimensions*, le thriller fantastique de Will Parrish. Cette affiche et le livre sur Ian Whitestone qu'ils avaient vu sur son bureau indiquaient qu'elle était fan soit d'Ian Whitestone, soit de Will Parrish, ou alors des deux.

Sur la commode se trouvaient deux photos encadrées. La première représentait Stephanie adolescente passant un bras autour d'une jolie brune d'à peu près le même âge. Une pose façon *Amies pour la vie*. L'autre photo représentait Faith Chandler plus jeune, assise sur un banc de Fairmount Park avec un bébé dans les bras.

Jessica fouilla rapidement dans les tiroirs. Dans l'un d'eux elle trouva une chemise à soufflet remplie de factures payées. Elle chercha les quatre reçus de carte Visa les plus récents, les disposa sur la commode, sortit son appareil photo numérique et prit une photo de chaque. Elle parcourut rapidement la liste de factures reçues par courrier, à la recherche de boutiques de luxe. Rien. Elle ne trouva pas non plus de paiements effectués sur les sites saksfifthavenue.com, nordstrom.com, ni sur aucun des sites proposant des produits de luxe à prix cassés tels que bluefly.com, overstock.com, smartbargains.com. Il y avait fort à parier qu'elle n'achetait pas ces vêtements de stylistes elle-même. Jessica rangea son appareil photo puis replaça les reçus dans la chemise. Si ce qui figurait sur ces reçus menait à une piste, elle serait bien en peine d'expliquer comment elle avait obtenu ces informations. Mais elle s'inquiéterait de ça plus tard.

Dans une autre section de la chemise, elle trouva les documents que Stephanie avait signés à l'ouverture de sa ligne de téléphone portable. Il n'y avait aucune facture mensuelle indiquant le nombre de minutes utilisées et les numéros appelés. Jessica recopia le numéro du téléphone, puis elle sortit son propre téléphone et le composa. Après trois sonneries, la messagerie se déclencha :

Salut… c'est Steph… s'il vous plaît, laissez votre message après le signal sonore et je vous rappellerai.

Jessica raccrocha. Cet appel signifiait deux choses : le téléphone de Stephanie Chandler était toujours activé, et il ne se trouvait pas dans sa chambre. Jessica appela une nouvelle fois, obtint le même résultat.

Je vous rappellerai.

Jessica se dit qu'au moment où elle avait enregistré cette annonce enjouée, Stephanie était loin de se douter de ce qui l'attendait.

Jessica replaça tous les documents où elle les avait trouvés, regagna le couloir à pas feutrés, pénétra dans les toilettes, tira la chasse d'eau, fit couler l'eau du robinet quelques instants. Puis elle redescendit l'escalier.

— ... tous ses amis, disait Faith.

— Voyez-vous quelqu'un qui aurait pu vouloir faire du mal à Stephanie ? demanda Byrne. Quelqu'un qui aurait pu lui garder rancune de quelque chose ?

Faith fit non de la tête.

— Elle n'avait pas d'ennemis. C'était quelqu'un de bien.

Jessica croisa de nouveau le regard de Byrne. Faith cachait quelque chose, mais ce n'était pas le moment de s'acharner. Jessica lui fit un léger signe de tête. Ils reviendraient la voir plus tard.

— Encore une fois, nous sommes terriblement désolés, dit Byrne.

Faith Chandler fixa sur eux un regard vide.

— Comment... comment peut-on faire quelque chose comme ça ?

Il n'y avait pas de réponse, aucune qui fût suffisante, aucune qui pût apaiser tant soit peu le chagrin de cette femme.

— Nous n'en savons hélas rien, dit Jessica. Mais je vous promets que nous ferons tout notre possible pour trouver celui qui a fait ça à votre fille.

Jessica eut l'impression que, tout comme ses condoléances, les paroles qu'elle venait de prononcer sonnaient creux. Mais elle espérait qu'elles semblaient sincères à la femme accablée de chagrin qui était assise sur la chaise près de la fenêtre.

Ils se tenaient au coin de la rue. Ils regardaient dans deux directions opposées mais avaient la même chose à l'esprit.

— Je dois rentrer et faire un topo au chef, finit par dire Jessica.

Byrne acquiesça.

— Je suis officiellement en repos pendant les prochaines quarante-huit heures, vous savez.

Jessica perçut de la tristesse dans cette déclaration.

— Je sais.

— Ike va vous ordonner de me tenir à l'écart.

— Je le sais.

— Appelez-moi si vous apprenez quoi que ce soit.

Jessica savait qu'elle n'avait pas le droit de le faire.

— D'accord.

25

Faith Chandler était assise sur le lit de sa fille. Où était-elle quand Stephanie avait lissé le couvre-lit pour la dernière fois, marquant le pli sous l'oreiller de son geste précis et méticuleux ? Que faisait-elle quand Stephanie avait placé sa ménagerie d'animaux en peluche dans un alignement parfait contre le dosseret du lit ?

Elle était au travail, comme d'habitude, attendant la fin de son service, et sa fille était une constante, un fait acquis, un absolu.

Voyez-vous quelqu'un qui aurait pu vouloir faire du mal à Stephanie ?

Elle avait compris à l'instant où elle avait ouvert la porte. La jolie jeune femme et l'homme grand et plein d'assurance en costume sombre. Quelque chose en eux disait qu'ils faisaient ça souvent. Qu'ils livraient de la souffrance comme d'autres livrent des pizzas.

C'était la femme qui lui avait annoncé la nouvelle. Elle savait que ce serait elle. De femme à femme. D'égal à égal. C'était la jeune femme qui l'avait coupée en deux.

Faith Chandler leva les yeux vers le tableau de liège accroché au mur de sa fille. Les punaises en plastique transparent reflétaient des arcs-en-ciel dans la lumière du soleil. Cartes de visite, brochures de voyage, coupures de presse. C'était le calendrier qui faisait le plus mal. Les anniversaires en bleu. Les autres célébrations en rouge. L'avenir qui appartenait désormais au passé.

Elle avait songé à leur claquer la porte au nez. Peut-être que ça aurait empêché la douleur d'entrer. Peut-être la souffrance serait-elle restée dehors, avec ces gens dans les journaux, aux infos, dans les films.

La police a appris aujourd'hui que…

Dernière nouvelle…

Une arrestation a eu lieu…

Toujours en fond sonore pendant qu'elle préparait le dîner. Toujours quelqu'un d'autre. Gyrophares, brancards aux draps blancs, porte-parole au visage sinistre. À six heures et demie, terminé.

Oh, Stephie, ma chérie.

Elle vida son verre; le whiskey pour chasser le chagrin à l'intérieur. Elle décrocha le téléphone, attendit.

Ils voulaient qu'elle aille identifier le corps à la morgue. Reconnaîtrait-elle sa fille dans la mort ? N'était-ce pas la *vie* qui faisait qu'elle était Stephanie ?

Dehors, le soleil d'été aveuglait le ciel. Les fleurs ne seraient plus jamais si éclatantes ni si odorantes; les enfants, jamais si heureux. Tout le temps pour la marelle, le jus de raisin et les piscines gonflables.

Elle ôta la photographie du cadre posé sur la commode, la retourna entre ses mains, les deux jeunes filles à jamais figées au seuil de la vie. L'heure était venue de dévoiler ce qui était demeuré secret durant toutes ces années.

Elle reposa le téléphone. Se versa un autre verre.

Elle aurait le temps, pensa-t-elle. Si Dieu le voulait.

Elle aurait le temps.

26

Phil Kessler ressemblait à un squelette. Depuis que Byrne le connaissait, Kessler avait toujours été un gros buveur, un véritable morfal avec une bonne douzaine de kilos en trop. Maintenant, ses mains et son visage étaient décharnés et blafards, son corps semblait une coquille cassante.

Malgré les fleurs et les cartes de convalescence aux couleurs vives éparpillées dans la chambre d'hôpital, malgré le personnel en tenue impeccable qui s'activait incessamment pour préserver et prolonger la vie du patient, la pièce avait l'odeur de la tristesse.

Tandis qu'une infirmière prenait la tension de Kessler, Byrne pensa à Victoria. Il ne savait pas si c'était le début de quelque chose de sérieux, si lui et Victoria partageraient de nouveau leur intimité, mais quand il s'était réveillé chez elle, il avait éprouvé un sentiment de renaissance, comme si quelque chose depuis longtemps enfoui en lui avait percé la surface de son cœur.

Ça faisait du bien.

Victoria lui avait préparé le petit déjeuner – deux œufs brouillés, pain de seigle grillé – et le lui avait apporté au lit. Elle avait déposé un œillet sur le plateau et un baiser avec du rouge à lèvres sur sa serviette pliée. À la simple vue de cette fleur et de ce baiser, Byrne s'était aperçu de tout ce qui lui manquait dans la vie. Victoria l'avait embrassé à la porte et lui avait expliqué que dans la soirée elle avait une réunion de groupe avec les fugueuses dont elle s'occupait. La réunion devait s'achever vers huit heures et elle le retrouverait au Silk City Diner dans Spring Garden à huit heures et quart. Elle avait dit qu'elle avait un bon pressentiment. Byrne le partageait. Elle pensait qu'ils trouveraient Julian Matisse ce soir.

Maintenant qu'il était assis dans une chambre d'hôpital à côté de Phil Kessler, le bon pressentiment avait disparu. Ils avaient expédié le peu de politesses qu'ils avaient à échanger, et un silence gêné s'était installé. Ils savaient l'un comme l'autre pourquoi Byrne était là.

Byrne décida d'en finir. Il avait plusieurs bonnes raisons de ne pas vouloir se trouver dans la même pièce que cet homme.

— Pourquoi, Phil ?

Kessler se mit à réfléchir. Byrne se demanda s'il mettait si longtemps à répondre à cause des médicaments ou si c'était un acte conscient.

— Parce que c'était la bonne chose à faire, Kevin.

— Bonne pour qui ?

— Bonne pour moi.

— Et Jimmy alors ? Il ne peut même pas se défendre.

Kessler sembla sensible à l'argument. Ce n'était peut-être pas un bon flic à son époque, mais il comprenait que la loi devait suivre certaines procédures. Tout homme avait le droit d'être confronté à son accusateur.

— Le jour où nous avons attrapé Matisse. Tu t'en souviens ? demanda Kessler.

Comme si c'était hier, pensa Byrne. Il y avait tellement de flics dans Jefferson Street ce jour-là qu'on se serait cru à une convention de l'ordre fraternel de la police.

— Quand je suis entré dans ce bâtiment, je savais

que ce que je faisais était mal, dit Kessler. Depuis, je vis avec. Mais maintenant je n'en peux plus. Pas question que je crève avec.

— Tu prétends que c'est Jimmy qui a placé les preuves ?

Kessler acquiesça.

— C'était son idée.

— Je ne crois pas un mot à ces conneries.

— Pourquoi ? Tu crois que Jimmy était un saint ?

— Jimmy était un grand flic, Phil. Jimmy était réglo. Il n'aurait pas fait ça.

Kessler le regarda quelques instants, son regard semblant fixé sur un point situé à mi-chemin entre lui et Byrne. Il tendit le bras vers son verre d'eau, souleva le gobelet en plastique et le porta à ses lèvres au prix d'un énorme effort. Byrne fut désolé pour lui. Mais il ne l'aida pas. Au bout d'un moment, Kessler reposa le gobelet sur le plateau.

— Où t'es-tu procuré les gants, Phil ?

Pas un mot. Kessler se contenta de le fixer de ses yeux froids et éteints.

— Combien d'années il te reste, Kevin ?

— Quoi ?

— Le temps, dit-il. Combien de temps il te reste ?

— Je n'en ai aucune idée.

Byrne savait où il voulait en venir. Il le laissa faire.

— En effet, tu n'en sais rien. Mais moi, je sais, tu vois ? Il me reste un mois. Moins, probablement. Je ne verrai pas la première feuille tomber cette année. Pas de neige. Je ne verrai pas les Phillies merder dès les qualifications. Quand la fête du Travail[1] arrivera, je serai en train de la défendre.

— De défendre quoi ?

1. La fête du Travail (Labor Day) a lieu le premier lundi de septembre aux États-Unis. (N.d.T.)

218

— Ma vie, répondit Kessler.

Byrne se leva. Tout cela ne menait à rien, et même si ç'avait pu mener à quelque chose, il n'aurait pas pu se résoudre à harceler ce type plus longtemps. Le fin mot de l'histoire, c'était que Byrne ne pouvait pas croire que Jimmy avait fait ça. Jimmy avait été comme son frère. Il n'avait jamais connu un homme qui savait aussi bien ce qu'il fallait ou ne fallait pas faire en toute situation. Jimmy était le flic qui retournait le lendemain payer les sandwiches qu'ils avaient eus à l'œil. Jimmy Purify payait ses putains d'amendes !

— J'étais là, Kevin. Je suis désolé. Je sais que Jimmy était ton partenaire. Mais ça s'est passé comme ça. Je ne dis pas que Matisse n'a rien fait, mais la manière dont nous l'avons chopé n'était pas réglo.

— Tu sais que Matisse est en liberté, hein ?

Kessler ne répondit rien. Il ferma les yeux quelques instants. Byrne se demanda s'il s'était endormi. Bientôt, il les rouvrit. Ils étaient embués de larmes.

— Nous n'avons pas rendu justice à cette fille, Kevin.

— Quelle fille ? Gracie ?

Kessler secoua la tête.

— Non. Ma pénitence, dit-il en levant sa main osseuse et en la tendant comme si ç'avait été une preuve. Et toi, comment vas-tu payer ?

Kessler tourna la tête, se remit à regarder par la fenêtre. La lumière du soleil laissait voir son crâne sous sa peau. En dessous, l'âme d'un mourant.

Tandis qu'il se tenait dans l'entrebâillement de la porte, Byrne sut, comme il avait su bien des choses au fil des années, qu'il y avait autre chose derrière tout ça, qu'il ne s'agissait pas juste du besoin de réparation d'un homme aux derniers instants de sa vie. Phil Kessler cachait quelque chose.

Nous n'avons pas rendu justice à cette fille, Kevin.

Byrne se laissa guider par son instinct. Comptant sur sa discrétion, il appela une vieille amie de la division criminelle du bureau du procureur. Il avait formé Linda Kelly et, depuis cette époque, elle avait régulièrement gravi tous les échelons. La discrétion était assurément dans ses cordes.

Linda vérifia la situation financière de Phil Kessler, et un énorme drapeau rouge se leva bien haut. Deux semaines plus tôt – le jour où Julian Matisse avait été libéré –, Kessler avait fait un dépôt de dix mille dollars sur un nouveau compte ouvert auprès d'une banque dans un autre État.

27

Le bar semble tout droit sorti du film *Fat City*, un rade du nord de Philly avec un climatiseur hors service, un plafond en fer-blanc crasseux et un cimetière de plantes mortes à la fenêtre. Ça empeste le désinfectant et la graisse de porc. Nous sommes deux au bar, quatre autres personnes sont dispersées aux tables. Le juke-box diffuse du Waylon Jennings.

Je jette un coup d'œil au type sur ma droite. C'est un de ces alcoolos de Blake Edwards, un figurant dans *Le Jour du vin et des roses*. Je crois qu'il ne dirait pas non à un autre verre. J'attire son attention.

— Comment ça va ? demandé-je.

Il résume sa situation en quelques mots :

— Y a eu mieux.

— Pareil pour tout le monde, répliqué-je, puis je désigne du doigt son verre presque vide. Un autre ?

Il me regarde d'un peu plus près, peut-être recherche-t-il mon mobile. Il ne le trouvera jamais. Il a les yeux vitreux, irrigués de sang à cause de l'alcool et la fatigue. Mais il y a quelque chose derrière cet épuisement. Quelque chose comme de la peur.

— Pourquoi pas ?

J'attire l'attention du serveur, fais tournoyer mon doigt

au-dessus de nos verres vides. Il nous verse à boire, attrape ma note, retourne à la caisse enregistreuse.

— Dure journée ? demandé-je.

L'homme acquiesce.

— Dure journée.

— Comme l'a dit le grand George Bernard Shaw : « L'alcool est l'anesthésique grâce auquel nous endurons les opérations de la vie. »

— Je bois à cette phrase, dit-il après un sourire triste.

— Il y avait un film, dis-je. Je crois que c'était avec Ray Milland. (Bien entendu, je sais pertinemment que c'était avec Ray Milland.) Il jouait un alcoolique.

Le type hoche la tête.

— *Le Poison*.

— C'est ça. Il y a une scène où il parle de l'effet que l'alcool a sur lui. C'est un classique. Une ode à la bouteille.

Je me tiens plus droit, redresse les épaules. Je fais ma meilleure imitation de Don Birman et cite le film :

— « Les sacs de sable sont jetés par-dessus bord pour que le ballon puisse s'élever. Soudain je suis au-dessus de l'ordinaire. Je suis compétent. Je marche sur un fil au-dessus des chutes du Niagara. Je fais partie des grands. » (Je repose mon verre.) Ou quelque chose du genre.

Le type m'observe un moment, essayant de fixer son regard.

— Putain, génial, mec ! dit-il enfin. Vous avez une sacrée mémoire.

Il ne parvient plus à articuler. Je lève mon verre.

— Aux jours meilleurs.

— Ça pourrait pas être pire qu'aujourd'hui.

Bien sûr que si.

Il siffle son verre d'alcool d'un trait, vide sa bière. Je fais de même. Il se met à farfouiller dans sa poche à la recherche de ses clés.

— Encore un pour la route ? demandé-je.

— Non, merci, répond-il. C'est bon.

— Vous êtes sûr ?

— Ouais. Je dois me lever tôt demain, dit-il avant de se laisser glisser de son tabouret et de se diriger vers l'arrière du bar. Merci quand même.

Je dépose un billet de vingt sur le comptoir, balaie la pièce du regard. Quatre types ivres morts assis aux tables bancales. Barman myope. Nous n'existons pas. Nous faisons partie du décor. Je porte une casquette des Flyers et des lunettes teintées. Suffisamment de mousse autour de ma taille pour paraître dix kilos de plus.

Je le suis jusqu'à la porte de derrière. Nous nous engouffrons dans le four humide de cette fin d'après-midi, arrivons sur le petit parking derrière le bar. Il y a trois voitures.

— Hé, merci pour le verre, dit-il.

— Il n'y a vraiment pas de quoi. Vous êtes en état de conduire ?

Il agite une clé attachée à un anneau avec une plume. Une clé de porte.

— Je rentre à pied.

— Pas bête.

Nous nous tenons derrière ma voiture. J'ouvre le coffre. L'intérieur est recouvert d'une bâche en plastique. Il jette un coup d'œil.

— Ouah, ça c'est une bagnole propre ! dit-il.

— Je dois la garder impeccable pour le travail.

Il hoche la tête.

— Vous faites quoi ?

— Je suis acteur.

Il met un moment à comprendre l'absurdité de ce que je viens de dire. Il observe une fois de plus mon visage. Bientôt, il me reconnaît.

— On s'est déjà rencontrés, non ? demande-t-il.

— Oui.

Il attend que j'ajoute quelque chose. Je ne dis rien. Le moment s'éternise. Il hausse les épaules.

— Bon, OK, ça m'a fait plaisir de vous revoir. Je vais y aller.

Je pose une main sur son avant-bras. Dans mon autre main se trouve un rasoir. Michael Caine dans *Pulsions*. J'ouvre le rasoir. La lame d'acier tranchante miroite à la lueur couleur marmelade du soleil.

Son regard se pose sur le rasoir, puis de nouveau sur mes yeux. Il est clair qu'il se souvient maintenant où nous nous sommes rencontrés. Je savais que ça lui reviendrait. Il se rappelle m'avoir vu à la boutique vidéo, près du présentoir des films classiques. Je lis la peur sur son visage.

— Faut… faut que j'y aille, dit-il, soudain dessoûlé.

Je serre son bras plus fort et dis :

— J'ai bien peur que ce ne soit pas possible, Adam.

28

À cette heure, le cimetière de Laurel Hill était presque désert. Situé sur un terrain de trente hectares surplombant Kelly Drive et la rivière Schuylkill, il abritait des généraux de la guerre de Sécession ainsi que des victimes du *Titanic*. Ce jardin jadis magnifique se transformait rapidement en un ramassis de pierres tombales retournées, de pelouses rongées par les mauvaises herbes et de mausolées en ruine.

Byrne se reposa un moment à l'ombre fraîche d'un énorme érable. *Bleu lavande*, pensa-t-il. *La couleur préférée de Gracie Devlin était le bleu lavande.*

Lorsqu'il eut récupéré quelque force, il se dirigea vers la tombe de Gracie. Il fut surpris d'en retrouver l'emplacement si rapidement. C'était une petite pierre tombale bon marché, du genre de celles pour lesquelles on opte quand les tactiques commerciales agressives échouent et que le vendeur passe à autre chose. Il baissa les yeux vers la pierre.

Marygrace Devlin.

GRÂCE ÉTERNELLE, disait la plaque au-dessus du nom gravé.

Byrne fit un brin de ménage autour de la tombe,

arrachant la pelouse trop haute et les mauvaises herbes, essuyant la poussière de la dalle.

Deux années s'étaient-elles vraiment écoulées depuis qu'il s'était trouvé là au côté de Melanie et Garrett Devlin? Deux années depuis qu'ils s'étaient retrouvés sous la froide pluie hivernale, silhouettes vêtues de noir se détachant sur l'horizon violet foncé. Il vivait encore avec sa famille à l'époque, la tristesse du divorce à venir n'était pas encore apparue sur son radar. Il avait ramené les Devlin chez eux, les avait aidé à organiser la réception dans leur petite maison. Cet après-midi-là, il était allé dans la chambre de Gracie. Il se rappelait l'odeur de lilas, de parfum floral et de sachets antimites. Il se rappelait la collection de figurines en céramique représentant les personnages de *Blanche-Neige et les sept nains* alignés sur sa bibliothèque. Melanie lui avait dit qu'il ne lui manquait plus que celle de Blanche-Neige pour compléter la série, elle lui avait expliqué que Melanie comptait l'acheter le jour où elle avait été assassinée. Byrne était retourné trois fois au cinéma où avait eu lieu le meurtre, à la recherche de la figurine. Il ne l'avait jamais trouvée.

Blanche-Neige.

Depuis cette soirée, chaque fois qu'il entendait le nom de Blanche-Neige, son cœur se serrait un peu plus.

Il s'agenouilla lentement. Le soleil implacable lui chauffait le dos. Au bout d'un moment, il tendit la main, toucha la pierre tombale et…

… les images s'engouffrèrent dans son esprit avec une brutalité furieuse… Gracie sur le plancher pourri de la scène… les yeux bleu clair de Gracie voilés par la terreur… les yeux menaçants dans l'obscurité au-dessus d'elle… les yeux de Julian Matisse… les hurlements de Gracie recouvrant tous les sons, toutes les pensées, toutes les prières…

Byrne fut projeté en arrière, sa main, éjectée du granit froid. Son cœur s'emballa comme s'il allait exploser. Ses yeux se noyèrent de larmes.

Si réel. Mon Dieu, si réel.

Il parcourut le cimetière du regard, bouleversé, son pouls lui martelant les oreilles. Il n'y avait personne alentour, personne ne le regardait. Il trouva un peu de calme au plus profond de lui, s'y agrippa comme un forcené.

Pendant quelques instants, comme détaché du monde, il eut du mal à concilier la fureur de sa vision avec la paix du cimetière. Il dégoulinait de sueur. Il regarda la pierre tombale. Tout semblait parfaitement ordinaire. Tout *était* parfaitement ordinaire. Le pouvoir brutal était en lui.

Aucun doute, les visions étaient revenues.

En début de soirée, Byrne se rendit à sa séance de physiothérapie. Bien qu'il eût détesté l'admettre, la thérapie l'aidait. Un peu. Il semblait regagner un peu de mobilité dans les jambes, un peu de flexibilité dans le bas du dos. Mais ça, il ne l'avouerait jamais à la vieille sorcière de l'ouest de Philadelphie.

Un de ses amis dirigeait un club de gym à Northern Liberties. Au lieu de rentrer chez lui, Byrne alla prendre une douche au club, puis un dîner léger dans un petit restaurant du quartier.

Vers huit heures, il se gara dans le parking qui jouxtait le Silk City Diner. Il coupa le moteur, attendit. Il était en avance. Il pensa à l'affaire. Adam Kaslov n'était pas un tueur enragé. Pourtant, son expérience lui disait que les coïncidences n'existaient pas. Il revit la jeune femme dans le coffre de la voiture. Il n'avait jamais pu se faire au degré de sauvagerie que pouvait atteindre le cœur humain.

227

Il remplaça les images de la jeune femme dans le coffre de la voiture par celles de sa nuit avec Victoria. Ça faisait tellement longtemps qu'il n'avait pas éprouvé ce débordement d'amour dans sa poitrine.

Il repensa à la première fois, la seule fois de sa vie, où il avait éprouvé la même chose. Lorsqu'il avait rencontré sa femme. Il se rappelait ce jour d'été avec une clarté précieuse, comment ils avaient fumé de l'herbe près du 7-Eleven avec quelques types de la 2e Rue – Des Murtaugh, Tug Parnell, Timmy Hogan – en écoutant Thin Lizzy sur le magnéto pourri de Timmy. Aucun d'eux n'était vraiment fan de Thin Lizzy, mais ils étaient irlandais, nom de Dieu, et ça voulait dire quelque chose. *The Boys Are Back in Town*, *Jailbreak*, *Fighting My Way Back*. C'était le bon temps. Les filles avec leurs énormes coiffures et leurs paillettes. Les mecs avec leurs cravates toutes fines, leurs lunettes de soleil à verres dégradés et leurs manches retroussées.

Mais il n'y avait jamais eu une fille sur la 2e Rue avec autant d'allure que Donna Sullivan. Elle portait une robe légère blanche à pois ce jour-là, le genre de robes à bretelles fines qui balançait à chacun de ses pas. Elle avait une démarche noble et confiante ; ses cheveux blond vénitien tirés en queue-de-cheval étaient aussi lumineux que le soleil d'été sur le sable de Jersey. Elle promenait son chien, un petit yorkshire nommé Brando.

Quand Donna était arrivée à la boutique, Tug, qui était déjà à quatre pattes, haletait comme un chien et demandait à être promené en laisse. C'était Tug tout craché. Donna avait fait les gros yeux, puis souri. C'était un sourire de petite fille, un sourire espiègle qui disait qu'elle n'avait rien contre les clowns. Tug s'était roulé sur le dos, poussant le gag jusqu'au bout.

Quand Donna avait regardé Byrne, elle lui avait fait un sourire différent, un sourire de femme, un sourire qui offrait tout sans rien révéler, un sourire qui avait pénétré au plus profond de sa poitrine de dur à cuire. Un sourire qui voulait dire : *Si c'est toi, l'homme de ce groupe de gamins, tu seras avec moi.*

Dieu, laissez-moi voir l'énigme, avait pensé Byrne sur le coup tandis qu'il regardait ce visage magnifique, ces yeux outremer qui semblaient le transpercer de part en part. *Dieu, laissez-moi voir l'énigme, et je la résoudrai.*

Tug avait remarqué que Donna s'intéressait au plus costaud. Comme d'habitude. Il s'était levé et, s'il n'avait pas été Tug Parnell, se serait sans doute senti idiot.

— Ce gros morceau de barbaque, c'est Kevin Byrne. Kevin Byrne, Donna Sullivan.

— C'est toi qu'ils appellent Racaille, n'est-ce pas ?

Byrne avait rougi comme une pivoine, gêné aux entournures pour la toute première fois. Ce drôle de surnom avait toujours conféré à Byrne une certaine fierté de mauvais garçon, mais venant de la bouche de Donna Sullivan ce jour-là, il l'avait trouvé, eh bien, stupide.

— Heu, ouais, avait-il répondu, se sentant de plus en plus idiot.

— Ça te dirait d'aller faire un tour ? avait-elle demandé.

Autant lui demander si ça lui disait de respirer.

— Bien sûr.

Et c'est ainsi qu'elle l'avait eu.

Ils avaient marché jusqu'à la rivière, leurs mains se frôlant sans jamais vraiment se toucher, chacun pleinement conscient de la proximité de l'autre. Quand ils avaient rejoint le quartier juste après le crépuscule, Donna Sullivan l'avait embrassé sur la joue.

— Tu n'es pas si dur que ça, tu sais, avait-elle dit.

— Non ?

— Non. Je pense que tu dois même être adorable.

Byrne avait porté les mains à son cœur, simulant une attaque cardiaque.

— Adorable ?

— Ne t'en fais pas, avait-elle dit en riant avant d'ajouter dans un doux murmure : Ton secret est en sécurité avec moi.

Il l'avait regardée regagner sa maison. Elle s'était retournée, sa silhouette se détachant sur la porte, et lui avait soufflé un nouveau baiser.

Ce jour-là, il était tombé amoureux, et il avait cru que ça ne finirait jamais.

Le cancer avait emporté Tug en 1999. Timmy dirigeait une équipe de plomberie à Camden. Six mômes, aux dernières nouvelles. Des avait été tué par un conducteur ivre en 2002. Lui-même...

Et maintenant, Kevin Francis Byrne éprouvait de nouveau ce tourbillon amoureux, pour la deuxième fois de sa vie seulement. Il était à la dérive depuis si longtemps. Victoria avait le pouvoir de tout changer.

Il décida de laisser tomber sa croisade contre Julian Matisse. Que le système fasse ce qui lui plaisait. Il était trop vieux, trop fatigué. Quand Victoria arriverait, il le lui dirait, puis ils iraient boire quelques cocktails, et ce serait tout pour ce soir.

La seule bonne chose qui était née de tout ça était qu'il l'avait retrouvée.

Il regarda sa montre. Neuf heures dix.

Il descendit de voiture, pénétra dans le restaurant, pensant avoir loupé Victoria, pensant qu'elle n'avait peut-être pas vu sa voiture et était allée directement à l'intérieur. Elle n'était pas là. Il sortit son téléphone portable, composa son numéro, tomba sur sa messagerie. Il appela le refuge pour fugueuses où elle travaillait et fut informé qu'elle était partie depuis un moment.

Lorsqu'il retourna vers sa voiture, il dut regarder à deux fois pour s'assurer que c'était bien la sienne. Curieusement, le capot de sa voiture était décoré. Il regarda autour de lui, quelque peu désorienté. Il regarda de nouveau la voiture. C'était bien la sienne.

En s'approchant, il sentit ses cheveux se dresser sur sa nuque et un frisson lui parcourir les bras.

Ce n'était pas une décoration. Quelqu'un avait posé quelque chose sur le capot de sa voiture pendant qu'il était dans le restaurant, une petite figurine en céramique assise sur un baril en bois. Une figurine représentant un personnage d'un dessin animé de Walt Disney.

Blanche-Neige.

29

— Cite-moi cinq personnages historiques interprétés par Gary Oldman, dit Seth.

Le visage d'Ian s'illumina. Il venait de lire le premier d'une petite pile de scripts. Personne ne pouvait lire ou absorber un scénario plus vite qu'Ian Whitestone.

Mais même un homme à l'esprit aussi rapide et au savoir aussi encyclopédique qu'Ian aurait eu besoin d'au moins quelques secondes pour répondre à cette question. Pas lui. Seth avait à peine formulé la question qu'Ian crachait la réponse.

— Sid Vicious, Ponce Pilate, Joe Orton, Lee Harvey Oswald et Albert Milo.

Je te tiens, pensa Seth. *Attends un peu*, Bec-Fin[1].

— Albert Milo était un personnage de fiction.

— Certes, mais tout le monde sait que Milo était en fait censé être Julian Schnabel dans *Basquiat*.

Seth regarda sévèrement Ian pendant un moment. Ian connaissait les règles. Pas de fictionnalisation de personnages réels. Ils étaient assis dans le restaurant Little Pete's de la 17e Rue, face à l'hôtel Radisson. Ian

---

1. En français dans le texte. *(N.d.T.)*

Whitestone avait beau être riche, il ne mangeait que dans des bouis-bouis.

— Bon, d'accord, dit Ian. Ludwig van Beethoven.

Merde, pensa Seth. Cette fois, il croyait vraiment l'avoir collé.

Seth finit son café en se demandant s'il y parviendrait jamais. Il regarda par la fenêtre, vit la première ampoule s'allumer de l'autre côté de la rue, vit la foule enfler vers l'entrée de l'hôtel, regarda les fans dévoués se masser autour de Will Parrish. Il se tourna de nouveau vers Ian Whitestone qui était de nouveau plongé dans un script et n'avait pas touché à son assiette.

Quel paradoxe, se dit Seth. Même s'il y avait une certaine logique dans ce paradoxe.

Certes, Will Parrish était une valeur sûre. Il avait rapporté bien plus de un milliard de dollars en vente de billets à travers le monde au cours des deux dernières décennies, et il faisait partie de la demi-douzaine d'acteurs américains de plus de trente-cinq ans qui pouvaient « ouvrir » un film. Mais Ian Whitestone pouvait décrocher le téléphone à tout moment et avoir les directeurs des cinq plus gros studios en ligne en quelques minutes. Ces gens étaient les seuls au monde à pouvoir donner le feu vert à un film avec un budget à neuf chiffres. Et Ian n'avait qu'à appuyer sur une touche de son téléphone pour les avoir au bout du fil. Même Will Parrish ne pouvait en dire autant.

Dans l'industrie cinématographique, du moins d'un point de vue créatif, c'étaient des hommes tels que Ian Whitestone qui détenaient le vrai pouvoir, pas Will Parrish. Si l'envie le prenait – et elle le prenait souvent –, Ian Whitestone pouvait jeter son dévolu sur une jeune fille de dix-neuf ans d'une beauté à couper le souffle mais dénuée de talent et réaliser ses rêves les plus fous. Au prix d'un bref passage dans son lit, bien entendu. Tout cela sans lever le petit doigt. Sans en faire toute une histoire.

Pourtant, dans à peu près toutes les villes sauf Hollywood, c'était Ian Whitestone, pas Will Parrish, qui pouvait s'asseoir dans un restaurant sans être dérangé, voire sans être remarqué, et déjeuner tranquillement. Personne ne saurait jamais que la force créatrice à l'origine de *Dimensions* aimait mettre de la sauce tartare sur son hamburger. Personne ne saurait que l'homme qu'on avait un jour qualifié de nouveau Luis Buñuel aimait verser une cuillerée de sucre dans son Coca light.

Mais Seth Goldman le savait.

Il savait ces choses et bien d'autres. Ian Whitestone était un homme aux nombreux appétits. Si personne ne connaissait ses préférences culinaires, un seul homme savait que, lorsque le soleil disparaissait derrière le toit le plus bas, lorsque les gens revêtaient leur masque de nuit, Ian Whitestone considérait la ville comme son propre buffet tordu et dangereux.

Seth regarda de l'autre côté de la rue, repéra une jeune rousse majestueuse à l'arrière de la foule. Elle n'était pas parvenue à s'approcher de la star avant qu'il ne disparaisse dans une limousine extra-longue. Elle avait une mine penaude. Seth jeta un coup d'œil à la ronde. Personne ne le regardait.

Il quitta son box, sortit du restaurant, vaporisa un peu de rafraîchisseur d'haleine et traversa la rue. Lorsqu'il atteignit le trottoir opposé, il pensa à ce qu'Ian Whitestone et lui étaient sur le point de faire. Il se dit que les liens qui l'unissaient au metteur en scène nommé aux oscars étaient bien plus profonds que ceux qui unissaient d'ordinaire un assistant personnel à son employeur, que ces liens serpentaient à travers des zones bien plus sombres, des zones où le soleil ne brillait jamais, des zones où l'on n'entendait jamais le cri des innocents.

30

La foule présente au Finnigan's Wake commençait à se faire plus dense. Les deux niveaux du pub irlandais animé situé dans Spring Garden Street étaient un repaire vénéré par les flics de tous les districts de la police de Philly. Tout le monde, depuis les grosses huiles jusqu'aux bleus tout juste sortis de l'école, s'y arrêtait de temps à autre. La nourriture était correcte, la bière, fraîche, et l'atmosphère, cent pour cent flic.

Mais mieux valait compter ses verres au Finnigan's. On risquait littéralement d'y tomber sur le commissaire.

Au-dessus du bar était suspendue une bannière proclamant : MEILLEURS VŒUX AU SERGENT O'BRIEN ! Jessica s'arrêta à l'étage, échangea les politesses de circonstance. Elle redescendit au rez-de-chaussée. L'atmosphère y était plus bruyante, mais tout ce qu'elle voulait pour le moment, c'était l'anonymat paisible d'un bar animé. Elle venait de pénétrer dans la salle principale lorsque son téléphone portable sonna. C'était Terry Cahill. Malgré le vacarme, elle comprit qu'il repoussait leur verre à plus tard. Il disait qu'il avait filé Adam Kaslov jusqu'à un bar du nord de Philly et qu'il avait reçu un appel de son agent en charge. Il y avait un hold-up dans une banque de Lower Marion et ils avaient besoin de lui sur place. Il devait laisser tomber sa surveillance.

Un fédéral qui me pose un lapin, pensa Jessica.

Il était temps de changer de parfum.

Jessica se dirigea vers le bar. Il était occupé de bout en bout par des flics. L'agent Mark Underwood était assis avec deux jeunes types ayant à peine dépassé la vingtaine qui arboraient la coupe à la tondeuse et la posture de mauvais garçon caractéristiques des flics novices. Même les stagiaires jouaient les durs. On pouvait sentir la testostérone. Underwood lui fit signe de les rejoindre.

— Hé, vous êtes venue. Deux des jeunes dont j'ai la charge, annonça-t-il en désignant les deux types assis près de lui. Les agents Dave Nihiser et Jacob Martinez.

Jessica digéra la nouvelle. Un flic dont elle avait contribué à la formation formait déjà de nouveaux agents. Qu'avait-elle fait de tout ce temps ? Elle serra la main des deux jeunes hommes. Lorsqu'ils apprirent qu'elle était de la criminelle, leurs yeux s'emplirent de respect.

— Dites-leur qui est votre partenaire, demanda Underwood à Jessica.

— Kevin Byrne, répondit-elle.

Les jeunes types étaient maintenant clairement impressionnés. Byrne avait décidément une sacrée réputation.

— J'ai sécurisé une scène de crime pour lui et son partenaire dans le sud de Philly il y a deux ans, dit Underwood en bombant le torse.

Les deux agents firent la moue et hochèrent la tête, comme si Underwood avait annoncé qu'il avait récupéré une balle de Steve Carlton[1].

Le serveur apporta la boisson d'Underwood. Jessica

---

1. Joueur de base-ball de l'équipe des Philadelphia Phillies dans les années soixante-dix. *(N.d.T.)*

et lui trinquèrent, puis ils burent lentement, se détendirent. C'était pour eux un environnement différent, loin de l'époque où elle était son mentor dans les rues du sud de Philly. À l'avant du bar, une télé à grand écran diffusait un match des Phillies. Quelqu'un marqua un point. De grands cris retentirent. Le Finnigan's n'aurait pas été ce qu'il était sans son vacarme habituel.

— Vous savez, j'ai grandi pas loin d'ici, dit-il. Mes grands-parents avaient une confiserie.

— Une confiserie ?

Underwood sourit.

— Oui, vous connaissez l'expression « comme un gamin dans une confiserie » ? Le gamin, c'était moi.

— Vous avez bien dû vous amuser.

Underwood but une gorgée et secoua la tête.

— Jusqu'à ce que je fasse une overdose de Circus Peanuts. Vous vous souvenez des Circus Peanuts ?

— Oh, oui, répondit Jessica en se remémorant les bonbons spongieux en forme de cacahouètes, si sucrés qu'ils en étaient écœurants.

— Un jour, on m'a renvoyé dans ma chambre, vous voyez ?

— Vous étiez un sale gosse ?

— Croyez-le ou non. Alors juste pour me venger de ma grand-mère, j'ai piqué un énorme sac de Circus Peanuts au goût banane – et quand je dis énorme, je parle d'un truc façon vente en gros. Peut-être dix kilos. On les mettait dans les bonbonnières en verre dans la vitrine et on les vendait individuellement.

— Ne me dites pas que vous avez tout mangé.

— Presque. Ça s'est terminé par un lavage d'estomac. Je ne peux plus voir un Circus Peanut en peinture depuis ce jour. Ni une banane, d'ailleurs.

Jessica regarda à travers le bar. Deux jolies filles en T-shirt dos nu reluquaient Mark en chuchotant et en gloussant. Il était beau gosse.

— Comment ça se fait que vous soyez célibataire, Mark ?

Jessica se rappelait vaguement qu'une fille au visage tout rond lui tournait autour à l'époque.

— J'ai failli me marier une fois, répondit-il.

— Qu'est-ce qui s'est passé ?

Il haussa les épaules, but une gorgée, hésita. Elle aurait peut-être mieux fait de ne pas demander.

— La vie, finit-il par répondre. Le boulot.

Jessica voyait ce qu'il voulait dire. Elle avait eu quelques liaisons plus ou moins sérieuses avant de devenir flic. Elles étaient toutes tombées à l'eau quand elle était entrée à l'école de police. Plus tard, elle s'était aperçue que seuls les autres flics comprenaient ce qu'elle faisait au jour le jour.

L'agent Nihiser tapota sa montre, vida son verre, se leva.

— Faut qu'on y aille, dit Mark. Nous faisons le dernier service et nous devons avaler un morceau.

— On commençait juste à s'amuser, dit Jessica.

Underwood se leva, produisit son portefeuille, en tira quelques billets qu'il tendit au serveur. Puis il posa sur le bar son portefeuille, qui tomba par terre et s'ouvrit. Jessica jeta un coup d'œil à sa pièce d'identité.

VANDEMARK E. UNDERWOOD.

Il s'aperçut qu'elle regardait, ramassa son portefeuille. Mais c'était trop tard.

— Vandemark ? demanda Jessica.

Underwood jeta un rapide coup d'œil à la ronde. Il rempocha son portefeuille en un clin d'œil.

— Combien pour votre silence ? plaisanta-t-il.

Jessica éclata de rire, puis elle le regarda s'éloigner. Il tint la porte à un couple de personnes âgées en sortant.

Elle observa le va-et-vient dans le bar tout en agitant les glaçons dans son verre. Elle regarda des flics entrer et sortir sans se presser, salua de la main Angelo Turco du troisième district. Angelo, qui avait une magnifique voix de ténor, chantait à toutes les soirées de charité de la police et à bien des mariages d'agents. Avec un peu d'entraînement, il aurait pu être la réponse de Philadelphie à Andrea Bocelli. Il avait même un jour fait l'ouverture d'un match des Phillies.

Elle vit Cass James, une secrétaire qui jouait aussi les confidentes à la division centrale. Jessica n'osait même pas s'imaginer le nombre de secrets qu'elle gardait, ni le genre de cadeaux qu'elle devait recevoir à Noël. Elle ne l'avait jamais vue payer un seul de ses verres.

Les flics.

Son père avait raison. Tous ses amis étaient dans la police. Et qu'est-ce qu'elle était censée y faire ? S'inscrire à la YMCA ? Suivre des cours de macramé ? Prendre des leçons de ski ?

Elle termina son verre et était sur le point de rassembler ses affaires pour s'en aller lorsqu'elle sentit que quelqu'un s'asseyait à côté d'elle, sur le tabouret situé juste sur sa droite. Vu qu'il y avait trois tabourets de libres de chaque côté, ça ne pouvait signifier qu'une chose. Elle se crispa. Pourquoi ? Elle savait pourquoi. Ça faisait un bout de temps qu'elle n'avait pas été disponible, et l'idée d'affronter des avances, surtout après quelques scotches, lui fichait une sacrée trouille. Ce qu'elle risquait de faire ou de ne pas faire l'effrayait. C'était d'ailleurs une des nombreuses raisons pour lesquelles elle s'était mariée : les plans drague au bar et tous les petits jeux qui allaient avec ne l'avaient jamais trop tentée. Et maintenant qu'elle avait trente ans – et que la possibilité d'un divorce se profilait à l'horizon –, elle était plus terrifiée que jamais.

La silhouette à ses côtés se rapprocha imperceptiblement, de plus en plus près. Elle sentit une haleine chaude sur son visage. On cherchait à attirer son attention.

— Je peux vous offrir un verre ? demanda l'ombre.

Elle se retourna. Yeux caramel, cheveux bruns ondulés, barbe de deux jours. Il avait les épaules larges, une petite fossette au menton, de longs cils. Il portait un T-shirt noir serré et un Levi's délavé. Et pour ne rien arranger, il portait Acqua di Gio d'Armani.

Merde.

Exactement son genre.

— J'étais sur le point de m'en aller, répondit-elle. Mais merci quand même.

— Un seul verre. Promis.

Elle faillit rire.

— Je ne crois pas.

— Pourquoi pas ?

— Parce que avec les types dans votre genre ça ne se limite jamais à un verre.

Il prit une mine peinée qui ne le rendit que plus mignon.

— Les types dans mon genre ?

Ce coup-ci, elle rit franchement.

— Oh, et maintenant vous allez me dire que je n'ai jamais rencontré quelqu'un comme vous, pas vrai ?

Il ne répondit pas sur-le-champ. À la place, il laissa glisser son regard des yeux de Jessica à sa bouche, puis de nouveau vers ses yeux.

Arrête.

— Oh, je suis sûr que vous avez rencontré un tas de types dans mon genre, dit-il avec un sourire entendu, le genre de sourire indiquant qu'il contrôlait parfaitement la situation.

— Pourquoi dites-vous ça ?

Il but une gorgée de son verre, laissa un moment s'écouler.

— Eh bien, *primo*, vous êtes une très belle femme.

C'est parti, pensa Jessica. *Barman, passez-moi une pelle à long manche.*

— Et le *secundo* ?

— Le *secundo* devrait être évident.

— Pas pour moi.

— *Secundo*, je n'ai aucune chance avec quelqu'un comme vous.

Ah, pensa Jessica. Le plan humble. Beau gosse, modeste, poli. Des yeux à se jeter dans son lit. Elle était absolument certaine qu'il avait réussi à emballer un paquet de femmes avec son petit manège.

— Et pourtant vous êtes venu vous asseoir à côté de moi.

— La vie est trop courte, dit-il en haussant les épaules. (Il croisa les bras, bandant les muscles de ses avant-bras. Non pas que Jessica y eût prêté attention.) Quand ce type est parti, je me suis dit que c'était maintenant ou jamais. Je me suis dit que si je ne tentais pas ma chance, je ne pourrais plus jamais me regarder en face.

— Qu'est-ce qui vous dit que ce n'est pas mon petit ami ?

Il secoua la tête.

— Pas votre genre.

Gonflé, le type.

— Et je parie que vous connaissez exactement mon genre, n'est-ce pas ?

— Absolument, répondit-il. Prenez un verre avec moi. Je vais vous expliquer.

Jessica laissa son regard errer sur ses épaules, son torse large. La croix dorée accrochée à une chaîne scintillait à la lumière du bar.

Rentre à la maison, Jess.

— Peut-être une autre fois.

— Il ne faut jamais repousser au lendemain, dit-il d'une voix dégoulinante de sincérité. La vie est tellement imprévisible. On ne sait pas ce qui peut arriver.

— Par exemple ? dit-elle en se demandant pourquoi elle prolongeait la discussion, refusant d'admettre qu'elle savait pertinemment pourquoi.

— Eh bien, par exemple, quand vous sortirez d'ici, un inconnu avec des intentions beaucoup plus nuisibles que les miennes pourrait vous faire terriblement mal.

— Je vois.

— Ou vous pourriez vous retrouver au beau milieu d'un hold-up et être prise en otage.

Jessica aurait voulu sortir son Glock, le poser sur le bar et lui expliquer qu'elle pourrait sans doute gérer un tel scénario. Elle se contenta de lâcher un petit « hum, hum ».

— Ou un bus pourrait grimper sur le trottoir, un piano à queue tomber du ciel, ou vous pourriez…

— … me retrouver ensevelie sous une avalanche de bobards ?

Il sourit.

— Exactement.

Il était vraiment mignon. Elle devait lui concéder ça.

— Écoutez, je suis vraiment flattée, mais je suis mariée.

Il vida son verre d'un trait, leva les mains en signe de capitulation.

— Votre mari a beaucoup de chance.

Jessica sourit, déposa un billet de vingt sur le bar.

— Je lui dirai.

Elle se laissa glisser de son tabouret, marcha jusqu'à la porte en rassemblant toute la détermination qu'elle put trouver en elle pour ne pas se retourner ni lui jeter un dernier coup d'œil. Parfois son entraînement payait. Mais elle ne se gêna pas pour accentuer son roulement de hanches.

Elle poussa la lourde porte. La ville était un vrai four. Elle sortit du Finnigan's, tourna au coin de la rue, emprunta la 3e Rue, ses clés à la main. La température n'avait pas baissé de plus d'un ou deux degrés au cours des dernières heures. Son chemisier lui collait au dos comme un gant de toilette humide.

Lorsqu'elle atteignit sa voiture, elle entendit un bruit de pas derrière elle et sut qui approchait. Elle se retourna. Bien vu. Il y avait dans sa démarche autant d'assurance que dans son baratin.

Inconnu nuisible, en effet.

Elle s'adossa à la voiture dans l'attente du prochain boniment, du prochain baratin macho censé faire tomber sa muraille.

Mais il ne prononça pas un mot. Avant qu'elle ait eu le temps de réagir, il la plaqua contre la voiture, et lui fourra sa langue dans la bouche. Son corps était ferme, ses mains, fortes. Elle laissa tomber son sac à main, ses clés, sa résistance, et l'embrassa tandis qu'il la soulevait dans les airs. Elle passa les jambes autour de ses hanches minces. Il la rendait faible. Il lui ôtait toute volonté.

Elle le laissa faire.

C'était une des raisons pour lesquelles elle l'avait épousé en premier lieu.

Le concierge le laissa entrer juste avant minuit. L'appartement était étouffant, opprimant et calme. Les murs résonnaient encore de l'écho de leur passion.

Byrne avait parcouru Center City en voiture à la recherche de Victoria, se rendant dans tous les endroits où il pensait pouvoir la trouver, ceux où il savait qu'il ne la trouverait pas, en vain. D'un autre côté, il ne s'attendait pas vraiment à la trouver assise dans un bar, sans la moindre idée de l'heure, avec un cimetière de verres vides posés devant elle. Ça ne ressemblait pas à Victoria de ne pas l'appeler si elle avait un empêchement.

L'appartement était tel qu'il l'avait quitté dans la matinée : les tasses du petit déjeuner étaient encore dans l'évier, on pouvait encore distinguer la forme de leurs corps sur les draps.

Même s'il avait l'impression de fouiner dans l'intimité de Victoria, Byrne pénétra dans la chambre, ouvrit le tiroir supérieur de la commode : une petite boîte de boucles d'oreilles, une enveloppe de plastique transparente contenant des talons de billets pour des spectacles de Broadway, plusieurs paires de lunettes de lecture de supermarché aux montures diverses. Il y avait un assortiment de cartes de vœux. Il en sortit une de son enveloppe. C'était une carte d'anniversaire du genre sentimental qui représentait sur un papier brillant une scène de moisson dans un crépuscule d'automne. L'anniversaire de Victoria était-il en automne ? se demanda Byrne. Il y avait tant de choses qu'il ignorait à son sujet. Il ouvrit la carte et découvrit un long message griffonné sur le volet de gauche, un long message en suédois. Quelques paillettes tombèrent par terre.

Il replaça la carte dans l'enveloppe, jeta un coup d'œil au cachet de la poste : BROOKLYN, NY. Victoria avait-elle de la famille à New York ? Il se sentait comme un inconnu. Il avait partagé son lit, mais il avait l'impression d'observer sa vie de l'extérieur.

Il ouvrit son tiroir à lingerie. Une odeur de lavande s'éleva, l'emplissant à la fois d'appréhension et de désir. Le tiroir était plein de caracos, de combinaisons et de bas visiblement hors de prix. Il savait que Victoria prenait grand soin de son apparence, malgré ses poses de fille dure à cuire. Et question sous-vêtements, il semblait qu'elle ne lésinait pas à la dépense pour se faire belle.

Il referma le tiroir, quelque peu honteux. Il ne savait vraiment pas ce qu'il cherchait. Peut-être voulait-il découvrir un nouveau fragment de sa vie, une partie de l'énigme qui expliquerait aussitôt pourquoi elle n'était pas venue le retrouver. Peut-être espérait-il avoir une vision qui lui indiquerait la direction à suivre. Mais il n'en eut pas. Les plis de ces tissus ne recelaient aucun souvenir violent.

De plus, même s'il avait trouvé quelque chose de ce côté, ça n'aurait pas expliqué la figurine de Blanche-Neige. Il savait d'où elle venait. Au fond de son cœur, il savait ce qui était arrivé à Victoria.

Un autre tiroir, celui-ci rempli de chaussettes, de sweat-shirts, de T-shirts. Aucun indice ici. Il referma tous les tiroirs, parcourut à la hâte ses tables de nuit.

Rien.

Il laissa un mot sur la table de la salle à manger puis retourna chez lui en se demandant s'il allait signaler sa disparition. Mais qu'est-ce qu'il dirait ? Une femme d'une trentaine d'années qui ne venait pas à un rendez-vous ? Personne ne l'avait vue depuis quatre ou cinq heures ?

Lorsqu'il arriva dans le sud de Philly, il trouva une place pour se garer à environ une rue de son appartement. Le trajet à pied lui sembla interminable. Il s'arrêta, composa une fois de plus le numéro de Victoria, tomba sur sa messagerie, ne laissa pas de message. Il gravit péniblement l'escalier, croulant sous le poids des ans et de la peur. Il dormirait quelques heures puis reprendrait les recherches.

Il s'écroula sur son lit juste après deux heures. Il s'endormit en quelques minutes, et les cauchemars commencèrent.

La femme était attachée au lit. Elle était nue, sa peau sillonnée de zébrures écarlates peu profondes à cause des coups de fouet. La lumière de la caméra accentuait les surfaces lisses de son dos, les courbes luisantes de sueur de ses hanches.

L'homme est arrivé de la salle de bains. Il n'était pas physiquement imposant, mais avait en lui une certaine turpitude, de celles qu'on voit au cinéma. Il portait un masque de cuir. Ses yeux étaient sombres et menaçants derrière les fentes ; il tenait un stimulateur électrique.

Tandis que la caméra filmait, il s'approcha lentement, en érection. Au pied du lit, il hésita, le martèlement d'un cœur entre les coups.

Puis il la prit de nouveau.

Le Passage House était un havre de paix dans Lombard Street. On y offrait conseils et protection à des adolescentes fugueuses. Depuis sa fondation presque dix ans plus tôt, plus de deux mille jeunes filles en avaient poussé la porte.

La façade du bâtiment récemment repeinte était d'une blancheur immaculée. À l'intérieur des fenêtres, du lierre, des clématites en fleur et d'autres plantes grimpantes s'entrelaçaient autour d'un treillis de bois blanc. Byrne imagina que cette verdure remplissait deux objectifs : masquer la rue – où règnent tous les dangers et les tentations – et indiquer aux jeunes filles qui ne faisaient que passer qu'il y avait de la vie à l'intérieur.

Tandis qu'il approchait de la porte d'entrée, Byrne jugea que ce serait peut-être une erreur de dire qu'il était de la police – cette visite n'avait rien d'officiel – mais s'il se présentait comme un civil et commençait à poser des questions, on pourrait penser qu'il était le père, le petit ami ou l'oncle pervers d'une fugueuse. En un lieu comme le Passage House, un tel personnage pouvait poser un problème.

Dehors, une femme lavait les carreaux. Elle s'appelait Shakti Reynolds. Victoria avait parlé d'elle à de nombreuses reprises, toujours en des termes élogieux. Shakti Reynolds était l'une des fondatrices du centre. Elle avait consacré sa vie à cette cause après la mort violente de sa fille des années auparavant. Byrne lui montra sa plaque, espérant qu'il n'aurait pas à regretter ce geste.

— Que puis-je faire pour vous, inspecteur ?

— Je cherche Victoria Lindstrom.

— J'ai bien peur qu'elle ne soit pas ici.

— Était-elle censée venir aujourd'hui ?

Shakti acquiesça. C'était une grande femme aux épaules larges et aux cheveux blancs coupés très court âgée d'environ quarante-cinq ans. Sa peau délicate était lisse et blême. Byrne remarqua qu'on distinguait par endroits son cuir chevelu à travers ses cheveux et il se demanda si elle avait récemment subi une chimiothérapie. Il se rappela une fois de plus que la ville était remplie de personnes qui luttaient chaque jour contre leurs propres dragons, et qu'il n'était pas toujours question de lui.

— Oui, elle devrait déjà être arrivée, répondit Shakti.

— Elle n'a pas téléphoné ?

— Non.

— Est-ce que ça vous inquiète ?

À ces mots, Byrne vit la mâchoire de la femme se crisper légèrement, comme si elle se demandait s'il doutait de son intérêt pour son personnel. Au bout de quelques instants, elle se détendit.

— Non, inspecteur. Victoria se consacre beaucoup au centre, mais c'est aussi une femme. Une femme célibataire, qui plus est. Nous sommes plutôt relax ici.

Byrne poursuivit, heureux de ne pas l'avoir froissée et de ne pas se l'être mise à dos.

— Y a-t-il eu de la visite pour elle récemment ?

— Voyez-vous, les jeunes filles l'aiment beaucoup. Elles la considèrent plus comme une grande sœur que comme une adulte.

— Je parle de personnes extérieures au groupe.

Elle laissa tomber sa raclette dans le seau, réfléchit quelques instants.

— Eh bien, maintenant que vous en parlez, un type est passé l'autre jour et a demandé si elle était là.

— Qu'est-ce qu'il voulait ?

— Il voulait la voir, mais elle était partie chercher des sandwiches.

— Que lui avez-vous dit ?

— Rien. Juste qu'elle n'était pas là. Il a posé quelques questions. Des questions plutôt indiscrètes. J'ai appelé Mitch et quand le type l'a vu, il a décampé.

Shakti fit un geste en direction d'un homme qui était assis à une table à l'intérieur et jouait au solitaire. « Homme » n'était pas vraiment le terme. « Montagne » convenait mieux. Mitch faisait dans les cent soixante kilos.

— À quoi ressemblait ce type ?

— Blanc, de taille moyenne. Je lui ai trouvé l'air sournois. Il ne m'a pas plu dès le premier coup d'œil.

S'il y avait une personne qui savait repérer les hommes sournois, c'était Shakti Reynolds, pensa Byrne.

— Si Victoria passe, ou si ce type revient, passez-moi un coup de fil, s'il vous plaît, dit-il en lui tendant sa carte. Mon numéro de portable est inscrit au dos. Ce sera le meilleur moyen de me joindre dans les prochains jours.

— D'accord, répondit-elle en glissant la carte dans la poche de son chemisier de flanelle usé. Est-ce que je peux vous poser une question ?

— Je vous en prie.

— Est-ce que je dois me faire du souci pour Tori ?

Absolument, pensa Byrne. Elle devrait être morte d'inquiétude. Il croisa le regard perspicace de la femme, aurait voulu dire non, comprit qu'elle savait probablement repérer le baratin aussi bien que lui. Peut-être même mieux. Au lieu d'inventer toute une histoire, il dit simplement :

— Je ne sais pas.

Elle leva la carte.

— J'appellerai si j'apprends quelque chose.

— Je vous en serais reconnaissant.

— Et si je peux faire quoi que ce soit de mon côté, faites-le-moi savoir.

— D'accord, répondit Byrne. Encore merci.

Byrne se retourna pour regagner sa voiture. De l'autre côté de la rue, deux adolescentes observaient, attendaient, faisaient les cent pas, fumaient, cherchant peut-être à rassembler le courage nécessaire pour traverser la rue. Byrne se glissa dans sa voiture en pensant que, pour bien des périples de la vie, les derniers pas étaient les plus difficiles.

34

Seth Goldman se réveilla en sueur. Il regarda ses mains. Propres. Il se redressa d'un bond, nu et désorienté, les battements de son cœur lui martelant la poitrine. Il regarda autour de lui. C'était l'un de ces moments désespérants où l'on n'a pas la moindre idée de l'endroit où l'on se trouve – ni quelle ville, ni quel pays, ni quelle planète.

Une chose était sûre.

C'est pas le Park Hyatt. Le papier peint se décollait par longues bandes cassantes. Il y avait des taches d'humidité marron foncé au plafond.

Il trouva sa montre. Dix heures passées.

Merde !

Le planning. Il le trouva et s'aperçut qu'il lui restait moins d'une heure pour regagner le plateau. Il découvrit aussi qu'il avait en sa possession l'épais classeur contenant l'exemplaire du script du metteur en scène. De toutes les tâches qui incombaient à l'assistant du metteur en scène – et elles recouvraient toute la palette, depuis secrétaire à psychologue, en passant par traiteur, chauffeur, fournisseur de drogue –, la plus importante consistait à prendre soin du script qui servait au tournage. Il n'existait pas de duplicata de cette version et, hormis la susceptibilité de l'acteur ou de l'actrice principale, c'était la chose la plus fragile et la plus délicate de cet univers clos qu'était le monde de la production cinématographique.

Si le script était ici, mais pas Ian, Seth Goldman était foutu.

Il saisit son téléphone portable…

Elle avait les yeux verts.
Elle avait pleuré.
Elle avait voulu arrêter.

… appela le bureau de la production, présenta ses excuses. Ian était fou de rage. Erin Halliwell était en arrêt maladie. En plus, le chargé des relations publiques de la gare de la 13e Rue ne les avait pas rappelés à propos des dernières dispositions concernant le tournage. Le bouquet final du *Palais* devait être tourné dans l'énorme gare située au coin de la 13e Rue et de Market Street moins de soixante-douze heures plus tard. Ça faisait trois mois qu'ils préparaient cette scène, de loin la plus chère de tout le film. Trois cents figurants, une bande-son complexe, divers effets de caméra. Erin s'était chargée de la négociation, et maintenant il revenait à Seth de finaliser les détails, en plus de tout ce qu'il avait à faire.

Il regarda autour de lui. La pièce était un vrai capharnaüm.

Quand étaient-elles parties ?

Tandis qu'il rassemblait ses vêtements, il remit un peu d'ordre dans la pièce, balançant tout ce qui devait être jeté dans le sac en plastique trouvé dans la poubelle de la petite salle de bains, sachant pertinemment qu'il allait oublier quelque chose. Il emporterait les ordures avec lui, comme d'habitude.

Avant de quitter la chambre du motel, il examina les draps. Bien. Au moins une chose qui tournait rond.

Pas de sang.

35

Jessica briefa Paul DiCarlo sur ce qu'ils avaient appris l'après-midi précédent. Eric Chavez, Terry Cahill et Ike Buchanan étaient présents. Chavez avait passé la matinée à attendre devant l'appartement d'Adam Kaslov. Adam n'était pas allé travailler, et il n'avait pas répondu à deux coups de fil. Puis Chavez avait passé les deux dernières heures à chercher des renseignements sur la famille Chandler.

— Mobilier plutôt onéreux pour une femme payée au salaire minimum plus les pourboires, dit Jessica. Surtout une femme qui boit.

— Elle boit ? demanda Buchanan.

— Elle boit, répondit Jessica. Et l'armoire de Stephanie était pleine de vêtements de marque.

Ils avaient les tirages des factures de carte Visa qu'elle avait photographiées. Ils les avaient parcourus. Rien qui sortait de l'ordinaire.

— D'où vient l'argent ? Héritage ? Pension alimentaire ? demanda Buchanan.

— Son mari s'est fait la belle il y a près de dix ans. Pour autant que je sache, il ne lui a jamais donné un sou, expliqua Chavez.

— Parents riches ?

— Peut-être, répondit Chavez. Mais ça fait vingt ans qu'ils vivent à cette adresse. Et écoutez ça. Il y a trois ans, Faith a remboursé son prêt immobilier en un seul versement.

— Un versement de combien ? demanda Cahill.

— Cinquante-deux mille.

— En espèces ?

— En espèces.

Ils restèrent un moment silencieux.

— Allons voir ces portraits du vendeur de journaux et de la supérieure de Stephanie, dit Buchanan. Et il faudrait éplucher ses relevés de téléphone portable.

À dix heures et demie, Jessica faxa une demande de mandat de perquisition au bureau du procureur. Moins d'une heure plus tard, il était délivré. Eric Chavez se pencha ensuite sur la situation financière de Stephanie. Elle avait un peu plus de trois mille dollars sur son compte en banque. D'après Andrea Cerrone, Stephanie gagnait trente et un mille dollars par an. Ce n'était pas un budget Prada.

Même si ça pouvait sembler odieux aux personnes extérieures à la brigade, la bonne nouvelle était qu'ils avaient maintenant un indice. Un cadavre. Des preuves scientifiques sur lesquelles ils allaient pouvoir travailler. Ils allaient désormais pouvoir commencer à reconstituer ce qui était arrivé à cette jeune femme, et peut-être *pourquoi* ça lui était arrivé.

À onze heures et demie, ils avaient les relevés téléphoniques. Au cours du dernier mois, Stephanie n'avait passé que neuf coups de fil depuis son portable. Rien de bizarre. Mais le relevé de la ligne fixe des Chandler était un peu plus intéressant.

— Hier, après que Kevin et vous êtes partis, il y a eu

vingt appels vers le même numéro depuis le téléphone fixe des Chandler, dit Chavez.

— Vingt appels vers le même numéro ? répéta Jessica.

— Exact.

— Est-ce qu'on sait à qui appartient ce numéro ?

Chavez secoua la tête.

— Non. Il renvoie à un téléphone portable jetable. L'appel le plus long a duré quinze secondes. Les autres n'ont duré que quelques secondes.

— Numéro local ? demanda Jessica.

— Oui. Indicatif deux cent quinze. Le numéro provient d'un paquet de dix téléphones portables achetés le mois dernier dans une boutique de téléphonie de Passyunk. Tous payés à l'avance.

— Les dix téléphones portables ont été achetés ensemble ? demanda Cahill.

— Oui.

— Pourquoi quelqu'un achèterait-il dix téléphones ?

— D'après la directrice de la boutique, les petites sociétés achètent ce genre de paquets de téléphones si elles ont un projet au cours duquel un certain nombre d'employés seront sur le terrain en même temps. D'après elle, ça permet de limiter le temps passé au téléphone. Et puis, si une société envoie un certain nombre d'employés dans une autre ville, ils achèteront dix numéros consécutifs, juste histoire de ne pas s'emmêler les pinceaux.

— Est-ce qu'on sait qui a acheté ces téléphones ?

Chavez consulta ses notes.

— Ils ont été achetés par une société appelée Alhambra LLC.

— Une société de Philly ?

— Je ne sais pas encore, répondit Chavez. L'adresse qu'ils ont donnée est celle d'une boîte aux lettres dans South Street. Nick et moi allons faire un tour à la boutique histoire de voir si on peut dénicher autre chose.

Si on ne trouve rien, on surveillera la boîte aux lettres pendant quelques heures dans l'espoir que quelqu'un passera prendre le courrier.

— Quel est le numéro ? demanda Jessica.

Chavez le lui donna. Jessica alluma le haut-parleur du téléphone du bureau, composa le numéro. Après quatre sonneries, l'annonce standard « utilisateur indisponible » se déclencha. Elle composa de nouveau le numéro. Même résultat. Elle raccrocha.

— J'ai cherché Alhambra sur Google, ajouta Chavez. Beaucoup de résultats, rien dans la région.

— Continuez vos recherches sur ce numéro, dit Buchanan.

— C'est ce qu'on fait, répondit Chavez avant de quitter la pièce tandis qu'un agent en uniforme passait la tête par la porte.

— Sergent Buchanan ?

Buchanan s'entretint brièvement avec l'agent, puis le suivit hors du bureau. Jessica récapitula les nouvelles informations.

— Faith Chandler a passé vingt coups de fil à un portable jetable. De quoi pensez-vous qu'il s'agisse ? demanda-t-elle.

— Aucune idée, répondit Cahill. Si vous appelez un ami, ou une société, vous laissez un message, non ?

— Si.

— Je vais rappeler la supérieure de Stephanie, poursuivit Cahill. Peut-être qu'Alhambra LLC lui dira quelque chose.

Ils se rassemblèrent dans la salle commune et tracèrent sur un plan de la ville une ligne droite allant du Rivercrest Motel aux bureaux de Braceland Westcott McCall. Ils commenceraient par se renseigner auprès des gens, des boutiques, des sociétés, situés sur cette ligne.

Quelqu'un avait forcément vu Stephanie le jour de sa disparition.

Tandis qu'ils commençaient à se répartir la zone, Ike Buchanan revint. Il marcha vers eux, la mine sinistre, un objet familier à la main. Quand le patron avait cette expression, ça signifiait d'ordinaire deux choses : plus de boulot, et *beaucoup* plus de boulot.

— Qu'est-ce qui se passe ? demanda Jessica.

Buchanan tint l'objet en l'air, un objet de plastique noir jadis insignifiant, désormais de mauvais augure.

— Nous avons une autre cassette, dit-il.

36

Lorsque Seth regagna l'hôtel, il avait passé tous ses coups de fil. Bizarrement, cette journée lui apparaissait comme un équilibre fragile : si aucun désastre ne survenait, il survivrait. *Un survivant*. Voilà ce qu'était Seth Goldman, un survivant.

Puis le désastre se présenta vêtu d'une robe bon marché en fausse soie.

Debout devant l'entrée de l'hôtel, elle paraissait avoir mille ans. Même à trois mètres de distance il sentit l'odeur d'alcool.

Dans les films d'horreur à petit budget, il y avait un moyen infaillible de deviner que le monstre se planquait dans les parages. La musique. Les violoncelles menaçants avant l'attaque des cuivres éclatants.

Pour Seth Goldman, pas besoin de musique. La fin – sa fin – était une accusation silencieuse dans les yeux rouges et bouffis d'une femme.

Il ne pouvait pas la laisser faire. Impossible. Il avait bossé trop dur, trop longtemps. Le tournage du *Palais* avançait comme sur des roulettes et il ne laisserait aucun obstacle s'interposer.

Jusqu'où irait-il pour contenir l'hémorragie ? Il le saurait bientôt.

Avant que quiconque les vît, il la prit par le bras et la mena à un taxi qui attendait.

37

— Je crois que je peux y arriver toute seule, dit la vieille femme.

— Pas question, répondit Byrne.

Ils se trouvaient sur le parking de l'Aldi de Market Street. Aldi était cette chaîne de supermarchés austères où l'on vendait des produits sans marque à des prix discount. C'était une femme frêle et émaciée d'environ quatre-vingts ans. Elle avait les traits fins et sa peau poudrée était transparente. Malgré la chaleur et le fait qu'aucune averse n'était prévue pour au moins trois jours, elle portait un manteau croisé en laine et des bottes en caoutchouc bleu vif. Elle essayait de charger une demi-douzaine de sacs de provisions dans sa voiture, une Chevrolet vieille de vingt ans.

— Mais regardez-vous, dit-elle en désignant sa canne. C'est moi qui devrais vous aider.

— Je vais bien, madame, répondit Byrne en riant. Juste une cheville foulée.

— Bien sûr, vous êtes encore un jeune homme. À mon âge, si je me foulais la cheville, ils pourraient bien me piquer.

— Vous m'avez l'air plutôt alerte, dit Byrne.

La femme sourit derrière le voile d'un rougissement d'écolière.

— Allons, allons...

Byrne attrapa les sacs et se mit à les charger sur la banquette arrière de la Chevrolet. À l'intérieur, il remarqua quelques rouleaux de papier toilette, quelques boîtes de Kleenex. Il y avait aussi une paire de moufles, une couverture, un bonnet de laine, et un vieux blouson de ski molletonné. Étant donné que cette femme ne dévalait sans doute pas les pentes des montagnes Camelback, Byrne supposa qu'elle trimballait toute cette garde-robe au cas où le mercure chuterait pour atteindre la température glaciale de vingt-cinq degrés.

Byrne n'avait pas chargé le dernier sac que son téléphone se mit à sonner. Il le tira de sa poche, l'ouvrit. C'était un texto de Colleen. Elle lui expliquait qu'elle ne partait pas pour la colonie avant mardi et se demandait s'ils pouvaient dîner ensemble lundi soir. Byrne répondit qu'il serait très heureux de dîner avec elle. À l'autre bout de la ligne, le téléphone de Colleen vibra, elle lut le message et répondit immédiatement :

KOOL ! JTM CBT :)

— Qu'est-ce que c'est que ça ? demanda la femme en pointant son téléphone.

— C'est un téléphone portable.

La femme le regarda un moment comme s'il venait de lui annoncer que c'était un vaisseau spatial spécialement conçu pour de minuscules extraterrestres.

— C'est un téléphone, ça ?

— Oui, madame, répondit Byrne en lui montrant. Il fait aussi appareil photo, calendrier et carnet d'adresses.

— Doux Jésus, fit la femme en secouant la tête. Je crois que je suis complètement dépassée, jeune homme.

— Tout va trop vite, n'est-ce pas ?

— Que Dieu nous aide.

— Amen, dit Byrne.

Elle se dirigea lentement vers la portière côté conducteur. Une fois à l'intérieur, elle mit la main dans son sac et en tira deux pièces de vingt-cinq cents.

— Pour vos efforts, dit-elle.

Elle essaya de les donner à Byrne, mais il leva les deux mains en signe de protestation, plus qu'un peu ému par l'attention.

— Pas de problème, dit-il. Gardez ça et offrez-vous une tasse de café.

La femme replaça l'argent dans son porte-monnaie sans insister.

— Fut un temps où on avait un café pour cinq cents, dit-elle.

Byrne tendit le bras pour refermer la portière. D'un geste rapide dont il n'aurait pas cru une femme de son âge capable, elle prit ses mains dans les siennes. Sa peau parcheminée était froide et sèche. Aussitôt, les images s'engouffrèrent dans son cerveau…

… une pièce humide et sombre… une télé en fond sonore… Bon retour, Kotter… la lueur tremblotante de bougies votives… les sanglots pleins d'angoisse d'une femme… le son des os et de la chair… hurlements dans les ténèbres… Ne me force pas à aller au grenier…

… et il ôta vivement sa main. Il aurait voulu le faire lentement, sans inquiéter ni insulter la femme, mais les images étaient d'une clarté terrifiante, effroyablement réelles.

— Merci, jeune homme, dit-elle.

Byrne fit un pas en arrière, tentant de reprendre contenance.

La femme démarra. Après quelques instants, elle agita une main maigre marbrée de veines bleues et traversa le parking.

Tandis qu'elle s'éloignait, deux choses hantaient Kevin

264

Byrne. L'image de la jeune femme qui habitait encore les yeux clairs de la vieille dame.

Et le son de la voix pleine de terreur qui avait résonné dans sa tête.

Ne me force pas à aller au grenier...

Il se tenait face au bâtiment, de l'autre côté de la rue. Il semblait différent en plein jour, relique sordide de la ville, cicatrice sur un pâté de maisons qui se désagrégeait. De temps à autre, un passant s'arrêtait et cherchait à voir à travers les blocs de verre carrés crasseux qui constellaient la façade.

Byrne tira un objet de sa poche de blouson. C'était la serviette que Victoria lui avait donnée lorsqu'elle lui avait apporté le petit déjeuner au lit, le carré de lin blanc qui portait la marque rouge foncé de son rouge à lèvres. Il le retourna plusieurs fois entre ses mains tout en mémorisant la configuration de la rue. Sur la droite du bâtiment se trouvait un petit parking qui jouxtait une boutique de vieux meubles. Devant la boutique étaient disposés des tabourets de bar en plastique de couleurs vives en forme de tulipes. À gauche du bâtiment se trouvait une allée. Il regarda un homme sortir par l'avant du bâtiment, emprunter l'allée sur la gauche puis descendre un escalier d'acier qui menait à une porte sous la structure. Quelques minutes plus tard, l'homme réapparut en portant deux cartons.

C'était la cave qui faisait office de réserve.

Ça se passerait là, décida Byrne. Dans la cave. Il y retrouverait l'homme plus tard.

Personne ne les entendrait là-dessous.

38

— Que faites-vous ici ? Pourquoi êtes-vous ici ? demanda la femme en robe blanche.

Elle tenait un couteau extrêmement affûté et, tandis qu'elle se tapotait distraitement l'extérieur de la jambe droite, transperça le tissu de sa robe, faisant apparaître une tache de sang ressemblant à un test de Rorschach. Une vapeur épaisse emplissait la salle de bains blanche, s'accrochait aux murs carrelés, embrumait le miroir. Des gouttes écarlates perlèrent à la pointe de la lame aussi aiguisée qu'un rasoir.

— Savez-vous comment c'est quand vous rencontrez quelqu'un pour la première fois ? poursuivit la femme en blanc.

Elle parlait sur un ton informel, presque amical, comme si elle buvait une tasse de café ou un cocktail avec une vieille amie.

L'autre femme, vêtue d'un peignoir en éponge et couverte de bleus, la regardait fixement, les yeux pleins de terreur. La baignoire se mit à déborder. Du sang coula jusqu'au sol, formant une flaque brillante de plus en plus large. Au rez-de-chaussée, l'eau commença à goutter du plafond. Un gros chien la lapa à même le plancher.

À l'étage, la femme au couteau hurla :

— Vous n'êtes qu'une stupide putain égoïste !

Puis elle passa à l'attaque.

Glenn Close se mit à frapper Anne Archer dans un combat à la vie à la mort. En bas, le personnage interprété par Michael Douglas – Dan Gallagher – éteignit la bouilloire et entendit immédiatement les hurlements. Il se précipita à l'étage, entra en courant dans la salle de bains et poussa violemment Glenn Close contre le miroir qui vola en éclats. Ils se battirent bec et ongles. Elle lui lacéra le torse avec son couteau, puis ils plongèrent dans la baignoire. Bientôt, Dan prit le dessus et l'étrangla. Elle cessa enfin de se débattre. Elle était morte.

Mais l'était-elle vraiment ?

Et c'est alors qu'arriva le raccord.

Simultanément, tous les inspecteurs qui regardaient la vidéo sentirent leurs muscles se crisper en anticipation de ce qui allait se produire ensuite.

Après un sursaut, la vidéo recommença de défiler normalement. À l'écran, une salle de bains différente, bien plus sombre, la source de lumière provenant du côté gauche. En face, un mur beige, une fenêtre avec un store à lamelles. Pas de son.

Soudain, une jeune femme se dresse au centre de l'image. Elle porte une robe T-shirt blanche à encolure ronde et à manches longues. Elle n'est pas parfaitement identique à celle portée par le personnage de Glenn Close – Alex Forrest – dans le film, mais y ressemble.

Tandis que la bande défile, la femme se remet d'aplomb, plein cadre. Elle est trempée. Elle est furieuse. Elle a l'air outrée, prête à bondir.

Elle s'immobilise.

Son expression passe soudain de la colère à la peur, ses yeux s'écarquillant de terreur. Quelqu'un, probablement la personne qui tient la caméra, lève un pistolet petit calibre sur la droite de l'image et appuie sur la détente. La balle perfore la poitrine de la jeune femme.

Elle pivote sur elle-même mais ne tombe pas immédiatement. Elle baisse les yeux vers l'entaille rouge qui s'élargit.

Puis elle glisse le long du mur, maculant les carreaux de vives traînées cramoisies. Elle s'enfonce lentement dans la baignoire. La caméra s'approche du visage de la jeune femme sous l'eau qui vire au rouge.

Après un nouveau soubresaut, le film original reprend à la scène où Michael Douglas serre la main d'un inspecteur devant sa maison jadis idyllique. Dans le film, c'est la fin du cauchemar.

Buchanan arrêta la cassette. Comme après la projection de la première vidéo, les occupants de la petite pièce étaient tous si abasourdis qu'ils ne pouvaient prononcer un mot. L'euphorie provoquée par les succès des dernières vingt-quatre heures – la piste concernant la cassette de *Psychose*, l'identification du fournisseur de matériel de plomberie, la découverte de la chambre de motel où Stephanie Chandler avait été assassinée et celle de la Saturn immergée dans la rivière Delaware – venait de passer par la fenêtre.

— Cet acteur est vraiment mauvais, finit par dire Cahill.

Le mot flotta un moment avant de se poser dans la banque d'images.

L'Acteur.

Aucun rituel officiel n'accompagnait l'attribution d'un surnom à un criminel. Ça se produisait naturellement. Chaque fois que quelqu'un commettait une série de meurtres, au lieu de l'appeler l'assassin ou le suspect, il était parfois plus simple de lui donner un surnom. Celui-ci resta.

Ils recherchaient donc l'Acteur.

Et tout laissait penser qu'il n'avait pas fini de frapper.

Chaque fois qu'il y avait deux victimes de meurtres, apparemment tuées par le même assassin – et il ne faisait aucun doute que ce qu'ils venaient de voir sur la cassette de *Liaison fatale* était bien un meurtre, très probablement commis par la même personne que sur la vidéo de *Psychose* –, la première chose que les inspecteurs recherchaient était un lien entre les deux victimes. Cela peut paraître évident, mais c'est la réalité, et ce lien n'est pas nécessairement facile à établir.

Étaient-elles amies, parentes, collègues, amantes, anciennes amantes ? Allaient-elles à la même église, au même club de gym, au même groupe de rencontre ? Faisaient-elles du shopping dans les mêmes boutiques, avaient-elles un compte à la même banque ? Partageaient-elles le même dentiste, médecin, avocat ?

Tant qu'ils n'auraient pas identifié la deuxième victime, il était peu probable qu'ils trouvent le lien. La première chose à faire était donc d'imprimer une photo de la victime d'après la vidéo et de questionner de nouveau toutes les personnes déjà interrogées à propos de Stephanie Chandler. S'ils pouvaient établir que Stephanie Chandler connaissait la deuxième victime, il ne leur resterait peut-être plus qu'un petit pas à faire pour identifier la seconde femme, et découvrir le lien. La théorie dominante était qu'on percevait un degré de passion féroce dans ces deux meurtres, ce qui indiquait quelque intimité entre les victimes et le tueur, un niveau de familiarité qui ne pouvait être atteint par des rencontres au hasard et qui seul pouvait justifier un tel acharnement.

Quelqu'un avait tué deux jeunes femmes et jugeait approprié – à travers le prisme de la folie qui colorait sa vie quotidienne – d'enregistrer les meurtres en vidéo. Pas nécessairement pour narguer la police. Mais plutôt pour horrifier un public sans méfiance. C'était assurément un mode opératoire que personne dans la brigade criminelle ne se rappelait avoir jamais rencontré auparavant.

Quelque chose reliait ces deux jeunes femmes. S'ils trouvaient le lien, le terrain commun, les parallèles entre ces deux vies, ils trouveraient leur tueur.

Mateo Fuentes leur avait fourni une photo suffisamment nette de la jeune femme de la vidéo de *Liaison fatale*. Eric Chavez était parti vérifier le fichier des personnes disparues. Si cette victime avait été assassinée plus de soixante-douze heures plus tôt, il y avait des chances pour que sa disparition ait été signalée. Les autres enquêteurs étaient réunis dans le bureau d'Ike Buchanan.

— Comment avons-nous reçu ça ? demanda Jessica.

— Par coursier, répondit Buchanan.

— Par coursier ? Notre tueur serait-il en train de modifier son mode opératoire ?

— Pas sûr. Mais il y avait un bout d'étiquette de location dessus.

— Est-ce qu'on sait d'où elle vient ?

— Pas encore, répondit Buchanan. L'essentiel de l'étiquette était arraché. Mais une partie du code-barres était encore intacte. Le labo d'imagerie numérique se penche dessus.

— Quel service de coursier l'a apportée ?

— Une petite société de Market Street nommée Blazing Wheels. Des coursiers à vélo.

— Savons-nous qui l'a envoyée ?

Buchanan secoua la tête.

— D'après le jeune mec qui l'a livrée, il a rencontré un type au Starbucks situé à l'angle de la 4e Rue et de South Street. Le type a payé en espèces.

— Ne faut-il pas remplir un formulaire ?

— Tout est faux. Le nom, l'adresse, le téléphone. Un cul-de-sac.

— Le messager peut-il décrire le type ?

— Il est en train d'établir son portrait-robot en ce moment même.

Buchanan leva la cassette.

— Faut mettre la main sur ce mec, messieurs, déclara-t-il. (Tout le monde savait ce qu'il voulait dire. Tant que ce psychopathe ne serait pas coffré, ce serait repas debout, et pas la peine de penser à dormir.) Trouvez-moi ce fils de pute.

La petite fille dans le salon était à peine assez grande pour regarder par-dessus la table basse. À la télévision, les personnages de dessins animés bondissaient, faisaient des cabrioles, se carapataient, leurs mouvements frénétiques semblant emplir la pièce de couleurs criardes. La petite fille gloussait.

Faith Chandler essayait de se concentrer sur l'image. Elle était si fatiguée.

Durant cet espace qui séparait les souvenirs, le train des ans qui filait comme une balle, la petite fille avait atteint douze ans et était sur le point d'entrer au collège. Elle avait grandi et se tenait droite. C'était juste avant que l'ennui et le désespoir total de l'adolescence ne s'emparent de son esprit. Avant que les hormones furieuses ne dominent son corps. Elle était encore sa petite fille, tout rubans et sourires.

Faith savait qu'elle avait quelque chose à faire, mais elle était incapable de réfléchir. Elle avait passé un coup de fil avant de partir pour Center City, et maintenant elle était de retour. Elle était censée rappeler. Mais qui ? Qu'avait-elle eu l'intention de dire ?

Il y avait trois bouteilles pleines sur la table, un verre plein posé devant elle. Trop. Pas assez. Jamais assez.

Dieu, accorde-moi la sérénité…

Il n'y a pas de sérénité.

Elle regarda une fois de plus sur sa gauche, dans le salon. La petite fille n'y était plus. La petite fille était désormais une femme morte, un cadavre froid dans une pièce de marbre grisâtre du centre-ville.

Faith porta le verre à ses lèvres. Elle se renversa du whiskey sur les cuisses. Elle essaya de nouveau. Elle avala. Les feux du chagrin, de la culpabilité, du regret, s'allumèrent en elle.

— Stephie, prononça-t-elle.

Elle leva une fois de plus le verre. Cette fois, *il* l'aida à le porter à ses lèvres. Bientôt, *il* l'aiderait à boire directement au goulot.

Tandis que Jessica remontait Broad Street, elle songea à la nature de ces crimes. Elle savait que, en règle générale, les tueurs en série se donnent beaucoup de mal – ou du moins un certain mal – pour dissimuler leurs actes. Ils dénichent des sites à l'écart pour abandonner les corps, des terrains isolés pour les enterrer. Mais l'Acteur exposait ses victimes dans les lieux les plus banals et les plus privés qu'on puisse imaginer : le salon des gens.

Ils savaient tous que l'affaire venait juste de prendre une nouvelle ampleur. La passion nécessaire pour faire ce qu'ils avaient vu sur la cassette de *Psychose* était devenue autre chose. Quelque chose de froid. Quelque chose d'infiniment plus calculé.

Jessica aurait aimé appeler Kevin pour le mettre au courant et avoir son opinion, mais elle avait reçu l'ordre – l'ordre absolument formel – de le tenir à l'écart pour le moment. Il était en service limité et la ville s'était vu coller un procès en civil de deux millions de dollars à cause d'agents qui, bien qu'ils eussent reçu l'autorisation des médecins de retourner au travail, étaient revenus trop tôt. L'un d'eux s'était logé une balle dans la bouche. L'autre s'était fait descendre au cours d'une saisie de drogue alors qu'il ne pouvait pas courir. Il y avait assez d'inspecteurs disponibles, et Jessica avait reçu l'ordre de travailler avec l'équipe qui était de service.

Elle pensa à l'expression sur le visage de la deuxième victime, le passage de la colère à la peur puis à la terreur paralysante. Elle pensa au pistolet entrant dans le cadre.

Sans trop savoir pourquoi, elle pensait beaucoup à la robe T-shirt. Ça faisait des années qu'elle n'en avait plus vu. Elle en avait eu quelques-unes quand elle était adolescente, naturellement, comme toutes ses amies. Elles faisaient fureur lorsqu'elle était entrée au collège. Elle se rappela qu'elles lui donnaient une silhouette harmonieuse durant ses années épouvantail dégingandé, elles lui ajoutaient des hanches, chose dont elle se serait désormais volontiers débarrassée.

Mais elle pensait surtout au sang s'épanchant sur l'avant de la robe de la jeune femme. Ce stigmate rouge vif, la façon dont il s'était répandu sur le tissu blanc humide avaient quelque chose de sacrilège.

Tandis qu'elle se rapprochait de l'hôtel de ville, Jessica remarqua quelque chose qui la troubla encore plus, quelque chose qui fit reculer ses espoirs de voir ces horreurs prendre rapidement fin.

C'était une chaude journée d'été à Philly.

Presque toutes les femmes étaient en blanc.

Jessica parcourut le rayon des romans policiers, feuilletant quelques-unes des dernières parutions. Ça faisait un bout de temps qu'elle n'en avait pas lu un bon. Certes, depuis qu'elle avait intégré la brigade criminelle, elle avait eu peu de goût pour le crime en tant que divertissement.

Elle se trouvait dans l'énorme magasin Borders à plusieurs niveaux de South Broad Street, tout près de l'hôtel de ville. Ce jour-là, elle avait décidé de se balader plutôt qu'aller déjeuner. L'oncle Vittorio était sur le point de signer un contrat pour qu'elle apparaisse sur ESPN2, ce qui signifiait qu'on lui organiserait un combat et qu'elle allait devoir s'entraîner – fini les cheesesteaks, fini les scones, fini le tiramisu. Ça faisait presque cinq jours qu'elle n'avait pas couru, ce qui la foutait vraiment hors d'elle. Ne serait-ce que parce que courir était un excellent moyen de se débarrasser du stress lié au boulot.

Tous les flics étaient hantés par le spectre de la prise de poids, à cause des heures, de la pression, de la facilité qu'il y avait à se nourrir n'importe comment. Sans parler de la picole. Pour les femmes, c'était pire. Elle avait connu bien des agents femmes qui faisaient du XS en entrant dans la police, et du XL ou XXL à la fin de leur carrière. C'était l'une des raisons pour lesquelles elle s'était mise à la boxe. Pour s'imposer une discipline de fer.

Bien entendu, à l'instant même où ces idées lui traversèrent l'esprit, elle perçut le doux arôme de pâtisserie flottant le long de l'escalator depuis le café à l'étage. Il était temps de partir.

Elle était censée retrouver Terry Cahill quelques minutes plus tard pour rendre visite aux cafés et autres sandwicheries aux alentours du bureau de Stephanie Chandler. Tant que la deuxième victime de l'Acteur n'était pas identifiée, ils n'avaient que ça à faire.

Près des caisses situées au rez-de-chaussée de la librairie, elle vit une section appelée INTÉRÊT LOCAL. Sur le présentoir étaient exposés un certain nombre d'ouvrages sur Philadelphie, édités pour la plupart par de petites maisons d'édition et s'intéressant principalement à l'histoire, aux attractions culturelles et aux personnages hauts en couleur de la ville. Un titre lui sauta aux yeux :

Les Dieux sanguinaires : histoire des meurtres au cinéma.

Le livre traitait du film policier sous toutes ses

facettes, des films d'humour noir comme *Fargo* aux classiques tels qu'*Assurance sur la mort* en passant par des bizarreries comme *C'est arrivé près de chez vous*.

Outre le titre, ce qui attira l'attention de Jessica fut la courte présentation de l'auteur. Un certain Nigel Butler, professeur d'études cinématographiques à l'université de Drexel.

Elle n'avait pas atteint la porte de sortie qu'elle était déjà au téléphone.

Fondée en 1891, l'université de Drexel était située dans Chestnut Street, à l'ouest de Philadelphie. Parmi ses huit instituts et ses trois académies se trouvait le très respecté Institut des arts des médias et du stylisme, qui proposait un cours d'écriture de scénarios.

D'après la brève biographie au dos du livre, Nigel Butler avait quarante-deux ans, mais il faisait beaucoup plus jeune en vrai. L'homme sur la photo avait une barbe poivre et sel. L'homme au blazer de daim noir était rasé de près, ce qui semblait lui ôter dix bonnes années.

Ils se rencontrèrent dans son petit bureau rempli de livres. Les murs étaient couverts d'affiches de films des années trente et quarante bien encadrées, principalement des films noirs : *Pourquoi j'ai tué, Les Mains qui tuent, Tueur à gages.* Il y avait aussi un certain nombre de portraits de vingt centimètres sur vingt-cinq représentant Nigel Butler dans les rôles de Tevye, Willy Loman, le roi Lear, Ricky Roma.

Jessica se présenta et présenta Terry Cahill. C'était elle qui mènerait l'entretien.

— C'est au sujet de cette histoire de meurtres sur vidéo, non ? demanda Butler.

Ils avaient caché à la presse la plupart des détails concernant la cassette de *Psychose*, mais l'*Inquirer* avait publié un article dévoilant que la police enquêtait sur un crime bizarre qui avait été filmé.

— Oui, monsieur, répondit Jessica. J'aimerais vous

poser quelques questions, mais je veux être certaine de pouvoir compter sur votre discrétion.

— Absolument, dit-il.

— Je vous en serais reconnaissante, monsieur Butler.

— En fait, c'est *docteur* Butler, mais je vous en prie, appelez-moi Nigel.

Jessica lui donna rapidement quelques détails sur l'affaire, lui expliquant notamment qu'une deuxième vidéo avait été découverte, mais laissant de côté les détails les plus scabreux de même que tout ce qui aurait pu compromettre l'enquête. Butler écouta attentivement tout en conservant un visage impassible. Lorsqu'elle eut fini, il demanda :

— En quoi puis-je vous aider ?

— Eh bien, nous essayons de comprendre ses motivations et la tournure que risque de prendre cette affaire.

— Naturellement.

Jessica était taraudée par une question depuis qu'elle avait vu la vidéo de *Psychose* pour la première fois. Elle décida de la poser.

— Avons-nous ici affaire à des *snuff movies* ?

Butler sourit, soupira, secoua la tête.

— Ai-je dit quelque chose d'amusant ? demanda Jessica.

— Désolé, répondit Butler. C'est juste que, de toutes les légendes urbaines, celle de ces films pornographiques avec meurtre non simulé est probablement la plus tenace.

— Que voulez-vous dire ?

— Je veux dire que ces films n'existent pas. Ou du moins que je n'en ai jamais vu. Ni aucun de mes collègues.

— Êtes-vous en train de me dire que c'est le genre de choses que vous regarderiez si vous en aviez l'opportunité ? demanda Jessica en espérant que sa voix ne trahissait pas son indignation.

Butler sembla réfléchir un moment avant de répondre.

— J'ai écrit quatre livres sur le cinéma, inspecteur. J'ai toute ma vie été fou de films, depuis le jour où ma mère m'a déposé au cinéma en 1974 pour aller voir *Benji*.

Jessica ne cacha pas sa surprise.

— Vous voulez dire que c'est *Benji* qui est à l'origine de votre vocation ?

Butler rit.

— Pour être honnête, je suis allé voir *Chinatown* à la place. Ça a changé ma vie. (Il tira une pipe d'un casier sur son bureau, commença le rituel du fumeur de pipe : nettoyage, bourrage, tassage. Puis il l'alluma et un arôme doux se répandit dans la pièce.) J'ai été critique de cinéma pour une revue indépendante pendant des années. J'ai vu cinq à dix films par semaine, depuis les sublimes chefs-d'œuvre de Jacques Tati jusqu'aux indescriptibles banalités de Pauly Shore. Je possède des copies seize millimètres de ce que je considère comme treize des meilleurs films jamais tournés, et je suis sur le point d'acquérir la quatorzième – *Week-End* de Jean-Luc Godard, si vous voulez savoir. Je suis un grand fan de la Nouvelle Vague française, et un incurable francophile, ajouta Butler avant de tirer sur sa pipe. J'ai un jour visionné d'une traite les quinze heures de *Berlin Alexanderplatz*, ainsi que la version longue de *JFK*, qui m'a semblé durer quinze heures. J'ai une fille qui suit des cours de théâtre. Si vous me demandez s'il existe des courts-métrages que je ne regarderais pas à cause de leur sujet, je vous répondrai non, ne serait-ce que pour l'expérience.

— Peu importe le sujet ? dit Jessica en regardant la photo posée sur le bureau de Butler qui le représentait debout au pied d'une scène en compagnie d'une adolescente souriante.

— Peu importe le sujet, confirma Butler. Pour moi, et

si je puis m'exprimer à leur place, pour mes collègues, le sujet d'un film, son style, son motif, son thème ne comptent pas. Ce qui compte, c'est que quelqu'un a choisi de fixer la lumière sur du celluloïd et que ça restera. Je ne pense pas que beaucoup de spécialistes en cinéma qualifieraient *Pink Flamingoes* de John Waters d'œuvre d'art, mais il demeure un important artefact.

Jessica tenta de saisir son raisonnement. Elle n'était pas certaine d'être prête à accepter la possibilité d'une telle philosophie.

— Donc, selon vous, les *snuff movies* n'existent pas.

— Non, répondit-il. Mais de temps à autre, Hollywood produit un film grand public qui attise la flamme, et la légende renaît de ses cendres.

— À quels films faites-vous allusion ?

— Eh bien, *8MM* par exemple, répondit Nigel. Et puis il y a eu *Snuff*, ce film commercial idiot du milieu des années soixante-dix. Je pense que la différence principale entre le concept du *snuff movie* et ce que vous me décrivez est que les films dont vous parlez ne peuvent pas vraiment être qualifiés d'érotiques.

Jessica n'en revenait pas.

— Et les *snuff movies* le sont ?

— Eh bien, selon la légende – ou du moins dans les imitations de *snuff movies* qui ont été produites et qui sont sorties – ils obéissent à certaines conventions typiques des films pour adultes.

— Par exemple ?

— Par exemple, il y a d'ordinaire une adolescente ou un adolescent et un personnage qui les domine. Il y a généralement de la sexualité crue, une bonne dose de pornographie sadomasochiste pure et dure. Ce dont vous parlez me semble appartenir à une pathologie tout à fait différente.

— C'est-à-dire ?

Butler sourit de nouveau.

— J'enseigne le cinéma, pas les déviances psychiatriques.

— Le choix des films vous semble-t-il avoir un sens ? demanda Jessica.

— Eh bien, *Psychose* me paraît un choix évident. Trop évident, selon moi. Chaque fois qu'une liste des cent meilleurs films d'horreur paraît, il est classé dans les premiers, si ce n'est en premier. Je pense que ça dénote un manque d'imagination de la part de ce… cinglé.

— Et *Liaison fatale* ?

— Un bond intéressant. Ces films sont distants de vingt-sept ans. L'un est considéré comme un film d'horreur, l'autre serait plutôt un film policier grand public.

— Que choisiriez-vous ?

— Vous voulez dire, si je le conseillais ?

— Oui.

Butler s'assit sur le bord de son bureau, la position typique du prof d'université.

— Excellente question, dit-il. À brûle-pourpoint je dirais, si vous voulez vraiment faire preuve de créativité en la matière – tout en restant dans le film d'horreur, quoique *Psychose* ait toujours été indûment classé dans ce genre alors que ce n'en est pas un –, quelque chose de Dario Argento ou Lucio Fulci. Peut-être Herschell Gordon Lewis, voire George Romero.

— Qui sont ces gens ?

— Les deux premiers étaient des pionniers du cinéma italien à tendance sanguinolente des années soixante-dix, expliqua Cahill. Les deux derniers étaient leurs équivalents américains. George Romero est surtout connu pour sa série comportant *La Nuit des morts-vivants*, *Zombie*, etc.

Tout le monde semble s'y connaître sur le sujet sauf moi, pensa Jessica. *Ce serait le moment de réviser un peu.*

— Si vous voulez parler de films policiers pré-

Tarantino, j'opterais pour Peckinpah, ajouta Butler. Mais tout ceci est discutable.

— Pourquoi dites-vous ça ?

— Il ne semble pas y avoir de progression évidente pour ce qui est du style ou du motif dans l'affaire qui vous intéresse. Je dirais que la personne que vous recherchez n'est pas particulièrement cérébrale en ce qui concerne le cinéma d'horreur ou policier.

— Vous avez une idée de ce que pourrait être son prochain choix ?

— Vous voulez que j'imagine ce qui peut passer par la tête d'un assassin ?

— Appelons ça un exercice intellectuel.

Nigel Butler sourit. Touché.

— Je pense qu'il pourrait choisir quelque chose de récent. Un film sorti au cours des quinze dernières années. Un film susceptible d'être loué par quelqu'un.

Jessica prit quelques dernières notes.

— Encore une fois, je vous serais reconnaissante de garder tout ça pour vous pour l'instant, dit-elle en lui tendant sa carte. Si vous pensez à autre chose qui pourrait nous être utile, n'hésitez pas à nous appeler.

— *D'accord*[1], répondit Nigel Butler, puis, tandis qu'ils se dirigeaient vers la porte, il ajouta : Je ne voudrais pas vous paraître hardi, mais est-ce qu'on vous a déjà dit que vous ressembliez à une star de cinéma ?

C'est parti, pensa Jessica. Est-ce qu'il lui faisait du gringue ? Dans ce contexte ? Elle jeta un rapide coup d'œil à Cahill. Il réprimait de toute évidence un sourire.

— Je vous demande pardon ?

— Ava Gardner, dit Butler. Ava Gardner jeune. Peut-être vers l'époque de *Ville haute, Ville basse*.

— Heu, non, répondit Jessica en écartant les mèches

1. En français dans le texte. *(N.d.T.)*

282

de son front. (Faisait-elle sa coquette ? *Arrête !*) Mais merci pour le compliment. Nous vous contacterons.

Ava Gardner, pensa-t-elle tandis qu'ils se dirigeaient vers les ascenseurs. *Rien que ça.*

En rentrant à la Rotonde, ils firent un détour par l'appartement d'Adam Kaslov. Jessica sonna et frappa à la porte. Pas de réponse. Elle téléphona à ses deux lieux de travail. Personne ne l'avait vu au cours des dernières trente-six heures. Ces faits, ajoutés aux autres, étaient probablement suffisants pour obtenir un mandat. Ils n'avaient pas le droit d'utiliser l'arrestation qui remontait à son adolescence mais, tout compte fait, ils n'en auraient peut-être pas besoin. Elle déposa Cahill à la librairie Barnes & Nobles de Rittenhouse Square. Il disait vouloir compulser des livres sur les films policiers, acheter ceux qui lui sembleraient pertinents. C'est sympa d'avoir la carte de crédit de l'Oncle Sam, pensa Jessica.

Lorsqu'elle regagna la Rotonde, elle rédigea une demande de mandat de perquisition qu'elle faxa au bureau du procureur. Elle ne se faisait guère d'illusions, mais ça ne coûtait rien d'essayer. Pour ce qui était des messages, elle n'en avait qu'un. Un coup de fil de Faith Chandler. Mais il était marqué URGENT.

Jessica composa le numéro, tomba sur son répondeur. Elle essaya de nouveau, laissa cette fois un message ainsi que son numéro de téléphone portable.

Elle raccrocha, perplexe.

Urgent.

41

J'arpente la rue en effervescence, bloquant la scène
suivante, corps à corps dans une mer de froids inconnus.
Joe Buck dans *Macadam Cowboy*. Des figurants me
saluent. Certains sourient, d'autres détournent les yeux.
La plupart d'entre eux ne se souviendront pas de moi.
Quand le script final sera écrit, la caméra filmera leurs
réactions et enregistrera leurs dialogues.

Il était là ?

J'y étais ce jour-là !

Je crois que je l'ai vu !

COUPE SUR

Un café, une de ces chaînes qui se ressemblent toutes
dans Walnut Street, juste au coin de Rittenhouse Square.
Des adeptes du culte du café flânent autour de piles
d'hebdomadaires alternatifs.

— Ce sera quoi pour vous ?

Elle a dix-neuf ans au plus, la peau pâle, un visage
fin et intrigant, des cheveux crépus tirés en queue-de-
cheval.

— Un grand *latte*, dis-je – Ben Johnson dans *La
Dernière Séance*. Et je prendrai un de ces biscuits, là.
(Mon accent me fait presque éclater de rire. Mais je me

retiens, naturellement. Je n'ai jamais trahi un personnage et je ne vais pas commencer maintenant.) Je suis nouveau dans cette ville, ajouté-je. Ça fait des semaines que je n'ai pas vu un visage sympathique.

Elle me prépare mon café, emballe le biscuit, pose un couvercle sur ma tasse, pianote sur son écran tactile.

— D'où venez-vous ?

— Ouest du Texas, dis-je avec un grand sourire. El Paso. Région du Big Bend.

— Ouah, fait-elle, comme si je lui avais annoncé que je venais de Neptune. Vous êtes loin de chez vous.

— Ne le sommes-nous pas tous ?

Je lui tends un billet de cinq. Elle reste un moment figée, comme si j'avais dit quelque chose de profond. Je sors dans Walnut Street, je me sens grand, fort. Gary Cooper dans *Le Rebelle*. La grandeur est une méthode, comme la faiblesse.

Je finis mon *latte*, entre dans une boutique de vêtements pour hommes. Je me fais beau, me pavane brièvement près de la porte, réunis mes admirateurs. L'un d'eux s'approche.

— Bonjour, dit le vendeur.

Il a trente ans, les cheveux coupés à ras. Il porte un costume et des bottines, un T-shirt gris froissé sous une veste bleu marine à trois boutons au moins une taille trop petite. Ç'a l'air d'être un style voulu.

— Bonjour, dis-je.

Je lui fais un clin d'œil et il pique un léger fard.

— Qu'est-ce que je peux vous montrer ?

Ton sang sur mon Boukhara ? pensé-je, en me rappelant Patrick Bateman. Je lui fais un grand sourire tout en dents à la Christian Bale.

— Je regarde juste.

— Eh bien, je suis ici pour vous aider, et j'espère que vous m'accorderez le privilège de le faire. Mon nom est Trinian.

285

Évidemment.

Je pense à la série *Saint Trinian*, ces formidables comédies britanniques des années cinquante et soixante, et je songe un instant à y faire allusion. Je remarque qu'il porte une montre Skechers orange vif au poignet. Je sais que je me fatiguerais pour rien.

Au lieu de quoi je fronce les sourcils avec lassitude, comme blasé par ma richesse excessive et ma situation. Il est maintenant encore plus intéressé. Dans ce décor, l'insulte et l'intrigue sont amants.

Vingt minutes plus tard, je comprends soudain. Peut-être l'ai-je toujours su. Il ne s'agit vraiment que de la peau. La peau est là où vous vous arrêtez, là où commence le monde. Tout ce que vous êtes – votre esprit, votre personnalité, votre âme – est contenu, confiné dans la peau. Ici, dans ma peau, je suis Dieu.

Je me glisse dans ma voiture. Il me reste juste quelques heures pour me couler dans mon personnage.

Je songe à Gene Hackman dans *Mesure d'urgence*.

Ou peut-être Gregory Peck dans *Ces garçons qui venaient du Brésil*.

42

Mateo Fuentes fit un arrêt sur image de la vidéo de *Liaison fatale* à l'instant où le coup de feu est tiré. Il rembobina, avança, rembobina de nouveau, avança encore. Il fit défiler la cassette au ralenti, chaque image glissant de haut en bas sur l'écran. Une main apparut du côté droit et s'immobilisa. Le tireur portait un gant de chirurgien, mais ce n'était pas la main qui les intéressait. Ils avaient déjà identifié la marque et le modèle du pistolet, l'unité des armes à feu continuait de travailler dessus.

À ce stade, la star du film, c'était le blouson. On aurait dit un blouson de satin, du genre de ceux portés par les équipes de base-ball ou les roadies aux concerts de rock – sombre, brillant, avec une bande côtelée aux poignets.

Mateo imprima l'image. Impossible de dire de quelle couleur était le blouson – noir ou bleu marine. Ça collait avec le souvenir de Little Jake, l'homme au blouson bleu foncé qui avait demandé le *Los Angeles Times*. Ce n'était pas grand-chose. Il devait y avoir des milliers de blousons de ce genre à Philly. Ils auraient néanmoins un portrait-robot composite du suspect dans l'après-midi. Eric Chavez entra dans la pièce, survolté, une feuille de papier à la main.

— Nous savons d'où vient la cassette de *Liaison fatale*.

— Où ça ?

— Une petite boutique indépendante nommée Flickz, dans Frankford, répondit Chavez. Devinez à qui elle appartient.

Jessica et Palladino prononcèrent le même nom en même temps.

— Eugene Kilbane.

— Lui-même.

— Le salaud, dit Jessica en serrant inconsciemment les poings.

Jessica résuma à Buchanan son entretien avec Kilbane, laissant de côté leur petite altercation. S'ils l'amenaient à la Rotonde, il la mentionnerait à coup sûr de toute manière.

— Vous le soupçonnez ? demanda Buchanan.

— Non, répondit Jessica. Mais quelles sont les chances pour que ce soit une coïncidence ? Il sait quelque chose.

Ils regardèrent tous Buchanan, prêts à bondir, tels des pit-bulls au bord du ring.

— Amenez-le ici, ordonna Buchanan.

— Je ne veux pas être impliqué, dit Kilbane.

Pour le moment, il était assis à l'un des bureaux de la salle commune de la brigade criminelle. Si aucune de ses réponses ne leur plaisait, ils ne tarderaient pas à le transférer à l'une des salles d'interrogatoire.

Chavez et Palladino l'avaient trouvé à la White Bull Tavern.

— Est-ce que vous pensiez qu'on n'arriverait pas à remonter de la cassette à vous ? demanda Jessica.

Kilbane regarda la cassette qui était posée sur le bureau devant lui, enveloppée dans un sachet transparent. Il avait de toute évidence estimé qu'il lui suffirait d'arracher l'étiquette qui se trouvait sur le côté de la vidéo pour berner sept mille flics. Sans parler du FBI.

— Allez, vous connaissez mon casier, dit-il. La merde me colle aux pattes.

Jessica et Palladino se regardèrent avec l'air de dire : *Commence pas comme ça, Eugene. Sinon on va s'amuser et on va en avoir pour la journée.* Ils se retinrent. Pour le moment.

— Deux cassettes contenant des preuves de meurtres, toutes deux louées dans des boutiques qui vous appartiennent, dit Jessica.

— Je sais, dit Kilbane. Ça fait louche.

— Mince alors, vous croyez ?

— Je… je sais pas quoi dire.

— Comment cette cassette est-elle arrivée ici ? demanda Jessica.

— Pas la moindre idée, répondit Kilbane.

Palladino lui montra le portrait-robot de l'homme qui avait loué les services du coursier à vélo pour faire livrer la vidéo. Il ressemblait extraordinairement à Eugene Kilbane. Celui-ci baissa la tête, puis il parcourut la pièce des yeux, croisant le regard de toutes les personnes présentes.

— Est-ce que j'ai besoin d'un avocat ?

— À vous de voir, dit Palladino. Vous avez des choses à cacher, Eugene ?

— Bon sang, vous essayez de faire ce qu'il faut, et voilà ce que ça vous rapporte.

— Pourquoi nous avez-vous envoyé la cassette ?

— Hé, fit-il. J'ai une conscience, vous savez.

Cette fois-ci, Palladino produisit le casier judiciaire de Kilbane et le lui colla sous le nez.

— Depuis quand ? demanda-t-il.

— Depuis toujours. Je suis catholique.

— Et c'est un pornographe qui nous dit ça, dit Jessica.

Ils savaient tous pourquoi Kilbane était venu, et ça n'avait rien à voir avec sa conscience. Il avait violé sa liberté conditionnelle l'autre jour en portant une arme illégale, et il essayait de les acheter. Un coup de fil pouvait suffire à le renvoyer au trou le soir même.

— Épargnez-nous vos sermons, poursuivit Jessica.

— Bon, OK. Je suis dans le business du divertissement pour adultes. Et après ? C'est légal. Où est le mal ?

Jessica ne savait pas par où commencer. Mais elle se lança tout de même.

— Voyons voir. Sida ? Chlamydia ? Gonorrhée ? Syphilis ? Herpès ? VIH ? Vies brisées ? Familles détruites ? Drogue ? Violence ? Dites-moi quand vous voulez que j'arrête.

Kilbane se contenta de la fixer des yeux, quelque peu accablé. Jessica soutint son regard jusqu'à ce qu'il baisse les yeux. Elle aurait voulu continuer, mais à quoi bon ? Elle n'était pas d'humeur à débattre des implications sociologiques de la pornographie avec quelqu'un comme Eugene Kilbane, et ce n'était ni le moment ni le lieu. Il était question de deux personnes mortes. Vaincu avant d'avoir même commencé, Kilbane mit la main dans son attaché-case, une serviette loqueteuse en faux alligator, et en tira une autre vidéo.

— Vous changerez de ton quand vous aurez vu ça.

Ils s'installèrent dans la petite pièce de l'unité audiovisuelle. La seconde cassette de Kilbane était une vidéo de surveillance tournée chez Flickz, la boutique où la cassette de *Liaison fatale* avait été louée. Apparemment, les caméras de surveillance fonctionnaient dans cette boutique.

— Pourquoi les caméras sont-elles actives ici et pas chez Reel Deal ? demanda Jessica.

Kilbane eut l'air ahuri.

— Qui vous a raconté ça ?

290

Jessica ne voulait pas causer de problèmes à Lenny Puskas ou Juliet Rausch, les deux employés de Reel Deal.

— Personne, Eugene. Nous avons vérifié nous-mêmes. Vous croyez vraiment que c'est un grand secret ? Les caméras de Reel Deal datent de, quoi, la fin des années soixante-dix ? On dirait des boîtes à chaussures.

Kilbane soupira.

— J'ai bien plus de problèmes de vols chez Flickz, d'accord ? Ces putains de gamins vous dévalisent sous votre nez.

— Qu'est-ce qu'il y a exactement sur cette cassette ? demanda Jessica.

— J'ai peut-être une piste pour vous.

— Une piste ?

Kilbane parcourut la pièce du regard.

— Oui, vous savez, une *piste*.

— Vous regardez beaucoup *Les Experts*, Eugene ?

— Parfois. Pourquoi ?

— Comme ça. Alors, c'est quoi, cette piste ?

Kilbane écarta les bras, les paumes tournées vers le haut. Il sourit, anéantissant ce que son visage conservait de vaguement plaisant.

— Que le spectacle commence, dit-il.

Quelques minutes plus tard, Jessica, Terry Cahill et Eric Chavez se tassèrent autour de la cabine de montage de l'unité audiovisuelle. Cahill était revenu les mains vides de son projet à la librairie. Kilbane était assis sur une chaise à côté de Mateo Fuentes. Mateo avait l'air dégoûté. Il s'écartait de Kilbane en inclinant son corps à un angle d'environ quarante-cinq degrés, comme si celui-ci puait autant qu'un tas de compost. Il sentait en fait un mélange d'oignons Vidalia et d'Aqua Velva. Jessica eut le sentiment que Mateo était prêt à asperger Kilbane de désinfectant s'il touchait à quoi que ce soit.

Elle observa l'attitude de Kilbane. Il semblait à la fois

nerveux et excité. *Nerveux*, les inspecteurs pouvaient comprendre. Mais *excité*, pas vraiment. Il y avait quelque chose là-dessous.

Mateo enfonça la touche LECTURE du magnétoscope. L'image s'anima immédiatement sur l'écran. La vidéo avait été filmée dans un angle, en hauteur, et elle montrait une boutique étroite agencée de la même manière que Reel Deal. Cinq ou six personnes arpentaient les allées.

— Ça a été tourné hier, expliqua Kilbane.

Il n'y avait ni date ni heure sur la vidéo.

— À quelle heure ? demanda Cahill.

— Je ne sais pas, répondit Kilbane. Après huit heures. Nous changeons les cassettes vers huit heures et cette boutique est ouverte jusqu'à minuit.

Un petit coin de la devanture laissait voir qu'il faisait nuit dehors. S'ils découvraient quelque chose d'important, ils vérifieraient l'heure à laquelle le soleil s'était couché la veille pour déterminer une heure plus précise.

Sur la vidéo, deux adolescentes noires examinaient les rayonnages des sorties récentes sous le regard attentif de deux adolescents noirs qui faisaient leur cinéma, jouaient aux malins dans l'espoir d'attirer leur attention. Ils échouèrent lamentablement et, au bout d'une minute ou deux, s'éloignèrent furtivement.

Au bas de l'image, un homme plus âgé à la mine sérieuse, arborant un bouc blanc et une casquette Kangol noire, lisait scrupuleusement les informations au dos de deux cassettes de la section documentaires. Ses lèvres bougeaient tandis qu'il lisait. L'homme partit bientôt et, l'espace de quelques minutes, il n'y eut plus aucun client de visible.

Puis une nouvelle silhouette entra dans le cadre par le côté gauche et se dirigea vers le milieu de la boutique. L'homme s'approcha du présentoir central sur lequel se trouvaient les cassettes VHS plus anciennes.

— Le voici, dit Kilbane.

— Qui est-ce ? demanda Cahill.

— Vous verrez. Ce présentoir va de *h* à *l*.

Il était impossible d'estimer la taille de l'homme à l'écran car il était filmé en hauteur. Il dépassait néanmoins le haut du présentoir, ce qui devait le situer au-dessus du mètre soixante-quinze, en dehors de quoi il était absolument ordinaire en tout point. Il se tenait immobile, dos tourné à la caméra, parcourant le rayonnage. Il n'y avait pour l'instant pas eu de plan de profil, aucun aperçu de son visage, il n'avait été filmé que de dos. Il portait un blouson d'aviateur sombre, une casquette sombre et un pantalon sombre, un fin sac en cuir en bandoulière à l'épaule gauche.

L'homme prit quelques cassettes, les retourna, lut le nom des acteurs, les reposa sur le présentoir. Il fit un pas en arrière, les mains sur les hanches, parcourut les titres des yeux.

Puis une femme blanche bien rondelette d'une cinquantaine d'années approcha par le côté droit de l'écran. Elle portait une chemise à motif fleuri et des bigoudis dans ses cheveux clairsemés. Elle sembla dire quelque chose à l'homme. Tout en continuant de regarder droit devant lui – comme s'il savait où se trouvait la caméra de surveillance –, il lui répondit et fit un geste vers la gauche. La femme le remercia d'un geste de la tête, sourit, puis elle lissa sa jupe au niveau de ses hanches épaisses comme si elle attendait qu'il poursuive la conversation. Il resta silencieux. Vexée, elle sortit du cadre. L'homme ne la regarda pas s'éloigner.

Quelques instants s'écoulèrent. L'homme consulta de nouvelles cassettes, puis, l'air de rien, tira une vidéo de son sac et la plaça sur l'étagère. Mateo rembobina, repassa la séquence, puis fit un arrêt sur image et zooma lentement tout en rendant l'image aussi nette que possible. L'illustration sur le boîtier de la cassette devint plus distincte. C'était une photo en noir et blanc représentant un homme sur la gauche et une femme aux cheveux blonds bouclés sur la droite. En plein centre, coupant la photo en deux, se trouvait un triangle rouge aux bords irréguliers.

La cassette était celle de *Liaison fatale*.

L'excitation devint palpable dans la pièce.

— Normalement, vous voyez, les employés sont censés demander aux clients de laisser leurs sacs au comptoir, dit Kilbane. Quelle bande de crétins.

Mateo rembobina la cassette jusqu'au moment où la silhouette était entrée dans le cadre, il la repassa au ralenti, l'arrêta, fit un agrandissement. L'image était très granuleuse, mais il était clair qu'un motif complexe était brodé sur le dos du blouson en satin de l'homme.

— Est-ce que vous pouvez vous rapprocher ? demanda Jessica.

— Oh, oui, répondit Mateo qui occupait fermement le devant de la scène ; c'était lui qui était aux commandes.

Il commença son numéro de magicien, pianotant sur les touches, ajustant les niveaux et tournant des boutons, agrandissant l'image et la rendant plus nette. Le motif brodé sur le dos du blouson semblait représenter un dragon vert dont la tête étroite crachait une fine flamme rouge foncé. Jessica se dit qu'elle ferait bien d'aller faire un tour chez les tailleurs spécialisés dans la broderie.

Mateo déplaça l'image sur la droite puis vers le bas pour la centrer sur la main de l'homme. Il portait un gant de chirurgien.

— Bon sang, lâcha Kilbane en secouant la tête et en se passant la main sur le menton. Cet enfoiré se pointe dans la boutique avec des gants en latex, et mes employés voient que dalle. Putain, ils sont virés.

Mateo alluma un second écran. Un arrêt sur image de la main du tueur tenant l'arme lors du meurtre de la vidéo de *Liaison fatale* apparut. La manche droite du tireur avait la même bande côtelée que la veste de la vidéo de surveillance. Même si ça ne constituait pas une preuve formelle, les deux vestes étaient assurément similaires.

Mateo enfonça quelques touches et imprima les deux images.

— Quand la vidéo de *Liaison fatale* a-t-elle été louée ? demanda Jessica.

— Hier soir, répondit Kilbane. Tard.

— À quelle heure ?

— J'en sais rien. Après onze heures. Je pourrais vérifier.

— Et vous affirmez que la personne qui l'a louée a regardé la vidéo puis vous l'a rapportée ?

— Ouais.

— Quand ?

— Ce matin.

— À quelle heure ?

— Je sais pas. Dix heures, peut-être ?

— L'a-t-elle déposée dans la boîte réservée à cet effet ou l'a-t-elle rapportée à l'intérieur ?

— Elle me l'a rapportée à moi.

— Qu'a-t-elle dit en la rapportant ?

— Juste qu'il y avait un problème avec cette cassette. Elle voulait être remboursée.

— C'est tout ?

— Ben oui.

— Elle n'a pas fait allusion au fait que quelqu'un y avait inséré un véritable meurtre ?

— Faut que vous compreniez le genre de clients que j'ai dans cette boutique. Vous voyez, il y en a qui ont rapporté le film *Memento* en disant que la cassette déconnait. Ils croyaient que le film avait été enregistré à l'envers. C'est incroyable, hein ?

Jessica continua de fixer Kilbane du regard quelques instants, puis elle se tourna vers Terry Cahill.

— *Memento* est une histoire racontée à l'envers, expliqua Cahill.

— Ah, OK. Peu importe, fit Jessica avant de porter de nouveau son attention sur Kilbane. Qui a loué la cassette de *Liaison fatale* ?

— Juste un client régulier, répondit Kilbane.

— Nous allons avoir besoin de son nom.

Kilbane secoua la tête.

— C'est juste un pauvre type. Il a rien à voir avec ça.

— Nous allons avoir besoin de son nom, répéta Jessica.

On aurait pu croire qu'un repris de justice comme Kilbane ne chercherait pas à embobiner les flics. Cela dit, s'il avait été plus malin, il n'aurait pas été repris de justice. Il était sur le point d'avancer une objection lorsqu'il leva les yeux vers Jessica. Peut-être une douleur fantôme se réveilla-t-elle momentanément dans son flanc, lui rappelant le sale coup de poing qu'elle lui avait décoché. Il acquiesça et leur donna le nom du client.

— Connaissez-vous la femme sur la vidéo de surveillance ? demanda Palladino. Celle qui a parlé à l'homme ?

— Quoi, cette grosse vache ? s'exclama Kilbane en faisant la moue, comme si un étalon façon magazine *GQ* de sa trempe ne risquait pas de s'associer à une quinquagénaire obèse qui se montrait en public avec ses bigoudis. Heu, non.

— L'avez-vous déjà vue dans la boutique ?

— Pas que je me souvienne.

— Avez-vous regardé l'intégralité de la vidéo avant de nous l'envoyer ? demanda Jessica.

Elle connaissait la réponse, elle savait qu'un type comme Kilbane n'avait pas pu résister. Il baissa un moment les yeux. De toute évidence, il l'avait regardée.

— Oui.

— Pourquoi ne l'avez-vous pas apportée vous-même ?

— Je croyais qu'on en avait déjà parlé.

— Dites-le encore.

— Écoutez, vous feriez peut-être bien d'être un peu plus sympa avec moi.

— Et pourquoi ça ?

— Parce que je peux vous résoudre cette affaire sur-le-champ.

Tout le monde regarda fixement Kilbane. Il se racla la gorge. On aurait dit le bruit d'un tracteur reculant dans un caniveau plein de boue.

— Je veux être sûr que vous passerez l'éponge sur ma, heu, petite bêtise de l'autre jour.

Sur quoi il souleva les pans de sa chemise. L'éviscérateur qu'il portait à la ceinture – l'arme qui aurait pu le renvoyer en prison – avait disparu.

— Nous voulons d'abord entendre ce que vous avez à dire.

Kilbane sembla réfléchir à la proposition. Ce n'était pas ce qu'il voulait, mais tout indiquait qu'il n'obtiendrait rien de plus. Il se racla de nouveau la gorge, regarda autour de lui, s'imaginant peut-être que tout le monde retenait sa respiration dans l'attente de ses révélations fracassantes. Il finit par se jeter à l'eau.

— Le type sur la vidéo… dit Kilbane. Le type qui a replacé la cassette de *Liaison fatale* sur l'étagère…

— Et alors ? fit Jessica.

Kilbane se pencha en avant, prit tout son temps, histoire de bien apprécier le moment à sa juste valeur, et déclara :

— Je sais qui c'est.

43

— Ça pue l'abattoir.

Il était aussi maigre qu'un manche de pioche et avait l'air d'un homme hors du temps, affranchi de l'histoire. Il y avait une bonne raison à ça. Sammy DuPuis était resté bloqué en 1962. Aujourd'hui, il portait un gilet d'alpaga noir, une chemise habillée bleue ton sur ton à col pointu, un pantalon en peau d'ange gris chatoyant et des chaussures pointues à bout renforcé. Ses cheveux étaient lissés en arrière, enduits de suffisamment de fortifiant pour graisser une Chrysler. Il fumait une Camel sans filtre.

Ils se rencontrèrent dans Germantown Avenue, près de Broad Street. L'arôme de barbecue et de fumée d'hickory provenant du restaurant Dwight's Southern imprégnait l'air de sa saveur grasse et sucrée. Kevin Byrne en avait l'eau à la bouche. Sammy DuPuis avait la nausée.

— Tout le monde adore la nourriture du Sud, non ? dit Byrne.

Sammy secoua la tête, tira une grosse bouffée sur sa Camel.

— Comment peut-on bouffer cette merde ? C'est rien que des putains de tendons avec du gras. Autant prendre une seringue et se l'injecter direct dans le cœur.

Byrne baissa le regard. Le pistolet était posé entre eux sur un morceau de velours noir. L'odeur de l'huile sur l'acier avait quelque chose de particulier, pensa-t-il. Cette odeur renfermait une puissance terrible.

Byrne saisit l'arme, vérifia le mécanisme, fit mine de viser, attentif au fait qu'ils se trouvaient dans un lieu public. Sammy travaillait d'habitude chez lui, dans sa maison d'East Camden, mais, aujourd'hui, Byrne n'avait pas le temps de traverser la rivière.

— Je peux te le faire à six cent cinquante, dit Sammy. C'est une affaire pour une telle merveille.

— Sammy... fit Byrne.

L'homme resta un instant silencieux, tentant de lui inspirer de la pitié. Ça ne prit pas.

— OK, six cents, dit-il. Et je perds du fric.

Sammy DuPuis était un vendeur d'armes qui ne traitait jamais avec les dealers ni avec les membres de gangs. S'il existait un vendeur d'armes de l'ombre doté de scrupules, c'était Sammy DuPuis.

L'article en vente était un SIG-Sauer P-226. Ce n'était peut-être pas le plus joli pistolet de tous les temps – loin de là – mais il était précis, fiable et costaud. Et Sammy DuPuis était un homme d'une extrême discrétion. Ces jours-ci, Kevin Byrne ne demandait rien de plus.

— J'espère qu'il n'a jamais servi, Sammy.

Byrne fourra l'arme dans la poche de son blouson. Sammy enveloppa les autres armes dans le morceau de velours.

— Aussi vierge que le cul de ma première femme, répondit Sammy.

Byrne sortit son rouleau de billets, préleva six billets de cent dollars qu'il tendit à Sammy.

— Tu as apporté le sac ? demanda Byrne.

Sammy leva immédiatement les yeux. Son front se plissa sous l'effet de la réflexion. En règle générale, perturber Sammy DuPuis pendant qu'il comptait de l'argent était un sacré tour de force mais, en entendant la question de Byrne, il s'interrompit aussitôt. Si ce qu'ils faisaient n'était pas légal – et Byrne estimait qu'ils devaient violer au moins une douzaine de lois, à la fois d'État et fédérales –, ce qu'il venait de suggérer violait à peu près toutes les autres.

Mais Sammy DuPuis ne jugeait pas. Sinon, il n'aurait pas fait ce boulot. Et il n'aurait pas trimballé la mallette d'acier qui se trouvait dans le coffre de sa voiture et qui contenait des instruments si sinistres qu'il ne les évoquait que du bout des lèvres.

— Tu es sûr ?

Byrne se contenta de le fixer du regard.

— OK, OK, dit Sammy. Désolé d'avoir posé la question.

Ils descendirent de voiture, marchèrent jusqu'au coffre. Sammy regarda des deux côtés de la rue. Il hésitait, triturait ses clés.

— Tu cherches des flics ? demanda Byrne.

Sammy lâcha un petit rire nerveux. Il ouvrit le coffre qui était rempli de divers sacs en toile, attachés-cases et autres sacs marins. Sammy écarta quelques mallettes en similicuir puis en ouvrit une. À l'intérieur se trouvait un assortiment de téléphones portables.

— Tu es certain de ne pas vouloir un portable neuf à la place ? Un PDA, peut-être ? demanda-t-il. Je peux te refiler un BlackBerry 7290 pour soixante-quinze billets.

— Sammy…

Sammy hésita de nouveau, puis il referma la mallette et en ouvrit une autre. Celle-ci était remplie de douzaines de flacons ambrés.

— Des pilules ?

Byrne réfléchit. Il savait que Sammy avait des amphétamines. Il était épuisé, mais les stimulants ne feraient qu'empirer les choses.

— Pas de pilules.

— Feux d'artifice ? Porno ? Je peux t'avoir une Lexus pour dix mille dollars.

— Tu te souviens que j'ai une arme chargée dans ma poche, non ? demanda Byrne.

— C'est toi le patron, dit Sammy.

Il sortit une luxueuse valise Zero Halliburton, composa le code d'ouverture tout en le dissimulant inconsciemment à la vue de Byrne. Il ouvrit la valise et s'écarta, alluma une nouvelle Camel. Même Sammy DuPuis avait du mal à regarder le contenu de cette valise.

44

Il n'y avait en général pas plus que quelques inspecteurs à la fois dans l'unité audiovisuelle située au sous-sol de la Rotonde. Cet après-midi-là, ils étaient une demi-douzaine, entassés autour de la petite cabine de montage qui jouxtait la salle de contrôle. Jessica était certaine que leur présence n'avait rien à voir avec le fait que c'était un film porno hardcore qui défilait à l'écran.

Jessica et Cahill avaient reconduit Kilbane chez Flickz. Celui-ci était allé chercher une vidéo nommée *La Peau de Philadelphie* dans la section des films classés X, dans l'arrière-boutique, et lorsqu'il était réapparu, on aurait dit un agent secret qui aurait récupéré des fichiers secrets chez l'ennemi.

Le film commençait par une série de séquences montrant les gratte-ciel de Philadelphie. Ç'avait plutôt l'air d'une grosse production pour un film porno. Puis on se retrouvait à l'intérieur d'un appartement. Une scène standard : lumière vive, image numérique légèrement surexposée. Au bout de quelques secondes, quelqu'un frappait à la porte.

Une femme pénétra dans le champ, alla ouvrir. Elle était jeune et délicate, un corps de gamine dans un body jaune. À peine d'âge légal, de toute évidence. Lorsqu'elle ouvrit la porte en grand, un homme apparut. Il était de taille et de corpulence moyennes. Il portait un blouson d'aviateur en satin bleu et un masque de cuir.

— Vous avez demandé un plombier? demanda l'homme.

Quelques inspecteurs éclatèrent de rire, puis se reprirent rapidement. Il était possible que l'homme qui venait de poser cette question fût leur tueur. Lorsqu'il tourna le dos à la caméra, ils virent qu'il portait le même blouson que l'homme de la vidéo de surveillance : bleu foncé avec un dragon vert brodé.

— Je viens d'arriver en ville, répondit la jeune femme. Ça fait des semaines que je n'ai pas vu un visage sympathique.

Tandis que la caméra se rapprochait, Jessica s'aperçut que la jeune femme portait un masque orné de délicates plumes roses. Puis elle vit ses yeux – des yeux hantés, effrayés, des portes donnant sur une âme dévastée.

La caméra pivota ensuite sur la droite, suivant l'homme qui empruntait un couloir court. À cet instant, Mateo fit un arrêt sur image et lança une impression. Bien que l'agrandissement tiré de la vidéo de surveillance fût plutôt flou à cause de la faible résolution, les deux impressions posées côte à côte étaient tout à fait concluantes : l'homme du film classé X et celui qui reposait la cassette sur le présentoir chez Flickz portaient clairement le même blouson.

— Quelqu'un reconnaît-il ce motif? demanda Buchanan.

Personne ne l'avait jamais vu.

— Comparons-le aux symboles de gangs, ajouta-t-il. Trouvons les tailleurs qui font de la broderie.

Ils regardèrent le reste de la vidéo. Un deuxième homme masqué y apparaissait également, de même qu'une autre jeune femme portant un masque à plumes. C'était un film SM classique avec des scènes de sexe brutales. Jessica ne comprenait pas comment les jeunes femmes faisaient pour ne pas éprouver de douleurs terribles ou ne pas être blessées. Elles avaient l'air de se faire méchamment tabasser.

À la fin de la projection, ils regardèrent le maigre générique. Le film avait été mis en scène par un certain Edmundo Nobile. L'acteur au blouson bleu s'appelait Bruno Steele.

— Quel est le vrai nom de l'acteur ? demanda Jessica.

— Je ne sais pas, répondit Kilbane. Mais je connais les gens qui ont distribué ce film. Si quelqu'un peut le trouver, c'est eux.

Le film *La Peau de Philadelphie* était distribué par une société de Camden, dans le New Jersey, nommée Inferno Films. Inferno Films était en activité depuis 1981 et avait produit plus de quatre cents films, essentiellement du porno hard. Les films étaient vendus en gros aux librairies spécialisées et au détail sur le site Internet de la société.

Les inspecteurs décidèrent qu'une approche frontale – mandat de perquisition, raid, interrogatoires – risquait de ne pas produire les résultats désirés. S'ils se pointaient toutes plaques dehors, il y avait de grandes chances pour que les employés se serrent les coudes ou ne se souviennent soudain plus de l'un de leurs « acteurs », sans compter qu'ils risquaient aussi d'alerter ledit acteur, qui pourrait alors mettre les voiles.

Ils estimèrent que la meilleure façon de procéder serait de les infiltrer. Lorsque tous les regards se tournèrent vers Jessica, elle comprit ce que ça voulait dire.

C'était elle qui s'y collerait.

Et son guide dans l'enfer du milieu porno de Philadelphie ne serait nul autre qu'Eugene Kilbane.

En quittant la Rotonde, Jessica faillit percuter quelqu'un alors qu'elle traversait le parking. Elle leva les yeux. C'était Nigel Butler.

— Bonjour, inspecteur, dit-il. Je venais justement vous voir.

— Bonjour, dit-elle.

Il lui montra un sac en plastique.

— J'ai rassemblé quelques livres à votre intention. Ça pourrait vous être utile.

— Ce n'était pas la peine de les apporter vous-même, dit Jessica.

— Pas de problème.

Butler ouvrit le sac et en tira trois énormes livres de poche. *Coups de feu dans le miroir : films criminels et société, Dieux de la mort* et *Maîtres de la mise en scène.*

— C'est très généreux de votre part. Merci beaucoup.

Butler jeta un coup d'œil à la Rotonde, puis se tourna de nouveau vers Jessica. Le moment sembla s'éterniser.

— Il y a autre chose ? demanda Jessica.

Butler lui fit un large sourire.

— J'espérais bien une petite visite des lieux.

Jessica consulta sa montre.

— Pas de problème, mais un autre jour.

— Oh, je suis désolé.

— Écoutez. Vous avez ma carte. Passez-moi un coup de fil demain et on arrangera quelque chose.

— Je dois quitter la ville quelques jours, mais je vous appellerai à mon retour.

— Parfait, dit Jessica, puis elle prit le sac de livres. Et encore merci pour tout ça.

— *Bonne chance*[1], inspecteur.

Jessica marcha jusqu'à sa voiture, pensant à Nigel Butler dans sa tour d'ivoire, entouré d'affiches de films

1. En français dans le texte. *(N.d.T.)*

dans lesquels les pistolets étaient chargés à blanc, les cascadeurs tombaient sur des matelas et le sang était faux.

Elle ne pouvait s'imaginer de monde plus éloigné du milieu universitaire que celui dans lequel elle était sur le point de pénétrer.

Jessica réchauffa deux plats de cuisine minceur pour elle et Sophie. Elles s'installèrent sur le divan et mangèrent sur des plateaux. Sophie adorait ça. Jessica alluma la télé, parcourut les chaînes et opta pour un film du milieu des années quatre-vingt-dix aux dialogues percutants et à l'action trépidante. Bruit de fond. Tandis qu'elles mangeaient leur dîner, Sophie lui raconta par le détail sa journée à la maternelle. En l'honneur de l'anniversaire prochain de Beatrix Potter, expliqua Sophie, les élèves de sa classe avaient fabriqué à partir des sacs de leur déjeuner des marionnettes à gaine représentant des lapins. L'après-midi avait été consacré à une étude du climat à partir d'une nouvelle chanson intitulée *Perlette la goutte de pluie*. Jessica eut le sentiment qu'elle connaîtrait bientôt par cœur *Perlette la goutte de pluie*, qu'elle le veuille ou non.

Juste à l'instant où elle était sur le point de débarrasser les plateaux, Jessica entendit une voix. Une voix familière. Elle s'intéressa de nouveau au film. C'était *Kill Game 2*, le deuxième épisode de la série de films d'action à succès tournés par Will Parrish. Cet épisode-ci traitait d'un baron de la drogue sud-africain.

Mais ce n'était pas la voix de Will Parrish qui avait attiré son attention – d'ailleurs, la voix traînante et râpeuse de Will Parrish était tout à fait caractéristique – mais celle du flic qui couvrait l'arrière du bâtiment.

— Toutes les issues sont couvertes, disait le flic. Ces salopards sont cuits.

— Personne n'entre ni ne sort, répondait Parrish,

pieds nus, sa chemise auparavant blanche désormais maculée de faux sang.

— Bien, monsieur, répondait l'agent.

Il était un peu plus grand que Parrish, avait la mâchoire puissante, des yeux bleu glace, une silhouette élancée.

Jessica dut regarder deux fois, puis deux fois de plus, juste pour s'assurer qu'elle n'hallucinait pas. Non. Aucun doute. Ç'avait beau être dur à croire, c'était bel et bien lui.

L'homme qui interprétait le rôle de l'agent dans *Kill Game 2* était l'agent spécial Terry Cahill.

Jessica alluma son ordinateur, se connecta à Internet.

Comment s'appelait cette base de données qui contenait toutes les informations sur les films ? Elle essaya quelques acronymes et trouva rapidement IMDb. Elle entra *Kill Game 2* et cliqua sur « distribution complète et équipe ». Elle fit défiler la page, presque jusqu'en bas. Face au personnage du « Jeune flic » se trouvait le nom de Cahill.

Avant de refermer la page, elle parcourut le reste des crédits. Son nom figurait encore face à la mention « Conseiller technique ».

Incroyable.

Terry Cahill faisait du cinéma.

À sept heures, Jessica déposa Sophie chez Paula, puis fonça sous la douche. Elle se sécha les cheveux, mit du rouge à lèvres et du parfum, enfila un pantalon de cuir noir et un chemisier de soie rouge. Une paire de pendants en argent fin pour compléter l'illusion. Elle fut bien obligée d'admettre qu'elle n'était pas mal. Un peu pute, peut-être. Mais après tout, c'était le but de la manœuvre, non ?

Elle verrouilla la maison, marcha jusqu'à sa Jeep

garée dans l'allée. Avant qu'elle ait eu le temps de se glisser derrière le volant, une voiture pleine d'adolescents passa. Ils klaxonnèrent et sifflèrent.

Ça marche encore, pensa-t-elle en souriant. Au moins dans le nord de Philly. De plus, tant qu'elle était sur le site IMDb, elle en avait profité pour consulter la page sur *Ville haute, Ville basse*. Ava Gardner n'avait que vingt-sept ans dans ce film.

Vingt-sept ans...

Elle grimpa dans la Jeep et prit la direction de la ville.

L'inspecteur Nicolette Malone était menue, bronzée et tonique. Ses cheveux d'un blond presque argenté étaient attachés en queue-de-cheval. Elle portait un Levi's délavé, un T-shirt blanc et un blouson de cuir noir. Elle était prêtée par la brigade des stupéfiants, avait à peu près le même âge que Jessica, et le parcours qui l'avait menée jusqu'à l'obtention de sa plaque dorée était étonnamment similaire à celui de Jessica : issue d'une famille de flics, elle avait passé quatre ans en uniforme, trois en tant qu'inspecteur divisionnaire.

Bien qu'elles ne se fussent jamais rencontrées, elles connaissaient chacune la réputation de l'autre. Surtout Jessica. Pendant une brève période, plus tôt cette même année, elle avait été convaincue que Nicci Malone avait une liaison avec Vincent. Jessica espérait de tout cœur que Nicci n'avait pas eu vent de ses soupçons d'écolière.

Elles se retrouvèrent dans le bureau d'Ike Buchanan. L'assistant du procureur, Paul DiCarlo, était présent.

— Jessica Balzano, Nicci Malone, dit Buchanan.

— Enchantée, dit Nicci en tendant une main que Jessica serra.

— Ravie de vous rencontrer, répondit Jessica. J'ai beaucoup entendu parler de vous.

— Je ne l'ai jamais touché. Parole d'honneur, dit Nicci en souriant et en lui faisant un clin d'œil. Je plaisante.

Merde, pensa Jessica. Nicci savait tout.

Ike Buchanan parut à juste titre confus. Puis il poursuivit.

— Inferno Films est essentiellement l'affaire d'un seul homme. Le propriétaire est un type nommé Dante Diamond.

— Quel est le scénario ? demanda Nicci.

— Vous faites un essai pour un film hardcore et vous voulez que ce Bruno Steele soit dedans.

— Comment serons-nous équipées ? demanda Nicci.

— Micros-cravates ultralégers, sans fil, possibilité d'enregistrer à distance.

— Armées ?

— C'est vous qui voyez, répondit DiCarlo. Mais il y a de grandes chances pour qu'on vous fouille ou qu'on vous fasse franchir un détecteur de métaux à un moment ou un autre.

Nicci et Jessica échangèrent un regard et tombèrent silencieusement d'accord. Elles iraient sans armes.

Après que Jessica et Nicci eurent reçu les instructions de deux anciens de la brigade des mœurs – incluant les noms à balancer, les termes à utiliser, ainsi qu'une variété d'anecdotes –, Jessica attendit dans la salle commune. Bientôt Terry Cahill entra dans la pièce. Lorsqu'elle fut certaine qu'il l'avait remarquée, elle prit une pose de caïd, mains sur les hanches.

— Toutes les issues sont couvertes, lança-t-elle, reprenant la phrase qu'il prononçait dans *Kill Game 2*.

Cahill la regarda un moment avec un air interrogateur, puis il saisit l'allusion.

— Oh, oh, fit-il.

Il portait une tenue décontractée. Il ne ferait pas partie de l'expédition du soir.

— Comment ça se fait que vous ne m'ayez jamais dit que vous faisiez du cinéma ? demanda Jessica.

— Eh bien, je n'ai joué que dans deux films, et j'aime garder mes deux vies séparées. En plus, le FBI n'aime pas trop ça.

— Comment avez-vous débuté ?

— Tout a commencé quand les producteurs de *Kill Game 2* ont appelé le bureau en demandant une assistance technique. Dieu sait comment, l'agent en charge savait que j'étais dingue de cinéma et il m'a recommandé pour le boulot. Si le bureau aime garder le mystère sur ses agents, il fait aussi son possible pour être représenté avec justesse.

La police de Philadelphie n'était pas vraiment différente, pensa Jessica. Elle avait fait l'objet d'un certain nombre de programmes produits pour la télévision, et il était rare qu'ils ne tombent pas à côté de la plaque.

— Comment ça s'est passé avec Will Parrish ?

— C'est un type super, répondit Cahill. Très généreux et les pieds sur terre.

— Êtes-vous dans le film qu'il est en train de tourner ?

Cahill jeta un coup d'œil à la ronde, baissa la voix.

— Juste de la figuration. Mais n'en parlez à personne ici. Tout le monde veut être dans le showbiz, pas vrai ?

Jessica fit mine de se coudre les lèvres.

— D'ailleurs, on tourne ma petite scène ce soir, ajouta Cahill.

— Et c'est pour ça que vous ne participerez pas à notre petite virée sexy ?

Cahill sourit.

— C'est un sale boulot.

Il se leva, regarda sa montre.

— Avez-vous déjà joué ?

Jessica faillit rire. La seule fois qu'elle s'était frottée à une vraie scène, elle était en neuvième à Saint Paul. Elle tenait l'un des rôles principaux dans une fastueuse pièce représentant la Nativité. Elle jouait un mouton.

— Heu, rien de remarquable.

— C'est beaucoup plus difficile qu'il n'y paraît.

— Comment ça ?

— Vous voyez les phrases que je devais dire dans *Kill Game 2* ? demanda Cahill.

— Oui, et alors ?

— Je crois que nous avons tourné trente prises.

— Comment ça se fait ?

— Vous ne savez pas combien il est difficile de dire « ces salopards sont cuits » en conservant son sérieux.

Jessica essaya. Il avait raison.

À neuf heures, Nicci fit irruption à la brigade criminelle, faisant tourner la tête à tous les inspecteurs mâles de service. Elle s'était changée et avait passé une adorable petite robe de soirée noire.

Nicci et Jessica se succédèrent dans l'une des salles d'interrogatoire où on les équipa de micros-cravates sans fil.

Eugene Kilbane faisait nerveusement les cent pas dans le parking de la Rotonde. Il portait un costume bleu pastel et des mocassins blancs en cuir verni dont la partie supérieure était barrée par une chaîne argentée. Il allumait chaque nouvelle cigarette au mégot de la précédente.

— Je ne suis pas sûr de pouvoir faire ça, dit Kilbane.

— Si, vous le pouvez, répondit Jessica.

— Vous ne comprenez pas. Ces gens peuvent être dangereux.

Jessica lui lança un regard furieux.

— Hum, c'est précisément pour ça que nous y allons, Eugene.

311

Le regard de Kilbane glissa de Jessica à Nicci, à Nick Palladino puis Eric Chavez. Des gouttes de sueur s'accumulaient sur sa lèvre supérieure. Il ne pouvait plus se défiler.

— Merde, lâcha-t-il. Allons-y.

45

Kevin Byrne comprenait l'excitation que procurait le crime. Il connaissait bien la montée d'adrénaline qui accompagnait le vol, la violence ou tout comportement antisocial. Il avait arrêté bien des suspects en flagrant délit et savait que, lorsqu'ils étaient sous l'emprise de cette sensation particulière, les criminels se rendaient rarement compte de ce qu'ils avaient fait, des conséquences pour la victime, des conséquences pour eux-mêmes. À la place, ils éprouvaient une jubilation amère d'avoir accompli leur acte, conscients que la société interdisait ce comportement mais qu'ils l'avaient fait quand même.

Comme Byrne se préparait à quitter son appartement – sentant malgré lui les braises de cette excitation s'allumer en lui –, il n'avait pas la moindre idée de la tournure que prendraient les événements, ne savait s'il finirait avec Victoria en sécurité dans ses bras ou avec Julian Matisse dans sa ligne de mire.

Ou bien, ce qu'il n'osait envisager, ni l'un ni l'autre.

Byrne tira une salopette d'ouvrier d'un placard, une combinaison crasseuse provenant du service des eaux de Philadelphie. Son oncle Frank venait d'y prendre sa retraite et la lui avait donnée un jour que Byrne avait dû effectuer une surveillance discrète quelques années plus tôt. Personne ne fait attention au type qui bosse dans la rue. Les employés municipaux, tout comme les marchands ambulants, les mendiants et les personnes âgées, font partie du paysage urbain. Un décor humain. Cette nuit, Byrne avait besoin d'être invisible.

Il regarda la figurine de Blanche-Neige posée sur sa commode. Il l'avait soigneusement ôtée du capot de sa voiture et placée dans un sachet transparent dès qu'il s'était de nouveau glissé derrière le volant. Il ne savait pas s'il en aurait un jour besoin comme pièce à conviction ni si les empreintes digitales de Julian Matisse étaient dessus.

Tout comme il ne savait pas de quel côté de la loi il se retrouverait quand s'achèverait cette longue nuit. Il enfila la combinaison, attrapa sa boîte à outils et sortit.

Sa voiture était noyée dans l'obscurité.

Un groupe d'adolescents – tous âgés d'environ dix-sept ou dix-huit ans, quatre garçons et deux filles – se tenaient un demi-pâté de maisons plus loin, observant les mouvements du monde, attendant de s'y colleter à leur tour. Ils fumaient, faisaient tourner un joint, buvaient au goulot de deux grosses bouteilles emballées dans du papier brun, se payaient la fiole les uns des autres, ou Dieu sait comment ils appelaient ça de nos jours. Les garçons se disputaient les faveurs des filles ; les filles faisaient les coquettes, feignant l'indifférence mais ne manquant rien de ce qui se passait. La scène classique, au coin d'une rue, en plein été. Ç'avait toujours été comme ça.

Pourquoi Phil Kessler faisait-il ça à Jimmy ? se demanda Byrne. Il était passé chez Darlene Purify dans l'après-midi. La veuve de Jimmy n'était pas encore immunisée contre les assauts du chagrin. Ils avaient divorcé plus d'un an avant la mort de Jimmy, mais elle n'avait jamais cessé de tenir à lui. Ils avaient partagé leur vie. Partagé la vie de trois enfants.

Byrne tenta de se remémorer le visage de Jimmy lorsqu'il racontait l'une de ses blagues stupides, ou lorsqu'il devenait terriblement sérieux à quatre heures du matin à l'époque où ils picolaient ensemble, ou lorsqu'il interrogeait un connard, ou la fois où il avait séché les larmes d'un gamin chinois au terrain de jeux après qu'il eut perdu ses chaussures en se faisant courser par un môme plus grand. Jimmy avait emmené le gamin chez Payless et lui avait offert une nouvelle paire de baskets, de sa poche.

Mais Byrne n'y parvenait pas.

Comment était-ce possible ?

Il se souvenait de tous les malfrats qu'il avait arrêtés. Tous sans exception.

Il se souvenait du jour où son père lui avait acheté une tranche de pastèque auprès d'un marchand ambulant de la 9e Rue. Il devait avoir dans les sept ans ; le temps était chaud et humide ; la pastèque était glaciale. Son vieux portait une chemise à rayures rouges et un short blanc. Il avait raconté une blague au marchand – une blague salace qu'il avait murmurée afin que Kevin n'entende pas. Le marchand avait rigolé à gorge déployée. Il avait des dents en or.

Il se souvenait du moindre pli sur la plante des minuscules pieds de sa fille le jour où elle était née.

Il se souvenait du visage de Donna le jour où il l'avait demandée en mariage, la façon qu'elle avait eue d'incliner légèrement la tête, comme si voir le monde de travers pouvait lui donner quelque indication sur ses réelles intentions.

Mais Kevin Byrne ne se souvenait pas du visage de Jimmy Purify, le visage d'un homme qu'il avait adoré, un homme qui lui avait appris à peu près tout ce qu'il savait de cette ville, du boulot.

Dieu lui vienne en aide, il ne se souvenait pas.

Il regarda des deux côtés de la rue, scrutant ses trois rétroviseurs. Les adolescents étaient partis. L'heure était venue. Il sortit de voiture, attrapa la boîte à outils et un porte-bloc. À cause du poids qu'il avait perdu, il avait l'impression de nager dans la salopette. Il baissa la visière de sa casquette au maximum.

Si Jimmy avait été là, il aurait remonté son col, tiré sur ses manches et lancé : « Que le spectacle commence ! »

Byrne traversa l'avenue et s'engouffra dans l'obscurité de l'allée.

46

La morphine était un oiseau des neiges blanc sous lui. Aujourd'hui ils prenaient leur envol. Ils avaient rendu visite à sa grand-mère dans sa maison mitoyenne de Parrish Street. La Buick LeSabre de son père crachait une fumée bleu-gris sur le trottoir.

Le temps basculait d'un côté, de l'autre. La douleur essayait de nouveau de l'attraper. L'espace d'un moment il était un jeune homme. Il pouvait se baisser, esquiver, contrer. Mais le cancer était un mi-lourd balèze. Rapide. Un crochet lui incendia l'estomac, telles des flammes rouges et ardentes. Il appuya sur le bouton. Bientôt la main fraîche et blanche lui caressa doucement le front…

Il sentit une présence dans la pièce, leva les yeux. Une silhouette se tenait au pied du lit. Sans ses lunettes – et même avec il n'y voyait plus grand-chose – il ne pouvait reconnaître l'homme. Il s'était longtemps demandé ce qui partirait en premier, et ne s'était pas attendu à ce que ce fût la mémoire. Dans son travail, dans sa vie, la mémoire avait été tout. La mémoire était ce qui vous hantait. La mémoire était ce qui vous sauvait. Sa mémoire à long terme semblait intacte. La voix de sa mère. L'odeur de tabac et d'huile trois-en-un qu'exhalait son père. C'étaient les choses que percevaient ses sens, et maintenant ses sens le trahissaient.

Qu'avait-il fait ?

Comment s'appelait-elle ?

Il ne se souvenait plus. Il ne se souvenait plus de grand-chose désormais.

La silhouette s'approcha. La blouse blanche rayonnait dans la lumière céleste. Était-il mort ? Non. Il sentait ses membres, lourds et épais. La douleur lui déchirait le bas de l'abdomen. La douleur signifiait qu'il était vivant. Il appuya sur la sonnerie des médecins, ferma les yeux. Les yeux de la jeune femme le fixaient dans l'obscurité.

— Comment allez-vous, docteur ? parvint-il enfin à prononcer.

— Bien, répondit l'homme. Souffrez-vous beaucoup ?

Souffrez-vous beaucoup ?

La voix était familière. Une voix du passé.

L'homme n'était pas médecin.

Il entendit un craquement, puis un sifflement qui devint un rugissement dans ses oreilles, un son terrifiant. Et il y avait une bonne raison à cela. C'était le son de sa propre mort.

Mais bientôt le son sembla provenir d'un endroit au nord de Philadelphie, un endroit infect et laid qui hantait ses rêves depuis plus de trois ans, un endroit terrible où une jeune fille était morte, une jeune fille dont il savait qu'il la reverrait bientôt.

Et cette idée, plus que l'idée de sa propre mort, effraya l'inspecteur Phillip Kessler jusqu'au tréfonds de son âme.

47

Le Tresonne Supper Club était un restaurant sombre et enfumé de Sansom Street, dans Center City. Il s'appelait anciennement le Coach Club et, à son heure de gloire – vers le début des années soixante-dix –, était un lieu en vue, l'un des grills les plus chics de la ville, fréquenté par des joueurs des équipes des Sixers et des Eagles, ainsi que par des politicards de rang et de stature divers. Jessica se rappelait la fois où elle y avait dîné avec son frère et son père quand elle avait sept ou huit ans. Ça lui avait semblé être l'endroit le plus élégant du monde.

C'était désormais un restaurant de troisième zone dont la clientèle était constituée d'un amalgame de silhouettes vagues issues des milieux du divertissement pour adultes et de l'édition marginale. Les tentures d'un bordeaux intense qui jadis rappelaient l'atmosphère des petits restos new-yorkais étaient maintenant moisies et encrassées par une décennie de nicotine et de graisse.

Client régulier du Tresonne, Dante Diamond tenait d'ordinaire sa cour dans le grand box semi-circulaire situé à l'arrière du restaurant. Ils avaient consulté son casier et appris que, sur ses trois passages à la Rotonde au cours des vingt dernières années, les deux seuls chefs d'accusation qui avaient été retenus contre lui avaient été proxénétisme et possession de drogue.

Sa photo la plus récente datait de dix ans plus tôt, mais Eugene Kilbane était certain de le reconnaître. De plus, dans un lieu comme le Tresonne, Dante Diamond était roi.

Le restaurant était à moitié plein. Il y avait un long bar sur la droite, des boxes sur la gauche, environ une douzaine de tables au centre. Le bar était séparé de la salle à manger par une partition faite de panneaux en plastique coloré et de lierre artificiel. Jessica remarqua une fine pellicule de poussière sur le lierre.

Tandis que Nicci et Jessica se dirigeaient vers le fond du bar, toutes les têtes se tournèrent sur leur passage. Les hommes repérèrent Kilbane, le jaugeant immédiatement, évaluant sa position dans la chaîne alimentaire et son impact auprès des femmes. Il fut aussitôt évident que, ici, il n'était ni un rival ni une menace. Son menton fuyant, sa lèvre supérieure ravagée et son costume bon marché le classaient dans la catégorie des perdants. C'étaient les deux jolies jeunes femmes qui l'accompagnaient qui lui donnaient, du moins temporairement, le cachet dont il avait besoin en ces lieux.

Il y avait des tabourets libres au bout du bar. Nicci et Jessica s'assirent. Kilbane resta debout. Au bout d'un moment, le serveur approcha.

— Bonsoir, dit-il.

— Ouais. Comment ça va ? répondit Kilbane.

— Très bien, monsieur.

Kilbane se pencha en avant.

— Dante est dans les parages ?

Le serveur lui jeta un regard de marbre.

— Qui ?

— Monsieur Diamond.

Le serveur esquissa un sourire, l'air de dire : *C'est*

mieux. C'était un homme soigné et habile, aux ongles manucurés, qui approchait de la soixantaine. Il portait un gilet de satin bleu roi et une chemise à la blancheur immaculée. On voyait qu'il avait passé bien des années derrière le bar. Il plaça un trio de serviettes en papier sur le comptoir.

— Monsieur Diamond n'est pas ici ce soir.

— Vous l'attendez ?

— Impossible à dire, répondit le serveur. Je ne suis pas son secrétaire. (Il regarda Kilbane droit dans les yeux, signifiant par là qu'il mettait un terme aux questions.) Que puis-je vous servir à vous et aux demoiselles ?

Ils commandèrent. Un café pour Jessica, un Coca-Cola light pour Nicci et un double bourbon pour Kilbane. Si Kilbane espérait picoler toute la soirée aux frais du contribuable, il se fourrait le doigt dans l'œil. Les boissons arrivèrent. Kilbane se tourna vers la salle à manger.

— Cet endroit part vraiment en couilles, dit-il. (Jessica se demanda d'après quels critères un voyou comme Eugene Kilbane pouvait émettre un tel jugement.) Je vois quelques personnes que je connais. Je vais me renseigner, ajouta-t-il.

Il siffla son bourbon d'un trait, ajusta sa cravate et pénétra dans la salle à manger. Jessica parcourut la pièce du regard. Il y avait quelques couples de quinquagénaires dans la salle dont elle avait peine à croire qu'ils puissent être du milieu. Après tout, le Tresonne faisait de la pub dans *City Paper*, *Metro*, le *Report* et d'autres journaux. Mais la clientèle était pour l'essentiel constituée d'hommes à l'air endurci, âgés d'une cinquantaine ou d'une soixantaine d'années –, bague à l'auriculaire, épingle à cravate, boutons de manchettes marqués de monogrammes. On se serait cru à une convention sur la gestion des déchets.

Jessica regarda sur sa gauche. L'un des hommes au

bar les reluquait, elle et Nicci, depuis qu'elles étaient assises. Elle le vit du coin de l'œil se lisser les cheveux et se vaporiser du rafraîchisseur d'haleine. Il s'approcha d'un pas tranquille.

— Salut, dit-il à Jessica en souriant.

Jessica se tourna vers l'homme, lui lançant le regard scrutateur réglementaire. Il avait dans les soixante ans. Chemise en soie artificielle vert mer, veste de sport en polyester beige, lunettes d'aviateur teintées à monture d'acier.

— J'ai cru comprendre que vous et votre amie étiez actrices.

— Où avez-vous entendu ça ? demanda Jessica.

— Vous en avez l'allure.

— C'est-à-dire ? demanda Nicci avec un sourire.

— L'allure théâtrale, répondit-il. Et vous êtes très belles.

— En effet, nous sommes actrices, dit Nicci en riant et en faisant voleter ses cheveux. Pourquoi nous demandez-vous ça ?

— Je suis producteur de cinéma. (Comme par magie, il produisit deux cartes de visite. Werner Schmidt. Lux Productions. New Haven, Connecticut.) Je cherche des interprètes pour un nouveau long métrage. Numérique haute définition. Lesbiennes.

— Ç'a l'air intéressant.

— Un sacré script. Le scénariste a fait un semestre à l'école de cinéma de l'université de Californie. (Nicci acquiesça, feignant un profond intérêt.) Mais avant d'ajouter quoi que ce soit, je dois vous demander quelque chose, dit Werner.

— Quoi ? demanda Jessica.

— Êtes-vous de la police ?

Jessica jeta un petit coup d'œil en direction de Nicci, puis se tourna de nouveau vers l'homme.

— Oui, répondit-elle. Toutes les deux. Nous sommes des inspecteurs déguisés pour une opération d'infiltration.

Werner eut l'air abasourdi pendant une seconde, comme si on l'avait mis K-O. Puis il éclata de rire. Jessica et Nicci firent de même.

— Elle est bien bonne, dit-il. Putain, ce qu'elle est bonne. Ça me plaît.

Nicci ne comptait pas en rester là. Elle était comme un flingue. Chargeur plein.

— On s'est déjà rencontrés, pas vrai ?

Werner eut l'air encore plus encouragé. Il rentra le ventre, se tint un peu plus droit.

— Je me disais la même chose.

— Vous avez déjà travaillé avec Dante ?

— Dante Diamond ? murmura-t-il avec admiration, comme s'il prononçait les noms d'Hitchcock ou de Fellini. Pas encore, mais Dante, c'est la classe. Superbe organisation. (Il se retourna et pointa du doigt une femme assise au bout du bar.) Paulette a tourné un certain nombre de films avec lui. Vous connaissez Paulette ?

Ça ressemblait à un test. Nicci ne se démonta pas.

— Jamais eu le plaisir, répondit-elle. Mais je vous en prie, demandez-lui de se joindre à nous pour boire un verre.

Werner fila comme un éclair. La perspective de se retrouver au bar entouré de trois femmes était un rêve devenu réalité. Quelques instants plus tard, il revenait avec Paulette, une fausse brune d'à peu près quarante ans. Talons bobines, robe léopard. Quatre-vingt-quinze E.

— Paulette Saint John, je te présente…

— Gina et Daniela, dit Jessica.

— Enchantée, dit Paulette.

Un accent de Jersey City. Peut-être Hoboken.

— Qu'est-ce que vous buvez ? demanda Jessica.

— Cosmo.

Jessica passa la commande.

— Nous cherchons un type nommé Bruno Steele, dit Nicci.

Paulette sourit.

— Je connais Bruno. Grosse bite. Ne saurait même pas écrire son nom.

— C'est lui.

— Des années que je ne l'ai pas vu, ajouta-t-elle. (Sa boisson arriva. Elle but délicatement une gorgée, comme une femme du monde.) Pourquoi cherchez-vous Bruno ?

— Un ami cherche un acteur pour un film, dit Jessica.

— Ce ne sont pas les mecs qui manquent. Il y en a des plus jeunes. Pourquoi lui ?

Jessica remarqua que Paulette titubait un peu, qu'elle avait du mal à articuler. Mieux valait néanmoins faire attention à sa réponse. Un mot de travers et la conversation risquait de tourner court.

— Eh bien, tout d'abord, il a le look qu'on recherche. En plus, c'est du SM hardcore, et Bruno sait quand se retenir.

Paulette acquiesça. Elle connaissait tout ça.

— J'ai adoré son travail dans *La Peau de Philadelphie*, poursuivit Nicci.

À l'évocation du film, Werner et Paulette se regardèrent. Werner ouvrit la bouche, comme pour empêcher Paulette d'ajouter quoi que ce soit, mais elle continua :

— Je me souviens de cette équipe, dit-elle. Bien sûr, après l'incident, personne ne voulait plus vraiment travailler ensemble.

— Que voulez-vous dire ? demanda Jessica.

Paulette la regarda comme si elle était cinglée.

— Vous ne savez pas ce qui s'est produit pendant ce tournage ?

Jessica revit soudain la scène de *La Peau de Philadelphie*

où la fille ouvrait la porte. *Ces yeux tristes, hantés*. Elle se lança, demanda :

— Oh, vous voulez dire avec cette petite blonde ?

Paulette acquiesça, but une gorgée de sa boisson.

— Ouais. Ça craignait vraiment.

Jessica était sur le point d'essayer de lui soutirer plus de détails lorsque Kilbane revint des toilettes, tout rose d'excitation. Il s'intercala au milieu du groupe, s'adossa au bar, puis se tourna vers Werner et Paulette.

— Vous nous excusez une seconde ?

Paulette acquiesça. Werner leva les deux mains. Il n'avait pas l'intention de marcher sur les plates-bandes d'un autre. Ils regagnèrent tous deux le bout du bar. Kilbane se retourna vers Nicci et Jessica.

— J'ai quelque chose, annonça-t-il.

Lorsque quelqu'un comme Eugene Kilbane sort en trombe des toilettes pour assener une déclaration de ce genre, les possibilités sont infinies, toutes peu ragoûtantes. Au lieu de spéculer, Jessica demanda :

— Quoi ?

Il se pencha vers elles. Il était clair qu'il venait de s'asperger d'eau de Cologne. Beaucoup d'eau de Cologne. Jessica faillit avoir un haut-le-cœur.

— L'équipe qui a tourné *La Peau de Philadelphie* est encore en ville, murmura-t-il.

— Et ?

Kilbane leva son verre, fit tinter les glaçons. Le serveur lui versa un autre double. Il ne se gênerait pas pour boire aux frais de la ville. C'est du moins ce qu'il croyait. Jessica lui couperait les crédits après celui-là.

— Ils tournent un nouveau film ce soir, dit-il enfin. C'est Dante Diamond qui met en scène. (Il vida son verre d'un trait, posa le verre.) Et nous sommes invités.

48

Juste après dix heures, l'homme que Byrne attendait tourna au coin de la rue, un épais trousseau de clés à la main.

— Salut, comment va ? lança Byrne, sa casquette baissée dissimulant ses yeux.

L'homme, quelque peu déconcerté, le repéra dans la lueur faible. Il vit sa combinaison et se détendit. Un peu.

— Qu'est-ce qui se passe, chef ?

— Toujours la même merde, dans une couche différente.

L'homme grogna.

— M'en parlez pas.

— Z'avez des problèmes avec la pression de l'eau là-haut ? demanda Byrne.

L'homme jeta un coup d'œil en direction du bar, puis se tourna de nouveau vers Byrne.

— Pas que je sache.

— Ben, on a reçu un appel et j'ai été envoyé ici, dit Byrne, puis il consulta son bloc-notes. Ouais, c'est bien ici. Ça vous dérange si je jette un coup d'œil aux tuyaux ?

L'homme haussa les épaules, regarda en bas de

l'escalier, vers la porte qui menait à la cave située sous le bâtiment.

— C'est pas mes tuyaux, c'est pas mon problème. Faites ce qui vous chante, vieux.

L'homme descendit l'escalier d'acier à moitié rouillé, déverrouilla la porte. Byrne regarda des deux côtés de l'allée, puis le suivit.

L'homme alluma la lumière – une simple ampoule de 150 watts dans une espèce de cage d'acier. Outre les douzaines de tabourets de bar rembourrés empilés les uns sur les autres, les tables désassemblées et les accessoires de scène, la cave abritait environ une centaine de caisses d'alcool.

— Nom de Dieu, lança Byrne. Ça me plairait de passer un petit bout de temps ici.

— Entre nous, tout ça, c'est de la merde. La bonne gnôle est enfermée à double tour dans le bureau du patron, là-haut.

L'homme préleva deux caisses sur une pile, les posa près de la porte. Il consulta le document qu'il avait à la main, se mit à compter certaines des caisses qui restaient, prit quelques notes.

Byrne posa sa boîte à outils, referma doucement la porte derrière lui. Il jaugea l'homme qui se tenait devant lui. Il était un peu plus jeune, à coup sûr plus rapide. Mais Byrne avait quelque chose que l'autre n'avait pas. L'élément de surprise.

Byrne saisit discrètement sa matraque rétractable, sortit de l'ombre. Le petit bruit que fit la matraque en se déployant attira l'attention de l'homme. Il se tourna vers Byrne, l'air perplexe. Trop tard. Byrne projeta de toutes ses forces la matraque de cinquante-trois centimètres. C'était un coup parfaitement assené, juste sous le genou. Byrne entendit le cartilage se déchirer. L'homme lâcha une sorte d'aboiement et s'effondra.

— Qu'est-ce que… Bordel !

— Ferme-la.

— Allez… vous faire… foutre ! lança l'homme, qui commença à se balancer en tenant son genou. Espèce d'enculé.

Byrne dégaina le SIG. Il se laissa tomber de tout son poids sur Darryl Porter. Les deux genoux sur la poitrine, plus de quatre-vingt-dix kilos. Le choc coupa le souffle à Porter. Byrne ôta sa casquette. Porter le reconnut.

— Vous ! lâcha Porter entre deux halètements. Putain… je savais que je vous avais déjà vu quelque part.

Byrne leva le SIG.

— Il y a huit balles là-dedans. Un joli petit nombre pair, pas vrai ?

Darryl Porter se contenta de le fusiller du regard.

— Maintenant, je veux que tu réfléchisses aux nombreuses parties de ton corps qui vont par deux, Darryl. Je vais commencer par tes chevilles, et chaque fois que tu ne répondras pas à mes questions, je m'occuperai d'une autre paire. Et tu sais très bien par quoi je vais terminer.

Porter tenta de retrouver son souffle. Le poids de Byrne sur sa poitrine ne l'aidait pas.

— C'est parti, Darryl. Ces moments sont les plus importants de ta vie pourrie et insignifiante. Tu n'auras pas de deuxième chance. Pas d'examen de rattrapage. Prêt ?

Silence.

— Première question : As-tu dit à Julian Matisse que je le cherchais ?

Mépris froid. Ce type était bien trop coriace, ça ne lui vaudrait rien de bon. Byrne colla le canon contre la cheville droite de Porter. À l'étage, la musique martelait. Porter se tortilla, mais le poids sur sa poitrine était trop important. Il ne pouvait pas bouger.

— Vous me tirerez pas dessus ! Vous savez pourquoi ? Vous savez comment je le sais ? Je vais vous le dire comment je le sais, enculé ! hurla Porter comme un cinglé d'une voix stridente. Vous me tirerez pas dessus parce que…

Byrne fit feu. La déflagration fut assourdissante dans le petit espace confiné. Byrne espérait que la musique l'avait recouverte. De toute façon, il devait en finir rapidement. La balle avait seulement éraflé la cheville de Porter, mais celui-ci flippait trop pour s'en rendre compte. Il était certain que Byrne lui avait arraché le pied. Il se remit à hurler. Byrne lui colla le canon de son arme sur la tempe.

— Tu sais quoi ? J'ai changé d'avis, sac à merde. En fin de compte je vais te buter.

— Attendez !

— J'écoute.

— Je lui… je lui ai dit.

— Où est-il ?

Porter lui donna une adresse.

— Il y est en ce moment ?

— Oui.

— Donne-moi une bonne raison de ne pas te descendre.

— J'ai… rien fait.

— Quoi, tu veux dire aujourd'hui ? Tu crois que ça compte pour quelqu'un comme moi ? Tu es un pédophile, Darryl. Ton truc, c'est la traite des Blanches. Tu es un maquereau et un pornographe. Je crois que cette ville peut se passer de toi.

— Tirez pas !

— Qui va te regretter, Darryl ?

Byrne appuya sur la détente. Porter hurla et s'évanouit. Le magasin était vide. Byrne avait vidé le reste du chargeur avant de descendre à la cave. Il ne se faisait pas confiance.

Tandis qu'il remontait les marches, le mélange d'odeurs lui donna envie de vomir. Le relent de poudre à canon tout juste consumée se combinait à des puanteurs de moisissure, de bois pourri, de sucre d'alcool bon marché. En dessous, une odeur d'urine. Darryl Porter avait pissé dans son froc.

Darryl Porter attendit cinq minutes après le départ de Kevin Byrne avant de se relever. En partie parce qu'il souffrait comme un chien. En partie parce qu'il était certain que Byrne l'attendait derrière la porte, prêt à finir ce qu'il avait commencé. Porter avait vraiment cru qu'il lui avait arraché le pied. Il mit quelques secondes à retrouver son équilibre, clopina jusqu'à la porte, passa timidement la tête à l'extérieur. Il regarda à droite et à gauche. L'allée était déserte.

— Hé ! cria-t-il.

Rien.

— C'est ça, dit-il. T'as bien fait de mettre les voiles, enfoiré.

Il gravit l'escalier cahin-caha. La douleur était à devenir dingue. Il finit par atteindre la dernière marche en se disant qu'il connaissait des gens. Oh, il connaissait beaucoup de gens. À côté d'eux, il était un boy-scout à la con. Parce que, flic ou pas flic, cet enculé était mort. Celui qui faisait chier Darryl Porter ne s'en tirait pas comme ça. Certainement pas. Qui avait dit qu'il était interdit de buter un inspecteur ?

Dès qu'il serait là-haut, il passerait un coup de fil. Il jeta un coup d'œil dans la rue. Une voiture de police était garée au coin de la rue, sans doute à cause d'un coup de fil signalant du tapage dans un bar. Il ne vit pas d'agent. Jamais là quand on a besoin d'eux.

L'espace d'un bref instant, Darryl songea à aller à l'hôpital, mais comment ferait-il pour payer ? On n'avait pas vraiment la sécurité sociale quand on bossait au Bar X. Non, il se rafistolerait du mieux possible et vérifierait l'état de ses blessures le lendemain matin.

Il se traîna derrière le bâtiment puis grimpa l'escalier branlant en fer forgé, s'arrêtant à deux reprises pour reprendre son souffle. La plupart du temps, vivre dans un petit deux-pièces merdique au-dessus du Bar X était une vraie galère. L'odeur, le bruit, la clientèle. C'était ce soir-là une bénédiction car il était à bout de forces lorsqu'il atteignit la porte d'entrée. Il déverrouilla la porte, pénétra dans l'appartement, se dirigea vers la salle de bains, alluma l'éclairage au néon. Il farfouilla dans son armoire à pharmacie. Flexeril. Klonopin. Ibuprofen. Il prit deux comprimés de chaque puis se fit couler un bain. Les tuyaux firent un bruit de ferraille et crachèrent trois bons litres d'eau brune et saumâtre dans la baignoire bordée de crasse. Lorsqu'elle fut à peu près claire, il plaça le bouchon de la baignoire, tourna le robinet d'eau chaude au maximum. Il s'assit sur le rebord de la baignoire, examina son pied. Le sang avait cessé de couler. À peu près. Son pied commençait à virer au bleu. Bon Dieu, il virait même au noir. Il le toucha du bout de l'index. La douleur lui monta au cerveau comme une comète enflammée.

— Ce salopard est mort.

D'abord faire tremper son pied, puis passer le coup de fil.

Quelques minutes plus tard, après qu'il eut doucement plongé son pied dans l'eau chaude et que les médicaments eurent commencé à faire leur effet magique, il crut entendre quelqu'un derrière la porte. Ou avait-il rêvé ? Il arrêta l'eau un moment, tendit l'oreille, inclinant la tête en direction du bout de l'appartement. Cet enfoiré l'avait-il suivi jusqu'ici ? Il regarda autour de lui à la recherche d'une arme. Un Bic jetable cradingue et une pile de magazines pornos.

Super. Le couteau le plus proche était dans la cuisine, à dix pas de là, autant dire au bout du monde dans son état.

Le fracas de la musique du bar en dessous avait repris. Avait-il fermé la porte ? Il pensait que oui. Même s'il lui était arrivé par le passé de la laisser ouverte et de voir débouler chez lui les satanés cinglés qui fréquentaient le Bar X en quête d'un endroit où copuler. Putain de vermines. Il devait se trouver un nouveau boulot. Au moins, dans les clubs de strip-tease, les nanas qu'il pouvait se taper en fin de soirée n'étaient pas mal. Alors que la seule chose qu'il pouvait espérer choper à la fermeture du X, c'était une dose d'herpès ou une paire de boules chinoises dans le cul.

Il coupa l'eau, qui de toute façon coulait froide, se leva péniblement, s'extirpant lentement de la baignoire, se retourna, et fut plus qu'un peu surpris de voir un autre homme debout dans sa salle de bains. Un homme dont les pas semblaient silencieux.

Cet homme avait lui aussi une question à lui poser.

Lorsqu'il eut répondu, l'homme dit quelque chose que Darryl ne comprit pas. Ç'avait l'air d'une langue étrangère. Peut-être du français.

Puis, en un geste trop rapide pour être esquivé, l'homme le saisit au cou. Ses mains étaient terriblement fortes. En un clin d'œil, l'homme lui enfonça la tête sous la surface de l'eau dégueulasse. L'une des dernières choses que vit Darryl Porter fut le halo causé par une minuscule lumière rouge brûlant dans le faible rayonnement de son agonie.

La minuscule lumière rouge d'une caméra vidéo.

49

L'entrepôt était une vaste étendue compacte. Il semblait occuper l'essentiel du pâté de maisons. C'était une ancienne usine de roulements à billes qui avait ensuite servi à entreposer certains des chars de la parade des *mummers*.

Une chaîne entourait l'énorme parking lézardé étouffé par les mauvaises herbes et jonché de détritus et de pneus abandonnés. Un parking privé plus petit jouxtait le bâtiment côté nord, près de l'entrée principale. Il était occupé par deux camionnettes et une poignée de voitures dernier modèle.

Jessica, Nicci et Eugene Kilbane roulaient dans une Lincoln Town Car de location. Nick Palladino et Eric Chavez suivaient dans une camionnette de surveillance prêtée par la brigade des stupéfiants. C'était une camionnette dernier cri dotée d'une antenne camouflée en galerie et d'une caméra avec périscope. Nicci et Jessica avaient toutes deux été munies de micros-cravates sans fil pouvant émettre jusqu'à une distance de quatre-vingt-dix mètres. Palladino et Chavez garèrent la camionnette dans une petite rue transversale qui donnait pile sur les fenêtres situées sur la façade nord du bâtiment.

Kilbane, Jessica et Nicci se tenaient près de la porte d'entrée. Les hautes fenêtres du premier étage étaient couvertes à l'intérieur d'un tissu noir et opaque. À droite de la porte se trouvaient un haut-parleur et un bouton. Kilbane sonna à l'interphone. Après trois sonneries, une voix retentit.

— Ouais.

C'était une voix profonde, ravagée par la nicotine, menaçante. Une voix de type complètement cinglé. En fait d'accueil chaleureux, elle semblait vouloir dire : *Foutez le camp* !

— J'ai rendez-vous avec M. Diamond, dit Kilbane.

Malgré tous ses efforts pour adopter un ton déterminé, on percevait qu'il avait la trouille de sa vie. Jessica en fut presque – presque – désolée pour lui.

— Y a personne de ce nom ici, répondit la voix dans l'interphone.

Jessica leva la tête. La caméra de surveillance au-dessus d'eux balaya de gauche à droite. Jessica fit un clin d'œil à l'objectif. Elle n'était pas certaine qu'il y eût assez de lumière pour que la caméra puisse le capter, mais ça valait le coup d'essayer.

— C'est Jackie Boris qui m'envoie, déclara Kilbane du ton de quelqu'un qui poserait une question.

Il se tourna vers Jessica et haussa les épaules. Au bout d'une longue minute, la porte se déverrouilla. Kilbane la poussa et ils entrèrent.

À l'intérieur, sur la droite, se trouvait une zone de réception lambrissée délabrée qui avait probablement dû être refaite pour la dernière fois dans les années soixante-dix. Deux divans en suédine rouge canneberge avaient été placés contre le mur qui comportait les fenêtres. En face se trouvaient deux chaises molletonnées. Au milieu, une table basse carrée chromée avec un plateau en verre fumé de style Parsons était recouverte de numéros du magazine *Hustler* vieux de dix ans.

La seule chose qui semblait avoir été créée au cours des vingt dernières années était la porte qui menait à l'intérieur de l'entrepôt. Elle était en acier et comportait un verrou de sûreté ainsi qu'un système de fermeture électronique.

Devant la porte était assis un colosse.

Il avait les épaules larges et solides et ressemblait à un gorille gardant les portes de l'enfer. Il avait le crâne rasé, le cuir chevelu plissé, un énorme faux diamant à l'oreille. Il portait un T-shirt noir maillé et un pantalon élégant anthracite. Assis sur sa chaise en plastique visiblement inconfortable, il lisait un exemplaire du magazine *Motocross Action*. Il leva les yeux avec un air las, contrarié par l'intrusion de ces nouveaux visiteurs dans son petit fief. Comme ils approchaient, il se leva, tendit la main, paume en avant, pour les stopper.

— Mon nom est Cedric. Tâchez de ne pas l'oublier. S'il y a le moindre problème avec vous, c'est à moi que vous aurez affaire.

Il leur laissa le temps de digérer l'information, puis s'empara d'un détecteur électronique et le fit passer sur eux. Lorsqu'il fut satisfait, il composa un code sur la porte, qui s'ouvrit.

Cedric ouvrit la marche dans un long couloir où il régnait une chaleur étouffante. De chaque côté se trouvaient des sections de lambris bon marché de deux mètres cinquante de hauteur, de toute évidence placées là pour isoler le couloir du reste de l'entrepôt. Jessica ne put s'empêcher de se demander ce qu'il y avait de l'autre côté.

Au bout du labyrinthe, ils débouchèrent dans l'espace principal du premier étage. Il était énorme, si vaste que la lumière des projecteurs placés dans un coin pour le tournage ne semblait pénétrer l'obscurité que d'une quinzaine de mètres avant d'être avalée par les ténèbres. Jessica distingua quelques bidons de 150 litres dans l'obscurité et un chariot élévateur aux allures de bête préhistorique.

— Attendez ici ! leur ordonna Cedric.

Jessica regarda Cedric et Kilbane avancer vers le plateau. Cedric avait les mains qui pendaient de chaque côté, ses énormes biceps les empêchant de toucher son corps. Il avait cet étrange dandinement de canard caractéristique des culturistes.

Le plateau était illuminé et ressemblait, depuis l'endroit où elles se tenaient, à une chambre de jeune fille. Aux murs étaient accrochés des posters de boys bands ; sur le lit, une collection de peluches roses et d'oreillers en satin. Il n'y avait pour l'instant pas d'acteurs sur le plateau.

Au bout de quelques minutes, Kilbane revint accompagné d'un autre homme.

— Mesdames, je vous présente Dante Diamond, annonça-t-il.

Dante Diamond avait l'air étonnamment normal si l'on considérait sa profession. Âgé d'une petite soixantaine d'années, il avait conservé une allure jeune ; des mèches argentées commençaient à sillonner ses cheveux jadis blonds, il portait le bouc de rigueur, un petit anneau à l'oreille. Il avait un bronzage aux UV et les dents plaquées.

— Monsieur Diamond, voici Gina Marino et Daniela Rose.

Eugene Kilbane jouait son rôle à la perfection, se dit Jessica. Elle était assez impressionnée. Elle était néanmoins heureuse de lui avoir fichu un coup de poing.

— Charmé, répondit Diamond en leur serrant la main. (Très professionnel et chaleureux, il parlait d'une voix douce. Comme un directeur de banque.) Vous êtes toutes deux des jeunes femmes extraordinairement belles.

— Merci, dit Nicci.

— Où aurais-je pu voir votre travail ?

— Nous avons fait quelques films pour Jerry Stein l'année dernière, répondit Nicci.

Les deux inspecteurs de la brigade des mœurs avec qui elles avaient discuté avant de venir leur avaient communiqué tous les noms dont elles auraient besoin. C'est du moins ce qu'espérait Jessica.

— Jerry est un vieil ami, dit Diamond. Est-ce qu'il conduit toujours cette 911 dorée ?

Un autre test, pensa Jessica. Nicci se tourna vers elle, haussa les épaules. Jessica fit de même.

— Nous ne sommes jamais allées pique-niquer avec lui, répondit Nicci en souriant.

Lorsque Nicci Malone souriait, le match était plié. Diamond lui retourna son sourire, les yeux pétillants, vaincu.

— Bien entendu, dit-il, puis il fit un geste en direction du plateau. Nous nous préparons à tourner. Je vous en prie, rejoignez-nous sur le plateau. Il y a un bar et un buffet. Faites comme chez vous.

Diamond regagna le plateau, discuta à voix basse avec une jeune femme vêtue d'un élégant tailleur-pantalon en lin blanc. Elle prit quelques notes sur un calepin.

Si Jessica n'avait pas su ce que ces gens faisaient, elle aurait été incapable de faire la différence entre un tournage de film porno et des organisateurs de mariage préparant une réception.

Puis la réalité se rappela à elle, et c'est avec écœurement qu'elle vit un homme sortir de l'obscurité et pénétrer sur le plateau. Il était imposant et portait un gilet de caoutchouc sans manches et un masque en cuir.

Il tenait à la main un couteau à cran d'arrêt.

50

Byrne se gara à une rue de l'adresse que lui avait donnée Darryl Porter. C'était une rue animée du nord de Philly. Presque toutes les maisons de la rue étaient occupées et illuminées. Celle vers laquelle Porter l'avait dirigé était sombre, mais elle jouxtait une sandwicherie où les affaires allaient bon train. Devant l'échoppe, une demi-douzaine d'adolescents se prélassait dans leurs voitures en mangeant leur sandwich. Byrne était certain de se faire repérer. Il attendit le plus longtemps possible, descendit de voiture, se glissa derrière la maison et crocheta le verrou. Il entra, dégaina son SIG.

À l'intérieur, l'air était dense et chaud, chargé d'une odeur de fruits en décomposition. Des mouches bourdonnaient. Il pénétra dans la petite cuisine. Cuisinière et réfrigérateur sur la droite, évier à gauche. Une bouilloire était posée sur l'un des brûleurs. Byrne la toucha. Froide. Il passa la main derrière le réfrigérateur, le débrancha pour que la lumière de la veilleuse ne se diffuse pas dans la pièce, ouvrit doucement la porte. Vide, hormis deux quignons de pain moisis et une boîte de bicarbonate de soude.

Il pencha la tête, écouta. Le juke-box de la sandwicherie d'à côté diffusait de la musique. La maison était silencieuse.

Il pensa à ses années dans la police, au nombre de fois où il s'était introduit dans des maisons sans jamais savoir à quoi s'attendre. Disputes conjugales, effractions, cambriolages. La plupart des maisons mitoyennes étaient agencées de la même manière, et si vous saviez où regarder, vous étiez rarement surpris. Byrne savait où regarder. Tandis qu'il se déplaçait dans la maison, il vérifia les recoins possibles. Pas de Matisse. Aucun signe de vie. Il gravit l'escalier, son arme braquée devant lui, fouilla les deux petites chambres et les placards à l'étage. Il descendit les deux volées de marches menant à la cave. Une machine à laver à l'abandon, un cadre de lit en cuivre depuis longtemps rouillé. Des souris détalèrent dans le faisceau de sa Maglite.

Vide.

Retour au rez-de-chaussée.

Darryl Porter lui avait menti. Il n'y avait pas de restes de nourriture, pas de matelas, pas d'odeurs ni de sons humains. Si Matisse était venu ici, il avait décampé. La maison était vide. Il rengaina son SIG.

Avait-il vraiment fait le tour de la cave ? Mieux valait y jeter un nouveau coup d'œil. Il pivota pour descendre les marches. Et c'est alors qu'il perçut un changement d'atmosphère, la présence indubitable d'un autre être humain. Il sentit la pointe d'un couteau contre le creux de ses reins, sentit un infime filet de sang couler, entendit une voix familière :

— Comme on se retrouve, inspecteur Byrne.

Matisse tira le SIG du holster à la hanche de Byrne. Il le tint près de la fenêtre, là où s'engouffrait la lueur d'un réverbère.

— Sympa, dit-il. (Byrne avait rechargé l'arme après avoir quitté Darryl Porter. Le chargeur était plein.) Ça ne ressemble pas à une arme de service, inspecteur. Vilain garçon.

Il posa son couteau par terre tout en maintenant le SIG enfoncé dans le creux des reins de Byrne puis continua de le palper.

— Je vous attendais un peu plus tôt. Je ne pense pas que Darryl soit du genre à supporter longtemps le châtiment. (Matisse lui palpa le côté gauche, tira un petit rouleau de billets de sa poche de pantalon.) Avez-vous dû lui faire mal, inspecteur ?

Byrne demeura silencieux. Matisse vérifia la poche gauche de son blouson.

— Et qu'est-ce qu'on a là ?

Julian Matisse saisit la petite boîte métallique qui se trouvait dans la poche tout en maintenant l'arme contre la colonne vertébrale de Byrne. Dans l'obscurité, Matisse ne vit pas le mince fil électrique qui courait le long de la manche de Byrne, en travers de son dos, puis redescendait par la manche droite avant d'être relié au bouton qu'il tenait dans la main.

Lorsque Matisse s'écarta pour examiner l'objet, Byrne appuya sur le bouton et une décharge électrique de soixante mille volts traversa le corps de Julian Matisse. Le Taser, l'un des deux qu'il avait achetés à Sammy DuPuis, était un appareil dernier cri, chargé à bloc. Tandis que le Taser crachait des étincelles, Matisse poussa un hurlement suraigu et appuya instinctivement sur la détente du pistolet. La balle passa à quelques centimètres du dos de Byrne avant de s'enfoncer dans le plancher. Byrne pivota sur ses talons, envoya un crochet en direction de l'abdomen de Matisse. Mais il était déjà au sol, le corps secoué par des spasmes. Son visage était figé en un hurlement silencieux. Une odeur de peau roussie s'éleva.

Lorsque Matisse s'immobilisa, docile et vidé, clignant des yeux à toute vitesse, son corps exhalant par vagues la puanteur de l'effroi et de la défaite, Byrne s'agenouilla près de lui, ôta l'arme de sa main inerte, s'approcha tout près de son oreille et prononça.

— Oui, Julian. Comme on se retrouve.

Matisse était assis sur une chaise placée au centre de la cave. Le coup de feu n'avait pas alerté les voisins, personne n'était venu cogner à la porte. Après tout, ils étaient dans le nord de Philly. Matisse avait les mains attachées avec du scotch derrière le dos ; ses chevilles étaient ligotées aux pieds de la chaise. Lorsqu'il reprit conscience, il ne chercha pas à se dégager, ne se débattit pas. Peut-être n'en avait-il pas la force. Il fixa calmement Byrne de ses yeux de prédateur.

Byrne le regarda. Depuis deux ans qu'il ne l'avait pas vu, Julian Matisse avait pris du poids en prison, mais quelque chose semblait diminué en lui. Ses cheveux étaient un peu plus longs. Sa peau, grêlée et grasse, ses joues, creuses. Byrne se demanda s'il était aux premiers stades du virus.

Il avait enfoncé le second Taser à l'avant du jean de Matisse.

— On dirait que votre partenaire – ou devrais-je dire, votre défunte ex-partenaire – était une cochonne, inspecteur, dit Matisse lorsqu'il eut repris des forces. Imaginez ça. Une flic de Philly cochonne.

— Où est-elle ? demanda Byrne.

Matisse fit une moue innocente.

— Où est qui ?

— Où est-elle ?

Matisse se contenta de le foudroyer du regard. Byrne posa le sac de sport en nylon par terre. Matisse remarqua la taille, la forme et le poids du sac. Byrne ôta ensuite son ceinturon, l'enroula rapidement autour des jointures de ses doigts.

— Où est-elle ? répéta-t-il.

Rien.

Byrne s'avança et lui envoya un coup de poing au visage. Violent. Au bout d'un moment, Matisse partit à rire, puis il cracha du sang en même temps que deux dents.

— Où est-elle ? demanda Byrne.

— Je sais pas de quoi vous parlez.

Byrne simula un autre coup de poing. Matisse se ratatina.

Tu parles d'un dur.

Byrne traversa la pièce, déroula le ceinturon, ouvrit le sac de sport et se mit à étaler son contenu par terre, dans le rai de lumière qui provenait de la rue. Matisse écarquilla une seconde les yeux, puis il les plissa. Il irait jusqu'au bout. Byrne n'était pas surpris.

— Vous pensez pouvoir me faire mal ? demanda Matisse avant de cracher de nouveau du sang. J'ai enduré des choses qui vous feraient chialer comme un bébé.

— Je ne suis pas ici pour te faire mal, Julian. Je veux des informations. Le pouvoir est entre tes mains.

Matisse grogna. Mais en son for intérieur, il savait ce que voulait dire Byrne. Telle est la nature du sadique. Coller la responsabilité de la douleur sur le dos de la victime.

— Bon, fit Byrne. Où est-elle ?

Silence.

Byrne prit ses appuis, lui décocha un violent crochet. Au corps, cette fois. Son poing atteignit Matisse juste derrière le rein gauche. Byrne s'écarta. Matisse vomit.

— Il n'y a qu'un pas de la justice à la haine, parvint-il à prononcer lorsqu'il eut repris son souffle.

Il cracha de nouveau par terre. Une odeur putride emplit la pièce.

— Je veux que tu réfléchisses à ce qu'a été ta vie, Julian, dit Byrne sans prêter attention à ses propos et en contournant la flaque. Je veux que tu réfléchisses à toutes les choses que tu as faites, aux décisions que tu as prises, aux directions que tu as empruntées pour en arriver là. Ton avocat n'est pas ici pour te protéger. Pas de juge présent pour me retenir. (Byrne s'approcha à quelques centimètres du visage de Matisse. La puanteur était à soulever le cœur. Il saisit l'interrupteur du Taser.) Je vais te le demander une dernière fois. Si tu ne réponds pas, on va pousser les choses un cran plus loin, et fini les beaux jours. Pigé ?

Matisse ne prononça pas un mot.

— Où est-elle ?

Rien.

Byrne appuya sur le bouton, lui envoyant soixante mille volts dans les testicules. Julian Matisse hurla, fort, longtemps. La chaise bascula, il tomba en arrière et sa tête percuta le sol. Mais la douleur du choc n'était rien comparée au feu qui lui consumait le bas-ventre. Byrne s'agenouilla près de lui, lui couvrit la bouche. À cet instant les images se télescopèrent derrière ses yeux…

… *Victoria pleurant… implorant pour sa vie… luttant contre les cordes en nylon… le couteau qui lui taillade la peau… le sang brillant au clair de lune… ses hurlements comme une longue sirène stridente dans l'obscurité… des hurlements qui rejoignent le sombre chœur de la douleur…*

… et il attrapa Matisse par les cheveux. Il redressa la chaise et approcha une fois de plus son visage. Matisse était désormais couvert de sang et de vomi.

— Écoute-moi. Tu vas me dire où elle est. Et si elle est morte, si elle souffre d'une manière ou d'une autre, je reviendrai. Tu crois comprendre la douleur, mais tu te trompes. Je vais t'apprendre.

— Va… te… faire… foutre, murmura Matisse.

Sa tête pendouillait sur le côté. Il était à demi évanoui.

Byrne tira une capsule d'ammoniaque de sa poche, la lui ouvrit sous le nez. Matisse reprit conscience. Byrne lui laissa quelques instants pour retrouver ses esprits.

— Où est-elle ?

Matisse leva les yeux, tenta de le fixer. Un sourire se dessina sur sa bouche ensanglantée. Ses deux incisives supérieures manquaient. Les autres dents étaient maculées de rose.

— Je me la suis faite. Comme Blanche-Neige. Vous ne la retrouverez jamais.

Byrne déchira une deuxième capsule d'ammoniaque. Il avait besoin que Matisse soit lucide. Il lui colla la capsule sous le nez. Matisse recula brutalement la tête. Byrne prit une poignée de glace dans une tasse qu'il avait apportée et l'appliqua sur les yeux de Matisse.

Il sortit ensuite son téléphone portable, l'ouvrit. Il naviga à travers les menus jusqu'à trouver le dossier des photos. Il ouvrit la photo la plus récente, un cliché pris le matin même, et tourna l'écran LCD vers Matisse.

Matisse, horrifié, écarquilla les yeux. Il se mit à trembler.

— Non…

La dernière chose qu'il s'attendait à voir, c'était une photo d'Edwina Matisse se tenant devant le supermarché Aldi de Market Street, là où elle faisait toujours ses courses. De toute évidence, le fait de voir une photo de sa mère, dans ce contexte, le glaçait jusqu'au plus profond de son corps.

— Vous ne pouvez pas…, dit Matisse.

— Si Victoria est morte, je passerai prendre ta mère sur le chemin du retour, Julian.

— Non…

— Oh, si. Et je te l'amènerai dans un putain de bocal. Alors à toi de voir.

Byrne replia son téléphone portable. Les yeux de Matisse s'emplirent de larmes. Bientôt tout son corps fut agité par les sanglots. Byrne avait déjà vu ça. Il pensa au doux sourire de Gracie Devlin. Il n'éprouvait aucune compassion pour cet homme.

— Tu crois encore me connaître ? demanda Byrne.

Il laissa tomber une feuille de papier sur les cuisses de Matisse. C'était la liste des courses qu'il avait ramassée sur le sol à l'arrière de la voiture d'Edwina Matisse. Le simple fait de voir l'écriture délicate de sa mère anéantit les dernières résistances de Matisse.

— Où est Victoria ?

Matisse commença à se débattre. Lorsqu'il se fut épuisé en vain, il retomba inerte.

— Arrêtez.

— Réponds-moi, dit Byrne.

— Elle est… elle est à Fairmount Park.

— Où ? (Fairmount Park était le plus grand parc urbain du pays. Il couvrait mille six cents hectares.) Où ?

— Plateau de Belmont. Près du terrain de softball.

— Est-ce qu'elle est morte ? (Matisse ne répondit pas. Byrne déchira une nouvelle capsule d'ammoniaque, puis saisit un petit chalumeau au butane. Il le plaça à deux centimètres de l'œil droit de Matisse, tint son briquet en équilibre.) Est-ce qu'elle est morte ?

— Je n'en sais rien !

Byrne s'écarta, bâillonna Matisse avec du scotch puis vérifia que ses mains et ses jambes étaient bien attachées.

Il rassembla ses outils, les rangea dans le sac. Il sortit de la maison. La chaleur faisait chatoyer l'asphalte, dessinait autour des réverbères à sodium un halo bleu carbone. Le nord de la ville était agité par une énergie frénétique ce soir-là, et Byrne en était l'âme.

Il se glissa dans sa voiture et prit la direction de Fairmount Park.

51

Nicci Malone était une sacrée comédienne. Les rares fois où Jessica avait dû mener des opérations d'infiltration, elle avait toujours eu un peu peur qu'on ne découvre qu'elle était flic. Maintenant, en voyant Nicci arpenter la pièce, Jessica était presque envieuse. Cette femme avait une certaine confiance, un air de savoir qui elle était et ce qu'elle faisait. Elle se glissait dans son rôle avec une aisance dont Jessica serait toujours incapable.

Jessica regardait les techniciens ajuster les lumières entre les prises. Elle ne connaissait pas grand-chose à la production cinématographique, mais toute cette opération ressemblait à une entreprise à gros budget.

C'était le sujet qui la troublait. L'histoire était celle de deux adolescentes dominées par une espèce de grand-père sadique. Au début, Jessica avait cru que les deux jeunes actrices avaient environ quinze ans, mais, en déambulant autour du plateau, elle avait fini par se rapprocher et avait remarqué qu'elles en avaient sans doute vingt.

Jessica repensa à l'actrice de *La Peau de Philadelphie*. Le décor dans lequel le film avait été tourné n'était pas si différent de celui-ci.

Qu'était-il arrivé à cette fille ?

Pourquoi semblait-elle si familière ?

Après une scène de trois minutes, Jessica éprouva un sentiment de nausée. L'homme arborant le masque du maître humiliait verbalement les deux filles vêtues de négligés vaporeux souillés. Il les attacha dos à dos sur le lit, se mit à tourner autour d'elles tel un vautour gigantesque.

Il les interrogeait sans cesse de les frapper, toujours de sa main ouverte. Jessica dut se retenir pour ne pas intervenir. Il était clair que l'homme tapait pour de vrai. Les filles semblaient crier pour de vrai et leurs larmes paraissaient authentiques, mais lorsque Jessica les vit rire entre les prises, elle comprit que les coups n'étaient pas portés assez fort pour faire mal. Peut-être qu'elles aimaient ça. En tout cas, l'inspecteur Jessica Balzano avait peine à croire que des délits n'étaient pas commis en ce lieu.

La partie la plus insoutenable arriva à la fin de la scène. L'homme masqué laissa une fille attachée bras et jambes écartés sur le lit, tandis que l'autre était agenouillée devant lui. Il baissa les yeux vers elle, sortit son cran d'arrêt, l'ouvrit. Il tailla le négligé en lambeaux, cracha sur la fille, la força à lécher ses bottes. Puis il lui plaça le couteau sur la gorge. Jessica et Nicci se regardèrent, prêtes à se précipiter sur le plateau. À cet instant, Dante Diamond, dans sa grande clémence, lança : « Coupez ! »

Par chance, l'homme masqué ne prit pas cette directive au pied de la lettre.

Dix minutes plus tard, Nicci et Jessica se tenaient près du petit buffet improvisé. Dante Diamond avait sans doute bien des défauts, mais il n'était pas radin. Sur la table était posé un assortiment d'amuse-gueule coûteux : crudités, toasts aux crevettes, coquilles Saint-Jacques enroulées dans du bacon, miniquiches lorraines.

Nicci se servit et marcha jusqu'au plateau alors même que l'une des actrices plus âgées approchait du buffet. Elle avait une quarantaine d'années, était parfaitement conservée. Cheveux rougis au henné, maquillage compliqué aux yeux, talons aiguilles douloureusement longs. Elle était déguisée en institutrice stricte, mais n'était pas apparue dans la première scène.

— Salut, dit-elle à Jessica. Je m'appelle Bebe.

— Gina.

— Vous êtes de la production ?

— Non, répondit Jessica. J'ai été invitée par M. Diamond. (La femme acquiesça, goba deux crevettes.) Vous avez déjà travaillé avec Bruno Steele ?

Bebe prit quelques amuse-gueule sur la table, les déposa sur une assiette en polystyrène.

— Bruno ? Oh, oui. Bruno est chou.

— Mon metteur en scène aimerait vraiment l'avoir dans le film que nous préparons. SM hardcore. Mais nous n'arrivons pas à lui mettre la main dessus.

— Je sais où il est. Nous revenons juste d'une fête avec lui.

— Ce soir ?

— Oui, répondit-elle en attrapant une bouteille d'Aquafina. Il y a, genre, deux heures.

— Sans déconner.

— Il nous a dit de repasser le voir vers minuit. Je suis sûre que ça le dérangerait pas que vous en soyez.

— Cool, dit Jessica.

— Il me reste encore une scène et puis on mettra les bouts, dit-elle en ajustant sa tenue et en faisant la grimace. Ce corset me fait un mal de chien.

— Est-ce qu'il y a des toilettes ? demanda Jessica.

— Je vais vous montrer.

Jessica suivit Bebe à travers une partie de l'entrepôt. Elles empruntèrent un couloir de service menant à deux portes. Les toilettes étaient énormes, conçues pour être utilisées par les employées à l'époque où le bâtiment était une usine. Une douzaine de cabines et de lavabos.

Jessica et Bebe se tinrent face au miroir.

— Ça fait combien de temps que tu es dans le métier ? demanda Bebe.

— À peu près cinq ans, répondit Jessica.

— Encore un bébé. Ne t'éternise pas, ajouta Bebe, comme en écho aux paroles de son père à propos de la police. (Elle replaça son rouge à lèvres dans son sac.) Donne-moi une demi-heure.

— D'accord.

Bebe sortit des toilettes. Jessica attendit une minute entière, jeta un coup d'œil dans le couloir, retourna dans les toilettes. Elle vérifia toutes les cabines, pénétra dans la dernière. Elle parla directement dans son micro-cravate, espérant que les briques du bâtiment n'empêcheraient pas le signal de parvenir jusqu'à l'équipe de surveillance. Elle n'était pas équipée d'oreillette ni du moindre récepteur. Sa communication, si elle passait, serait à sens unique.

— Je ne sais pas si vous avez entendu tout ça, mais on a une piste. Une femme affirme qu'elle était à une fête avec notre suspect et qu'elle va nous y emmener dans environ trente minutes. J'ai dit trois-zéro minutes. Nous risquons de ne pas sortir par l'entrée principale. Ouvrez l'œil.

Elle songea à répéter ce qu'elle venait de dire, mais si l'équipe de surveillance ne l'avait pas entendue la première fois, elle ne l'entendrait pas la seconde. Elle ne voulait pas courir de risques superflus. Elle ajusta ses vêtements, sortit de la cabine et était sur le point de se retourner pour partir lorsqu'elle entendit le déclic du chien d'un pistolet. Puis elle sentit l'acier d'un canon contre l'arrière de sa tête. L'ombre sur le mur était colossale. C'était le gorille de la porte d'entrée. Cedric. Il avait tout entendu.

— Vous n'allez nulle part, dit-il.

52

Il est un moment dans chaque film où le personnage principal n'est plus en mesure de retrouver son ancienne vie, cette partie de son histoire qui existait avant le début du récit. En règle générale, ce point de non-retour arrive au milieu du film, mais pas toujours.

J'ai dépassé ce point.

Ce soir, nous sommes en 1980. Miami Beach. Je ferme les yeux, me concentre, j'entends la musique salsa, respire l'air salé.

L'autre vedette de ce film est menottée au-dessus d'une barre d'acier.

— Pourquoi faites-vous ça ? demande-t-il.

Je pourrais le lui dire, mais, comme le savent tous les scénaristes, il est bien plus efficace de montrer que d'expliquer. Je vérifie la caméra. Elle est posée sur un minitrépied, en équilibre sur un cageot de bouteilles de lait.

Parfait.

J'enfile l'imperméable jaune, le boutonne complètement.

— Savez-vous qui je suis ? demande-t-il, sa voix effrayée grimpant dans les aigus.

— Laissez-moi deviner, dis-je. Vous êtes l'abonné aux rôles de second couteau, est-ce que je me trompe ?

Il a l'air légitimement mystifié. Je ne m'attendais pas à ce qu'il comprenne.

— Quoi ?

— Vous êtes le type qui se tient derrière le méchant et essaie d'avoir l'air menaçant. Le type qui n'a jamais la fille. D'accord, vous l'avez parfois, mais jamais la belle fille, pas vrai ? Si vous en avez une, c'est la blonde au visage dur, celle qui se siffle son mauvais whiskey, celle qui commence à s'empâter. Une espèce de Dorothy Malone. Et seulement une fois que le méchant lui est passé dessus.

— Vous êtes cinglé.

— Vous n'avez pas idée.

Je me place devant lui, examine son visage. Il essaie de se débattre, mais je prends son visage entre mes mains.

— Vous devriez vraiment prendre plus soin de votre peau.

Il me regarde fixement, sans voix. Ça ne durera pas longtemps.

Je traverse la pièce, sors la tronçonneuse de sa boîte. Elle est lourde, comme toutes les bonnes armes. Je sens l'odeur de l'huile. C'est une machine bien entretenue. Quel dommage de la perdre.

Je tire sur le cordon. Elle démarre immédiatement dans un rugissement impressionnant. La lame de la tronçonneuse gronde, éructe, fume.

— Bon Dieu, non ! hurle-t-il.

Je lui fais face, plein d'un pouvoir terrible.

— *Mira !* crié-je.

Lorsque la lame touche le côté gauche de sa tête, je vois dans ses yeux qu'il comprend ce qui lui arrive. L'expression qu'ont les gens en de tels instants ne ressemble à aucune autre.

La lame descend. De gros bouts d'os et de chair

351

volent. La lame est très affûtée et j'atteins son cou en un rien de temps. Mon imperméable et mon masque sont couverts de sang, de fragments d'os, de cheveux.

— Maintenant la jambe, hein ? hurlé-je.

Mais il ne m'entend plus.

La tronçonneuse gronde entre mes mains. Je la secoue pour débarrasser la lame des morceaux de chair et de tendons.

Je me remets au travail.

53

Byrne se gara dans Montgomery Drive et commença à traverser le plateau de Belmont. La silhouette de la ville clignotait et scintillait au loin. Dans des circonstances ordinaires, il se serait arrêté pour admirer la vue. Bien qu'il eût passé toute sa vie à Philadelphie, il ne s'en était jamais lassé. Mais ce soir, son cœur était lourd de tristesse et de peur.

Byrne faisait courir le faisceau de sa Maglite sur le sol, cherchant une traînée de sang, des traces de pas. Il ne trouva rien.

Il s'approcha du terrain de softball, en quête du moindre signe de lutte. Il examina la zone derrière le grillage. Pas de sang, pas de Victoria.

Il fit le tour du terrain. Deux fois. Victoria n'était pas là.

L'avait-on déjà trouvée ?

Non. Si c'était une scène de crime, la police serait encore sur les lieux. La zone serait isolée par un cordon de sécurité et une voiture de patrouille protégerait le site. La police scientifique n'aurait pas pu travailler dans cette obscurité. Ils auraient attendu le lendemain matin.

Il revint sur ses pas, ne trouva rien. Il traversa de nouveau le plateau, franchit un taillis d'arbres. Il regarda sous les branches. Rien. Il était sur le point d'appeler une équipe de recherches – sachant que ce qu'il avait fait à Matisse sonnerait le glas de sa carrière, de sa liberté, de sa vie –, lorsqu'il la vit. Victoria était sur le sol, derrière un petit massif de broussailles, couvertes de chiffons infâmes et de journaux. Et il y avait beaucoup de sang. Le cœur de Byrne explosa en un million de morceaux.

— Mon Dieu. Tori. Non !

Il s'agenouilla près d'elle, ôta les chiffons. Ses larmes l'empêchaient d'y voir clair. Il les essuya du revers de la main.

— Ah, doux Jésus ! Qu'est-ce que je t'ai fait ?

Elle avait le ventre lacéré. La blessure était profonde et béante. Elle avait perdu beaucoup de sang. Byrne eut un haut-le-cœur. Il avait vu des océans de sang depuis qu'il faisait ce boulot. Mais ça. *Ça...*

Il chercha son pouls. Il était faible, mais bien là.

Elle était en vie.

— Tiens bon, Tori. Je t'en prie. Bon Dieu. Tiens bon.

La main tremblante, il sortit son téléphone portable et composa le 911.

Byrne resta à ses côtés jusqu'à la dernière seconde. Lorsque l'ambulance approcha, il se cacha parmi les arbres. Il ne pouvait plus rien faire pour elle.

Sauf prier.

Byrne fit tout son possible pour conserver son calme, mais ce fut difficile. La colère qui brûlait en lui à cet instant était vive, féroce, sauvage.

Il devait se calmer. Réfléchir.

Ce moment était celui où tous les crimes tournaient mal, où la science s'en mêlait, le moment où le plus malin des assassins finissait par merder, le moment pour lequel tous les enquêteurs vivaient.

Les enquêteurs comme lui.

Il pensa à ce qui se trouvait dans le coffre de sa voiture, ces objets sinistres qu'il avait achetés à Sammy DuPuis. Il passerait le restant de la nuit avec Julian Matisse. Byrne savait que bien des choses étaient pires que la mort, et il comptait bien les explorer une à une avant la fin de la nuit. Pour Victoria. Pour Gracie Devlin. Pour toutes celles que Julian Matisse avait fait souffrir.

Il n'y avait plus de retour en arrière possible. Où qu'il vive, quoi qu'il fasse, il passerait le restant de sa vie à attendre qu'on vienne frapper à sa porte ; il se méfierait de l'homme en costume noir qui s'approcherait de lui avec une sombre détermination, de la voiture qui se garerait près du trottoir tandis qu'il marcherait dans Broad Street.

Bizarrement, ses mains ne tremblaient plus, son pouls était régulier. Pour le moment. Il savait qu'il y avait un monde entre avoir la main ferme et appuyer sur la détente.

Pourrait-il appuyer sur la détente ?

Le ferait-il ?

Tandis qu'il regardait les feux arrière de l'ambulance disparaître en haut de Montgomery Drive, il sentit le poids du SIG-Sauer dans sa main, et eut la réponse à sa question.

54

— Ceci n'a rien à voir avec M. Diamond ni avec ses affaires. Je suis inspecteur à la criminelle.

Cedric avait hésité lorsqu'il avait découvert et arraché le micro après l'avoir fouillée au corps sans ménagement. La suite des événements était claire. Il lui avait collé son arme contre le front, l'avait forcée à s'agenouiller.

— Tu es sacrément chaude pour un flic, tu le sais, ça ?

Jessica l'avait regardé fixement. Dans les yeux. Puis elle avait regardé ses mains.

— Vous allez tuer un officier de police sur votre lieu de travail ? demanda-t-elle, espérant que sa voix ne trahissait pas sa peur.

Cedric sourit. Curieusement, il portait un appareil dentaire.

— Qui dit qu'on va laisser ton corps ici, salope ?

Jessica se demanda quelle était sa liberté de manœuvre. Si elle parvenait à se lever, elle pourrait lui décocher un coup de poing. Il faudrait qu'il soit bien ciblé – la gorge ou le nez – et même si elle y parvenait, elle n'aurait que quelques secondes pour s'échapper. Elle ne quittait pas l'arme des yeux. Cedric s'approcha, déboutonna son pantalon.

— Tu sais, j'ai encore jamais baisé un flic.

Comme il baissait sa braguette, le canon du pistolet dévia momentanément. S'il enlevait son pantalon, elle aurait une dernière chance de passer à l'action.

— Vous feriez bien de penser à ce que vous faites, Cedric.

— Oh, j'y pense, bébé. J'y pense depuis que tu es arrivée.

Une ombre passa sur le sol.

— Lâche ton arme, *Sasquatch*[1].

C'était Nicci Malone.

À voir l'expression de Cedric, Nicci devait lui braquer un flingue derrière la tête. Il blêmit, parut soudain docile. Il posa doucement son arme par terre. Jessica la ramassa, la pointa sur lui. C'était un revolver Smith & Wesson 9 mm.

— Très bien, dit Nicci. Maintenant, les mains sur la tête, doigts croisés.

L'homme secoua la tête, mais n'obéit pas.

— Vous n'arriverez pas à sortir d'ici.

— Non ? Et pourquoi ça ? demanda Nicci.

— Ils vont me chercher d'une minute à l'autre.

— Pourquoi ? Parce qu'ils t'aiment tellement ? Ferme ta gueule. Et mets les mains sur la tête. C'est la dernière fois que je te le demande.

Lentement, à contrecœur, il s'exécuta.

Jessica se leva, tout en maintenant le 9 mm pointé sur l'homme et en se demandant où Nicci avait bien pu trouver son arme. Elles avaient franchi un détecteur de métaux en entrant.

— Maintenant, à genoux, dit Nicci. Imagine que tu fais la cour à quelqu'un.

1. Animal hypothétique des forêts du nord-est des États-Unis et du Canada. *(N.d.T.)*

Au prix d'un effort non négligeable, le colosse s'age-nouilla.

Jessica se plaça derrière lui et vit que ce n'était pas une arme que tenait Nicci. C'était un porte-serviettes en acier. Cette fille était gonflée.

— Il y a combien d'autres gardes ici ? demanda Nicci.

Cedric garda le silence. Peut-être parce qu'il estimait être beaucoup plus qu'un simple garde. Nicci lui assena un coup de barre de fer sur le côté de la tête.

— Aïe ! Bon Dieu !

— Je crois que tu ne te concentres pas, caribou.

— Espèce de salope. Il n'y a que moi.

— Désolée, comment tu viens de m'appeler ? deman-da Nicci.

Cedric se mit à suer à grosses gouttes.

— Je... je ne voulais pas...

Nicci le poussa avec la barre d'acier.

— Ferme-la. Tu vas bien ? demanda-t-elle en se tour-nant vers Jessica.

— Ça va, répondit Jessica.

Nicci désigna la porte d'un mouvement de tête. Jessica traversa la pièce, jeta un coup d'œil dans le cou-loir. Désert. Elle retourna auprès de Nicci et Cedric.

— Allons-y.

— OK, dit Nicci. Tu peux baisser les mains mainte-nant.

Croyant qu'il allait pouvoir partir, Cedric lâcha un petit ricanement.

Mais Nicci n'avait aucune intention de le laisser s'en tirer à si bon compte. Ce qu'elle voulait vraiment, c'était une cible bien dégagée. Lorsqu'il laissa retomber ses mains, elle pivota sur elle-même et lui assena un coup de barre d'acier sur l'arrière du crâne. De toutes ses forces. Le bruit de l'impact se répercuta contre les murs crasseux. Jessica n'était pas certaine qu'elle ait cogné assez fort, mais au bout d'une seconde elle vit les yeux de l'homme se révulser. Il s'écroula. Une minute plus tard, il était étendu dans une des cabines, face contre le sol, une poignée de papier toilette dans la bouche, les mains attachées derrière le dos. Elles avaient eu l'impression de traîner un bœuf.

— J'en reviens pas d'être obligée de laisser une ceinture Jil Sander dans ces putains de chiottes.

Jessica faillit rire. Nicolette Malone était sa nouvelle idole.

— Prête ? demanda Jessica.

Nicci donna un nouveau coup de barre au gorille, juste par principe, et lança :

— On décampe !

Comme lors d'une planque, l'adrénaline était retombée au bout de quelques minutes.

Elles avaient quitté l'entrepôt et traversé la ville dans la Lincoln Town Car, Bebe et Nicci sur la banquette arrière. Bebe leur avait indiqué le chemin et, en arrivant à destination, elles l'avaient informée qu'elles étaient de la police. Bebe avait été surprise, mais pas outre mesure. Bebe et Kilbane étaient temporairement retenus à la Rotonde, où ils demeureraient jusqu'à la fin des opérations.

La cible était une maison située dans une rue obscure. Elles n'avaient pas de mandat de perquisition et ne pouvaient donc pas entrer. Pas encore. Si Bruno Steele avait invité des actrices pornos à le rejoindre chez lui, il y avait de bonnes chances pour qu'il revienne.

Nick Palladino et Eric Chavez étaient dans la camionnette, une demi-rue plus loin. De plus, deux voitures de patrouille abritant chacune deux agents en uniforme se tenaient à proximité.

Tandis qu'elles attendaient Bruno Steele, Nicci et Jessica passèrent leurs tenues de ville. Jean et T-shirt, baskets et gilet pare-balles en Kevlar. Jessica éprouva un énorme soulagement en sentant de nouveau son Glock contre sa hanche.

— Tu as déjà fait équipe avec une femme ? demanda Nicci.

Elles étaient seules dans la voiture de tête, à quelques dizaines de mètres de la maison cible.

— Non, répondit Jessica.

Tout au long de sa carrière, depuis son agent formateur jusqu'au flic aguerri qui lui avait montré les ficelles du métier dans les rues du sud de Philly, elle avait toujours été associée à des hommes. Lorsqu'elle était à la brigade automobile, elles n'étaient que deux femmes, et l'autre travaillait derrière le guichet. C'était une expérience nouvelle et – elle devait bien l'admettre – plutôt agréable.

— Pareil pour moi, dit Nicci. On serait tenté de croire que les femmes seraient plus attirées par la brigade des stupéfiants mais, au bout d'un moment, le boulot perd son côté glamour.

Jessica n'aurait su dire si Nicci plaisantait ou non. Glamour ? Elle pouvait comprendre qu'un homme ait envie de jouer au cow-boy lors de telles opérations. Bon Dieu, elle était mariée à l'un d'eux. Elle était sur le point de répondre lorsque des phares balayèrent le rétroviseur. Une voix jaillit de la radio :

— Jess.

— Je le vois, dit Jessica.

Elles regardèrent la voiture approcher lentement. Jessica ne parvint pas à identifier immédiatement la marque ni le modèle du véhicule à une telle distance et dans une telle obscurité. De taille moyenne, la bagnole était occupée par un homme seul. Elle passa devant elles, puis roula lentement jusqu'au carrefour où elle tourna avant de disparaître.

Avaient-elles été repérées ? Non. Ça semblait peu probable. Elles attendirent. La voiture ne rebroussa pas chemin.

Elles s'enfoncèrent dans leurs sièges. Et attendirent.

55

Il est tard, je suis fatigué. Je n'aurais jamais cru que ce genre de travail pût être physiquement et mentalement si épuisant. Pensez à tous les monstres de cinéma qu'il y a eu au fil des années, comme ils ont dû travailler dur. Pensez à Freddy, à Michael Myers. Pensez à Norman Bates, Tom Ripley, Patrick Bateman, Christian Szell.

Il me reste beaucoup de choses à faire dans les jours à venir. Après quoi, j'en aurai terminé.

Je rassemble les objets posés sur la banquette arrière, mon sac plastique plein de vêtements ensanglantés. Je les brûlerai au petit matin. Pour le moment, je vais prendre un bain chaud, me préparer une tasse de camomille et sans doute m'endormir avant même d'avoir posé la tête sur mon oreiller.

Rien de tel qu'une bonne journée de travail pour bien dormir, disait mon grand-père.

Je descends de voiture, verrouille les portières. J'inspire profondément l'air de cette nuit d'été. La ville dégage une odeur propre et fraîche, chargée de promesses.

Arme en main, je me dirige vers la maison.

56

Peu après minuit, elles virent leur homme. Bruno Steele traversait un terrain vague derrière la maison.

— Je vois quelqu'un, annonça une voix jaillie de la radio.

— Je le vois, répondit Jessica.

Steele marqua une hésitation à la porte, regarda des deux côtés de la rue. Jessica et Nicci se laissèrent doucement glisser sur leur siège, juste au cas où une autre voiture passerait dans la rue et les éclairerait de ses phares. Jessica saisit son talkie-walkie, l'alluma.

— On est en place ?

— Oui, répondit Palladino. On est en place.

— Les uniformes sont prêts ?

— Prêts.

On le tient, pensa Jessica.

On tient ce salopard.

Jessica et Nicci dégainèrent leur arme, se glissèrent sans bruit hors de la voiture. Comme elles approchaient du suspect, Jessica croisa le regard de Nicci. Les flics ne vivaient que pour de tels instants. L'excitation de l'arrestation, tempérée par la peur de l'inconnu. Si Bruno Steele était bien l'Acteur, il avait, aux dernières nouvelles, sauvagement assassiné deux femmes, de sang-froid.

S'il était bien leur homme, il était capable de n'importe quoi.

Elles se rapprochèrent dans l'obscurité. Quinze mètres. Dix mètres. Six. Jessica était sur le point de se jeter sur l'homme lorsqu'elle s'immobilisa.

Quelque chose clochait.

À cet instant, son monde s'écroula. C'était un de ces moments qui déjà dans la vie ne manquent pas de vous déstabiliser, mais qui peuvent vous être fatals en mission. Un de ces moments où vous vous apercevez que ce que vous avez devant vous, ce que vous pensez être une certaine chose, s'avère en être une autre, totalement différente.

L'homme sur le pas de la porte n'était pas Bruno Steele.

C'était Kevin Byrne.

57

Ils traversèrent la rue, s'enfoncèrent dans l'ombre.
Jessica ne demanda pas à Byrne ce qu'il faisait là. Elle
y viendrait plus tard. Elle s'apprêtait à retourner au
véhicule de surveillance lorsque Eric Chavez appela sur
son canal.

— Jess.

— Oui.

— Il y a de la musique dans la maison.

Bruno Steele était déjà à l'intérieur.

Byrne regarda l'équipe se préparer à investir la
maison. Jessica lui avait fait un bref topo sur les événements de la journée. À chaque mot qu'elle prononçait,
Byrne voyait sa vie et sa carrière défiler devant ses yeux.
Les pièces du puzzle s'emboîtaient. Julian Matisse était
l'Acteur. Byrne avait été si près, et il n'avait rien vu.
Le système allait maintenant faire ce qu'il savait faire
de mieux. Et Kevin Byrne se trouvait juste sous ses
rouages.

Quelques minutes, pensa Byrne. S'il était arrivé quelques minutes avant l'équipe d'intervention, tout serait
terminé. Maintenant, ils allaient retrouver Matisse ligoté
à cette chaise, en sang et passé à tabac, et remonteraient

jusqu'à lui. Qu'importait ce que Matisse avait fait à Victoria, Byrne avait kidnappé et torturé un homme.

Conrad Sanchez trouverait au minimum de quoi l'inculper de brutalité policière, peut-être même de délit au niveau fédéral. Il était fort possible que Byrne finisse en cellule, au côté de Julian Matisse, cette nuit même.

Nick Palladino et Eric Chavez pénétrèrent les premiers dans la maison, suivis de Jessica et de Nicci. Les quatre inspecteurs fouillèrent le rez-de-chaussée et le premier étage. Rien à signaler.

Ils commencèrent à descendre l'escalier étroit.

Une chaleur humide et malsaine imprégnait la maison, chargée de relents d'égouts et de déjections humaines. En dessous, quelque chose de primal. Palladino fut le premier au bas des marches. Jessica le talonnait. Ils firent courir les faisceaux de leurs Maglite à travers la pièce exiguë.

Et plongèrent au cœur de l'enfer.

C'était un vrai massacre. Du sang et des viscères partout. De la chair accrochée aux murs. Ils eurent tout d'abord du mal à identifier la source de tout ce sang, mais comprirent bientôt que ce qu'ils regardaient, cette chose enroulée autour d'une barre métallique, avait été un être humain.

Même s'il faudrait attendre plus de trois heures pour que les empreintes digitales le confirment, les inspecteurs surent alors sans le moindre doute que l'homme que les amateurs de films pornos appelaient Bruno Steele – mais plus connu par la police, les tribunaux et le système pénal, ainsi que par sa mère, Edwina, sous le nom de Julian Matisse – avait été coupé en deux.

La tronçonneuse posée à ses pieds était encore chaude.

58

Ils étaient assis dans un box au fond d'un petit bar de Vine Street. L'image de ce qu'ils avaient découvert dans la cave de cette maison du nord de Philly les hantait. Même s'ils en avaient déjà vu d'autres, ils avaient rarement été confrontés à une telle sauvagerie.

La police scientifique analysait les lieux. Ça leur prendrait la nuit et une bonne partie du lendemain. Dieu sait comment, les médias étaient déjà sur le coup. Trois camions de télévision campaient de l'autre côté de la rue.

Tandis qu'ils attendaient, Byrne raconta son histoire à Jessica, depuis le moment où il avait reçu le coup de fil de Paul DiCarlo jusqu'à celui où elle l'avait surpris à l'extérieur de la maison du nord de Philly. Jessica eut le sentiment qu'il ne lui disait pas tout.

Lorsqu'il arriva à la fin de son récit, il y eut quelques instants de silence, d'un silence qui en disait beaucoup sur eux – en tant que flics, en tant que personnes, et, surtout, en tant que partenaires.

— Ça va ? finit par demander Byrne.

— Oui, répondit Jessica. C'est pour vous que je m'en fais. Enfin quoi, de retour depuis deux jours, et tout ça.

Byrne balaya ses inquiétudes d'un geste de la main. Mais ses yeux racontaient une autre histoire. Il but son verre d'un trait, en commanda un autre. Lorsque la serveuse lui apporta sa boisson, il se laissa aller contre la banquette. L'alcool rendait sa posture moins rigide, soulageait la tension qu'il ressentait aux épaules. Jessica eut le sentiment qu'il voulait lui dire autre chose. Elle avait raison.

— Qu'est-ce qu'il y a ? demanda-t-elle.

— Je pensais juste à quelque chose. Au Vendredi saint.

— Qu'est-ce que vous vous disiez ?

Elle n'avait jamais discuté en profondeur avec lui du supplice qu'il avait enduré en se faisant tirer dessus. Elle avait voulu lui poser la question, mais avait estimé qu'il lui en parlerait quand il serait prêt. Le moment était peut-être venu.

— Quand ça s'est produit, commença-t-il, il y a eu une fraction de seconde, juste au moment où la balle m'atteignait, où j'ai vu la scène de l'extérieur, comme si ça arrivait à quelqu'un d'autre.

— Vous avez vu la scène ?

— Pas exactement. Je ne parle pas de ces plans New Age où on est censé quitter son corps. Mais je l'ai vue dans mon esprit. Je me suis vu tomber par terre. Du sang partout. Mon sang. Et la seule chose à laquelle je n'arrêtais pas de penser, c'était cette... cette photo.

— Quelle photo ?

Byrne regarda fixement son verre posé sur la table. Jessica voyait bien que ce n'était pas facile pour lui. Elle avait tout le temps.

— Une photo de mes parents. Un vieux cliché aux bords grossièrement découpés. Vous voyez le genre ?

— Bien sûr, répondit Jessica. J'en ai une boîte de chaussures pleine à la maison.

— La photo les représente durant leur lune de miel à Miami Beach, debout devant l'Eden Roc, au beau milieu de ce qui a peut-être été le moment le plus heureux de leur vie. Bon, tout le monde savait qu'ils n'avaient pas les moyens de se payer l'Eden Roc, vous voyez ? Mais c'était ce qui se faisait à l'époque. On logeait dans un endroit qui s'appelait l'Aqua Breeze ou le Sea Dunes et on se faisait prendre en photo devant l'Eden Roc ou le Fontainebleau en faisant semblant d'être riche. Mon paternel dans cette affreuse chemise hawaïenne violet et bleu, ses gros avant-bras bronzés, ses genoux osseux tout blancs, un grand sourire aux lèvres. Il avait l'air de dire au monde : *Vous y croyez à ma veine d'Irlandais ? Qu'est-ce que j'ai bien pu faire pour mériter cette femme ?*

Jessica écoutait. Byrne n'avait jamais révélé grand-chose sur sa famille.

— Et ma mère. Ah, quelle beauté. Une vraie rose irlandaise. Elle se tenait juste là dans sa petite robe blanche à petites fleurs jaunes, souriant à demi, comme si elle avait déjà tout compris et disait : *Attention où tu mets les pieds, Padraig Francis Byrne, parce que tu seras sur un terrain glissant pour le restant de ta vie.*

Jessica acquiesça, but une gorgée de sa boisson. Elle possédait le même cliché quelque part. Ses parents avaient passé leur lune de miel au Cape Cod.

— Ils ne pensaient même pas encore à moi quand cette photo a été prise, poursuivit Byrne. Mais je faisais partie de leur projet, voyez-vous ? Et quand je me suis écroulé le Vendredi saint, quand mon sang a jailli à travers la pièce, tout ce que je voyais, c'était quelqu'un qui leur disait, ce jour ensoleillé, à Miami Beach : *Vous connaissez ce gamin ? Ce petit môme potelé que vous allez avoir ? Un jour, quelqu'un lui collera une balle dans la tête et il périra de la mort la plus indigne qu'on puisse imaginer.* Alors, sur la photo, leur expression changeait. Je voyais ma mère se mettre à pleurer. Je voyais mon paternel serrer et desserrer les poings, car c'est sa manière à lui de contenir ses émotions, encore à ce jour. Je voyais mon père debout dans le bureau du légiste, debout devant ma tombe. Je savais que je devais tenir bon. Je savais qu'il me restait quelque chose à accomplir et que je devais survivre pour l'accomplir.

Jessica l'écoutait, tentant de discerner ce qui se cachait derrière ses paroles.

— Ressentez-vous toujours la même chose ? demanda-t-elle.

Byrne lui lança un regard perçant qui sembla la paralyser. Il n'avait pas l'air disposé à répondre. Puis il dit simplement :

— Oui.

Une heure plus tard, ils se rendirent à l'hôpital Saint-Joseph. Victoria Lindstrom avait quitté le bloc opératoire et était en réanimation. Son état était critique mais stable.

Quelques minutes plus tard, ils se tenaient dans le parking, dans le silence qui précède l'aube. Le soleil allait bientôt se lever, mais Philly était toujours assoupie. Quelque part, là, sous l'œil vigilant de la statue de William Penn, entre le flot paisible des rivières, parmi les âmes errantes de la nuit, l'Acteur planifiait sa prochaine atrocité.

Jessica retourna chez elle pour grappiller quelques heures de sommeil, pensant en route à ce que Byrne avait traversé au cours des dernières quarante-huit heures. Elle essaya de ne pas le juger. Elle considérait que ce qui s'était passé entre lui et Julian Matisse dans cette cave jusqu'au moment où il était parti pour Fairmount Park ne concernait qu'eux. Il n'y avait pas de témoins, et le comportement de Byrne ne donnerait lieu à aucune enquête. Jessica était à peu près sûre qu'il lui avait caché certains détails, mais ce n'était pas grave. L'Acteur était toujours en liberté dans leur ville.

Ils avaient du pain sur la planche.

59

La cassette de *Scarface* avait été louée dans une boutique vidéo de University City. Pour une fois, la boutique n'appartenait pas à Eugene Kilbane. L'homme qui avait loué la vidéo était un certain Elian Quintana, il travaillait au Wachovia Center. Il avait regardé la vidéo trafiquée avec sa fille, une étudiante de seconde année à Villanova qui s'était évanouie à la vue du meurtre. Son médecin l'avait placée sous sédatifs.

Dans la version modifiée, un Julian Matisse couvert de bleus et salement amoché est menotté à une barre d'acier dans une cabine de douche de fortune installée dans un coin de cave. Une silhouette vêtue d'un imperméable jaune avance dans le champ, saisit une tronçonneuse et coupe littéralement l'homme en deux. La scène est insérée dans le film au moment où Al Pacino rend visite au vendeur de drogue colombien dans sa chambre située au premier étage d'un motel de Miami. Le jeune homme qui avait apporté la cassette, un employé de la boutique vidéo, avait été interrogé puis relâché, tout comme Elian Quintana.

Il n'y avait pas d'autres empreintes digitales sur la cassette. Pas d'empreintes sur la tronçonneuse. Pas de vidéo de surveillance montrant l'assassin replaçant la cassette sur le présentoir de la boutique. Il n'y avait pas de suspect.

Quelques heures après la découverte du corps de Julian Matisse dans la maison du nord de Philly, un total de dix inspecteurs fut affecté à l'affaire.

Les ventes de caméscopes avaient grimpé en flèche dans la ville et on craignait que ces crimes n'inspirent des imitateurs. L'unité spéciale avait détaché un agent en civil dans chaque boutique vidéo indépendante de la ville, la théorie étant que l'Acteur les choisissait pour la facilité avec laquelle il pouvait contourner leurs systèmes de sécurité.

Pour la police de Philadelphie et le bureau local du FBI, l'Acteur était désormais la priorité numéro un. L'histoire avait été couverte par les médias nationaux, et les fous de crimes, les fous de cinéma et les fous de tout poil débarquaient en ville.

Dès le moment où l'affaire avait été révélée, une semi-hystérie s'était emparée des boutiques de location vidéo, aussi bien les indépendantes que les chaînes, et les gens s'étaient mis à louer des films violents. La chaîne Channel 6 Action News avait envoyé des équipes interviewer les clients qui en sortaient les bras chargés de cassettes VHS.

— J'ai toute la série *Freddy*… J'espère que l'Acteur va tuer quelqu'un comme Freddy le fait dans la troisième partie…

— J'ai loué *Seven*… mais quand je suis arrivé au moment où l'avocat se fait retirer une livre de chair, c'était la scène originale…

— J'ai *Les Incorruptibles*… Peut-être que l'Acteur explose la tête de quelqu'un à coups de batte de base-ball comme De Niro.

— J'espère voir des meurtres comme dans…

— *L'Impasse*…

371

— *Taxi Driver…*

— *L'Ennemi public…*

— *Le Guet-Apens…*

— *M le Maudit…*

— *Reservoir Dogs…*

La police craignait que quelqu'un ne décide de ne pas apporter une cassette – préférant la garder ou la vendre sur eBay.

Jessica avait trois heures avant la réunion de l'unité spéciale. La rumeur disait qu'elle la dirigerait peut-être, perspective qui ne la ravissait pas franchement. Les inspecteurs de l'unité spéciale avaient en moyenne dix ans d'ancienneté, et elle se voyait mal à leur tête.

Elle commençait à rassembler ses dossiers et ses notes lorsqu'elle retomba sur le message qu'on lui avait laissé pendant son absence sur un post-it rose. Faith Chandler. Elle ne l'avait pas encore rappelée. Elle l'avait complètement oubliée. La vie de cette femme était anéantie par le chagrin et la douleur, et Jessica avait négligé de donner suite à son coup de fil. Elle s'empara du téléphone, composa le numéro. Au bout de quelques sonneries, une femme décrocha.

— Allô ?

— Madame Chandler, ici l'inspecteur Balzano. Je suis désolée de ne pas avoir pu vous rappeler plus tôt.

Silence. Puis :

— C'est… Je suis la sœur de Faith.

— Oh, pardonnez-moi, dit Jessica. Faith est-elle là ?

Nouveau silence. Quelque chose ne tournait pas rond.

— Faith n'est pas… Faith est à l'hôpital.

Jessica sentit le sol se dérober sous ses pieds.

— Qu'est-ce qui s'est passé ?

Elle entendit la femme renifler.

— Ils ne savent pas, répondit-elle après un moment. Ils disent que ça peut être un empoisonnement par l'alcool. Elle est dans le coma. Ils pensent qu'elle ne s'en tirera probablement pas.

Jessica se rappela la bouteille posée sur la table basse lorsqu'ils avaient rendu visite à Faith Chandler.

— Quand cela s'est-il produit ?

— Après que Stephanie… eh bien, Faith avait un petit problème avec l'alcool. Je crois qu'elle n'arrivait pas à s'arrêter. Je l'ai découverte tôt ce matin.

— Était-elle chez elle ?

— Oui.

— Était-elle seule ?

— Je crois… Enfin, je n'en sais rien. Elle l'était quand je l'ai trouvée. Mais avant, je ne sais pas.

— Est-ce que vous ou une autre personne avez appelé la police ?

— Non. J'ai appelé le 911.

Jessica consulta sa montre.

— Ne bougez pas. Nous serons là dans dix minutes.

Sonya était comme une version plus âgée et plus massive de sa sœur. Mais alors que les yeux de Faith étaient abattus, pleins de chagrin et d'épuisement, ceux de Sonya étaient clairs et alertes. Jessica et Byrne s'entretinrent avec elle dans la petite cuisine située à l'arrière de la maison. Un verre était posé sur l'égouttoir près de l'évier, rincé et déjà sec.

L'homme était assis sur le perron d'une maison proche de celle de Faith Chandler. Il avait dans les soixante-dix ans. Ses cheveux blancs ébouriffés lui descendaient jusqu'aux épaules, il arborait une barbe de cinq jours et était installé dans ce qui ressemblait à une chaise roulante motorisée des années soixante-dix – un engin massif doté de porte-gobelets de fortune, d'autocollants, d'une antenne radio et de réflecteurs, mais parfaitement entretenu. Il s'appelait Atkins Pace. Il parlait avec un accent louisianais très marqué.

— Êtes-vous souvent assis ici, monsieur Pace ? demanda Jessica.

— À peu près chaque jour quand il fait beau, *ma chère*[1]. J'ai ma radio, mon thé glacé. Que pourrais-je vouloir de plus ? Sauf peut-être une paire de jambes pour courir après les jolies filles.

Le pétillement de ses yeux indiquait qu'il cherchait à dédramatiser son handicap, chose qu'il faisait probablement depuis des années.

— Étiez-vous assis ici hier ? demanda Byrne.

— Oui, m'sieur.

— À quelle heure ?

Pace regarda les deux inspecteurs, considérant la situation.

— Il s'agit de Faith, n'est-ce pas ?

— Pourquoi demandez-vous ça ?

— Parce que j'ai vu l'ambulance l'emmener ce matin.

— Faith Chandler est à l'hôpital, en effet, répondit Byrne.

Pace hocha la tête, puis se signa. Il approchait d'un âge où les personnes appartenaient à une des trois catégories suivantes : *déjà mort, presque mort, pas encore tout à fait mort.*

— Pouvez-vous me dire ce qui lui est arrivé ? demanda-t-il.

— Nous n'en sommes pas sûrs, répondit Jessica. L'avez-vous vue hier ?

— Oh, oui, dit-il. Je l'ai vue.

— Quand ?

Il leva les yeux vers le ciel, comme s'il estimait l'heure d'après la position du soleil.

1. En français dans le texte. *(N.d.T.)*

— Eh bien, je dirais dans l'après-midi. Oui, m'dame, exactement. Dans l'après-midi.

— Est-ce qu'elle rentrait chez elle ou est-ce qu'elle partait ?

— Elle rentrait.

— Était-elle seule ? demanda Jessica.

Il secoua la tête.

— Non, m'dame. Elle était avec un gars. Belle allure. On aurait peut-être dit un instituteur.

— L'aviez-vous déjà vu auparavant ?

Nouveau coup d'œil vers le ciel. Jessica commençait à croire que le vieil homme s'en servait comme d'un assistant personnel.

— Non. Jamais vu.

— Avez-vous remarqué quoi que ce soit qui sorte de l'ordinaire ?

— De l'ordinaire ?

— Est-ce qu'ils se disputaient, ou quelque chose comme ça ?

— Non, répondit Pace. C'était la même histoire que d'habitude, si vous voyez ce que je veux dire.

— Non, je ne vois pas. Expliquez-moi.

Pace regarda à gauche, puis à droite. Les ragots allaient arriver. Il se pencha en avant.

— Eh bien, elle avait l'air d'en avoir un coup dans le nez. En plus, ils portaient d'autres bouteilles. Je n'aime pas raconter d'histoires, mais vous avez demandé, alors voilà.

— Seriez-vous en mesure de décrire l'homme qui l'accompagnait ?

— Oh, pour sûr, répondit Pace. Jusqu'à la couleur de ses lacets, si vous voulez.

— Pourquoi ça ? demanda Jessica.

L'homme fixa les yeux sur elle en esquissant un sourire entendu qui effaça quelques années de son visage buriné.

— Ça fait plus de trente ans que je suis dans cette chaise roulante, ma jeune dame. Observer les gens, c'est mon occupation.

Il ferma les yeux et décrivit à toute allure la tenue de Jessica, jusqu'à ses boucles d'oreilles et la couleur du stylo qu'elle tenait. Puis il rouvrit les yeux et lui fit un clin d'œil.

— Très impressionnant, dit-elle.

— C'est un don, répliqua Pace. Je ne l'ai pas demandé, mais il ne fait aucun doute que je l'ai, et j'essaie de l'utiliser pour le bien de l'humanité.

— Nous revenons tout de suite, dit Jessica.

— Je ne bouge pas d'ici, *ma chère*[1], répondit-il.

Jessica et Byrne regagnèrent la maison et montèrent à la chambre de Stephanie. Ils avaient tout d'abord cru qu'ils trouveraient la solution au mystère de sa mort entre ces quatre murs – sa vie telle qu'elle l'avait laissée. Ils avaient examiné chaque vêtement, chaque lettre, chaque livre, chaque bibelot.

En balayant la pièce du regard, Jessica remarqua que tout était exactement comme quelques jours plus tôt. Sauf une chose. Le cadre sur la commode – celui qui renfermait une photo de Stephanie et son amie – était désormais vide.

1. En français dans le texte. *(N.d.T.)*

60

Ian Whitestone était un homme aux habitudes méticu-
leuses, une créature si attachée au détail, à la précision,
à l'économie de pensée que les personnes qui l'entouraient étaient souvent traitées comme de simples entrées
dans un agenda. Depuis tout le temps qu'il connaissait
Ian, Seth Goldman ne l'avait jamais vu trahir la moindre
émotion naturelle, et il n'avait jamais connu d'homme
ayant une approche des relations personnelles si froide-
ment clinique. Il se demandait comment Ian encaisserait
la nouvelle.

Le morceau de bravoure du film *Le Palais* devait être
un prodigieux plan de trois minutes tourné à la gare
de la 13e Rue. Ce serait la dernière scène du film, celle
qui leur assurerait une nomination aux oscars pour la
meilleure mise en scène, voire le meilleur film.

La fête de fin de tournage devait avoir lieu dans une
boîte à la mode de la 2e Rue appelée 32 Degrees[1], un bar
à l'européenne tirant son nom de la coutume qu'on avait
d'y servir de l'alcool dans des verres faits de glace.

Seth se tenait dans la salle de bains de l'hôtel. Il

1. Trente-deux degrés Fahrenheit sont équivalents à zéro degré
Celsius. (*N.d.T.*)

s'aperçut qu'il ne pouvait pas se regarder. Il attrapa la photo par le bord, alluma son briquet. Au bout de quelques secondes, la photo prit feu. Il la laissa tomber dans le lavabo. Un instant plus tard, elle avait disparu.

Plus que deux jours, pensa-t-il. C'était tout ce dont il avait besoin. Plus que deux jours et ils pourraient laisser ce cauchemar derrière eux.

Jusqu'à ce qu'il recommence.

61

Jessica dirigeait l'unité spéciale, sa première. Sa priorité numéro un était de coordonner les ressources et les effectifs avec le FBI. Après quoi elle devrait aussi servir de liaison avec les grands pontes, remettre ses rapports, préparer le profil du tueur.

Un portrait de l'homme qui avait été vu marchant avec Faith Chandler était en préparation. Deux inspecteurs retraçaient l'origine de la tronçonneuse utilisée pour assassiner Julian Matisse. Deux autres enquêtaient sur le blouson brodé porté par Matisse dans *La Peau de Philadelphie*.

La première réunion de l'unité spéciale était prévue pour seize heures.

Les photographies des victimes étaient scotchées sur un tableau blanc : Stephanie Chandler, Julian Matisse, et une photo tirée de la vidéo de *Liaison fatale* représentant la jeune femme toujours pas identifiée. Aucun signalement de disparition ne correspondait pour l'instant à sa description. Le rapport préliminaire du légiste sur la mort de Julian Matisse devait leur parvenir d'une minute à l'autre.

La demande de mandat de perquisition pour l'appartement d'Adam Kaslov avait été rejetée. Jessica et Byrne étaient certains que ça avait beaucoup plus à voir avec le fait que Laurence Kaslov avait des relations assez haut placées qu'avec un manque de présomptions. Cela dit, le fait que personne n'avait vu Adam Kaslov depuis plusieurs jours semblait indiquer que sa famille lui avait fait quitter la ville, voire le pays.

La question était : Pourquoi ?

Jessica récapitula l'affaire depuis le moment où Adam Kaslov avait apporté la cassette de *Psychose* à la police. Hormis les cassettes elles-mêmes, ils n'avaient pas grand-chose à quoi se raccrocher. Trois exécutions sanglantes, arrogantes, presque publiques, et ils n'avaient rien.

— Il est assez clair que l'Acteur est obsédé par la salle de bains en tant que scène de crime, dit Jessica. *Psychose*, *Liaison fatale* et *Scarface* comportent tous des meurtres commis dans cette pièce. Nous les comparons en ce moment à d'autres meurtres commis dans des salles de bains au cours des cinq dernières années. (Jessica pointa le doigt vers les photos montrant les lieux du crime.) Les victimes sont Stephanie Chandler, vingt-deux ans ; Julian Matisse, quarante ans ; et une femme pas encore identifiée qui semble avoir autour de trente ans.

« Nous pensions le tenir il y a deux jours. Nous pensions que Julian Matisse, qui se faisait aussi appeler Bruno Steele, était notre homme. Au lieu de quoi Matisse était responsable du kidnapping et de la tentative de meurtre d'une femme nommée Victoria Lindstrom. Mlle Lindstrom est dans un état critique à l'hôpital Saint-Joseph.

— Qu'avait Matisse à voir avec l'Acteur ? demanda Palladino.

— Nous ne savons pas, répondit Jessica. Mais quel

que soit le mobile du meurtre de ces deux femmes, nous devons supposer qu'il s'applique aussi à Julian Matisse. Relions Matisse à ces deux femmes, et nous aurons notre mobile. Si nous ne parvenons pas à établir le lien entre ces personnes, nous n'avons aucun moyen de savoir où il frappera la prochaine fois.

Personne ne doutait du fait que l'Acteur frapperait de nouveau.

— Il y a normalement une phase de dépression dans le cycle d'un tel tueur, reprit Jessica. Rien de tel ici. C'est une folie meurtrière et, d'après toutes les recherches, il ne s'arrêtera pas tant qu'il n'aura pas achevé son plan.

— Quel est le lien entre Matisse et cette affaire ? demanda Chavez.

— Matisse jouait dans un film pornographique intitulé *La Peau de Philadelphie*, répondit Jessica. Et il est clair qu'il s'est produit quelque chose durant le tournage de ce film.

— Que voulez-vous dire ? demanda Chavez.

— *La Peau de Philadelphie* semble être au cœur de cette affaire. Matisse était l'acteur au blouson bleu. L'homme qu'on voit reposer la vidéo chez Flickz portait ce même blouson, ou un blouson identique.

— Avons-nous quelque chose sur le blouson ?

Jessica secoua la tête.

— On ne l'a pas trouvé lorsqu'on a découvert le corps de Matisse. Nous continuons de passer en revue les boutiques de fringues.

— Comment Stephanie Chandler entre-t-elle dans le tableau ? demanda Chavez.

— Pas la moindre idée, répondit Jessica.

— Est-ce qu'elle aurait pu jouer dans ce film ?

— C'est possible, répondit Jessica. Sa mère affirme qu'elle était un peu incontrôlable à la fac. Elle ne s'est pas étendue sur le sujet. Ça pourrait coller avec son âge.

Malheureusement, tous les acteurs du film portent des masques.

— Quels étaient les pseudonymes des actrices ? demanda Chavez.

Jessica consulta ses notes.

— L'un des noms était Angel Blue. L'autre, Tracy Love. Nous avons fait des recherches sur ces noms, qui n'ont rien donné. Mais nous parviendrons peut-être à en savoir plus sur ce qui s'est produit pendant le tournage de ce film grâce à la femme que nous avons rencontrée au Tresonne.

— Comment s'appelait-elle ?

— Paulette Saint John.

— Qui c'est, ça ? demanda Chavez, visiblement chagriné d'apprendre que l'unité spéciale interrogeait des actrices pornos et qu'on l'avait laissé hors de la boucle.

— Une actrice de films pour adultes. Ça risque d'être une impasse, mais ça ne coûte rien d'essayer, dit Jessica.

— Amenez-la, lança Buchanan.

Son vrai nom était Roberta Stoneking. Le jour, elle avait l'air d'une *Hausfrau*[1] – quelconque quoique plantureuse, trente-huit ans, trois fois divorcée, originaire du New Jersey, mère de trois enfants, adepte invétérée du Botox. Et c'est précisément ce qu'elle était. Ce jour-là, au lieu de sa robe courte à motif léopard, elle portait un survêtement de velours rose vif et de nouvelles tennis rouge cerise. Ils s'installèrent dans la salle d'interrogatoire A. Curieusement, de nombreux hommes avaient justement décidé d'observer cet entretien.

— C'est peut-être une grande ville, mais le milieu des films pornographiques est une petite communauté,

1. Femme au foyer. *(N.d.T.)*

expliqua-t-elle. Tout le monde connaît tout le monde, et chacun connaît les affaires des autres.

— Comme nous vous l'avons expliqué, la façon dont les gens gagnent leur vie ne nous regarde pas. Le milieu de la pornographie ne nous intéresse pas en tant que tel, dit Jessica.

Roberta ne cessait de tourner et retourner entre ses mains une cigarette pas encore allumée. Elle était apparemment en train de décider jusqu'où elle irait dans ses confidences, probablement afin de rester en dehors de tout ça.

— Je comprends.

Sur la table se trouvait une impression en gros plan de la jeune fille de *La Peau de Philadelphie*. *Ces yeux*, pensa Jessica.

— Vous avez évoqué le fait qu'il s'était produit quelque chose durant le tournage de ce film.

Roberta inspira profondément.

— Je ne sais pas grand-chose, d'accord ?

— Tout ce que vous pourrez nous dire nous sera utile.

— Tout ce que j'ai entendu dire, c'est qu'une fille était morte sur le plateau, dit-elle. Mais ce n'est peut-être que la moitié de l'histoire. Qui sait ?

— C'était Angel Blue ?

— Je crois.

— Morte comment ?

— Je ne sais pas.

— Quel était son vrai nom ?

— Je n'en ai aucune idée. Il y a des gens avec qui j'ai fait dix films et dont je ne connais pas le nom. C'est le milieu qui veut ça.

— Et vous n'avez jamais entendu de détails sur la mort de cette fille ?

— Pas que je me souvienne.

Elle se foutait d'eux, pensa Jessica. Elle s'assit sur

le bord de la table. Petite discussion entre femmes, maintenant.

— Allons, Paulette, dit-elle, utilisant son pseudonyme dans l'espoir que ça contribuerait à créer un lien. Les gens parlent. Ce qui s'est passé a dû donner lieu à des ragots.

Roberta leva les yeux. À la lueur dure du néon, elle faisait bien son âge, voire plus.

— Eh bien, j'ai entendu dire qu'elle se camait.

— À quoi ?

Roberta haussa les épaules.

— Je ne suis pas sûre. Héro, probablement.

— Comment le savez-vous ?

Roberta regarda Jessica en fronçant les sourcils.

— Malgré mon apparente jeunesse, j'en ai vu d'autres, inspecteur.

— Est-ce qu'on prenait beaucoup de drogue sur le plateau ?

— On prend beaucoup de drogue dans tout ce milieu. Ça dépend de la personne. Chacun a sa maladie, chacun a son remède.

— En dehors de Bruno Steele, connaissez-vous l'autre type qui jouait dans *La Peau de Philadelphie* ?

— Il faudrait que je revoie le film.

— C'est que, malheureusement, il porte tout le temps un masque.

Roberta se mit à rire.

— Ai-je dit quelque chose de drôle ? demanda Jessica.

— Ma chérie, il y a d'autres manières de reconnaître les hommes dans mon métier.

Chavez passa la tête par la porte.

— Jess ?

Jessica demanda à Nick Palladino de mener Roberta à l'unité audiovisuelle et de lui montrer le film. Nick rajusta sa cravate, se lissa les cheveux. Il n'y aurait pas de prime de risque pour cette mission. Jessica et Byrne quittèrent la salle d'interrogatoires.

— Qu'est-ce qui se passe ?

— Lauria et Campos sont sur un meurtre à Overbrook. On dirait qu'il pourrait être l'œuvre de l'Acteur.

— Pourquoi ? demanda Jessica.

— *Primo*, la victime est une femme blanche âgée d'environ trente ans. Tuée d'une balle dans la poitrine. Retrouvée au fond de sa baignoire. Tout comme dans le meurtre de *Liaison fatale*.

— Qui l'a découverte ?

— Son propriétaire, répondit Chavez. Elle habite une maison mitoyenne. En rentrant d'un voyage de huit jours, son voisin a remarqué qu'elle écoutait la même musique en boucle. Un opéra quelconque. Il a frappé à sa porte, n'a pas eu de réponse, a appelé le propriétaire.

— Depuis combien de temps était-elle morte ?

— Aucune idée. Le légiste s'y rend en ce moment, expliqua Buchanan. Mais écoutez ça : Ted Campos a fouillé dans ses tiroirs. Il a trouvé ses bulletins de salaire. Elle travaille pour une société nommée Alhambra LLC.

Jessica sentit son pouls s'accélérer.

— Comment s'appelle-t-elle ?

Chavez jeta un coup d'œil à ses notes.

— Son nom est Erin Halliwell.

L'appartement d'Erin Halliwell abritait un ramassis hétéroclite de meubles non assortis, de fausses lampes Tiffany, de livres et d'affiches de cinéma, ainsi qu'une quantité impressionnante de plantes vertes bien portantes.

Il y flottait l'odeur de la mort.

Au premier coup d'œil dans la salle de bains, Jessica reconnut le décor. Le même mur, la même fenêtre que dans la vidéo de *Liaison fatale*.

Le cadavre de la femme avait été retiré de la baignoire et gisait sur le sol de la salle de bains, sur une bâche en caoutchouc. Sa peau était plissée et grise, la blessure sur sa poitrine s'était resserrée pour ne former qu'un petit trou.

Ils se rapprochaient du but, et ce sentiment redonnait de l'énergie aux inspecteurs qui, depuis quelque temps, ne dormaient pas plus de quatre ou cinq heures par nuit en moyenne.

L'équipe de la police scientifique relevait des empreintes dans l'appartement. Deux inspecteurs suivaient la piste des bulletins de salaire et rendaient visite à la banque dans laquelle les fonds avaient été retirés. L'ensemble des forces de police de Philadelphie mettait les bouchées doubles, et ça commençait à porter ses fruits.

Byrne se tenait dans l'entrebâillement. Le mal avait franchi cette porte.

Il observait l'effervescence dans le salon, écoutait le bruit du moteur d'entraînement de l'appareil photo, sentait l'odeur de craie de la poudre à empreintes. La traque des criminels lui avait manqué au cours des derniers mois. Les agents de la police scientifique recherchaient d'infimes traces laissées par l'assassin, murmures inaudibles de la fin violente de cette femme. Byrne posa la main sur le montant de la porte. Lui cherchait quelque chose de plus profond, de plus éthéré.

Il pénétra dans la pièce, enfila une paire de gants en latex. Il arpenta la scène, sentit que...

... elle pense qu'ils vont coucher ensemble. Lui sait qu'il n'en sera rien. Il est ici pour accomplir sa macabre tâche. Ils restent un moment assis sur le divan. Il s'amuse assez longtemps avec elle pour l'intéresser. La robe appartient-elle à la femme ? Non. C'est lui qui la lui a achetée. Pourquoi la porte-t-elle ? Elle veut lui faire plaisir. L'Acteur fait une fixation sur Liaison

fatale. *Pourquoi ? Qu'y a-t-il dans ce film pour qu'il ait besoin de le recréer ? Plus tôt, ils se sont tenus sous des lumières énormes. L'homme touche sa peau. Il a de nombreuses apparences, de nombreux déguisements. Médecin. Pasteur. Un homme en uniforme…*

Byrne marcha jusqu'au petit bureau et commença l'examen rituel des biens de la femme morte. Son bureau avait déjà été fouillé par les inspecteurs arrivés en premier, mais ils ne pensaient pas à l'Acteur.

Dans un grand tiroir, il trouva un album de photos. La plupart étaient d'un style un peu gnangnan : Erin Halliwell à seize, dix-huit, vingt ans, assise sur une plage, debout sur la promenade d'Atlantic City, assise à une table de pique-nique lors d'une réunion de famille. La dernière photo lui parla d'une voix différente des autres. Il appela Jessica.

— Regardez, dit-il.

Il leva la photo de vingt centimètres sur vingt-cinq. Elle avait été prise devant le musée d'art. C'était un cliché en noir et blanc représentant un groupe de quarante ou cinquante personnes. Au second plan, Erin Halliwell souriait. Près d'elle ils reconnurent le visage caractéristique de Will Parrish.

Au bas de la photo, en lettres alambiquées tracées à l'encre bleue, il était écrit :

UNE DE PASSÉE. BIEN D'AUTRES À VENIR.

AFFECTUEUSEMENT, IAN.

62

Le Reading Terminal Market était un énorme marché animé situé au coin de la 12e Rue et de Market Street, dans Center City, à environ une rue de l'hôtel de ville. Inauguré en 1892, il abritait plus de quatre-vingts marchands et couvrait presque huit mille mètres carrés.

L'unité spéciale avait appris qu'Alhambra LLC était une société créée exclusivement pour la production du film *Le Palais*. L'Alhambra était un célèbre palais espagnol. Bien souvent, les compagnies de production créaient une société séparée pour gérer les salaires, les autorisations et les assurances en responsabilité civile pour la durée du tournage. Bien souvent, ces sociétés étaient baptisées d'après une phrase ou un mot tiré du film. Ainsi, la production pouvait travailler sans être harcelée par les pseudo-acteurs ou les paparazzi.

Lorsque Byrne et Jessica atteignirent le croisement de la 12e Rue et de Market Street, ils virent qu'un certain nombre de gros semi-remorques étaient déjà garés. La deuxième équipe du film se préparait à tourner une scène en intérieur. Les inspecteurs n'étaient pas arrivés depuis quelques secondes qu'un homme s'approcha d'eux. Ils étaient attendus.

— Êtes-vous l'inspecteur Balzano ?

— Oui, répondit Jessica en montrant sa plaque. Voici mon partenaire, l'inspecteur Byrne.

L'homme approchait de la quarantaine. Il portait un blazer bleu marine élégant, une chemise blanche, un pantalon de toile. Il avait un air compétent, quelque peu sur la réserve. Yeux rapprochés, cheveux châtain clair, traits d'Européen de l'Est. Il portait une chemise en cuir noir et une radio.

— Ravi de vous rencontrer. Bienvenue sur le plateau du *Palais*, dit-il en tendant la main. Mon nom est Seth Goldman.

Ils s'installèrent dans un café à l'intérieur du marché. La myriade d'arômes mit à mal la volonté de Jessica. Nourritures chinoise, indienne, italienne, fruits de mer, pâtisseries de chez Termini. Elle avait mangé un yaourt aux pêches et une banane au déjeuner. *Miam*. C'était supposé lui durer jusqu'au dîner.

— Qu'est-ce que je peux dire ? Nous sommes tous terriblement secoués par la nouvelle, dit Seth.

— Quel poste occupait Mlle Halliwell ?

— Elle était directrice de production.

— Étiez-vous très proche d'elle ? demanda Jessica.

— Pas en dehors du travail, répondit Seth. Mais c'était notre deuxième film ensemble et, au cours d'un tournage, on travaille en relation étroite, on passe parfois seize, dix-huit heures par jour ensemble. On mange ensemble, on voyage en voiture et en avion.

— Avez-vous jamais eu une relation amoureuse avec elle ? demanda Byrne.

Seth sourit tristement. Sourire de circonstance, pensa Jessica.

— Non, répondit-il. Rien de tel.

— Ian Whitestone est votre employeur ?

— C'est exact.

— Y a-t-il jamais eu la moindre relation amoureuse entre Mlle Halliwell et M. Whitestone ?

Jessica remarqua un tic infime. Seth Goldman se reprit vite, mais c'était un signe. Sa réponse ne serait pas l'entière vérité.

— M. Whitestone est un homme heureux en mariage.

Pas vraiment ce qu'on lui a demandé, pensa Jessica.

— Bon, nous sommes à presque cinq mille kilomètres d'Hollywood, monsieur Goldman, mais il paraît qu'il est arrivé que des gens de cette ville couchent avec des personnes autres que leurs conjoints. Allez savoir, ça s'est probablement même produit une ou deux fois ici, en plein pays amish.

Seth sourit.

— Si Erin et Ian ont eu une relation autre que professionnelle, je n'étais pas au courant.

Je prendrai ça pour un oui, pensa Jessica.

— Quand avez-vous vu Erin pour la dernière fois ?

— Voyons voir. Je crois que c'était il y a trois ou quatre jours.

— Sur le plateau ?

— À l'hôtel.

— Quel hôtel ?

— Le Park Hyatt.

— Elle logeait à l'hôtel ?

— Non, répondit Seth. Ian y loue une suite quand il tourne en ville.

Jessica prit quelques notes. L'une d'elles avait pour but de lui rappeler de discuter avec des membres du personnel de l'hôtel afin de savoir s'ils avaient vu Erin Halliwell et Ian Whitestone dans une situation compromettante.

— Vous rappelez-vous l'heure qu'il était ?

Seth réfléchit quelques instants.

— Nous devions tourner dans le sud de Philly cet après-midi-là. J'ai quitté l'hôtel à peut-être quatre heures. Il devait donc être dans ces eaux-là.

— L'avez-vous vue avec quelqu'un ? demanda Jessica.

— Non.

— Et vous ne l'avez pas revue depuis ?

— Non.

— Est-ce qu'elle a pris des jours de congé ?

— J'avais cru comprendre qu'elle avait appelé pour dire qu'elle était malade.

— Vous lui avez parlé ?

— Non, répondit Seth. Je crois qu'elle a envoyé un SMS à M. Whitestone.

Jessica se demanda qui d'Erin Halliwell ou de l'assassin avait envoyé le message. Elle nota de relever les empreintes sur le téléphone portable de la jeune femme.

— Quel est exactement votre poste dans cette société ? demanda Byrne.

— Je suis l'assistant personnel de M. Whitestone.

— Quel genre de tâches accomplit un assistant personnel ?

— Eh bien, mon travail consiste aussi bien à gérer l'emploi du temps d'Ian qu'à l'aider à prendre ses décisions créatives, organiser sa journée, l'emmener sur le plateau et le ramener à l'hôtel. Il peut recouvrir à peu près tout.

— Comment obtient-on un tel poste ?

— Je ne suis pas sûr de vous suivre.

— Je veux dire, est-ce qu'il faut un agent ? Est-ce qu'on répond à une annonce ?

— M. Whitestone et moi nous sommes rencontrés il y a des années. Nous partageons la même passion pour le cinéma. Il m'a demandé de rejoindre son équipe, ce que j'ai été très heureux de faire. J'adore mon travail, inspecteur.

— Connaissez-vous une femme nommée Faith Chandler ? demanda Byrne.

Ce nouvel angle, ce changement abrupt avait été

prévu. Il prit de toute évidence l'homme au dépourvu. Il se reprit rapidement.

— Non, répondit Seth. Ce nom ne me dit rien.

— Et Stephanie Chandler ?

— Non. Je ne peux pas dire que je la connaisse non plus.

Jessica produisit une grande enveloppe, en tira une photo qu'elle fit glisser sur le comptoir. C'était un agrandissement de la photo posée sur le bureau de Stephanie, celle qui la représentait avec sa mère devant le Wilma Theater. La photo du lieu où Stephanie avait été assassinée viendrait ensuite, si nécessaire.

— Stephanie est sur la gauche ; sa mère, Faith, sur la droite, dit Jessica. Ça vous dit quelque chose ?

Seth saisit la photo, l'étudia.

— Non, répéta-t-il. Désolé.

— Stephanie Chandler a aussi été assassinée, dit Jessica. Faith Chandler est entre la vie et la mort à l'hôpital.

— Doux Jésus.

Seth porta un moment la main à son cœur, mais Jessica n'y crut pas. À voir l'expression de Byrne, celui-ci n'y croyait pas non plus. Stupéfaction hollywoodienne.

— Et vous êtes absolument certain de ne les avoir jamais rencontrées ni l'une ni l'autre ? demanda Byrne.

Seth regarda de nouveau la photo. Il fit mine de la scruter intensément.

— Non. Nous ne nous sommes jamais rencontrés.

— Pourriez-vous m'excuser une seconde ? demanda Jessica.

— Bien sûr, répondit Seth.

Jessica se laissa glisser de son tabouret, sortit son téléphone portable. Elle s'éloigna de quelques pas, composa un numéro. Aussitôt, le téléphone de Goldman se mit à sonner.

— Il faut que je réponde, dit-il.

Il prit son téléphone portable, regarda le numéro de la personne qui appelait. Et il comprit. Il leva lentement les yeux et croisa le regard de Jessica. Jessica raccrocha.

— Monsieur Goldman, commença Byrne, pouvez-vous expliquer pourquoi Faith Chandler – une femme que vous n'avez jamais rencontrée, une femme qui s'avère être la mère d'une victime de meurtre, victime dont il s'avère qu'elle est allée visiter le plateau d'un film produit par votre compagnie – vous a appelé vingt fois sur votre téléphone portable l'autre jour ?

Seth prit un moment pour composer sa réponse.

— Vous devez comprendre que dans notre métier nous croisons beaucoup de gens qui sont prêts à presque n'importe quoi pour faire du cinéma.

— Vous n'êtes pas exactement réceptionniste, monsieur Goldman, dit Byrne. J'imagine qu'il y a un certain nombre d'intermédiaires entre vous et la porte d'entrée.

— En effet, répondit Seth. Mais certaines personnes sont très déterminées, très futées. N'oubliez pas ça. Nous avons lancé un appel pour avoir des figurants lors de la grande scène que nous devons bientôt tourner. Une scène capitale, très compliquée, à la gare de la 13e Rue. Nous avons demandé cent cinquante figurants. Plus de deux mille personnes ont répondu. Par ailleurs, nous disposons d'une douzaine de téléphones affectés à ce tournage. Je n'ai pas toujours ce numéro en particulier.

— Et vous prétendez ne pas vous rappeler avoir parlé à cette femme ? demanda Byrne.

— Non.

— Il va nous falloir une liste des noms des gens qui ont pu avoir ce téléphone.

— Oui, bien entendu, répondit Seth. Mais j'espère que vous ne croyez pas que quiconque travaillant pour la société de production ait quoi que ce soit à voir avec ces… ces…

— Quand aurons-nous la liste ? demanda Byrne.

Les muscles des mâchoires de Seth se contractèrent. Il était clair que cet homme était habitué à donner des ordres, pas à en recevoir.

— J'essaierai de vous l'obtenir plus tard dans la journée.

— Ce serait parfait, dit Byrne. Et nous aurons aussi besoin de parler à M. Whitestone.

— Quand ?

— Aujourd'hui.

Seth réagit comme un cardinal à qui on viendrait de demander une audience impromptue avec le pape.

— Je crains que ce ne soit pas possible.

Byrne se pencha en avant jusqu'à avoir le visage à une trentaine de centimètres de celui de Seth Goldman. L'homme commença à s'agiter.

— Dites à M. Whitestone de nous appeler, ordonna Byrne. Aujourd'hui.

63

Le ratissage des environs de la maison où Julian Matisse avait été tué ne donna rien. Mais ils s'y attendaient. Dans ce quartier du nord de Philly, l'amnésie, la cécité et la surdité étaient la règle, surtout lorsqu'il s'agissait de parler à la police. La sandwicherie qui jouxtait la maison avait fermé à onze heures et personne n'avait vu Matisse ce soir-là, pas plus qu'un homme portant un étui de tronçonneuse. La propriété avait été saisie, et si Matisse y avait vécu – et rien n'indiquait que ç'avait été le cas –, il l'avait squattée.

Deux inspecteurs de la brigade des enquêtes spéciales avaient remonté la piste de la tronçonneuse trouvée sur les lieux. Elle avait été achetée à Camden, dans le New Jersey, par une société d'élagage de Philadelphie, et son vol avait été signalé une semaine plus tôt. C'était une impasse. Ils n'avaient par ailleurs toujours rien sur le blouson brodé.

À cinq heures de l'après-midi, Ian Whitestone n'avait toujours pas appelé. Il était indéniable que Whitestone était une célébrité et que traiter avec des célébrités lors d'une enquête de police était délicat. Ils avaient pourtant de bonnes raisons de vouloir lui parler. Tous les inspecteurs sur l'affaire auraient voulu simplement l'embarquer pour un interrogatoire, mais ce n'était pas si simple. Jessica était sur le point de rappeler Paul DiCarlo pour accélérer le processus lorsque Eric Chavez attira son attention en agitant le combiné de son téléphone en l'air.

— Un appel pour vous, Jess.

Jessica décrocha son téléphone, enfonça le bouton.

— Criminelle, Balzano.

— Inspecteur, Jake Martinez à l'appareil.

Elle avait entendu ce nom récemment, mais ne parvint pas à le replacer immédiatement.

— Je vous demande pardon ?

— Je suis l'agent Jacob Martinez, le partenaire de Mark Underwood. Nous nous sommes rencontrés au Finnigan's Wake.

— Oh, c'est vrai, dit-elle. Que puis-je faire pour vous ?

— Eh bien, je ne sais pas trop quoi en penser, mais nous sommes à Point Breeze. On faisait la circulation pendant qu'ils démontaient le décor du film qu'ils tournent en ce moment, lorsque la propriétaire d'une boutique de la 23e Rue nous a interpellés. Elle affirme qu'un type correspondant à la description de votre suspect traînait dans sa boutique.

Jessica fit signe à Byrne d'approcher.

— Il y a combien de temps de cela ?

— Juste quelques minutes, répondit Martinez. Elle est un peu difficile à comprendre. Je crois qu'elle doit être haïtienne ou jamaïcaine, ou quelque chose comme ça. Mais elle avait le portrait du suspect paru ce matin dans l'*Inquirer* entre les mains et elle n'arrêtait pas de le montrer en disant que le type venait de sortir de sa boutique. Je crois qu'elle a dit que son petit-fils s'est un peu frictionné avec le type.

— Êtes-vous allé voir sur place ?

— Oui. Mais il n'y a plus personne dans la boutique maintenant.

— Sécurisée ?

— Devant et derrière.

— Communiquez-moi l'adresse, dit Jessica.

Martinez la lui donna.

— De quel genre de boutique s'agit-il ?

— Une bodega, dit-il. Sandwiches, chips, boissons. À moitié délabrée.

— Pourquoi pense-t-elle que ce type est notre suspect ? Pourquoi irait-il traîner dans une bodega ?

— Je lui ai posé la même question, répondit Martinez. Et elle m'a montré le fond de la boutique.

— Et alors ?

— Ils ont une section de vidéos.

Jessica raccrocha, mit les autres inspecteurs au parfum. Ils avaient déjà reçu plus de cinquante appels ce même jour, des appels de personnes qui prétendaient avoir aperçu l'Acteur dans leur rue, sur leur pelouse, dans des parcs. Pourquoi celui-ci serait-il différent ?

— Parce que la boutique comporte une section vidéo, dit Buchanan. Allez vérifier avec Kevin.

Jessica tira son arme de son tiroir, tendit une copie de l'adresse à Eric Chavez.

— Trouvez l'agent Cahill, dit-elle. Demandez-lui de nous retrouver à cette adresse.

Les inspecteurs se tenaient devant la boutique, une épicerie délabrée nommée *Cap-Haïtien*. Après avoir sécurisé les lieux, les agents Underwood et Martinez étaient retournés s'occuper de la circulation. La façade de la boutique était un patchwork de panneaux de contreplaqué couverts de laque rouge, bleue et jaune vif et surmontés de barres métalliques orange. Dans la vitrine, des pancartes faites main et accrochées de travers annonçaient des bananes plantains frites, du *grio*, du poulet frit à la créole, ainsi qu'une bière haïtienne nommée Prestige. Il y avait aussi une pancarte proclamant VIDÉOS À LOUER.

Environ vingt minutes s'étaient écoulées depuis que la propriétaire de la boutique – une vieille Haïtienne nommée Idelle Barbereau – avait signalé la présence de l'homme dans sa boutique. Il était peu probable que leur suspect, s'il s'agissait bien de lui, soit encore dans les parages. La femme décrivit l'homme exactement comme il apparaissait sur le portrait-robot : blanc, carrure moyenne, portant de grosses lunettes teintées, une casquette de l'équipe des Flyers, une veste bleu foncé. Elle expliqua qu'il était entré, avait tourné autour des présentoirs du milieu, puis s'était peu à peu approché de la petite section vidéo au fond de la boutique. Il y était resté une minute puis était reparti vers la porte. Elle affirma qu'il avait quelque chose dans les mains à son arrivée, mais plus à son départ. Il n'avait rien acheté. Elle avait son exemplaire de l'*Inquirer* ouvert à la page qui montrait le portrait du suspect.

Pendant que l'homme était au fond de la boutique, elle avait appelé son petit-fils qui se trouvait à la cave – un costaud de dix-neuf ans nommé Fabrice. Il avait bloqué la porte et s'était colleté avec le suspect. Lorsque Jessica et Byrne parlèrent à Fabrice, celui-ci semblait quelque peu secoué.

— L'homme a-t-il dit quoi que ce soit ? demanda Byrne.

— Non, répondit Fabrice. Rien.

— Dites-nous ce qui s'est passé.

Le jeune homme raconta qu'il avait bloqué la porte en espérant que sa grand-mère aurait le temps d'appeler la police. Quand l'homme avait essayé de le contourner, Fabrice l'avait attrapé par le bras, mais l'homme l'avait aussitôt fait pivoter sur lui-même et lui avait fait une clé de bras. Une seconde plus tard, Fabrice se retrouvait par terre. Il expliqua qu'en tombant il avait envoyé un coup de poing de la main gauche et l'avait atteint au niveau d'un os.

— Où l'avez-vous frappé ? demanda Byrne en regardant la main gauche du jeune homme dont les jointures étaient légèrement enflées.

— Juste là-bas, répondit Fabrice en désignant la porte.

— Non, je veux dire à quelle partie du corps.

— Je ne sais pas. J'avais les yeux fermés.

— Que s'est-il passé ensuite ?

— Je me suis retrouvé par terre, le visage contre le sol. Ça m'a coupé la respiration. (Fabrice inspira profondément, soit pour prouver à la police qu'il allait bien, soit pour se le prouver à lui-même.) Ce type était costaud.

Fabrice poursuivit en expliquant que l'homme avait quitté la boutique en courant. Le temps que sa grandmère parvienne à faire le tour du comptoir et à sortir, il avait disparu. Idelle avait alors vu l'agent Martinez qui dirigeait la circulation et lui avait raconté l'incident.

Jessica balaya la boutique du regard, s'attardant sur le plafond, les angles.

Il n'y avait pas de caméras de surveillance.

Jessica et Byrne fouillèrent l'épicerie. L'air était rendu dense par les arômes âcres des piments et du lait de coco, les présentoirs étaient pleins des articles standard dans ce genre de bodega : soupes, viandes en conserve, snacks, ainsi que des produits de nettoyage et une variété de produits de cosmétique. Il y avait en outre une vaste sélection de bougies, de livres mystiques et autres articles associés à Santería, la religion afro-caribéenne.

Au fond de la boutique, une petite alcôve abritait les vidéos exposées sur des présentoirs en treillis métallique. Au-dessus des présentoirs étaient accrochées deux affiches de films délavées : *L'Homme sur les quais* et *La*

Déesse d'or. Des photos plus petites de vedettes françaises et caribéennes, principalement découpées dans des magazines, étaient fixées au mur au moyen d'un papier adhésif jauni.

Jessica et Byrne pénétrèrent dans la niche. Il y avait en tout environ cent cassettes vidéo. Jessica parcourut rapidement les tranches. Des titres étrangers, des films pour enfants, quelques sorties importantes vieilles de six mois. Essentiellement des films en français.

Aucun de ces titres ne lui disait quoi que ce soit. Un de ces films comportait-il un meurtre commis dans une salle de bains ? se demanda-t-elle. Où était Terry Cahill ? Il aurait pu le savoir. Jessica commençait à croire que la vieille femme s'imaginait des choses et que son petit-fils s'était fait foutre par terre pour rien lorsqu'elle la vit. Là, sur le présentoir du bas, sur la gauche, se trouvait une cassette VHS entourée d'un élastique enroulé deux fois.

— Kevin, dit-elle.

Byrne approcha, Jessica enfila un gant de latex et tira la cassette sans réfléchir. Même s'il n'y avait aucune raison de penser qu'un système explosif fût relié à la cassette, on ne pouvait pas savoir quelle nouvelle direction prendrait cette folie meurtrière. Elle se réprimanda en silence. Cette fois-ci elle avait évité la balle. Mais il y avait bien quelque chose d'attaché à la vidéo.

Un téléphone portable Nokia rose.

Jessica retourna le boîtier. Le portable était allumé, mais il n'y avait rien de visible sur l'écran LCD. Byrne ouvrit un sachet pour pièces à conviction dans lequel Jessica déposa le boîtier de la cassette vidéo. Leurs regards se croisèrent.

Ils pensaient tous deux savoir à qui appartenait ce téléphone.

Quelques minutes plus tard, ils attendaient la police scientifique devant la boutique sécurisée, observant la rue. L'équipe du film continuait de rassembler les outils et les détritus de sa profession – enroulant des câbles, rangeant les projecteurs, démontant les tables du déjeuner. Jessica regarda les hommes qui travaillaient. L'un d'eux était-il l'Acteur ? L'une de ces personnes qui arpentaient la rue pouvait-elle être responsable de ces horribles crimes ? Elle se retourna vers Byrne. Il observait fixement la façade de l'épicerie. Elle attira son attention.

— Pourquoi ici ? demanda Jessica.

Byrne haussa les épaules.

— Sans doute parce qu'il sait que nous surveillons les boutiques appartenant à des chaînes et les indépendants, répondit-il. S'il veut replacer une cassette sur un présentoir, il est forcé de venir dans un endroit de ce genre.

Jessica réfléchit à cette réponse. Il avait sans doute raison.

— Est-ce qu'on ne devrait pas surveiller les bibliothèques ?

Byrne acquiesça.

— Probablement.

Jessica n'eut pas le temps d'ajouter quoi que ce soit car elle reçut une transmission sur sa radio. Le signal était brouillé, inintelligible. Elle détacha sa radio de sa ceinture, ajusta le volume.

— Répétez.

Quelques secondes de friture, puis :

— Ces salauds du FBI, ils respectent rien.

On aurait dit la voix de Terry Cahill. Non, ce n'était pas possible. Ou bien l'était-ce ? Si c'était lui, elle l'avait forcément compris de travers. Elle échangea un coup d'œil avec Byrne.

— Répétez.

De nouveau de la friture. Puis :

— Ces salauds du FBI, ils respectent rien.

L'estomac de Jessica se noua. Cette phrase lui était

familière. Sonny Corleone la prononçait dans *Le Parrain*. Elle avait vu le film un millier de fois. Terry Cahill ne plaisantait pas. Pas à un tel moment.

Terry Cahill avait des ennuis.

— Où êtes-vous ? demanda Jessica.

Silence.

— Agent Cahill, reprit Jessica. Où êtes-vous ?

Rien. Silence de mort.

Puis ils entendirent le coup de feu.

— Coup de feu ! hurla Jessica dans sa radio.

En un instant elle et Byrne avaient dégainé leur arme. Ils regardèrent de chaque côté de la rue. Aucun signe de Cahill. Les radios avaient une portée limitée. Il ne pouvait être loin.

Quelques secondes plus tard, un message indiquant qu'un agent avait besoin d'aide était envoyé à l'opérateur radio, et au moment où Jessica et Byrne atteignaient le croisement de la 23e Rue et de Moore, quatre voitures de patrouille étaient déjà là, garées en travers de la rue. Les agents en uniforme descendirent des véhicules en un éclair et regardèrent tous Jessica. Elle leur désigna le périmètre puis elle et Byrne s'enfoncèrent dans une allée qui courait derrière la boutique, arme au poing. La radio de Cahill avait cessé d'émettre.

Quand est-il arrivé ? se demanda Jessica. *Pourquoi ne s'est-il pas signalé à nous ?*

Ils avancèrent lentement dans l'allée bordée de chaque côté par des fenêtres, des portes, des niches, des alcôves. L'Acteur pouvait se cacher n'importe où. Soudain, une fenêtre s'ouvrit d'un coup. Deux garçons hispaniques âgés de six ou sept ans, probablement attirés par le bruit des sirènes, passèrent la tête. Lorsqu'ils virent les armes, leur expression passa de la surprise à la peur puis à l'excitation.

— S'il vous plaît, rentrez, dit Byrne.

Ils refermèrent immédiatement la fenêtre, tirèrent

les rideaux. Jessica et Byrne continuèrent leur progression, attentifs au moindre son. De sa main libre, Jessica actionna plusieurs fois la molette de volume sur sa radio. Toujours rien.

Ils tournèrent à un coin de rue, s'engagèrent dans une allée qui menait à Point Breeze Avenue. Et ils le virent. Terry Cahill était assis par terre, adossé à un mur de brique. Il se tenait l'épaule droite. Il était blessé. Le sang écarlate se répandait sur la manche de sa chemise blanche. Jessica se précipita vers lui. Byrne signala leur emplacement, surveilla les alentours, vérifiant les fenêtres au-dessus d'eux. Le danger n'était pas nécessairement passé. Quelques secondes plus tard, quatre agents en uniforme, parmi lesquels Underwood et Martinez, arrivèrent. Byrne leur donna des instructions.

— Parlez-moi, Terry, dit Jessica.

— Ça va, dit-il en serrant les dents. La blessure est superficielle.

Un léger filet de sang ruisselait sur ses doigts. Le côté droit de son visage commençait à enfler.

— Avez-vous vu son visage ? demanda Byrne.

Cahill secoua la tête. Il souffrait visiblement beaucoup.

Jessica annonça dans sa radio que le suspect courait toujours. Elle entendit au moins quatre ou cinq sirènes supplémentaires approcher. Dans cette brigade, dès qu'on signalait qu'un agent avait besoin d'aide, toute la famille débarquait.

Mais même avec vingt flics ratissant la zone, il devint évident au bout de quelques minutes que le suspect s'était fait la belle. Encore.

L'Acteur était dans la nature.

Lorsque Jessica et Byrne regagnèrent l'allée qui courait derrière l'épicerie, Ike Buchanan et une demi-douzaine d'inspecteurs étaient sur les lieux. Des secouristes s'occupaient de Terry Cahill. L'un d'eux croisa le regard de Jessica, hocha la tête pour signaler qu'ils maîtrisaient la situation. Cahill s'en tirerait.

— Pas de tournoi de golf pour moi cette année, dit Cahill tandis qu'on l'installait sur une civière. Vous voulez ma déposition maintenant ?

— Nous la prendrons à l'hôpital, répondit Jessica. Ne vous en faites pas pour ça.

Cahill acquiesça, grimaça de douleur lorsqu'ils soulevèrent la civière.

— Rendez-moi un service, vous voulez bien ? dit-il à Jessica et Byrne.

— Quoi ? demanda Jessica.

— Chopez ce salaud. Pas de pitié.

Les inspecteurs s'attardèrent autour de l'endroit où Cahill s'était fait tirer dessus. Même si personne ne le disait, ils se sentaient tous comme des bleus, comme un groupe de jeunes recrues tout juste sorties de l'école. La police scientifique avait défini un périmètre au moyen d'un cordon jaune et, comme toujours, la foule se pressait. Quatre agents se mirent à passer la zone au peigne fin. Jessica et Byrne étaient adossés au mur, perdus dans leurs pensées.

Certes, Terry Cahill était un agent fédéral et, bien souvent, la rivalité était féroce entre les agences, mais il était néanmoins un membre des forces de l'ordre enquêtant sur une affaire à Philadelphie. Les visages moroses et les regards d'acier de toutes les personnes concernées témoignaient de leur indignation. On ne tire pas sur un flic à Philadelphie.

Au bout de quelques minutes, Jocelyn Post, un vieux de la vieille de la police scientifique, leva des pincettes, un grand sourire lui barrant le visage. Entre les extrémités des pincettes se trouvait une balle.

— Oh, oui, dit Jessica. Viens voir Mama Jessica.

Ils avaient beau tenir la balle qui avait blessé Terry

Cahill à l'épaule, il n'était pas toujours aisé de déterminer le calibre ni le type de balle une fois qu'elle avait été tirée, surtout si elle avait heurté un mur de brique, ce qui était le cas.

C'était néanmoins une bonne nouvelle. Chaque fois qu'un indice physique était découvert – quelque chose qui pouvait être testé, analysé, photographié, quelque chose qui pouvait donner lieu à un relevé d'empreintes, dont on pouvait retracer l'origine –, c'était un pas en avant.

— On a la balle, dit Jessica, consciente que c'était un pas minuscule dans leur enquête, mais néanmoins heureuse d'avoir une piste. C'est un début.

— Je pense que nous pouvons faire mieux, dit Byrne.

— Comment ça ?

— Regardez.

Byrne s'accroupit, arracha une baleine à un parapluie cassé qui se trouvait sur une pile de déchets. Il souleva le bord d'un sac-poubelle. Là, près de la benne, en partie caché, se trouvait un pistolet de petit calibre. Un 6,35 mm bon marché et esquinté ressemblant à l'arme qu'ils avaient vue dans la vidéo de *Liaison fatale*.

Ce n'était pas un pas minuscule.

Ils avaient l'arme de l'Acteur.

64

La cassette vidéo trouvée à Cap-Haïtien était un film français sorti en 1955. Son titre était *Les Diaboliques*. Dans ce film, Vera Clouzot et Simone Signoret interprètent l'épouse et la maîtresse d'un homme foncièrement pourri interprété par Paul Meurisse. Les deux femmes assassinent Meurisse en le noyant dans une baignoire. Comme tous les autres chefs-d'œuvre de l'Acteur, cette cassette comportait une reconstitution à la place du meurtre original.

Dans cette version des *Diaboliques*, un homme que l'on apercevait à peine, vêtu d'un blouson de satin orné d'un dragon brodé dans le dos, noyait un autre homme dans la baignoire d'une salle de bains cradingue. Encore une fois, une salle de bains.

Victime numéro quatre.

Il y avait une empreinte nette sur le pistolet, un 6,35 mm ACP Raven fabriqué par la société Phoenix Arms, un flingue bas de gamme populaire chez les petits voyous. Vous pouviez vous en procurer un n'importe où en ville pour moins de cent dollars. Si l'arme figurait dans ses registres, la police aurait bientôt une piste.

Aucune balle n'ayant été retrouvée à l'endroit où Erin

Halliwell avait été assassinée, ils ne pourraient être certains que c'était cette arme qui avait été utilisée, même si le légiste supposait que sa blessure provenait sans doute d'un pistolet petit calibre.

Mais la balistique avait déjà confirmé que le 6,35 Raven avait bien servi à tirer sur Terry Cahill.

Comme ils le pensaient, le téléphone portable attaché à la cassette vidéo était celui de Stephanie Chandler. Bien que la carte SIM fût toujours active, tout le reste avait été effacé. Il n'y avait aucune entrée ni dans l'agenda, ni dans le carnet d'adresses, pas de SMS ni d'e-mails, pas de liste d'appels émis ou reçus. Il ne comportait aucune empreinte.

Cahill fit sa déposition pendant qu'on le rafistolait à l'hôpital Jefferson. La blessure était superficielle et on le laisserait repartir d'ici quelques heures. Dans la salle d'attente des urgences, une demi-douzaine d'agents du FBI était rassemblée, tournant le dos à Jessica Balzano et à Kevin Byrne. Personne n'aurait pu empêcher ce qui était arrivé à Cahill, mais les équipes, très proches les unes des autres, ne voyaient jamais les choses ainsi. Pour les fédéraux, la police de Philadelphie avait merdé, et un des leurs était maintenant à l'hosto.

Dans sa déclaration officielle, Cahill affirma qu'il était dans le sud de Philly quand il avait reçu l'appel d'Eric Chavez. Il s'était alors branché sur le canal de la police et avait entendu que le suspect devait se trouver aux alentours du croisement entre la 23e Rue et McClellan. Il inspectait les allées derrière les boutiques quand son assaillant avait surgi derrière lui, lui avait collé son arme sur la nuque, et l'avait forcé à réciter la phrase tirée du *Parrain* dans sa radio. Quand le suspect avait voulu s'emparer de l'arme de Cahill, celui-ci avait su qu'il était temps de tenter sa chance. Ils s'étaient battus et l'assaillant l'avait frappé à deux reprises – une fois au creux des reins, une fois sur le côté droit du visage – puis le coup de feu était parti. Le suspect s'était alors enfui dans l'allée, abandonnant son arme sur les lieux.

Une brève visite auprès des personnes habitant les alentours de la zone où avait eu l'attaque n'apporta pas grand-chose. Personne n'avait rien vu ni entendu. Mais la police avait maintenant une arme à feu, ce qui ouvrait un nouveau champ à l'enquête. Les armes, comme les gens, avaient une histoire.

Lorsque la cassette des *Diaboliques* fut prête à être visionnée, dix inspecteurs se rassemblèrent dans le studio de l'unité audiovisuelle. Le film durait cent vingt-deux minutes. Au moment où Simone Signoret et Vera Clouzot noyaient Paul Meurisse, il y avait un montage. La nouvelle scène avait été tournée dans une salle de bains dégoûtante – plafond crasseux, plâtre effrité, chiffons dégueulasses par terre, pile de magazines près de toilettes sales. Une ampoule nue près du lavabo diffuse une faible lueur sinistre. Une grande silhouette sur le côté droit de l'écran maintient de ses mains puissantes la victime qui se débat sous l'eau.

Le plan est fixe, ce qui signifie que la caméra est très vraisemblablement installée sur un trépied ou posée sur autre chose. Jusqu'à présent, rien n'avait suggéré la présence d'un complice.

Lorsque la victime cesse de se débattre, son corps remonte à la surface de l'eau sale. Alors, la caméra se soulève et s'approche du cadavre pour le filmer en gros plan. À cet instant, Mateo Fuentes figea l'image.

— Bon sang ! lança Byrne.

Tous les regards se tournèrent vers lui.

— Quoi, vous le connaissez ? demanda Jessica.

— Oui, répondit Byrne. Je le connais.

L'appartement de Darryl Porter au-dessus du Bar X était aussi sordide et laid que l'homme lui-même. Toutes les fenêtres étaient peintes et la chaleur du soleil sur le verre faisait flotter dans l'espace exigu une odeur écœurante de niche de chien.

Il comportait un vieux canapé-lit couleur avocat recouvert d'un dessus-de-lit dégoûtant, deux fauteuils tachés. Le sol, les tables et les étagères étaient recouverts de magazines et de journaux maculés de traces d'humidité. L'évier regorgeait d'un mois de vaisselle sale et grouillait de cafards.

Sur l'une des étagères, au-dessus de la télé, se trouvaient trois DVD scellés de *La Peau de Philadelphie*.

Darryl Porter était dans sa salle de bains, tout habillé, tout à fait mort. Sa peau, qui s'était ratatinée dans l'eau infecte de la baignoire, avait pris une couleur gris ciment. Il avait déféqué dans l'eau et la puanteur dans l'espace confiné de la salle de bains était épouvantable. Deux rats avaient déjà commencé à s'attaquer au cadavre gonflé de gaz.

L'Acteur avait désormais fait quatre victimes, du moins à ce qu'ils savaient. Il était de plus en plus téméraire. C'était une escalade classique, et personne ne pouvait prédire ce qui se produirait maintenant.

Tandis que l'équipe de police scientifique se préparait à analyser ce lieu où avait été commis un nouveau crime, Jessica et Byrne se tenaient devant le Bar X. Ils semblaient abasourdis. Les horreurs se succédaient à toute allure et les mots leur manquaient. *Psychose*, *Liaison fatale*, *Scarface*, *Les Diaboliques* – que leur préparait-il maintenant ?

Le téléphone de Jessica sonna, apportant la réponse à cette question.

— Inspecteur Balzano.

L'appel provenait de l'agent Nate Rice, le chef de la balistique. Il avait deux nouvelles à annoncer à l'unité spéciale. La première était que le pistolet retrouvé derrière l'épicerie haïtienne était très probablement de la même marque et du même modèle que celui utilisé dans la vidéo de *Liaison fatale*. La seconde nouvelle était beaucoup plus dure à digérer. L'agent Rice venait de contacter le labo qui avait analysé l'empreinte digitale. Ils avaient un nom, il le communiqua à Jessica.

— Quoi ? s'exclama Jessica.

Elle savait qu'elle avait correctement entendu, mais elle était prise de court.

— J'ai dit la même chose, répondit Rice. Mais j'ai bien une correspondance de dix points.

Dix points, comme aimaient à le dire les policiers, c'était le nom, l'adresse, le numéro de sécurité sociale et la photo de lycée du suspect. Si vous aviez dix points, vous teniez votre homme.

— Et ? demanda Jessica.

— Et il n'y a aucun doute. L'empreinte sur l'arme appartient à Julian Matisse.

65

Lorsque Faith Chandler s'était pointée à l'hôtel, il avait su que c'était le début de la fin.

C'était elle qui l'avait appelé. Pour lui annoncer la nouvelle. Pour lui demander plus d'argent. Ce n'était désormais plus qu'une question de temps avant que tout ne devienne clair pour la police, et tout serait alors dévoilé.

Il était debout, nu, s'observait dans le miroir. Sa mère le regardait en retour, ses tristes yeux limpides jugeant l'homme qu'il était devenu. Il se brossa les cheveux, doucement, utilisant la magnifique brosse qu'Ian lui avait achetée chez Fortnum & Mason, le très chic grand magasin britannique.

Maintenant, tu peux aller te brosser.

Il entendit du bruit devant la porte de sa chambre d'hôtel, probablement l'homme qui venait chaque jour à cette heure remplir le minibar. Seth contempla la douzaine de bouteilles vides qui jonchaient le sol autour de la petite table située près de la fenêtre. Il était légèrement ivre. Il lui restait deux bouteilles. Quelques bouteilles de plus ne lui feraient pas de mal.

Il arracha la bande magnétique de la cassette vidéo, la laissa s'étaler sur le sol à ses pieds. Près du lit se trouvaient déjà une douzaine de cassettes vides, leurs carcasses en plastique empilées tels des os cristallins.

Il regarda près de la télévision. Il n'en restait plus que quelques-unes à vider. Il les détruirait toutes, et puis, peut-être, viendrait son tour. On frappa à la porte. Seth ferma les yeux.

— Oui ?

— Minibar, monsieur ?

— D'accord, dit Seth. (Il était soulagé, même s'il savait que c'était temporaire. Il s'éclaircit la gorge. Avait-il pleuré ?) Attendez une seconde.

Il enfila son peignoir, tira le verrou de la porte, et se rendit à la salle de bains. Il n'avait pas vraiment envie de voir quelqu'un. Il entendit le jeune homme entrer, remplacer les bouteilles et les en-cas dans le minibar.

— Vous vous plaisez à Philadelphie, monsieur ? demanda le jeune homme depuis l'autre pièce.

Seth faillit rire. Il pensa à la semaine écoulée, à la façon dont tout était allé de travers.

— Beaucoup, mentit Seth.

— Nous espérons que vous reviendrez.

Seth prit une profonde inspiration, rassembla son courage.

— Prenez deux dollars dans la commode, lança-t-il, le volume de sa voix masquant son émotion.

— Merci, monsieur, dit le jeune homme.

Quelques instants plus tard, Seth entendit la porte se refermer.

Il s'assit sur le rebord de la baignoire et resta là une minute entière, la tête entre les mains. Qu'était-il devenu ? Il connaissait la réponse, mais ne pouvait l'admettre, même en lui-même. Il pensa au jour où Ian Whitestone était entré chez le vendeur de voitures, il y avait si longtemps de cela, à leur conversation qui avait duré toute la nuit. Au cinéma. À l'art. Aux femmes. À

412

des choses si intimes qu'il ne les avait jamais partagées avec quiconque.

Il ouvrit le robinet de la baignoire. Au bout d'à peu près cinq minutes, il tâta l'eau du bout du pied. Il ouvrit l'une des deux petites bouteilles de bourbon qui lui restaient, la vida dans un verre à eau qu'il siffla d'un trait. Il ôta son peignoir, se laissa glisser dans l'eau chaude. Il avait envisagé une mort romaine, mais avait vite écarté cette possibilité. Frank Pentangeli dans la deuxième partie du *Parrain*. Il n'avait pas le courage de faire une telle chose, si c'était bien du courage qu'il fallait.

Il ferma les yeux, juste une minute. Juste une minute, après quoi il appellerait la police et viderait son sac.

Quand tout cela avait-il commencé ? Il voulait examiner sa vie sous l'angle des grands thèmes, mais il connaissait la réponse simple. Ç'avait commencé avec la fille. Elle ne s'était jamais injecté d'héroïne auparavant. Elle avait été effrayée, mais docile. Tellement docile. Comme toutes les autres. Il se rappelait ses yeux, ses yeux froids, morts. Il se revoyait la chargeant dans la voiture. Le trajet terrifiant jusqu'au nord de Philly. L'immonde station-service. La culpabilité. Avait-il connu ne serait-ce qu'une seule nuit de sommeil complète depuis cette terrible nuit ?

Bientôt, Seth sut. On frapperait de nouveau à la porte. La police voudrait lui parler pour de bon. Mais pas encore. Encore quelques minutes.

Juste quelques minutes.

Puis, très faiblement, il entendit un… gémissement ? Oui. On aurait dit l'une des vidéos pornos. Le son provenait-il de la chambre voisine ? Non. Au bout d'un moment Seth comprit qu'il provenait de sa propre chambre. De sa télévision à lui.

Il y avait quelqu'un dans sa chambre.

Seth tendit le cou, tentant de regarder de l'autre côté de la porte. Elle était entrouverte, mais à un angle tel qu'il ne voyait qu'une toute petite portion de la chambre. Il leva les yeux. La porte de la salle de bains avait un verrou. Pouvait-il sortir de la baignoire en silence, claquer la porte et pousser le verrou ? Peut-être. Mais ensuite, que ferait-il ? Il n'avait pas de téléphone portable dans la salle de bains.

Puis, juste derrière la porte de la salle de bains, à quelques centimètres à peine, il entendit une voix.

Seth pensa au vers de T.S. Eliot dans *Le Chant d'amour de J. Alfred Prufrock*.

Jusqu'à ce que des voix humaines nous réveillent…

— Je viens d'arriver en ville, prononça la voix de l'autre côté de la porte. Ça fait des semaines que je n'ai pas vu un visage sympathique.

… et que nous nous noyions.

66

Jessica et Byrne se rendirent aux bureaux d'Alhambra LLC. Ils avaient appelé le standard ainsi que le portable de Seth Goldman, étaient tombés les deux fois sur une messagerie. Ils avaient appelé Ian Whitestone dans sa chambre d'hôtel du Park Hyatt, avaient été informés que M. Whitestone était absent et n'était pas joignable.

Ils se garèrent en face du petit bâtiment quelconque de Race Street, de l'autre côté de la rue, et attendirent un moment en silence dans la voiture.

— Comment l'empreinte de Matisse a-t-elle pu atterrir sur le flingue ? demanda Jessica.

L'arme avait été déclarée volée six ans plus tôt. Elle avait pu passer entre des centaines de mains depuis.

— L'Acteur a dû l'emporter quand il a tué Matisse, répondit Byrne.

Jessica aurait eu bien des questions à poser sur cette nuit-là, sur ce que Byrne avait fait dans cette cave. Mais elle ne savait comment s'y prendre. Comme souvent dans sa vie, elle fonça tête la première.

— Quand vous étiez dans cette cave avec Matisse, est-ce que vous l'avez fouillé ? Avez-vous fouillé la maison ?

— J'ai fait une fouille au corps, oui. Mais je n'ai pas

vérifié toute la maison. Matisse pouvait avoir planqué ce 6,35 mm n'importe où.

— Je pense qu'il l'a obtenu d'une autre façon, dit Jessica après un instant de réflexion. Je ne sais pas pourquoi, mais je le sens.

Byrne se contenta d'acquiescer. Il croyait aux instincts. Le silence s'empara de nouveau de la voiture, ce qui n'était pas rare durant les surveillances.

— Comment va Victoria ? demanda finalement Jessica.

— Toujours dans un état critique.

Jessica ne savait pas quoi dire. Elle soupçonnait qu'il y avait plus que de l'amitié entre Byrne et Victoria, mais même si elle était juste une amie, ce qui lui était arrivé était effroyable. Et il était clair que Kevin Byrne se sentait responsable.

— Je suis vraiment désolée, Kevin.

Sentant qu'il se laissait gagner par l'émotion, Byrne regarda par la vitre.

Jessica l'observa. Elle se rappela son état quelques mois plus tôt, à l'hôpital. Il avait désormais l'air de se porter tellement mieux, il était presque aussi robuste et fort que le jour où elle l'avait rencontré. Mais elle savait que la force d'un homme comme Kevin Byrne était à l'intérieur, et elle ne pouvait percer sa coquille. Pas encore.

— Et Colleen ? demanda Jessica, espérant qu'il ne se disait pas qu'elle causait pour ne rien dire. Comment va-t-elle ?

— Grande. Indépendante. Elle devient comme sa mère. À part ça, quasiment opaque.

Il se tourna vers elle, la regarda, sourit, ce qui rendit Jessica heureuse. Elle commençait tout juste à le connaître quand il s'était fait tirer dessus, mais elle avait appris au cours de cette brève période qu'il aimait sa fille plus que tout au monde. Elle espérait qu'il ne s'éloignait pas de Colleen.

Jessica avait entamé une relation avec Colleen et Donna Byrne après que Byrne s'était fait attaquer. Elles s'étaient vues chaque jour à l'hôpital pendant plus d'un mois, et cette tragédie les avait liées. Jessica avait eu l'intention de renouer le contact avec elles, mais la vie, comme toujours, s'en était mêlée. Elle avait même appris des rudiments de langue des signes à l'époque. Elle se promit de renouer la relation.

— Porter était-il l'autre acteur de *La Peau de Philadelphie*? demanda Jessica.

Ils avaient effectué une recherche sur une liste d'associés connus de Julian Matisse. Matisse et Darryl Porter se connaissaient depuis plus d'une décennie. Là se trouvait le lien.

— Fort possible, répondit Byrne, sinon, pourquoi Porter aurait-il possédé trois copies du film?

Porter se trouvait pour le moment sur la table du légiste. Ils compareraient tous les signes corporels caractéristiques de l'acteur masqué du film. En dépit de ce qu'elle avait affirmé, Roberta Stoneking n'était pas parvenue à l'identifier lorsqu'elle avait visionné la cassette.

— Et Stephanie Chandler et Erin Halliwell, qu'ont-elles à voir avec tout ça? demanda Jessica.

Jusqu'à présent, ils n'avaient pas réussi à établir un lien solide entre les deux femmes.

— La question à un million de dollars.

Soudain, une ombre obscurcit la vitre du côté de Jessica. C'était un agent en uniforme. Une femme, d'une vingtaine d'années, empressée. Un peu trop empressée, peut-être. Jessica faillit faire un bond sur son siège. Elle baissa sa vitre.

— Inspecteur Balzano? demanda l'agent, visiblement embarrassée d'avoir fichu la trouille à un inspecteur.

— Oui.

— C'est pour vous, dit-elle en lui tendant une grande enveloppe en kraft.

— Merci.

La jeune femme s'éloigna presque en courant. Jessica remonta la vitre. Tout l'air frais de la climatisation s'était échappé pendant les quelques secondes qu'elle était restée baissée. La ville était un sauna.

— On devient nerveuse avec l'âge ? demanda Byrne, tentant de boire une gorgée de café tout en souriant.

— Je suis toujours plus jeune que vous, grand-père.

Jessica déchira l'enveloppe. Elle renfermait le portrait-robot de l'homme qu'Atkins Pace avait vu avec Faith Chandler. Pace avait dit vrai. Ses dons d'observation étaient ahurissants. Elle montra le portrait à Byrne.

— Le fils de pute ! s'exclama Byrne.

Il plaça sèchement le gyrophare bleu sur le tableau de bord de la Taurus.

L'homme du portrait-robot était Seth Goldman.

Le chef de la sécurité de l'hôtel leur ouvrit la porte. Ils avaient appelé la chambre depuis le couloir, frappé trois fois, mais n'avaient rien entendu que les sons caractéristiques d'un film pornographique provenant de l'intérieur.

Lorsque la porte fut ouverte, Byrne et Jessica dégainèrent leur arme. L'agent de sécurité, un ancien de la police de Philadelphie âgé d'une soixantaine d'années, semblait mourir d'envie de prendre part à l'action, mais il savait qu'il avait accompli sa part du boulot. Il s'écarta.

Byrne entra en premier. Le son de la vidéo porno était plus fort. Il provenait de la télé. La pièce dans laquelle ils pénétrèrent était vide. Byrne vérifia les lits, regarda en dessous ; Jessica jeta un coup d'œil dans l'armoire. Rien. Ils entrouvrirent la porte de la salle de bains, rengainèrent leur arme.

— Ah, merde ! lança Byrne.

Seth Goldman flottait dans la baignoire rouge. Il s'était visiblement pris deux balles dans la poitrine. Les plumes éparpillées comme des flocons de neige à travers la pièce indiquaient que le tireur avait utilisé l'un des oreillers de l'hôtel pour étouffer la détonation. L'eau du bain était encore tiède.

Byrne croisa le regard de Jessica. La même chose leur était venue à l'esprit en même temps. Cette affaire connaissait une escalade si rapide, si violente, qu'ils risquaient de ne plus être en mesure de poursuivre l'enquête. Ce qui signifiait que le FBI prendrait probablement le relais en s'appuyant sur ses nombreux effectifs et sur les importants moyens de son équipe scientifique.

Dans la salle de bains, Jessica commença à passer en revue les produits de toilette et autres objets appartenant à Seth Goldman. Byrne se chargea des armoires, des tiroirs de la commode. Au fond de l'un des tiroirs se trouvait une boîte contenant des cassettes vidéo huit millimètres et un caméscope. Byrne appela Jessica par-dessus le bruit de la télévision, inséra l'une des cassettes dans le caméscope, appuya sur LECTURE.

C'était un film porno SM amateur.

Il avait été tourné dans une pièce sinistre meublée d'un grand matelas posé à même le sol. Du plafond jaillissait une lumière crue. Au bout de quelques secondes, une jeune femme entra dans le champ, s'assit sur le lit. C'était une brune d'environ vingt-cinq ans, mince et quelconque. Elle ne portait rien qu'un T-shirt d'homme avec un col en V.

La femme alluma une cigarette. Quelques secondes plus tard, un homme pénétrait à son tour dans le champ. Il était nu, hormis un masque de cuir. Il tenait un petit fouet. Il était blanc, plutôt athlétique, avait probablement entre trente et quarante ans. Il commença à fouetter la femme sur le lit. Pas fort, du moins pas au début.

Byrne jeta un coup d'œil en direction de Jessica. Ils avaient tous deux vu un paquet d'horreurs depuis qu'ils étaient dans la police et n'étaient jamais surpris de voir les saloperies qu'une personne pouvait faire subir à une autre. Mais cela ne rendait pas pour autant les choses plus simples.

Jessica quitta la chambre. Son épuisement semblait une chose palpable dans son corps ; sa répugnance, un charbon ardent dans sa poitrine ; sa colère, une tempête sur le point d'exploser.

Elle lui avait manqué. On n'a pas toujours la possibilité de choisir son partenaire dans ce boulot, mais dès l'instant où il l'avait rencontrée, il avait su que tout irait comme sur des roulettes. Avec une femme comme Jessica Balzano, tout était possible, et bien qu'il ne fût son aîné que de dix ou vingt ans, il avait l'impression d'être une antiquité en sa compagnie. Elle était l'avenir de la brigade, lui était le passé.

Byrne s'assit dans l'un des boxes en plastique de la cantine de la Rotonde, but lentement son café, pensa à son retour, à ce que ça lui faisait, ce que ça signifiait d'être revenu. Il regarda les inspecteurs plus jeunes traverser la pièce en coup de vent, yeux vifs et clairs, mocassins bien cirés, costumes repassés. Il enviait leur énergie. Leur avait-il à un moment ressemblé ? Avait-il traversé cette pièce vingt ans plus tôt, bombant le torse, plein de confiance, sous les yeux d'un flic éreinté ?

Il venait d'appeler l'hôpital pour la dixième fois de la journée. Victoria était toujours dans un état grave, mais stable. Pas de changement. Il rappellerait dans une heure.

Il avait vu les photos de l'endroit où Julian Matisse avait été assassiné. Même s'ils n'avaient plus rien d'humain,

Byrne avait observé les lambeaux de chair comme s'il avait regardé un talisman diabolique réduit en miettes. Le monde était plus propre sans ce type. Il n'éprouvait rien.

Ça ne lui disait cependant toujours pas si Jimmy Purify avait oui ou non placé lui-même les preuves dans l'affaire de Gracie Devlin. Nick Palladino entra dans la pièce, l'air aussi fatigué que Byrne.

— Jess est-elle rentrée chez elle ?

— Oui, répondit Byrne. Elle brûle la chandelle par les deux bouts en ce moment.

Palladino acquiesça.

— Vous êtes au courant pour Phil Kessler ? demanda-t-il.

— Qu'est-ce qu'il y a ?

— Il est mort.

Byrne ne fut ni affecté ni surpris. Kessler avait semblé mal en point la dernière fois qu'il l'avait vu, il avait l'air d'avoir accepté son sort, d'avoir perdu toute volonté, tout désir de lutter.

Nous n'avons pas rendu justice à cette fille.

Si Kessler ne parlait pas de Gracie Devlin, il ne pouvait s'agir que d'une seule autre personne. Byrne se leva péniblement, vida sa tasse et se dirigea vers les archives. La réponse, s'il y en avait une, s'y trouverait.

Il avait beau se creuser la tête, impossible de se souvenir du nom de la fille. Il essaya de se souvenir de la date exacte. Rien ne vint. Il y avait eu tant d'affaires, tant de noms. Chaque fois qu'il semblait se rapprocher, à quelques mois près, quelque chose lui disait qu'il se trompait. Il inscrivit quelques brèves notes sur l'affaire telle qu'il se la rappelait, puis tendit la feuille de papier à un agent des archives. Le sergent Bobby Powell, un ancien tout comme lui, mais bien plus doué en informatique, promit à Byrne qu'il chercherait à fond et lui apporterait le dossier dès que possible.

Byrne empila les photocopies du dossier sur l'Acteur par terre, au milieu de son salon. Près de la pile, il plaça un pack de six Yuengling. Il ôta sa cravate, ses chaussures. Il trouva de la nourriture chinoise froide dans le réfrigérateur. Le vieux climatiseur avait beau faire un raffut du tonnerre, il rafraîchissait à peine la pièce. Il alluma la télé.

Il décapsula une bière, attrapa la télécommande. Il était près de minuit. Il n'avait pas encore eu de nouvelles des archives.

Comme il passait d'une chaîne à l'autre, les images se fondaient les unes avec les autres. Jay Leno, Edward G. Robinson, Don Knotts, Bart Simpson, chaque visage devenait une…

… forme indistincte, servant uniquement à faire le lien avec la suivante. Drame, comédie, comédie musicale, farce. J'opte pour un vieux film noir, peut-être des années quarante. Ce n'est pas une œuvre majeure, mais il a l'air plutôt bien filmé. Dans cette scène, la femme fatale essaie de sortir quelque chose d'un imperméable pendant que l'homme parle dans un téléphone à pièces.

Yeux, mains, lèvres, doigts.

Pourquoi les gens regardent-ils des films ? Que voient-ils ? Voient-ils ce qu'ils veulent être ? Ou ce qu'ils craignent de devenir ? Ils sont assis dans l'obscurité, à côté d'un total inconnu, et deux heures durant ils sont les méchants, les victimes, les héros, les laissés-pour-compte. Puis ils se lèvent, retournent à la lumière et vivent leur vie de désespoir.

Je devrais me reposer, mais je n'arrive pas à dormir. Demain est un très grand jour. Je regarde de nouveau l'écran, change de chaîne. Une histoire d'amour, maintenant. Les émotions en noir et blanc assaillent mon cœur tandis que…

Jessica passait les chaînes en revue. Elle avait un mal de chien à rester éveillée. Elle avait voulu étudier une fois de plus la chronologie de l'affaire avant d'aller se coucher, mais tout était confus.

Elle jeta un coup d'œil à l'horloge. Minuit.

Elle éteignit la télé, s'assit à la table du salon. Elle étala les éléments du dossier devant elle. À droite étaient empilés les trois livres sur les films policiers que Nigel Butler lui avait prêtés. Elle en saisit un. Ian Whitestone y était brièvement mentionné. Elle apprit que son idole était un metteur en scène espagnol nommé Luis Buñuel.

Comme dans toutes les affaires criminelles, il y avait un fil. Un fil qui reliait entre eux tous les aspects du crime, qui connectait chaque protagoniste, à la manière de ces anciennes guirlandes de Noël qui ne s'allumaient pas tant que toutes les ampoules n'étaient pas correctement branchées.

Elle écrivit les noms sur un calepin.

Faith Chandler. Stephanie Chandler. Erin Halliwell. Julian Matisse. Ian Whitestone. Seth Goldman. Darryl Porter.

Quel était le fil qui reliait ces personnes ?

Elle consulta ses notes sur Julian Matisse. Comment

son empreinte s'était-elle retrouvée sur ce pistolet ? Il y avait eu un cambriolage chez Edwina Matisse un an plus tôt. Ça pouvait être ça. L'assassin avait peut-être alors volé le pistolet de Matisse et la veste. Matisse était en prison, et il était très probable qu'il avait laissé ces objets chez sa mère. Jessica passa un coup de fil et se fit faxer le rapport de police. Lorsqu'elle le lut, rien d'extraordinaire ne lui sauta aux yeux. Elle connaissait l'agent en uniforme qui avait répondu à l'appel, de même que les inspecteurs qui avaient été chargés de l'affaire. Edwina Matisse avait rapporté que seuls deux chandeliers avaient été volés.

Jessica regarda la pendule. L'heure était encore raisonnable pour passer un coup de fil. Elle appela l'un des inspecteurs chargés de l'affaire, un ancien nommé Dennis Lassar. Étant donné l'heure, ils ne s'éternisèrent pas en politesses et Jessica aborda directement le sujet qui l'intéressait.

— Vous souvenez-vous d'un cambriolage dans une maison mitoyenne de la 19e Rue ? Chez une femme nommée Edwina Matisse ?

— Quand a-t-il eu lieu ?

Jessica lui donna la date.

— Oui, oui. Une femme âgée. Un peu cinglée. Avec un fils en taule.

— C'est elle.

Lassar lui communiqua les détails dont il se souvenait.

— Cette femme a donc déclaré que seuls deux chandeliers avaient été volés ? Ça vous paraît cohérent ? demanda Jessica.

— Si vous le dites. Des cinglés, j'en ai vu d'autres depuis.

— Je comprends bien, dit Jessica. Mais vous rappelez-vous si la maison avait vraiment été mise à sac ? Je veux dire, est-ce que l'état des lieux collait avec un simple vol de chandeliers ?

— Maintenant que vous m'y faites penser, ça ne collait pas. La chambre du fils était saccagée, dit Lassar. Mais, hé, si la victime déclare que rien ne manque, alors rien ne manque. Je me souviens que j'avais hâte de sortir de là. Ça puait le bouillon de poulet et la pisse de chat là-dedans.

— D'accord. Vous rappelez-vous autre chose ?

— Je crois me souvenir d'un détail concernant le fils.

— Quoi donc ?

— Il me semble que le FBI l'avait surveillé avant qu'il ne se fasse embarquer.

Le FBI avait surveillé une petite frappe comme Matisse ?

— Vous rappelez-vous pourquoi ?

— Je crois qu'il s'agissait d'une violation du Mann Act. Transport de filles mineures d'un État à un autre. Mais je n'y mettrais pas ma main à couper.

— Est-ce qu'un agent s'est rendu sur les lieux après le cambriolage ?

— Oui, répondit Lassar. C'est marrant comme tous ces trucs vous reviennent. Un jeune type.

— Vous souvenez-vous du nom de l'agent ?

— Là, je crois bien que ce souvenir est à jamais noyé dans le whiskey. Désolé.

— Pas de problème. Merci.

Elle raccrocha, songea à appeler Terry Cahill. Il avait quitté l'hôpital et repris le travail derrière un bureau. Mais il était probablement un peu tard pour qu'un enfant de chœur comme Terry soit encore debout. Elle lui parlerait le lendemain.

Elle inséra *La Peau de Philadelphie* dans le lecteur de son ordinateur portable, fit défiler le film en accéléré. Elle effectua un arrêt sur image peu après le début. La jeune femme au masque à plumes la fixait de ses grands yeux vides implorants. Elle lança une vérification sur le nom « Angel Blue » bien que sachant que c'était un pseudonyme. Même Eugene Kilbane n'avait pas la moindre idée de qui elle était. Il prétendait ne l'avoir jamais vue, ni avant ni après *La Peau de Philadelphie*.

Mais pourquoi ces yeux me disent-ils quelque chose ?

Soudain Jessica entendit du bruit à la fenêtre de la salle à manger. On aurait dit un rire de petite fille. Les deux familles voisines avaient bien des enfants, mais c'étaient des garçons. Elle l'entendit encore. Un gloussement de petite fille.

Près.

Très près.

Elle se tourna vers la fenêtre. Quelqu'un la regardait fixement. La jeune femme de la vidéo, celle qui portait le masque orné de plumes de sarcelles. Sauf que la fille était maintenant squelettique, sa peau pâle tirée sur son crâne, sa bouche dessinant un sourire tordu telle une entaille rouge barrant ses traits blafards.

Puis, en un instant, elle disparut. Jessica sentit bientôt une présence juste derrière elle. La fille était *juste derrière elle*. Quelqu'un alluma la lumière.

Il y a quelqu'un chez moi. Comment…

Non, la lumière venait de la fenêtre.

Hein ?

Jessica souleva la tête de la table.

Oh, bon sang, pensa-t-elle. Elle s'était endormie. Dehors, il faisait jour. Grand jour. Le matin. Elle regarda sa montre. Pas de montre.

Sophie.

Elle se leva d'un bond, regarda autour d'elle, paniquée, son cœur battant la chamade. Sophie était assise devant la télé, encore en pyjama, une boîte de céréales sur les genoux, elle regardait des dessins animés.

— 'jour, m'man, lança Sophie, la bouche pleine de Cheerios.

— Quelle heure est-il ? demanda Jessica, même si elle savait que la question était purement rhétorique.

— Je sais pas lire l'heure, répondit sa fille.

Jessica fila à la cuisine, regarda la pendule. Neuf heures et demie. De toute sa vie, elle ne s'était jamais levée après neuf heures. Jamais. Pas vraiment le jour pour établir ce genre de record, pensa-t-elle. Chef d'unité spéciale ! Tu parles...

Douche, petit déjeuner, café, habillage, nouveau café. Le tout en vingt minutes. Record du monde ? Record personnel, au minimum. Elle rassembla ses photos et ses dossiers. La photo du dessus représentait la fille de *La Peau de Philadelphie*.

Et c'est alors qu'elle la reconnut. Parfois, une fatigue extrême combinée à une pression extrême peut ouvrir les vannes de la mémoire.

La première fois qu'elle avait regardé le film, Jessica s'était dit qu'elle avait déjà vu ces yeux.

Maintenant elle savait où.

70

Byrne se réveilla sur le divan. Il avait rêvé de Jimmy Purify. Jimmy et sa logique tordue. Il avait rêvé d'une conversation qu'ils avaient eue tard une nuit, à la brigade, peut-être un an avant le pontage de Jimmy. Ils venaient de faire tomber une véritable ordure recherchée pour un triple meurtre. Ils étaient de bonne humeur, détendus. Jimmy était en train de s'enfiler un énorme paquet de chips au goût barbecue, les pieds posés sur la table, ceinture desserrée et cravate dénouée. Quelqu'un avait évoqué le fait que son médecin avait conseillé à Jimmy de se calmer sur la graisse et le sucre, les deux bases de son alimentation, avec le whisky single malt.

Jimmy s'était redressé, avait pris sa pose de bouddha. Tout le monde savait qu'une perle était imminente.

— Il s'avère que ça, c'est de la nourriture saine, avait-il dit. Et je peux le prouver.

Tout le monde l'avait regardé, l'air de dire : *Nous sommes tout ouïe*.

— OK, avait-il poursuivi. La pomme de terre est un légume, n'est-ce pas ?

Les lèvres et la langue de Jimmy étaient d'un orange vif.

— Soit, avait concédé quelqu'un. La pomme de terre est un légume.

— Et « barbecue », c'est juste un autre terme pour désigner un gril, pas vrai ?

— C'est incontestable, avait convenu un autre.

— Donc, je suis en train de manger des légumes grillés. C'est de la nourriture saine, bébé.

Il avait dit ça sans ciller, d'un air parfaitement sérieux. Personne ne pouvait conserver un visage de marbre mieux que lui.

Sacré Jimmy, pensa Byrne.

Bon Dieu, ce qu'il lui manquait.

Byrne se leva, s'aspergea un peu d'eau sur le visage dans la cuisine, mit la bouilloire à chauffer. Lorsqu'il retourna dans le salon, le dossier sur l'affaire était toujours là, ouvert.

Il marcha autour des documents étalés par terre. L'épicentre de l'affaire se trouvait juste sous ses yeux, mais la porte restait fermée, c'était à devenir dingue.

Nous n'avons pas rendu justice à cette fille.

Pourquoi ne pouvait-il s'empêcher de penser à cette phrase ? Il se rappelait cette nuit comme si c'était hier. Jimmy était à l'hôpital pour se faire retirer des cors aux pieds. Byrne avait été associé à Phil Kessler. L'appel était arrivé vers vingt-deux heures. Un corps avait été découvert dans les toilettes d'une station-service Sunoco du nord de Philly. Quand ils étaient arrivés sur les lieux, Kessler, comme toujours, s'était trouvé un prétexte pour ne pas avoir à se retrouver dans la même pièce que la victime. Il avait commencé à ratisser les alentours.

Byrne avait poussé la porte des toilettes des femmes. Il avait immédiatement été accueilli par des odeurs de désinfectant et de déjections humaines. Par terre, coincée entre la cuvette des toilettes et le mur au carrelage crasseux, se trouvait une jeune femme. Elle était mince et jolie, âgée de vingt ans à peine. Elle avait quelques traces de piqûres sur le bras. Il était clair qu'elle se droguait, mais pas fréquemment. Byrne avait cherché son pouls, en vain. Elle avait été déclarée morte sur les lieux.

Il se rappelait l'avoir observée, s'être dit qu'elle n'aurait pas dû être là, par terre, que son destin aurait dû être différent. Elle aurait dû être infirmière, avocate, scientifique, ballerine. Elle aurait dû être quelqu'un, pas juste une nouvelle victime de la drogue.

Elle portait quelques signes de lutte – des contusions aux poignets, quelques bleus sur le dos – mais la quantité d'héroïne dans son organisme, couplée aux marques récentes sur ses bras, indiquait qu'elle venait de se piquer et que la dope avait été bien trop pure pour elle. L'overdose avait été retenue comme cause officielle du décès.

Mais n'avait-il pas suspecté autre chose ?

Un coup frappé à la porte tira Byrne de ses souvenirs. Il alla ouvrir. C'était un agent venu lui remettre une enveloppe.

— Le sergent Powell dit que le dossier était mal classé, expliqua l'agent. Il vous prie de l'excuser.

— Merci, répondit Byrne.

Il referma la porte, ouvrit l'enveloppe. La photo de la jeune femme était épinglée sur le dessus du dossier. Il avait oublié combien elle avait l'air jeune. Byrne fit exprès de ne pas lire son nom pour le moment.

Tandis qu'il regardait la photo, il chercha à se rappeler son prénom. Comment pouvait-il l'avoir oublié ? Il savait comment. C'était une junkie. Une petite-bourgeoise qui avait mal tourné. À cause de son arrogance, à cause de son ambition, elle avait été une moins que rien à ses yeux. Si elle avait été avocate dans quelque cabinet bien établi, ou médecin à l'hôpital universitaire, ou architecte au bureau d'urbanisme de la ville, il aurait traité l'affaire différemment. Il avait honte de l'avouer mais, à l'époque, il était comme ça.

Il ouvrit le dossier, vit son nom. Et tout prit un sens.

Angelika. Son prénom était Angelika.

Angel Blue, c'était elle.

Il feuilleta le dossier, trouva bientôt ce qu'il cherchait. Elle n'était pas juste un macchabée de plus, elle était, naturellement, la fille de quelqu'un.

À l'instant où il allait le décrocher, le téléphone sonna, la sonnerie résonnant en tandem avec la question qui carambolait contre les parois de son cœur.

Comment vas-tu payer ?

71

Nigel Butler vivait dans une maison mitoyenne de la 42ᵉ Rue, près de Locust. De l'extérieur, elle semblait aussi ordinaire que n'importe quelle maison de brique bien entretenue de Philadelphie – deux jardinières pleines de fleurs sous les deux fenêtres de devant, porte recouverte d'une peinture rouge gaie, boîte aux lettres en cuivre. Si les suppositions des inspecteurs étaient correctes, toute une litanie d'horreurs avait été conçue en ses murs.

Le vrai nom d'Angel Blue était Angelika Butler. Angelika avait vingt ans quand on l'avait retrouvée dans les toilettes d'une station-service du nord de Philly, morte d'une overdose d'héroïne. Telle avait du moins été la conclusion officielle du bureau du légiste.

« J'ai une fille qui suit des cours de théâtre », avait affirmé Nigel Butler.

Affirmation exacte, mauvais temps.

Byrne raconta à Jessica la nuit où ils avaient reçu l'appel pour enquêter sur l'affaire. Jessica lui décrivit en détail ses deux entretiens avec Butler. Le premier lorsqu'elle l'avait rencontré dans son bureau à Drexel, le second quand il était passé avec les livres à la Rotonde. Elle lui décrivit les séries de photos représentant Butler dans ses différents rôles. Nigel Butler était un acteur accompli.

Mais la vraie vie de Nigel Butler était un drame bien plus sombre. Avant de quitter la Rotonde, Byrne avait effectué une recherche sur lui dans le PDCH. Le Police Department Criminal History était un fichier qui recensait de façon sommaire l'historique criminel d'un suspect. Nigel Butler avait été soupçonné deux fois d'abus sexuels sur sa fille : la première quand elle avait dix ans, la seconde quand elle en avait douze. Les deux enquêtes avaient abouti à une impasse quand Angelika s'était rétractée.

Butler n'avait peut-être pas supporté l'entrée d'Angelika dans le monde du porno et sa mort inconvenante – jalousie, rage, inquiétude paternelle, obsession sexuelle. Qui sait ? Le fait était que Nigel Butler se retrouvait désormais au cœur de leur enquête.

Cependant, malgré toutes ces présomptions, ils n'avaient toujours pas de quoi obtenir un mandat de perquisition de son domicile. En ce moment même, Paul DiCarlo passait en revue une liste de juges pour essayer d'y remédier.

Nick Palladino et Eric Chavez surveillaient le bureau de Butler à Drexel. L'université les avait informés que le professeur Butler avait quitté la ville pour trois jours et n'était pas joignable. Eric Chavez avait dû user de son charme pour apprendre que Butler était soi-disant parti camper dans les Poconos. Ike Buchanan avait d'ores et déjà appelé le bureau du shérif du comté de Monroe.

Comme ils approchaient de la porte, Byrne et Jessica échangèrent un regard. Si leurs soupçons étaient justes, ils se trouvaient devant la porte de l'Acteur. Quelle tournure allaient prendre les événements ? Difficile ? Facile ? Aucune porte ne donnait jamais d'indication. Ils dégainèrent leur arme, la tinrent sur le côté, parcoururent la rue des yeux.

Le moment était venu.

Byrne frappa à la porte. Attendit. Pas de réponse. Il appuya sur la sonnette, frappa de nouveau. Rien.

Ils reculèrent de quelques pas, observèrent la maison. Deux fenêtres à l'étage. Toutes deux dotées de rideaux blancs. La fenêtre de ce qui devait être le salon comportait des rideaux assortis légèrement écartés. Pas suffisamment pour voir à l'intérieur. Le bâtiment se trouvait au milieu du pâté de maisons. Pour aller derrière, ils devaient faire le tour. Byrne décida de frapper une fois de plus à la porte. Plus fort. Il s'approcha de nouveau de la maison.

C'est alors qu'ils entendirent les coups de feu. Ils provenaient de l'intérieur. Une arme de gros calibre. Trois détonations rapides qui firent vibrer les fenêtres.

Au bout du compte, ils n'auraient pas besoin de mandat.

Kevin Byrne tenta d'enfoncer la porte d'un coup d'épaule. Une, deux, trois fois. Elle céda au quatrième essai.

— Police ! hurla-t-il.

Il entra dans la maison en pivotant sur lui-même, arme levée. Jessica appela des renforts dans sa radio puis lui emboîta le pas, braquant fermement son Glock.

Sur la gauche, un petit salon et une salle à manger. Obscurité de mi-journée. Vide. Devant, un couloir menant sans doute à la cuisine. Des escaliers à gauche menant à l'étage et à la cave. Byrne croisa le regard de Jessica. Elle s'occuperait de l'étage. Jessica attendit de s'habituer à l'obscurité, observa le sol du salon et du couloir. Pas de sang. Dehors, deux voitures de patrouille s'arrêtèrent dans un crissement de pneus.

Un calme de mort régnait dans la maison.

Puis une musique retentit. Du piano. Un bruit de pas lourds. Byrne et Jessica pointèrent leur arme en direction de l'escalier. Les sons provenaient de la cave. Deux agents en uniforme arrivèrent à la porte. Jessica leur demanda de vérifier l'étage. Ils dégainèrent, montèrent. Jessica et Byrne commencèrent à descendre vers la cave.

La musique se fit plus forte. Un orchestre à cordes. Le bruit de vagues sur une plage.

Puis une voix.

— *Est-ce que c'est la maison ?* demandait un garçon.

— *Oui*, répondait un homme.

Quelques instants de silence. Un aboiement de chien.

— *Hé ! Je savais qu'il y avait un chien*, disait le garçon.

Avant même d'avoir franchi l'angle menant à la cave, ils se regardèrent. Et ils comprirent. Il n'y avait pas eu de coups de feu. C'était du cinéma. Lorsqu'ils pénétrèrent dans le sous-sol obscur, ils virent que le film *Les Sentiers de la perdition* passait sur un grand écran plasma. Les sons provenaient d'un système Dolby 5.1 poussé à fort volume. Les coups de feu venaient du film. C'était l'énorme caisson de basses qui avait fait vibrer les fenêtres. À l'écran, Tom Hanks et Tyler Hoechlin se tenaient sur une plage.

Butler savait qu'ils viendraient et avait organisé cette petite mise en scène à leur intention. L'Acteur n'était pas prêt pour le baisser du rideau.

— Rien à signaler ! cria l'un des agents à l'étage.

Mais les deux inspecteurs le savaient déjà. Nigel Butler avait mis les voiles.

La maison était vide.

Byrne rembobina la cassette jusqu'à la scène où le personnage de Tom Hanks – Michael Sullivan – tue l'homme qu'il croit responsable du meurtre de sa femme et de l'un de ses fils. Dans le film, Sullivan abat l'homme dans une baignoire d'hôtel.

La scène avait été remplacée par le meurtre de Seth Goldman.

Six inspecteurs passèrent au crible le moindre centimètre de la maison de Nigel Butler. Sur les murs de la cave se trouvaient encore d'autres portraits de Butler dans divers rôles : Shylock, Harold Hill, Jean Valjean.

Ils avaient lancé un mandat d'arrêt national contre Nigel Butler. Les agences des forces de l'ordre de l'État, du comté, aussi bien locales que fédérales, avaient reçu une photo du suspect ainsi qu'une description de sa voiture et son immatriculation. Six autres inspecteurs furent déployés à travers le campus de Drexel.

Des cassettes vidéo préenregistrées, des DVD et des bobines de films seize millimètres recouvraient tout un mur de la cave. Mais ils ne trouvèrent aucune table de montage. Pas de caméscope, pas de vidéos amateur, rien indiquant que Butler avait inséré les scènes des homicides dans des vidéos préenregistrées. D'ici une heure, avec un peu de chance, ils auraient un mandat pour perquisitionner le département de cinéma de Drexel. Jessica inspectait la cave lorsque Byrne l'appela depuis le rez-de-chaussée. Lorsqu'elle arriva au salon, elle le trouva près de la bibliothèque.

— Vous n'allez pas croire ça, dit-il.

Il tenait un grand album photo en similicuir. Il l'ouvrit à une page située vers le milieu de l'album. Jessica le lui prit des mains. Ce qu'elle vit la stupéfia. Une douzaine de pages étaient consacrées à Angelika Butler adolescente. Sur certaines photos elle se tenait seule : à une fête d'anniversaire, dans un parc. Sur d'autres elle était avec un jeune homme. Peut-être un petit ami.

Sur presque tous les clichés, la tête d'Angelika avait été remplacée par celle d'une star de cinéma : Bette Davis, Emily Watson, Jean Arthur, Ingrid Bergman, Grace Kelly. Quant au visage du jeune homme, il avait été rendu méconnaissable, sans doute au moyen d'un couteau ou d'un pic à glace. Page après page, Angelika

Butler – sous les traits d'Elizabeth Taylor, Jeanne Crain, Rhonda Fleming – se tenait près d'un homme dont le visage avait été massacré dans un accès de fureur terrible. Dans certains cas, la page avait même été transpercée à l'emplacement de son visage.

— Kevin.

Jessica montra une photo sur laquelle Angelika Butler portait le visage d'une très jeune Joan Crawford et était assise sur un banc à côté de son compagnon défiguré.

Sur la photo, l'homme portait un holster à l'épaule.

Combien de temps cela fait-il ? Je le sais à l'heure près. Trois ans, deux semaines, vingt et une heures. Le paysage a changé, mais pas la topographie de mon cœur. Je pense aux milliers de gens qui ont défilé devant cet endroit depuis trois ans, aux milliers de drames qui se sont déroulés. Nous avons beau prétendre le contraire, nous ne nous soucions pas des autres. Je le vois bien chaque jour. Nous sommes tous des figurants dans le film, même pas dignes de figurer au générique. Si nous avons une réplique, peut-être se souviendra-t-on de nous. Sinon, nous empochons notre maigre salaire et nous nous efforçons de tenir le premier rôle dans la vie de quelqu'un.

Nous échouons la plupart du temps. Vous souvenez-vous de votre cinquième baiser ? La troisième fois que vous avez fait l'amour ? Bien sûr que non. Juste la première fois. Juste la dernière.

Je consulte ma montre. Je verse l'essence.

Acte III.

Je craque l'allumette.

Je pense à *Backdraft. Firestarter. Fréquence interdite. Piège de feu.*

Je pense à Angelika.

73

À une heure ils avaient créé une cellule de crise à la Rotonde. Tous les papiers trouvés dans la maison de Nigel Butler avaient été placés dans une boîte et étiquetés, et les inspecteurs les feuilletaient maintenant à la recherche d'une adresse, d'un numéro de téléphone ou de tout indice pouvant aider à le localiser. Si le chalet dans les Poconos existait vraiment, ils ne trouvèrent aucun reçu de location, aucun acte notarié, aucune photo.

Le labo avait analysé l'album photo et déterminé que la colle utilisée pour fixer les photos de stars de cinéma sur le visage d'Angelika Butler était une colle blanche ordinaire, mais le plus surprenant était qu'elle était fraîche. Dans certains cas, le labo affirmait qu'elle était encore humide. La personne qui avait collé ces photos dans l'album l'avait fait au cours des quarante-huit dernières heures.

À une heure dix, l'appel qu'ils espéraient tout en l'appréhendant arriva. C'était Nick Palladino. Jessica décrocha, alluma le haut-parleur.

— Qu'est-ce qui se passe, Nick ?
— Je crois que nous avons retrouvé Nigel Butler.
— Où est-il ?

— Dans sa voiture. Dans le nord de Philly.

— Où ?

— Dans le parking d'une vieille station-service de Girard.

Jessica regarda Byrne. Il était clair qu'il n'avait pas besoin qu'on lui précise de quelle station-service il s'agissait. Il y était déjà allé. Il la connaissait.

— A-t-il été interpellé ? demanda Byrne.

— Pas exactement.

— Que voulez-vous dire ?

Palladino inspira profondément, expira lentement. Une minute entière sembla s'écouler avant qu'il réponde :

— Il est assis derrière le volant de sa voiture, dit Palladino.

Quelques nouvelles secondes insupportables s'écoulèrent.

— Oui ? Et ? demanda Byrne.

— Et la voiture est en flammes.

Lorsqu'ils arrivèrent sur les lieux, l'incendie avait été éteint. L'odeur âcre du vinyle brûlé et de la chair immolée flottait dans l'air déjà humide de l'été, recouvrant tout le pâté de maisons d'un épais relent de mort non naturelle. La voiture n'était plus qu'une carcasse noircie ; les pneus avant fondus s'étaient mêlés à l'asphalte.

En approchant, Jessica et Byrne virent que la silhouette derrière le volant était trop calcinée pour être reconnaissable, sa chair fumait encore. Les mains du cadavre avaient fusionné avec le volant. Le crâne noirci présentait deux orifices en lieu et place des yeux. De la fumée et une vapeur grasse s'élevaient des os carbonisés.

Quatre voitures de patrouille encerclaient l'endroit. Une poignée d'agents en uniforme dirigeaient la circulation tout en tenant à l'écart une foule croissante.

L'unité spécialisée dans les incendies finirait par leur dire ce qui s'était exactement passé ici, du moins du point de vue de la physique. Quand le feu avait-il commencé ? Qu'est-ce qui l'avait déclenché ? Un produit inflammable avait-il été utilisé ? L'arrière-plan psychologique prendrait beaucoup plus longtemps à définir et analyser.

Byrne contempla le bâtiment condamné qui se trouvait

devant lui. Il se rappelait la dernière fois qu'il y était venu, la nuit où ils avaient découvert le cadavre d'Angelika Butler dans les toilettes. Il était alors un homme différent. Il se rappelait que Phil Kessler et lui s'étaient garés presque exactement à l'endroit où se trouvait maintenant la carcasse de la voiture en ruine de Nigel Butler. L'homme qui avait découvert le corps, un sans-abri qui avait hésité entre fuir – de peur de se retrouver impliqué – et rester – au cas où il y aurait une quelconque récompense –, avait nerveusement désigné les toilettes des femmes. Au bout de quelques minutes, ils avaient déterminé qu'il ne s'agissait sans doute que d'une overdose de plus, d'une jeune vie de plus jetée aux vents.

Même s'il n'en était pas parfaitement sûr, Byrne aurait parié qu'il avait bien dormi cette nuit-là. Cette idée le rendait malade.

Angelika Butler aurait mérité toute leur attention, tout comme Gracie Devlin. Il l'avait laissée tomber.

75

L'humeur était mitigée à la Rotonde. Même s'ils n'étaient sûrs de rien, les médias s'apprêtaient à présenter l'affaire comme la revanche d'un père. Quant aux inspecteurs de la brigade criminelle, ils ne considéraient pas exactement sa clôture comme un triomphe. Au cours de ses deux cent cinquante-cinq ans d'histoire, la police de Philadelphie avait connu de meilleurs moments.

Mais la vie – et la mort – continuait.

Depuis la découverte de la voiture, il y avait eu deux nouveaux meurtres, sans rapport entre eux.

À six heures, Jocelyn Post entra dans la salle commune. Il tenait en main six sachets provenant de la police scientifique.

— Regardez ce que nous avons trouvé dans la poubelle de cette station-service. Ces indices se trouvaient dans un album en plastique, au fond de la poubelle.

Jocelyn étala sur la table les six sachets. Les cinq premiers contenaient de grandes photos tirées de films – du genre de celles conçues pour être exposées dans les halls des cinémas. Il s'agissait de *Psychose*, *Liaison fatale*, *Scarface*, *Les Diaboliques* et *Les Sentiers de la perdition*. Le sixième renfermait le coin déchiré de ce qui était sans doute une autre photo tirée d'un film.

— Vous savez de quel film provient celle-ci ? demanda Jessica en soulevant le sixième sachet.

Le morceau de carton brillant comportait une partie de code-barres.

— Aucune idée, répondit Jocelyn. Mais j'en ai envoyé une reproduction numérique au labo.

C'était probablement un film que Nigel Butler n'avait pas eu le temps de reproduire. Du moins l'espéraient-ils.

— Bon, continuez dans cette direction, dit Jessica.

— Comptez sur nous, inspecteur.

À sept heures, les rapports préliminaires ayant été rédigés, les inspecteurs s'en allaient les uns après les autres. Ils n'éprouvaient pas la joie ni l'exultation qui prévalaient chaque fois qu'ils amenaient un sale type devant la justice. Chacun était soulagé de voir ce chapitre bizarre et sinistre se refermer. Tout ce qu'ils voulaient, c'était une bonne douche bien chaude, et une bonne boisson bien fraîche. Des images de la carcasse de voiture consumée et fumante à la station-service du nord de Philly avaient été diffusées aux infos de six heures. LA DERNIÈRE PERFORMANCE DE L'ACTEUR ? interrogeait le bandeau sous l'image.

Jessica se leva, s'étira. Elle avait l'impression de ne pas avoir fermé l'œil depuis plusieurs jours, ce qui était probablement vrai. Mais impossible de s'en souvenir, tant elle était fatiguée. Elle marcha jusqu'au bureau de Byrne.

— Je vous offre à dîner ?

— D'accord, répondit Byrne. Qu'est-ce qui vous tenterait ?

— Je veux quelque chose de copieux, gras et mauvais pour la santé, répondit Jessica. Un truc frit avec au moins mille calories.

— Ça me va.

Avant d'avoir eu le temps de rassembler leurs effets et de quitter la pièce, ils entendirent un bruit. Une sonnerie rapide. Au début, ni l'un ni l'autre n'y prêta trop attention. Ils étaient après tout dans la Rotonde, un bâtiment rempli de bips, de pagers, de téléphones portables et autres PDA. Il y avait toujours quelque chose qui carillonnait, tintait, cliquetait, sonnait.

Quoi que ce fût, la sonnerie reprit.

— Bon sang, d'où ça vient ? demanda Jessica.

Tous les inspecteurs présents vérifièrent leur téléphone portable, leur pager. Personne n'avait reçu de message.

Puis, de nouveau, trois sonneries rapides. *Bip-bip. Bip-bip. Bip-bip.*

Le son provenait d'une boîte remplie de dossiers posée sur un bureau. Jessica regarda à l'intérieur. Elle vit le téléphone portable de Stephanie Chandler enveloppé dans un sachet. Le bas de l'écran LCD clignotait. Stephanie avait reçu un appel au cours de la journée.

Jessica ouvrit le sachet, en sortit le portable. Comme il avait déjà été examiné par la police scientifique, il était inutile de mettre des gants.

1 APPEL MANQUÉ disait l'annonce. Jessica enfonça la touche VOIR MESSAGE. Une nouvelle fenêtre apparut sur l'écran. Elle montra le téléphone à Byrne.

— Regardez.

L'annonce informait qu'un numéro inconnu avait envoyé un fichier.

À une femme morte.

Ils allèrent le visualiser à l'unité audiovisuelle.

— C'est un message multimédia, expliqua Mateo. Un fichier vidéo.

— Quand a-t-il été envoyé ? demanda Byrne.

Mateo regarda le message, puis sa montre.

— Il y a un peu plus de quatre heures.

— Et il arrive seulement maintenant ?

— Ça se produit parfois avec les très gros fichiers.

— Il y a moyen de savoir d'où il a été envoyé ?

Mateo secoua la tête.

— Pas depuis le téléphone.

— Si nous passons la vidéo, ça ne l'effacera pas, n'est-ce pas ? demanda Jessica.

— Attendez une seconde, répondit Mateo.

Il farfouilla dans un tiroir, en tira un câble fin. Il essaya de le brancher au bas du téléphone. Ça n'entrait pas. Il essaya un autre câble, échoua encore. Le troisième s'enfonça dans un petit port. Il connecta l'autre extrémité du câble à un ordinateur portable. Au bout de quelques instants, un programme se lança sur l'ordinateur. Mateo enfonça quelques touches et une barre de progression apparut, indiquant visiblement le transfert du fichier depuis le téléphone vers l'ordinateur. Byrne et Jessica se regardèrent, une fois de plus époustouflés par les talents de Mateo.

Une minute plus tard, il inséra un CD-ROM vierge dans le lecteur, fit glisser une icône.

— Fini, dit-il. Nous avons le fichier sur le téléphone, sur l'ordinateur et sur le CD. Quoi qu'il arrive, nous avons une sauvegarde.

— OK, fit Jessica.

Elle fut un peu surprise de remarquer que son pouls battait à toute allure. Elle ne savait pas pourquoi. Peut-être ce fichier n'était-il rien du tout. Elle voulait le croire de tout son cœur.

— Vous voulez le regarder maintenant ? demanda Mateo.

— Oui et non, répondit Jessica.

C'était un fichier vidéo, envoyé sur le téléphone d'une femme morte depuis plus d'une semaine – téléphone qu'ils venaient d'obtenir grâce au bon vouloir d'un tueur en série sadique qui venait de s'immoler par le feu.

Ou peut-être tout cela n'était-il qu'une illusion.

— J'entends bien, dit Mateo. C'est parti.

Il cliqua sur le bouton LECTURE de la petite barre de son logiciel vidéo. Quelques secondes plus tard, la vidéo commença de défiler. Les premières secondes du film étaient floues, comme si la personne qui tenait la caméra l'agitait de droite à gauche, puis vers le bas, tentant de la braquer vers le sol. Lorsque l'image se stabilisa et devint nette, ils virent le sujet de la vidéo.

Un bébé.

Un bébé dans un petit cercueil de pin.

— *Madre de Dios!* s'exclama Mateo avant de se signer.

Tandis que Byrne et Jessica observaient avec horreur l'image, deux choses étaient claires. *Primo*, le bébé était on ne peut plus vivant. *Secundo*, l'heure et la date apparaissaient dans le coin inférieur droit de l'image.

— Ce film n'a pas été tourné avec un téléphone portable muni d'une caméra, n'est-ce pas? demanda Byrne.

— Non, répondit Mateo. On dirait qu'il a été fait avec un caméscope ordinaire. Probablement un caméscope à bande huit millimètres, pas un modèle numérique.

— Comment voyez-vous ça? demanda Byrne.

— La qualité de l'image, pour commencer.

Une main apparut à l'écran, plaça un couvercle sur le cercueil de bois.

— Bon Dieu, non! s'exclama Byrne.

Et c'est alors que la première pelletée de terre vint recouvrir la boîte. Au bout de quelques secondes, le cercueil était complètement enterré.

— Oh, mon Dieu! dit Jessica, écœurée, se détournant de l'écran à l'instant même où il redevenait noir.

— C'est tout ce qu'il y a, dit Mateo.

Byrne demeura silencieux. Il quitta la pièce, revint immédiatement.

— Passez-le encore, demanda-t-il.

Mateo cliqua de nouveau sur LECTURE. L'image, de nouveau floue et agitée, redevint claire au moment où elle se focalisa sur le bébé. Jessica se força à regarder. Elle remarqua que la vidéo indiquait dix heures du matin. Il était déjà huit heures du soir passées. Elle sortit son téléphone portable. Quelques secondes plus tard, elle avait le docteur Tom Weyrich au bout du fil. Elle lui expliqua les raisons de son appel. Elle ne savait pas si sa question tombait dans le domaine d'expertise d'un médecin légiste, mais elle ne savait qui appeler d'autre.

— De quelle taille est la boîte ? demanda Weyrich.

Jessica regarda l'écran. La vidéo défilait pour la troisième fois.

— Je ne suis pas sûre, répondit-elle. Peut-être soixante centimètres sur soixante-quinze.

— Et en profondeur ?

— Je ne sais pas. Elle doit faire dans les quarante centimètres.

— Y a-t-il des trous sur le dessus ou les côtés ?

— Pas sur le dessus. Je ne vois pas les côtés.

— Quel âge a le bébé ?

Ça, c'était facile. Il semblait avoir environ six mois.

— Six mois.

Weyrich demeura un moment silencieux.

— Bon, je ne suis pas un expert dans ce domaine, mais je vais vous en trouver un.

— Combien d'air a-t-il, Tom ?

— Difficile à dire, répondit Weyrich. La boîte doit faire pas loin de cent quatre-vingts décimètres cubes. Même avec une capacité pulmonaire aussi faible, je dirais pas plus de dix ou douze heures.

Jessica consulta de nouveau sa montre bien qu'elle sût exactement l'heure qu'il était.

— Merci, Tom. Appelez-moi si vous trouvez quelqu'un qui pourra accorder un peu plus de temps à ce gamin.

Tom Weyrich comprenait ce qu'elle voulait dire.

— Je suis sur le coup, dit-il.

Jessica raccrocha. Elle regarda de nouveau l'écran. La vidéo recommençait depuis le début. Le bébé souriait et agitait les bras. Au mieux, ils disposaient de moins de deux heures pour lui sauver la vie. Et il pouvait être n'importe où dans la ville.

Mateo fit une seconde copie numérique de la cassette. Elle durait en tout vingt-cinq secondes. À la fin du film, l'écran devenait noir. Ils la regardèrent encore et encore, cherchant quelque chose, n'importe quoi, qui puisse leur indiquer où pouvait se trouver le bébé. La cassette ne comportait aucun autre enregistrement. Mateo fit un arrêt sur image à l'instant où la caméra se dirigeait vers le sol.

— La caméra est sur un trépied, et un plutôt bon par-dessus le marché. Du moins pour un amateur. L'inclinaison se passe en douceur, ce qui indique que le trépied comporte une tête à rotule. Mais regardez ici, poursuivit Mateo.

Il relança la lecture et l'arrêta aussitôt. Ils virent à l'écran une image non reconnaissable. Une épaisse traînée blanche verticale sur un fond d'un brun rouge.

— Qu'est-ce que c'est que ça ? demanda Byrne

— Je n'en suis pas encore sûr, répondit Mateo. Laissez-moi la passer dans l'unité dTective. J'obtiendrai une image beaucoup plus nette. Mais ça prendra un peu de temps.

— Combien de temps ?

— Disons dix minutes.

Au cours d'une enquête ordinaire, dix minutes seraient passées en un clin d'œil. Pour le bébé dans le cercueil, elles risquaient de durer une éternité. Byrne et

Jessica attendirent à l'extérieur de l'unité audiovisuelle. Ike Buchanan entra dans la pièce.

— Qu'est-ce qui se passe, sergent ? demanda Byrne.

— Ian Whitestone est ici.

Enfin, pensa Jessica.

— Est-il ici pour faire une déposition formelle ?

— Non, répondit Buchanan. Quelqu'un a enlevé son fils ce matin.

Whitestone regarda le film sur lequel apparaissait le bébé. Ils avaient transféré l'extrait sur une cassette VHS. La projection eut lieu dans la petite cafétéria de la brigade.

Whitestone était plus petit que ne l'aurait cru Jessica. Il avait des mains délicates, portait deux montres. Il était venu avec son médecin personnel et un homme qui devait être son garde du corps. Whitestone identifia le bébé de la vidéo comme son fils, Declan. Il avait l'air accablé.

— Pourquoi... pourquoi quelqu'un ferait-il une telle chose ? demanda Whitestone.

— Nous espérions que vous seriez en mesure de nous éclairer un peu là-dessus, répondit Byrne.

La nurse de Whitestone, Aileen Scott, affirmait avoir emmené Declan pour une promenade en poussette vers neuf heures trente du matin. On l'avait assommée par-derrière. Lorsqu'elle s'était réveillée, plusieurs heures plus tard, elle se trouvait à l'arrière d'une ambulance, en route pour l'hôpital Jefferson, et le bébé avait disparu. Donc, si l'heure indiquée sur le film n'avait pas été trafiquée, Declan Whitestone avait été enterré dans un endroit qui se trouvait à une demi-heure en voiture de Center City. Probablement moins.

— Le FBI a été contacté, dit Jessica.

Un Terry Cahill rafistolé et de nouveau en service réunissait une équipe au même moment.

— Nous faisons tout notre possible pour retrouver votre fils, ajouta Jessica à l'intention de Whitestone.

Ils regagnèrent la salle commune, s'approchèrent d'un bureau sur lequel ils placèrent les photos des lieux où avaient été commis les assassinats d'Erin Halliwell, de Seth Goldman et de Stephanie Chandler. Lorsque Whitestone baissa les yeux, ses genoux flageolèrent. Il se retint au bord du bureau.

— Qu'est-ce… qu'est-ce que c'est que ça ? demanda-t-il.

— Ces deux femmes ont été assassinées. Tout comme M. Goldman. Nous pensons que l'homme qui a kidnappé votre fils est le coupable.

Inutile pour l'instant de lui parler du prétendu suicide de Nigel Butler.

— Qu'est-ce que vous racontez ? Prétendez-vous qu'ils sont tous morts ?

— Je le crains, monsieur. Oui.

Whitestone vacilla. Son visage devint soudain cireux. Il se laissa tomber sur une chaise. Jessica avait souvent assisté à un tel spectacle.

— Quels étaient vos liens avec Stephanie Chandler ? demanda Byrne.

Whitestone hésita. Ses mains tremblaient. Il ouvrit la bouche, mais aucun son n'en sortit, juste un petit bruit sec. Il avait l'air d'un homme au bord de l'infarctus.

— Monsieur Whitestone, reprit Byrne.

Ian Whitestone inspira profondément. À travers ses lèvres tremblantes, il prononça :

— Je crois que je ferais bien de parler à mon avocat.

76

Ian Whitestone leur avait raconté toute l'histoire. Du moins la partie que son avocat l'avait autorisé à dévoiler. Soudain, ce qui s'était déroulé au cours des dix derniers jours semblait prendre sens.

Trois ans plus tôt – avant son succès météorique – Ian Whitestone avait mis en scène un film pornographique nommé *La Peau de Philadelphie* sous le pseudonyme d'Edmundo Nobile, un personnage de l'une des œuvres de Luis Buñuel. Whitestone avait utilisé deux jeunes femmes de l'université de Temple qu'il avait payées cinq mille dollars chacune pour deux nuits de travail. Les deux jeunes femmes étaient Stephanie Chandler et Angelika Butler. Les deux hommes étaient Darryl Porter et Julian Matisse.

Durant la seconde nuit du tournage, ce qui était arrivé à Stephanie Chandler était plus que flou, à en croire la mémoire sélective de Whitestone. Il affirmait qu'elle avait pris de la drogue alors qu'il ne le permettait pas sur le plateau. Selon lui, Stephanie était partie au beau milieu du tournage et n'était jamais revenue.

Personne dans la pièce n'en croyait un mot. Mais il était on ne peut plus clair que toutes les personnes impliquées dans l'élaboration de ce film l'avaient payé au prix fort. Restait à savoir si le fils d'Ian Whitestone paierait à son tour pour les crimes commis par son père.

Mateo leur demanda de redescendre à l'unité audiovisuelle. Il avait numérisé les dix premières secondes de la vidéo plan par plan. Il avait aussi séparé la piste audio et l'avait nettoyée. Il passa d'abord la piste audio. Il n'y avait que cinq secondes de son.

Tout d'abord, un fort sifflement, puis une baisse rapide du volume suivi de silence. De toute évidence, la personne qui manipulait la caméra avait coupé le micro après avoir commencé à tourner.

— Repassez ça, demanda Byrne.

Mateo s'exécuta. Le bruit semblait être celui d'un brusque souffle d'air qui se dissipait presque immédiatement. Puis le bruit blanc du silence électronique.

— Une fois de plus.

Byrne semblait hypnotisé par le son. Mateo le regarda avant de poursuivre avec la partie vidéo.

— OK, dit finalement Byrne.

— Je crois que nous avons quelque chose ici, dit Mateo, qui se mit à cliquer sur diverses images avant d'en sélectionner une et de l'agrandir. Ça se situe à un peu plus de deux secondes après le début du film, juste avant que la caméra ne plonge vers le bas.

Mateo ajusta légèrement la netteté. L'image était pour ainsi dire indéchiffrable. Un éclat de blanc sur un fond brun rougeâtre. Des formes géométriques arrondies. Peu de contraste.

— Je ne vois rien, dit Jessica.

— Attendez.

Mateo retravailla l'image dans le manipulateur digital. À l'écran, l'image se rapprocha. Au bout de quelques secondes, elle devint plus claire, mais pas suffisamment pour être lue. Il zooma et la clarifia une fois de plus. Maintenant, l'image était lisible.

Six lettres majuscules. Toutes blanches. Trois en haut, trois en bas.

ADI

ION

— Qu'est-ce que ça signifie ? demanda Jessica.

— Je ne sais pas, répondit Mateo.

— Kevin ?

Byrne secoua la tête, regarda fixement l'écran.

— Et vous, les gars ? demanda Jessica aux autres inspecteurs présents.

Succession de haussements d'épaules. Nick Palladino et Eric Chavez s'installèrent chacun à un terminal et se mirent à chercher les possibilités. Ils obtinrent bientôt tous deux des propositions. Ils trouvèrent quelque chose appelé l'*ADI 2018 Process Ion Analyzer*. Ça ne disait rien à personne.

— Continuez de chercher, dit Jessica.

Byrne regardait fixement les lettres. Elles lui disaient quelque chose, mais il ne savait pas quoi. Pas encore. Puis, soudain, les images commencèrent à effleurer sa mémoire. La vision lui revint sur un long ruban de souvenirs, une vague réminiscence de son enfance. Il ferma les yeux et...

... entendit le son de l'acier sur l'acier... il a maintenant huit ans... il court avec Joey Principe de Reed Street... Joey va vite... difficile de le suivre... il sent le souffle du vent charriant la fumée des diesels... ADI... *il respire la poussière d'un après-midi de juillet...* ION... *il entend les compresseurs remplir les réservoirs principaux d'air à haute pression...*

Il rouvrit les yeux.

— Repassez la bande-son, demanda Byrne.

Mateo récupéra le fichier, cliqua sur LECTURE. Le

sifflement emplit la petite pièce. Tous les regards se tournèrent vers Kevin Byrne.

— Je sais où c'est, dit-il.

La gare de triage du sud de Philadelphie se trouvait sur un vaste terrain, ce qui ne présageait rien de bon. Située à la limite sud-est de la ville, la zone était bordée par la rivière Delaware et la route I-95, ainsi que par des chantiers navals à l'ouest et League Island au sud. On y gérait le fret et les cargaisons de la ville tandis qu'Amtrak et SEPTA s'occupaient des lignes de trains de banlieue qui partaient de la station de la 13e Rue, de l'autre côté de la ville.

Byrne connaissait bien le coin. Quand il était gosse, il retrouvait ses copains au terrain de jeu de Greenwich et ils se rendaient à la gare à vélo, faisant généralement une incursion sur League Island par Kitty Hawk Avenue avant d'arriver à la gare. Ils y passaient la journée à regarder les trains aller et venir, à compter les wagons, à jeter des objets dans la rivière. Quand il était jeune, la gare de triage du sud de Philly était son Omaha Beach, son paysage martien, son Dodge City[1], un endroit qu'il croyait magique, un endroit qu'il croyait habité par Wyatt Earp, Sergeant Rock, Tom Sawyer, Eliot Ness.

Aujourd'hui, il le voyait comme un cimetière.

L'unité K-9 de la police de Philadelphie était située à l'école de police, dans State Road, et avait plus de trois douzaines de chiens sous ses ordres. Les chiens – tous mâles, rien que des bergers allemands – étaient entraînés à trois disciplines : détection de cadavres, de narcotiques

1. Ville du Kansas fondée en 1872 le long de la voie de chemin de fer reliant Franklin à Santa Fe, célèbre pour le désordre qui y régnait. Dodge City est aussi connue comme la « capitale des cowboys ». *(N.d.T.)*

et d'explosifs. L'unité avait à un moment possédé bien plus de cent chiens, mais une modification de juridiction avait réduit l'équipe à une escouade très serrée et hautement entraînée d'à peine quarante hommes et autant de chiens.

L'agent Bryant Paulson avait vingt ans d'ancienneté dans l'unité. Son chien, un berger de sept ans nommé Clarence, était entraîné à rechercher les cadavres mais travaillait aussi en patrouille. Ce type de chien reconnaissait toutes les odeurs humaines possibles et imaginables, pas seulement celles des morts. Comme tous les chiens policiers, Clarence était un spécialiste. Vous pouviez placer une livre de marijuana au milieu d'un champ, Clarence foncerait droit dessus. Si la proie était humaine – morte ou vive –, il travaillerait nuit et jour pour la trouver.

À neuf heures, une douzaine d'inspecteurs et plus de vingt agents en uniforme se rassemblèrent à l'extrémité ouest de la gare de triage, près du croisement entre Broad Street et League Island Boulevard.

Jessica hocha la tête en direction de l'agent Paulson. Clarence commença à ratisser la zone. Paulson le tenait au bout d'une laisse de quatre mètres cinquante. Les inspecteurs restèrent en retrait afin de ne pas déranger l'animal. Renifler l'air est différent de suivre une piste museau au sol. C'est aussi plus difficile. Le moindre vent tournant peut rediriger les efforts du chien, et les zones déjà couvertes doivent de nouveau l'être. L'unité K-9 entraînait ses chiens d'après ce qu'elle appelait « la théorie de la terre remuée ». Outre les odeurs humaines, les chiens étaient entraînés à réagir à tout sol récemment retourné.

Si le bébé était enterré ici, la terre avait dû être creusée. Aucun chien n'était meilleur à cet exercice que Clarence.

Pour le moment, tout ce que pouvaient faire les inspecteurs, c'était regarder.

Et attendre.

Byrne examina l'immense terrain. Il se trompait. Le bébé n'était pas là. Un second chien participait maintenant aux recherches, et ils avaient couvert presque la totalité de la zone sans résultats. Byrne jeta un coup d'œil à sa montre. Si les estimations de Tom Weyrich étaient correctes, le bébé était déjà mort. Byrne se dirigea seul vers l'extrémité est de la gare, vers la rivière. L'image de ce bébé dans la boîte en pin lui pesait sur le cœur, les mille et une aventures vécues sur ce terrain lui remontaient à l'esprit. Il descendit dans une tranchée peu profonde, remonta de l'autre côté une pente qui s'appelait…

… *Pork Chop Hill… les derniers mètres avant le sommet de l'Everest… le monticule du Veterans Stadium… La frontière canadienne protégée par…*

La police montée.

Il savait d'où provenaient ADI et ION.

— Par ici ! hurla-t-il dans sa radio.

Il courut vers les voies proches de Pattison Avenue. Au bout de quelques instants, il avait les poumons en feu, son dos et ses jambes n'étaient plus qu'un réseau de nerfs à vif et de douleurs fulgurantes. Il observait le sol tout en courant, projetant le faisceau de sa Maglite quelques mètres devant lui. Pas de terre fraîchement retournée.

Il s'arrêta, les poumons en feu, les mains sur les genoux. Il ne pouvait plus courir. Il allait faire faux bond à ce bébé comme il l'avait fait à Angelika Butler.

Il ouvrit les yeux, et il vit.

À ses pieds se trouvait un carré de graviers récemment retournés. Même dans le crépuscule de plus en plus épais, il voyait qu'ils étaient plus sombres que la terre alentour. Il leva les yeux pour voir une douzaine de flics foncer vers lui. Lorsque le chien ne fut plus qu'à six mètres, il se mit à aboyer et gratter le sol pour indiquer qu'il avait localisé ce qu'il cherchait.

Byrne tomba à genoux, arrachant la terre et les graviers de ses mains. En quelques secondes, il atteignit de la terre meuble et humide, de la terre qui avait été récemment retournée.

— Kevin.

Jessica s'approcha, l'aida à se relever. Byrne s'écarta, respirant bruyamment, ses doigts écorchés par les cailloux aiguisés.

Trois agents en uniforme arrivèrent avec des pioches. Ils se mirent à creuser. Quelques secondes plus tard, une paire d'inspecteurs se joignait à eux. Soudain, ils heurtèrent quelque chose de solide.

Jessica leva les yeux. Là, à moins de dix mètres, dans la faible lueur des réverbères à sodium de la I-95, elle vit un wagon de marchandises rouillé. Les deux mots étaient inscrits l'un au-dessus de l'autre, coupés en trois segments séparés par les panneaux du wagon d'acier.

CANADIAN

NATIONAL

Au centre des trois sections les lettres ADI se trouvaient sous les lettres ION.

Les secouristes se précipitèrent vers le trou. Ils tirèrent le petit cercueil et l'ouvrirent. Tous les yeux étaient braqués sur eux. Sauf ceux de Kevin Byrne. Il ne pouvait se résoudre à regarder. Il ferma les yeux, attendit. Cela lui sembla durer des minutes. Tout ce qu'il entendait, c'était le bruit d'un train de marchandises passant à proximité, diffusant son bourdonnement somnolent dans l'air du soir.

À cet instant entre vie et mort, Byrne se rappela le jour où Colleen était née. Elle avait environ une semaine d'avance, mais c'était déjà une force de la nature. Il se rappelait ses minuscules doigts roses recourbés sur la chemise de nuit d'hôpital blanche de Donna. Si petits…

Lorsque Kevin fut absolument certain qu'ils étaient arrivés trop tard, qu'ils avaient échoué à sauver Declan Whitestone, il ouvrit les yeux et entendit un bruit magnifique. Une petite toux, puis une plainte légère qui se transforma bientôt en un hurlement rauque et sonore.

Le bébé était vivant.

Les secouristes menèrent à la hâte Declan Whitestone à l'ambulance. Byrne se tourna vers Jessica. Ils avaient gagné. Ils avaient vaincu le mal cette fois-ci. Mais ils savaient tous deux que cette piste ne leur était pas venue de bases de données, ni de tableaux, ni de profils psychologiques, ni même des sens parfaitement affûtés des chiens. Elle leur était venue d'un endroit dont ils ne parleraient jamais.

Ils passèrent le reste de la soirée à enquêter sur les lieux, écrivant des rapports et grappillant quelques minutes de sommeil comme ils le pouvaient. À dix heures du matin, les inspecteurs étaient debout depuis vingt-six heures d'affilée.

Assise à son bureau, Jessica bouclait son rapport. En tant qu'inspecteur dirigeant cette affaire, c'était sa responsabilité. Elle n'avait jamais été si épuisée de sa vie. Elle avait hâte de prendre un bon bain et de dormir toute une journée et toute une nuit. Elle espérait que l'image du petit bébé enterré dans une boîte en pin ne viendrait pas hanter son sommeil. Elle avait appelé Paula Farinacci, sa baby-sitter, à deux reprises. Sophie allait bien. Les deux fois.

Stephanie Chandler, Erin Halliwell, Julian Matisse, Darryl Porter, Seth Goldman, Nigel Butler.

Et puis il y avait Angelika.

Découvriraient-ils un jour vraiment ce qui s'était

produit sur le plateau de *La Peau de Philadelphie*? Un homme pouvait le leur dire… Mais il y avait de grandes chances pour qu'Ian Whitestone emporte son secret dans sa tombe.

À dix heures trente, tandis que Byrne était aux toilettes, quelqu'un posa une petite boîte de croquettes pour chien sur son bureau. À son retour, il la vit et se mit à rire.

Personne dans cette pièce n'avait entendu Kevin Byrne rire depuis longtemps.

Logan Circle est l'une des cinq places originales de William Penn. Située dans Benjamin Parkway, elle est entourée par certaines des institutions les plus respectables de la ville : l'institut Franklin, l'Académie des sciences naturelles, la bibliothèque publique, le musée d'art.

Les trois figures de la fontaine Swann, au centre de la place, représentent les principales voies d'eau de Philadelphie : les rivières Delaware, Schuylkill et Wissahickon. Le sous-sol de la place faisait autrefois office de cimetière.

Vous parlez d'un présage.

Aujourd'hui, la zone autour de la fontaine est remplie de personnes se prélassant au soleil, de cyclistes et de touristes. L'eau scintille : diamants sur un ciel azuré. Les enfants se poursuivent, dessinant des huit paresseux sur la place. Les camelots vantent leurs marchandises. Les étudiants lisent leurs manuels, écoutent leurs lecteurs MP3.

Je tombe par hasard sur la jeune femme. Elle est assise sur un banc et lit un livre de Nora Roberts. Elle lève les yeux. Je vois sur son joli minois qu'elle me reconnaît.

— Oh, salut, dit-elle.

— Salut.

— Heureuse de vous revoir.

— Ça vous dérange si je m'assieds ? demandé-je, sans savoir si je me suis exprimé correctement.

Son visage s'illumine. Elle m'a bien compris.

— Pas du tout, répond-elle.

Elle place un marque-page dans son livre, le referme et le glisse dans son sac. Elle lisse l'ourlet de sa robe. C'est une jeune femme très précise et soigneuse. Ses manières et son éducation sont parfaites.

— Je promets de ne pas parler de la chaleur, dis-je.

Elle sourit, me regarde d'un air interrogateur.

— La quoi ?

— La chaleur ?

Elle sourit. Le fait que nous parlons tous deux une autre langue attire l'attention des gens aux alentours.

Je l'observe un moment, étudie ses traits, ses cheveux lisses, son maintien. Elle s'en aperçoit.

— Quoi ? demande-t-elle.

— Est-ce qu'on vous a déjà dit que vous ressembliez à une star de cinéma ?

Une brève lueur d'inquiétude apparaît sur son visage, mais lorsque je lui souris, son appréhension se dissipe.

— Une star de cinéma ? Je ne crois pas.

— Oh, je ne parle pas d'une star actuelle. Je pense à une star plus vieille.

Elle fait la moue.

— Oh, ce n'est pas ce que je voulais dire ! dis-je en riant, et elle se met à rire à son tour. Je ne voulais pas dire vieille. Ce que je voulais dire, c'était que vous avez un certain… glamour qui me rappelle une star du cinéma des années quarante. Jennifer Jones. Connaissez-vous Jennifer Jones ? demandé-je.

Elle fait signe que non.

— Ce n'est pas grave, dis-je. Désolé de vous avoir mise mal à l'aise.

— Pas du tout, dit-elle – mais je sais qu'elle le dit juste par politesse – puis elle regarde sa montre. J'ai peur de devoir y aller.

Elle se lève, regarde tous les objets qu'elle doit emporter. Elle se tourne vers la station de métro de Market Street.

— Je vais dans cette direction, dis-je. Je serais ravi de vous donner un coup de main.

Elle me scrute de nouveau. Elle a tout d'abord l'air de vouloir refuser, mais lorsque je souris de nouveau, elle demande :

— Êtes-vous sûr que ça ne vous fait pas faire un détour ?

— Pas du tout.

Je saisis ses deux gros sacs de courses et passe son fourre-tout en toile par-dessus mon épaule.

— Je suis moi-même acteur, dis-je.

Elle acquiesce.

— Je ne suis pas surprise.

Nous nous arrêtons au passage clouté. Je pose la main sur son avant-bras, juste un instant. Elle a la peau pâle et douce.

— Vous savez, vous avez fait beaucoup de progrès.

Lorsqu'elle s'exprime, elle fait exprès de former ses signes lentement, à mon intention. Je lui réponds :

— J'ai eu une source d'inspiration.

La jeune fille sourit. C'est un ange.

Sous certains angles, sous certaines lumières, elle ressemble à son père.

78

Juste après midi, un agent en uniforme pénétra dans la salle commune de la brigade criminelle, une enveloppe FedEx à la main. Kevin Byrne était assis, les pieds sur son bureau, les yeux clos. Il se revoyait dans la gare de triage de sa jeunesse, attifé de son étrange tenue hybride constituée d'un costume spatial argenté, d'une cagoule militaire et d'un six-coups à crosse perlée. Il sentait l'odeur profondément saumâtre de la rivière, le parfum riche de la graisse à essieux. L'odeur de la sécurité. Dans ce monde-là, il n'y avait pas de tueurs en série, pas de psychopathes prêts à couper un homme en deux avec une tronçonneuse ou à enterrer un bébé vivant. Le seul danger qui rôdait était le ceinturon du paternel si vous rentriez en retard pour le dîner.

— Inspecteur Byrne ? demanda l'agent en uniforme, brisant le rêve.

Byrne ouvrit les yeux.

— Oui ?

— Ceci vient d'arriver pour vous.

Byrne saisit l'enveloppe, regarda l'adresse de l'expéditeur. Elle provenait d'un cabinet d'avocats de Center City. Il l'ouvrit. À l'intérieur se trouvait une autre enveloppe. Une lettre du cabinet d'avocats était jointe, qui expliquait que l'enveloppe fermée faisait partie de la succession de Phillip Kessler et devait être envoyée à l'occasion de son décès. Byrne ouvrit la seconde enveloppe. Tandis qu'il lisait la lettre, toute une nouvelle série de questions se posèrent à lui, et l'homme qui en détenait les réponses était maintenant à la morgue.

— Putain, je peux pas y croire ! s'exclama-t-il, attirant l'attention de la poignée d'inspecteurs présents dans la pièce.

Jessica s'approcha.

— Qu'est-ce que c'est ? demanda-t-elle.

Byrne lut à haute voix le contenu de la lettre de l'avocat de Kessler. Personne ne sut quelle conclusion en tirer.

— Êtes-vous en train de me dire que Phillip Kessler a été payé pour faire sortir Julian Matisse de prison ? demanda Jessica.

— C'est ce qu'affirme la lettre. Phil voulait que je le sache, mais seulement après sa mort.

— Qu'est-ce que vous racontez ? Qui l'a payé ? demanda Palladino.

— La lettre ne le dit pas. Mais ce qu'elle dit, c'est que Phil a reçu dix mille billets pour charger Jimmy Purify et faire sortir Julian Matisse de prison en attendant l'appel.

Tout le monde dans la pièce était à juste titre stupéfait.

— Vous croyez que c'était Butler ? demanda Jessica.

— Bonne question.

La bonne nouvelle était que Jimmy Purify pouvait reposer en paix. Son nom serait lavé. Mais maintenant que Kessler, Matisse et Butler étaient tous morts, il semblait peu probable qu'ils connaissent un jour le fin mot de cette histoire. Eric Chavez, qui était resté au téléphone tout ce temps, raccrocha enfin.

— Si ça vous intéresse, le labo a découvert de quel film la sixième affichette est tirée.

— Quel film ? demanda Byrne.

— *Witness*. Avec Harrison Ford.

Byrne jeta un coup d'œil à la télévision. Channel 6 diffusait au même moment un reportage tourné en direct au coin de la 13e Rue et de Market Street. Ils interviewaient des gens, leur demandaient s'ils étaient heureux que Will Parrish tourne un film à la gare.

— Bon Dieu ! dit Byrne.

— Quoi ? demanda Jessica.

— Ce n'est pas fini.

— Comment ça ?

Byrne parcourut rapidement la lettre de l'avocat de Kessler.

— Réfléchissez. Pourquoi Butler se suiciderait-il avant le bouquet final ?

— Avec tout le respect que je dois aux morts, commença Palladino, qu'est-ce que ça peut foutre ? Ce cinglé est mort et point final.

— Nous ne savons pas si c'était bien Nigel Butler dans la voiture.

C'était vrai, ni l'ADN ni le rapport dentaire ne leur étaient encore parvenus. Ils n'avaient simplement aucune bonne raison de croire que quelqu'un d'autre avait pu se trouver dans la voiture. Byrne se leva.

— Peut-être que cet incendie n'était qu'une diversion. Peut-être qu'il a fait ça parce qu'il avait besoin de gagner du temps.

— Alors qui était dans la voiture ? demanda Jessica.

— Aucune idée, répondit Byrne. Mais pourquoi nous envoyer ce film avec le bébé qui se fait enterrer s'il ne voulait pas que nous le retrouvions à temps ? S'il voulait vraiment punir Ian Whitestone de cette manière, pourquoi ne pas laisser le bébé mourir ? Pourquoi ne pas laisser le cadavre de son fils sur le pas de sa porte ?

Personne n'avait de réponse valable à cette question.

— Tous les meurtres ont été filmés dans des salles de bains, n'est-ce pas ? poursuivit Byrne.

— Exact. Et après ? demanda Jessica.

— Dans *Witness*, le jeune amish est témoin d'un meurtre, répondit Byrne.

— Je ne vous suis pas, dit Jessica.

À la télévision, on montrait Ian Whitestone pénétrant dans la gare. Byrne sortit son arme, vérifia le mécanisme.

— Dans ce film, la victime se fait égorger dans les toilettes de la gare de la 13e Rue, expliqua-t-il en se dirigeant vers la porte.

79

La gare de la 13ᵉ Rue figurait sur le registre national des monuments historiques. La structure de huit étages à la charpente en béton avait été construite en 1934 et recouvrait deux pâtés de maisons.

Ce jour-là, la foule qui s'y massait était encore plus dense que d'ordinaire. Plus de trois cents figurants, maquillés et déguisés, faisaient le pied de grue dans la salle principale, attendant la scène qui devait être tournée dans la salle d'attente nord. En outre, soixante-quinze membres de l'équipe étaient là, parmi lesquels des ingénieurs du son, des éclairagistes, des chefs électriciens et divers assistants de production.

Bien que le trafic ferroviaire n'eût pas été interrompu, la production avait la jouissance du terminal principal pendant deux heures. Les passagers étaient déroutés par un étroit couloir délimité par un cordon qui longeait le mur côté sud.

Lorsque la police arriva, la caméra fixée sur une grande grue retraçait le schéma complexe, s'insinuant à travers la foule de figurants de la salle principale, puis franchissant l'énorme voûte menant à la salle d'attente nord, où elle trouverait Will Parrish, debout près du grand bas-relief *Spirit of Transportation* de Karl Bitter.

Histoire d'arranger les choses, tous les figurants étaient vêtus de la même façon. C'était une sorte de scène onirique où ils portaient de longues robes monacales rouges et des masques noirs. Quand Jessica se fraya un chemin jusqu'à la salle d'attente, elle vit la doublure de Will Parrish vêtue d'un imperméable jaune.

Les inspecteurs fouillèrent les toilettes des hommes et des femmes, cherchant à ne pas provoquer d'inquiétude inutile. Ils ne trouvèrent pas Ian Whitestone. Ni Nigel Butler.

Jessica appela Terry Cahill sur son téléphone portable, espérant qu'il serait en mesure de faire la liaison avec la compagnie de production. Elle tomba sur sa messagerie vocale.

Byrne et Jessica se postèrent au centre de l'énorme salle principale de la gare, près du stand d'information, à l'ombre de la sculpture en bronze de l'ange.

— Bon, qu'est-ce qu'on fait maintenant ? demanda Jessica, consciente que sa question était purement rhétorique.

Byrne s'en remettait à son jugement. Depuis leur première rencontre, il l'avait traitée en égale, et maintenant qu'elle dirigeait cette unité spéciale, il ne cherchait pas à lui en imposer avec son expérience. C'était à elle de faire un choix, et l'expression dans les yeux de Byrne disait qu'il la suivrait, quelle que soit sa décision. Il n'y avait qu'une solution. Elle risquait de se faire salement remonter les bretelles par le maire, le ministère des Transports, Amtrak, SEPTA et tous les autres, mais elle devait le faire.

— Bloquez tout, dit-elle dans sa radio. Personne n'entre ni ne sort.

Avant qu'ils aient le temps de bouger, le portable de Byrne sonna. C'était Nick Palladino.

— Qu'est-ce qui se passe, Nick ?

— Nous avons eu des nouvelles du bureau du légiste. On a reçu le rapport dentaire sur le cadavre dans la voiture brûlée.

— Qu'est-ce qu'il dit ?

— Eh bien, ça ne correspond pas à Nigel Butler, dit Palladino. Eric et moi avons donc tenté notre chance et nous sommes rendus à Bala Cynwyd.

Byrne marqua le coup – un domino entraînant le suivant dans sa chute.

— Êtes-vous en train de me dire ce que je crois que vous me dites ?

— Oui, fit Palladino. Le cadavre dans la voiture était celui d'Adam Kaslov.

L'assistant metteur en scène du film était une femme nommée Joanna Young. Jessica la trouva près de l'espace restauration de la gare, un téléphone portable à la main, un autre collé à l'oreille, une radio qui grésillait à sa ceinture, et une longue file de personnes anxieuses attendant de lui parler. Elle n'était pas dans un bon jour.

— Qu'est-ce que c'est que cette histoire ? demanda-t-elle.

— Je ne peux pas vous expliquer pour le moment, répondit Jessica. Mais il faut vraiment que nous parlions à M. Whitestone.

— J'ai peur qu'il n'ait quitté le plateau.

— Quand ?

— Il est parti il y a environ dix minutes.

— Seul ?

— Avec l'un des figurants, et j'aimerais vraiment que…

— Par quelle porte ? demanda Jessica.

— Par l'entrée de la 29e Rue.

— Et vous ne l'avez pas revu depuis ?

— Non, répondit-elle. Mais j'espère qu'il va bientôt

472

revenir. Nous perdons un million de dollars à la minute en ce moment.

Byrne appela Jessica sur sa radio.

— Jess ?

— Oui.

— Je crois que vous devriez voir ça.

Les plus grandes toilettes pour hommes de la gare consistaient en un labyrinthe de pièces carrelées de blanc, à proximité de la salle d'attente nord. Les lavabos se trouvaient dans une pièce, les toilettes dans une autre – une longue rangée de portes en acier inoxydable avec une cabine de chaque côté. Ce que Byrne voulait montrer à Jessica se trouvait dans la dernière cabine sur la gauche. Une série de numéros séparés par des points était griffonnée au bas de la porte, à l'intérieur de la cabine. Elle semblait avoir été écrite avec du sang.

— Est-ce que des photos ont été prises ? demanda Jessica.

— Oui, répondit-il.

Jessica enfila un gant. Le sang était encore poisseux.

— C'est récent.

— La police scientifique a déjà envoyé un échantillon au labo. Qu'est-ce que c'est que ces numéros ? demanda Byrne.

— On dirait une adresse IP, répondit Jessica.

— Une adresse IP ? Comme pour…

— Un site Internet, compléta Jessica. Il veut que nous consultions un site Internet.

Dans tout film de mérite, tout film fait avec fierté, il y a un moment, toujours au troisième acte, où le héros doit passer à l'action. À cet instant, peu avant le point culminant, l'histoire prend une nouvelle direction.

J'ouvre la porte, éclaire le plateau. Tous mes acteurs sauf un sont en place. Je positionne la caméra. La lumière inonde le visage d'Angelika. Elle est exactement comme avant. Jeune. Épargnée par le temps.

Magnifique.

L'écran était noir, vierge, effroyablement dénué de contenu.

— Êtes-vous sûr que nous sommes sur le bon site ? demanda Byrne.

Mateo entra de nouveau l'adresse IP dans la barre d'adresse du navigateur. L'écran réapparut, toujours noir.

— Rien pour le moment.

Byrne et Jessica se rendirent de la cabine de montage au studio de l'unité audiovisuelle. Dans les années quatre-vingt, cette vaste pièce haute de plafond de la Rotonde avait servi de plateau pour le tournage d'une série locale appelée *Police Perspectives*. Au plafond étaient encore fixés un certain nombre de gros projecteurs.

Le labo avait effectué à la hâte les tests préliminaires sur le sang découvert à la gare. Il était de type A négatif. Un coup de fil au médecin d'Ian Whitestone avait confirmé qu'il s'agissait bien de son groupe sanguin. Même s'il était peu probable que Whitestone ait connu le même sort que la victime de *Witness* – s'il s'était fait trancher la jugulaire, il y aurait eu une mare de sang –, il était presque certain qu'il était blessé.

— Inspecteurs, appela Mateo.

Byrne et Jessica retournèrent à la cabine de montage en courant. Trois mots apparaissaient maintenant à l'écran. Un titre. Lettres blanches centrées sur fond noir. Bizarrement, cette image était encore plus troublante que l'écran vierge. Les lettres disaient :

THE SKIN GODS

— Qu'est-ce que ça signifie ? demanda Jessica.

— Aucune idée, répondit Mateo.

Il se pencha sur son ordinateur portable, entra les mots dans Google. Juste quelques réponses. Rien de prometteur ni de révélateur. Même chose sur imdb.com. Rien.

— Savons-nous d'où ça vient ? demanda Byrne.

— On y travaille.

Mateo décrocha son téléphone afin d'identifier le FAI, le fournisseur d'accès Internet chez qui le site Web était hébergé.

Soudain l'image changea. Un mur vierge. Du plâtre blanc. Vivement illuminé. Un plancher poussiéreux. Rien à l'écran qui indiquât où cet endroit pouvait se trouver. Pas de son.

La caméra tourna légèrement vers la droite pour laisser apparaître une jeune fille vêtue d'un body jaune. Elle portait une capuche. Elle était fine, pâle, délicate. Debout près du mur, immobile. Sa posture trahissait sa peur. Impossible de dire son âge, mais il semblait s'agir d'une jeune adolescente.

— Qu'est-ce que c'est que ça ? demanda Byrne.

— On dirait un film tourné en direct avec une Webcam, répondit Mateo. Certainement pas une caméra haute résolution.

Un homme pénétra sur le plateau, s'approcha de la jeune fille. Il portait le costume des figurants du *Palais* – robe de moine rouge, un masque couvrant tout son visage. Il tendit quelque chose à la jeune fille. Elle tint l'objet quelques instants. La lumière était crue, saturait les silhouettes, les baignait dans un sinistre éclat argenté, il était donc difficile de voir ce qu'elle faisait exactement. Elle rendit l'objet à l'homme.

Au bout de quelques secondes, le portable de Kevin Byrne sonna. Tout le monde se tourna vers lui. C'était la sonnerie qui indiquait qu'il avait reçu un SMS, pas un appel. Son cœur se mit à battre violemment dans sa poitrine. Les mains tremblantes, il sortit son téléphone, naviga jusqu'à l'écran où s'affichaient les messages. Avant de le lire, il leva les yeux vers l'ordinateur portable. L'homme à l'écran ôta la capuche de la tête de la jeune fille.

— Oh, mon Dieu ! dit Jessica.

Byrne regarda son téléphone. Tout ce qu'il avait toujours craint dans sa vie était contenu dans ces trois lettres :

CBT

82

Elle avait connu le silence toute sa vie. La notion, le concept même de son était une abstraction pour elle, mais elle se l'imaginait pleinement. Le son, c'était la couleur.

Pour beaucoup de sourds, le silence était noir.

Pour elle, le silence était blanc. Une immense étendue blanche, pareille à des nuages, qui s'étirait à l'infini. Le son, tel qu'elle se l'imaginait, était un bel arc-en-ciel sur une toile d'un blanc pur.

Quand elle l'avait vu pour la première fois à l'arrêt de bus près de Rittenhouse Square, elle lui avait trouvé l'air aimable, un peu maboul peut-être. Il lisait le *Dictionnaire de la langue des signes*, essayait de former l'alphabet. Elle s'était demandé pourquoi il cherchait à apprendre cette langue – soit il y avait un sourd dans sa famille, soit il essayait de faire la cour à une sourde – mais n'avait pas posé de question.

Lorsqu'elle l'avait revu à Logan Circle, il l'avait aidé à porter ses sacs jusqu'à la gare SEPTA.

Puis il l'avait poussée dans le coffre de sa voiture.

Mais la chose sur laquelle cet homme n'avait pas compté, c'était sa discipline. Sans discipline, les personnes qui n'ont pas cinq sens deviendraient folles.

Elle le savait. Tous ses amis sourds le savaient. C'était la discipline qui permettait de surmonter la peur d'être rejeté par le monde entendant. C'était la discipline qui lui avait permis de répondre aux grandes attentes que ses parents avaient placées en elle. C'était la discipline qui lui permettrait de se tirer de ce mauvais pas. Si cet homme croyait qu'elle n'avait jamais connu de choses aussi effrayantes que son jeu étrange et malsain, il était clair qu'il ne connaissait pas de jeune fille sourde.

Son père viendrait la chercher. Il ne lui avait jamais fait faux bond. Jamais.

Elle attendait donc. Pleine d'espoir.

En silence.

83

Les données diffusées étaient émises depuis un téléphone portable. Mateo apporta un ordinateur portable à la salle commune, le connecta à Internet. Il pensait que le dispositif consistait en une Webcam reliée à un ordinateur portable, lui-même relié à un téléphone portable. C'était beaucoup plus difficile à remonter car – contrairement à une ligne terrestre à laquelle était assignée une adresse permanente – le signal du téléphone devait être triangulé entre les antennes relais.

Quelques minutes plus tard, ils faxaient au bureau du procureur une demande d'ordonnance du tribunal qui leur permettrait d'identifier le téléphone portable. D'ordinaire, une procédure de ce genre prenait des heures. Mais pas aujourd'hui. Paul DiCarlo la porta personnellement de son bureau du 1421, Arch Street au dernier étage du centre de la justice criminelle où le juge Liam McManus la signa. Dix minutes plus tard, la brigade criminelle était en ligne avec le département sécurité de la compagnie de téléphonie mobile.

L'inspecteur Tony Park était l'homme à consulter dès qu'il s'agissait de techniques numériques ou cellulaires. Ce père de famille d'environ quarante-cinq ans était l'un des rares inspecteurs d'origine coréenne de la police de

Philadelphie. Il avait une influence apaisante sur tous ceux qui l'entouraient et, ce jour-là, cet aspect de sa personnalité, de même que ses compétences en électronique, s'avérait crucial. Car l'unité était sur le point d'exploser. Park communiquait par une ligne terrestre et tenait au courant de ses progrès les inspecteurs anxieux réunis dans la pièce.

— Ils analysent maintenant le signal dans une matrice, expliqua-t-il.

— Ils ont trouvé quelque chose ? demanda Jessica.

— Pas encore.

Byrne tournait en rond tel un lion en cage. Une douzaine d'inspecteurs patientaient dans la pièce ou à proximité, attendant un ordre, une piste. Mais impossible de réconforter ni d'apaiser Byrne. Tous ces hommes et femmes avaient des familles, cela aurait pu tout aussi bien leur arriver.

— Nous avons du mouvement, annonça Mateo en désignant l'écran de l'ordinateur portable.

Les inspecteurs se massèrent autour de lui. À l'écran, l'homme vêtu de la robe de moine tirait une autre personne dans le champ. C'était Ian Whitestone. Il portait le blouson bleu, semblait drogué. Sa tête retombait sur ses épaules. Il n'y avait pas de sang visible sur son visage ni sur ses mains.

Whitestone s'effondra contre le mur près de Colleen. La lumière blanche et crue conférait au tableau quelque chose d'ignoble. Jessica se demanda si d'autres personnes regardaient ça, si ce cinglé avait communiqué l'adresse Web aux médias ou sur Internet.

La silhouette dans la robe de moine s'approcha alors de la caméra et tourna l'objectif. L'image sursauta, la mauvaise résolution et le mouvement rapide lui donnant un aspect granuleux. Lorsqu'elle s'immobilisa, la caméra était braquée sur un lit double entouré de deux tables de nuit bon marché et de lampes de chevet.

— C'est le film, dit Byrne, la voix cassée. Il reconstitue le film.

Jessica reconnut la disposition avec une effroyable clarté. C'était une reproduction de la chambre de motel de *La Peau de Philadelphie*. L'Acteur s'apprêtait à tourner de nouveau le film avec Colleen Byrne dans le rôle d'Angelika Butler.

Ils devaient le trouver.

— Ils ont localisé l'antenne relais, annonça Park. Elle couvre une partie du nord de Philly.

— Où exactement ? demanda Byrne. (Il se tenait dans l'entrebâillement de la porte, tremblant d'impatience. Il donna trois coups de poing contre le montant.) Où ?

— Ils cherchent, répondit Park, puis il désigna un plan sur l'un des écrans. Ça vient de ces quatre pâtés de maisons. Allez-y. Je vous dirigerai.

Il n'avait pas fini sa phrase que Byrne était parti.

De toute sa vie, elle n'avait qu'une seule fois désiré entendre. Rien qu'une fois. Et il n'y avait pas si longtemps de ça. Deux de ses amis entendants avaient acheté des billets pour aller voir John Mayer. John Mayer était craquant. Son amie entendante, Lula, lui avait passé l'album *Heavier Things*, et elle avait touché les haut-parleurs, senti les vibrations des basses et de la voix. Elle connaissait sa musique. Elle la connaissait dans son cœur.

Elle aurait aimé entendre maintenant. Il y avait deux autres personnes dans la pièce, et si elle avait pu les entendre, elle aurait peut-être pu trouver un moyen de se sortir de ce piège.

Si elle avait pu entendre…

Son père lui avait à de nombreuses reprises expliqué ce qu'il faisait. Elle savait que son métier était dangereux et que les gens qu'il arrêtait étaient les pires au monde.

Elle se tenait adossée au mur. L'homme lui avait ôté la capuche, ce qui était une bonne chose. Elle était terriblement claustrophobe. Mais maintenant, la lumière l'aveuglait. Si elle n'y voyait pas, elle ne pouvait pas se battre.

Et elle était prête à se battre.

85

Le quartier de Germantown Avenue proche d'Indiana résistait depuis longtemps avec fierté. Constituée de maisons mitoyennes et de boutiques aux façades de brique, cette section de treize kilomètres carrés du nord de Philadelphie, s'étirant d'Erie Avenue South à Spring Garden, et de Ridge Avenue à Front Street, était située en plein cœur du quartier de la drogue.

Au moins un quart des bâtiments du pâté de maisons d'où provenait le signal étaient des entrepôts pour la plupart déserts ; un tissu serré de structures de trois étages s'étreignant les unes les autres avec des cavités au milieu. Les fouiller toutes relevait de l'impossible. D'habitude, quand la police cherchait à remonter la trace d'un téléphone portable, elle pouvait s'appuyer sur des renseignements préalables : un suspect avec des liens dans le quartier, un associé connu, éventuellement une adresse. Cette fois-ci, ils n'avaient rien. Ils avaient déjà effectué toutes les vérifications possibles et imaginables sur Nigel Butler – anciennes adresses, propriétés à louer qui auraient pu lui appartenir, adresses des membres de sa famille. Rien ne le reliait à ce quartier. Ils allaient devoir inspecter le moindre centimètre carré du pâté de maisons et procéder à l'aveugle.

Bien que la question du temps fût cruciale, ils avançaient en terrain glissant, du moins d'un point de vue légal. Même s'ils avaient suffisamment de latitude pour investir une maison s'ils soupçonnaient qu'une personne y était en danger, ils avaient intérêt à ce que leurs soupçons soient fondés sur des bases solides.

À une heure, presque vingt inspecteurs et agents en uniforme étaient sur les lieux. Ils déferlaient telle une vague bleue à travers le quartier, montrant une photo de Colleen Byrne, posant encore et encore les mêmes questions. Mais cette fois, pour les inspecteurs, c'était différent. Cette fois, ils devraient se faire une idée de la personne qui leur faisait face en un instant – ravisseur, assassin, maniaque, innocent.

Cette fois, il s'agissait de l'un des leurs.

Byrne restait en retrait, derrière Jessica, tandis qu'elle sonnait ou frappait aux portes. Chaque fois, il dévisageait la personne, ajustant son radar, tous les sens en alerte. Il portait une oreillette dans laquelle Tony Park et Mateo Fuentes l'informaient en temps réel. Jessica avait tenté de le dissuader, mais en vain.

Le cœur de Byrne se consumait dans sa poitrine. S'il arrivait quoi que ce soit à Colleen, il buterait ce fils de pute – un coup de feu, à bout portant – puis il se tirerait une balle. Il n'aurait plus la moindre raison de vivre. Elle était tout pour lui.

— Qu'est-ce qui se passe maintenant ? demanda Byrne dans son casque à ses deux interlocuteurs.

— Plan fixe, répondit Mateo. Juste la… Juste Colleen adossée au mur. Aucun changement.

Byrne hâta le pas. Une nouvelle maison. Peut-être un autre lieu fatal. Jessica appuya sur la sonnette.

Était-ce là ? se demanda Byrne. Il fit glisser sa main le long de la fenêtre crasseuse, ne sentit rien. Il s'écarta.

Une femme ouvrit la porte, une Noire corpulente approchant de la cinquantaine. Elle tenait un bébé, probablement sa petite-fille. Ses cheveux gris étaient serrés en un chignon compact.

— C'est pour quoi ?

Barricades dressées, attitude défiante. Pour elle, c'était une nouvelle invasion de la police. Elle jeta un coup d'œil par-dessus l'épaule de Jessica, tenta de soutenir le regard de Byrne, lâcha prise.

— Avez-vous vu cette jeune fille, madame ? demanda Jessica.

Elle montrait la photo d'une main, sa plaque de l'autre. La femme ne regarda pas la photo sur-le-champ, décidant d'exercer son droit à ne pas coopérer.

Byrne n'attendit pas sa réponse. Il s'engouffra dans la maison sous son nez, jeta un coup d'œil dans le salon, descendit en courant les marches qui menaient à la cave. Il trouva une machine de musculation Nautilus poussié-reuse, deux appareils ménagers cassés, mais pas sa fille. Il regagna la porte d'entrée au pas de charge. Avant que Jessica ait eu le temps de prononcer la moindre excuse – notamment dans l'espoir que la femme ne porterait pas plainte –, il cognait à la porte de la maison voisine.

Ils se séparèrent. Jessica se chargerait des prochaines maisons. Byrne prit les devants et tourna au coin de la rue.

Le bâtiment suivant était une maison de trois étages délabrée avec une porte bleue. La plaque sur la porte indiquait V. TALMAN. Jessica frappa. Pas de réponse. Encore. Toujours rien. Elle était sur le point de partir lorsque la porte s'entrouvrit. Une vieille femme blanche apparut, vêtue d'un peignoir duveteux gris et de tennis à bandes Velcro.

— Je peux vous aider ? demanda la femme.

Jessica lui montra la photo.

— Désolée de vous déranger, madame. Avez-vous vu cette jeune fille ?

La femme souleva ses lunettes, regarda fixement.

— Très jolie.

— L'avez-vous vue récemment, madame ?

Elle étudia de nouveau le cliché.

— Non.

— Habitez-vous…

— Van ! cria-t-elle. (Elle inclina la tête, écouta.) Van ! lança-t-elle de nouveau. (Rien.) Il doit être sorti. Désolé.

— Merci pour votre temps.

La femme referma la porte tandis que Jessica enjambait la barrière qui séparait le perron de celui de la maison voisine. Derrière cette maison se trouvait un entrepôt condamné. Elle frappa, sonna à la porte. Rien. Elle colla l'oreille à la porte. Silence.

Elle redescendit les marches, traversa le trottoir à reculons et faillit percuter quelqu'un. Son instinct lui dicta de dégainer son arme. Par chance, elle n'en fit rien.

C'était Mark Underwood. Il était en civil – T-shirt sombre marqué des lettres PPD, jean, baskets.

— J'ai entendu l'appel, expliqua-t-il. Ne vous en faites pas. On va la trouver.

— Merci, dit-elle.

— Quelle zone avez-vous couverte ?

— Jusqu'à cette maison, répondit Jessica, bien que le mot « couvert » fût loin d'être exact : ils n'étaient pas entrés dans les maisons, n'avaient pas inspecté chaque pièce.

Underwood regarda des deux côtés de la rue.

— Laissez-moi rameuter mes troupes.

Il tendit la main. Jessica lui confia sa radio. Tandis qu'Underwood passait son appel, Jessica s'approcha de la porte, y colla de nouveau l'oreille. Rien. Elle tenta de se représenter la terreur de Colleen Byrne dans son monde de silence. Underwood lui rendit sa radio.

— Ils seront ici dans une minute, dit-il. Nous nous occuperons du prochain pâté de maisons.

— Je vais rattraper Kevin.

— Dites-lui juste de garder son calme, dit Underwood. On va la trouver.

Kevin Byrne se tenait devant un entrepôt condamné. Il était seul. La façade semblait indiquer que le bâtiment avait accueilli quantité de sociétés au fil des années. Les fenêtres étaient peintes en noir. Il n'y avait pas de pancarte au-dessus de la porte d'entrée, mais une myriade d'insultes et d'obscénités étaient gravées dans le bois de la porte.

Une allée étroite s'enfonçait entre l'entrepôt et la maison sur la droite. Byrne dégaina son arme, s'enfonça dans l'allée. Il vit une fenêtre munie de barreaux à mi-chemin. Il écouta à la fenêtre. Silence. Il poursuivit sa progression, déboucha sur une petite cour bordée sur trois côtés par une haute palissade en bois.

La porte arrière n'était ni couverte de planches ni fermée par un cadenas extérieur. Elle comportait juste un verrou rouillé. Byrne tenta de l'ouvrir. Verrouillée à double tour.

Il savait qu'il devait se concentrer. À de nombreuses reprises au cours de sa carrière, la vie de quelqu'un s'était retrouvée dans la balance, ne dépendant plus que de son jugement. À chaque fois il avait ressenti l'immensité de la responsabilité qui lui incombait, le poids de son devoir.

Mais ça n'avait jamais été comme ça. Ce n'était pas censé être comme ça. À vrai dire, il était étonné qu'Ike Buchanan ne l'ait pas rappelé. Cela dit, s'il l'avait fait, Byrne lui aurait balancé sa plaque à la figure et aurait aussitôt repris les recherches.

Il ôta sa cravate, déboutonna le haut de sa chemise. La chaleur dans la cour exiguë était étouffante. La sueur lui ruisselait le long du cou et des épaules.

Il enfonça la porte de l'épaule, entra, arme levée. Colleen était proche. Il le savait. Il le sentait. Il tendit l'oreille aux bruits du bâtiment. De l'eau qui claquait dans des tuyaux rouillés. Le grincement des poutres depuis longtemps sèches.

Il pénétra dans le petit hall d'entrée. Devant lui se trouvait une porte, fermée. Sur la droite, un mur était recouvert d'étagères poussiéreuses.

Il toucha la porte et les images s'engouffrèrent dans sa tête…

… *Colleen contre le mur… l'homme dans la robe de moine rouge… au secours, papa, oh, dépêche-toi, papa, au secours…*

Elle était ici. Dans ce bâtiment. Il l'avait trouvée.

Byrne savait qu'il était censé appeler les renforts, mais il ignorait ce qu'il ferait quand il trouverait l'Acteur. Si l'homme était dans l'une de ces pièces et l'obligeait à se servir de son arme, il appuierait sur la détente. Aucune hésitation. Si une enquête s'ensuivait, il ne voulait pas impliquer ses collègues. Il n'entraînerait pas Jessica dans cette histoire. Il prendrait tout sur lui.

Il ôta son oreillette, éteignit son téléphone et franchit la porte.

88

Debout devant le magasin, Jessica regarda autour d'elle. Elle n'avait jamais vu tant de voitures de police pour une seule intervention. Il y en avait au moins vingt, sans compter les véhicules banalisés, les camionnettes des techniciens, la foule qui ne cessait de croître. Des hommes et des femmes en uniforme ou en costume, leurs plaques étincelant sous l'or du soleil. Pour de nombreux badauds, ceci n'était qu'une nouvelle invasion de leur monde par la police. Si seulement ils avaient su. Et si ç'avait été leur fils ou leur fille ?

Byrne avait disparu. Avaient-ils vérifié cette adresse ? Il y avait une allée étroite entre le magasin et la maison. Elle s'enfonça dans l'allée, s'arrêta un instant pour écouter à une fenêtre munie de barreaux, n'entendit rien. Elle poursuivit son chemin et arriva dans la petite cour située derrière le magasin. La porte arrière était ouverte.

Était-il entré sans rien lui dire ? C'était fort possible. Elle envisagea un instant d'appeler du renfort, puis se ravisa.

Kevin Byrne était son partenaire. L'opération était certes menée par la police, mais elle le concernait en premier lieu. C'était sa fille.

Elle regagna la rue, regarda de chaque côté. Des inspecteurs, des flics en uniforme et des agents du FBI attendaient aux deux extrémités de la rue. Elle retourna dans l'allée, dégaina son arme et franchit la porte.

89

Il avançait dans un labyrinthe de petites pièces. Ce qui avait été un espace destiné au commerce avait été transformé bien des années auparavant en un dédale de recoins, d'alcôves, de cagibis.

Transformé juste dans ce but ? se demanda Byrne.

Il pénétra dans un couloir confiné, son arme à hauteur de hanche, puis sentit un espace plus vaste s'ouvrir devant lui. La température chuta d'un ou deux degrés.

La pièce principale était sombre, encombrée par des meubles brisés, des équipements de magasin, deux compresseurs à air rouillés. Aucune lumière ne filtrait par les fenêtres recouvertes d'une épaisse couche de laque noire. En faisant courir le faisceau de sa Maglite à travers la vaste pièce, il remarqua que les boîtes aux couleurs jadis vives empilées dans les coins étaient couvertes de moisissure. L'air – ou ce qu'il y en avait – était lourd d'une chaleur stagnante et amère qui s'accrochait aux murs, à ses vêtements, à sa peau. Il flottait une intense odeur de moisi, de souris, de sucre.

Byrne éteignit sa lampe torche, tenta de s'habituer à la semi-obscurité. Sur sa droite se trouvaient une série de présentoirs de magasin en verre sur lesquels il distingua du papier de couleur vive.

Du papier rouge brillant. Il en avait déjà vu du similaire.

Il ferma les yeux, toucha le mur.

Le bonheur avait régné ici. Des rires d'enfants. Tout cela avait cessé des années plus tôt quand la turpitude était entrée, une âme morbide qui avait dévoré la joie.

Il rouvrit les yeux.

Devant lui se trouvait un nouveau couloir, une nouvelle porte dont le montant était fendillé. Byrne regarda de plus près. Les entailles étaient récentes. Quelqu'un avait ces derniers temps fait passer quelque chose de grand à travers cette porte et endommagé le montant. Du matériel d'éclairage ?

Il colla l'oreille à la porte, écouta. Silence. C'était la bonne pièce. Il le sentait. Il le sentait au plus profond de lui. Il poussa doucement la porte.

Et vit sa fille. Elle était ligotée sur un lit.

Son cœur explosa en un million de fragments.

Ma petite fille adorée, qu'est-ce que je t'ai fait ?

Soudain, un mouvement. Rapide. Un éclair de rouge devant lui. Le claquement du tissu dans l'air chaud et immobile. Puis le son disparut.

Avant qu'il ait eu le temps de réagir, avant qu'il ait pu lever son arme, il sentit une présence sur sa gauche.

Puis l'arrière de sa tête explosa.

90

Une fois ses yeux accoutumés à l'obscurité, Jessica se coula dans le long couloir, s'enfonçant de plus en plus profondément dans le cœur du bâtiment. Elle tomba bientôt sur une salle de contrôle de fortune qui comportait deux tables de montage VHS dont les lumières vertes et rouges rayonnaient telles des cataractes dans les ténèbres. C'était là que l'Acteur avait trafiqué les vidéos. Il y avait aussi une télévision dont l'écran affichait la même image que celle qu'elle avait vue sur le site Internet à la Rotonde. La lumière était faible. Il n'y avait pas un bruit.

Soudain il y eut du mouvement sur l'écran. Elle vit le moine en robe rouge traverser le champ. Des ombres sur le mur. La caméra tourna brutalement sur la droite. Colleen était attachée sur le lit au fond de la pièce. De nouvelles ombres filant à toute allure sur les murs.

Puis une silhouette s'approcha de la caméra. Trop vite. Jessica ne put voir de qui il s'agissait. Une seconde plus tard, des parasites apparurent sur l'écran, puis il vira au bleu.

Jessica arracha la radio de sa ceinture. Le silence n'avait plus d'importance. Elle monta le volume, l'actionna, écouta. Silence. Elle frappa la radio contre la paume de sa main, écouta. Rien.

La radio était morte.

Saloperie.

Elle voulut la balancer contre le mur, mais se ravisa. Elle aurait très bientôt toutes les raisons de laisser libre cours à sa fureur.

Elle s'adossa au mur, sentit le grondement d'un camion qui passait dans la rue. Le mur donnait sur l'extérieur. Elle était à quinze ou vingt centimètres de la lumière du soleil. Mais à des kilomètres de la sécurité.

Elle suivit les câbles qui sortaient de l'arrière de l'écran. Ils serpentaient jusqu'au plafond puis longeaient le couloir sur sa gauche.

Malgré toutes les incertitudes des minutes à venir, malgré tous les mystères que recelait l'obscurité autour d'elle, une chose était claire : à compter de maintenant, elle était seule.

Il portait la même tenue que les figurants qu'ils avaient vus à la gare : robe de moine rouge, masque noir.

L'homme l'avait frappé par-derrière puis lui avait pris son Glock de service. Byrne était tombé à genoux, sonné mais toujours conscient. Il avait fermé les yeux, dans l'attente du coup de feu, de l'infinité blanche de sa mort. Mais rien ne s'était produit. Pas encore.

Il était maintenant agenouillé au milieu de la pièce, les mains derrière la tête, doigts croisés. Il faisait face à la caméra posée sur un trépied. Colleen était derrière lui. Il aurait voulu se retourner, voir son visage, lui dire que tout allait bien se passer, mais ne pouvait courir le risque.

Lorsque l'homme à la robe de moine le toucha, les images se mirent à défiler dans son esprit. Des visions qui lui martelaient les tempes. Il se sentait nauséeux, étourdi.

Colleen.

Angelika.

Stephanie.

Erin.

Un champ de chair déchirée. Un océan de sang.

— Vous ne vous êtes pas occupé d'elle, prononça

l'homme qui se tenait derrière lui. (Parlait-il d'Angelika ? De Colleen ?) C'était une grande actrice. Elle serait devenue une star. Et je ne veux pas simplement dire une star. Je parle d'une de ces rares superstars qui captivent l'attention non seulement du public, mais aussi des critiques. Ingrid Bergman, Jeanne Moreau, Greta Garbo. (Byrne tenta de se remémorer sa progression dans les entrailles du bâtiment. Combien de tournants avait-il pris ? À quelle distance était-il de la rue ?) Quand elle est morte, vous êtes juste passé à autre chose, continua-t-il. Vous êtes passé à autre chose.

Byrne essaya d'organiser ses pensées. Jamais simple quand on vous braque peut-être un flingue sur la tête.

— Vous… devez comprendre, commença-t-il. Quand le médecin légiste déclare qu'une mort est accidentelle, la brigade criminelle n'y peut rien. Personne ne peut rien y faire. Le légiste décide, la ville enregistre ses conclusions. C'est comme ça que ça fonctionne.

Mais l'homme n'écoutait pas un traître mot de ce que Byrne disait.

— Savez-vous pourquoi elle épelait son nom ainsi ? demanda-t-il. Avec un k ? Son nom de naissance s'écrivait avec un c. Elle l'a changé.

— Non.

— Angelika est le nom d'un célèbre théâtre de New York.

— Laissez partir ma fille, dit Byrne. Vous m'avez.

— Je ne crois pas que vous compreniez la pièce.

L'homme en robe de moine vint se poster devant Byrne. Il tenait à la main un masque de cuir, le même que celui porté par Julian Matisse dans *La Peau de Philadelphie*.

— Connaissez-vous Stanislavski, inspecteur Byrne ?

Byrne savait qu'il devait continuer à le faire parler.

— Non.

— C'était un acteur et un professeur russe. Il a

fondé le Théâtre de Moscou en 1898. Il a plus ou moins inventé le *method acting*.

— Vous n'êtes pas obligé de faire ça, dit Byrne. Laissez partir ma fille. Nous pouvons arrêter tout ça sans effusion de sang.

Le moine plaça le Glock de Byrne sous son bras et se mit à délacer le masque.

— Stanislavski a dit un jour : « N'entrez jamais dans un théâtre avec des chaussures crottées. Laissez votre poussière et votre saleté dehors. Laissez au vestiaire vos petits soucis, vos chamailleries, vos difficultés mesquines – toutes ces choses qui vous gâchent la vie et éloignent votre attention de votre art. » S'il vous plaît, placez vos mains derrière votre dos, ajouta-t-il.

Byrne s'exécuta. Ses jambes étaient croisées sous lui. Il sentait le poids de l'arme sur sa cheville droite. Il commença à soulever le revers de son pantalon.

— Avez-vous laissé vos difficultés mesquines au vestiaire, inspecteur ? Êtes-vous prêt pour ma pièce ?

Byrne souleva le revers de deux centimètres supplémentaires. Ses doigts touchèrent l'acier tandis que le moine jetait le masque par terre devant lui.

— Dans un instant, je vous demanderai de mettre ce masque, dit l'homme. Et alors nous commencerons.

Byrne savait qu'il ne pouvait courir le risque d'une fusillade ici, pas avec Colleen dans la pièce. Elle était derrière lui, ligotée au lit. Une riposte pourrait lui être fatale.

— Le rideau est levé.

Le moine s'approcha du mur, appuya sur un interrupteur.

Un projecteur blanc illumina l'univers.

C'était le moment. Il n'avait plus le choix.

En un geste souple, Byrne tira le SIG-Sauer du holster qu'il portait à la cheville. D'un bond, il se redressa, se tourna vers la lumière et fit feu.

92

Des coups de feu éclatèrent à proximité, mais Jessica ne parvint pas à distinguer d'où ils provenaient. Était-ce dans le bâtiment ? Dans celui d'à côté ? À l'étage ? Les inspecteurs à l'extérieur les avaient-ils entendus ?

Elle pivota sur elle-même dans l'obscurité, son Glock braqué devant elle. Elle ne voyait plus la porte par laquelle elle était entrée. Il faisait trop sombre. Elle avait perdu ses repères. Elle venait de traverser une succession de petites pièces et avait oublié comment rebrousser chemin.

Elle se glissa jusqu'à une voûte étroite. Un rideau moisi obstruait l'ouverture. Elle regarda de l'autre côté. Une nouvelle pièce obscure. Elle franchit la voûte, tenant sa Maglite au-dessus de son arme braquée. Sur la droite, une petite cuisine tout en longueur. Il flottait une odeur de vieux graillon. Elle fit courir le faisceau de sa lampe sur le sol, les murs, l'évier. La cuisine n'avait pas été utilisée depuis des années.

Du moins pas pour cuisiner.

Il y avait du sang sur le côté du réfrigérateur, une large tache écarlate et fraîche due à une blessure par balle. Le sang s'écoulant vers le sol dessinait de minces ruisseaux.

Derrière la cuisine se trouvait une autre pièce. De l'endroit où se tenait Jessica, on aurait dit une ancienne réserve aux murs bordés d'étagères brisées. Elle continua sa progression et faillit trébucher sur un corps. Elle s'agenouilla. C'était un homme. Le côté droit de sa tête avait été quasiment arraché.

Elle braqua sa Maglite sur la silhouette. Le visage de l'homme était ravagé, une masse humide de tissus et d'os en miettes. Des bouts de cervelle dégoulinaient sur le sol poussiéreux. L'homme portait un jean et des baskets. Elle fit glisser le faisceau de sa lampe sur le cadavre.

Et vit le logo PPD sur le T-shirt bleu foncé.

La bile lui monta à la gorge, épaisse et aigre. Son cœur se mit à marteler dans sa poitrine, faisant trembler ses bras, ses mains. Elle tenta de se calmer. Elle devait sortir d'ici. Respirer. Mais elle devait d'abord trouver Kevin.

Elle leva son arme, pivota sur la gauche. L'air était si épais qu'elle avait l'impression que c'était du liquide qui lui entrait dans les poumons. Son visage ruisselait de transpiration, ses yeux la piquaient. Elle les essuya du revers de la main.

Elle rassembla son courage, passa lentement la tête au coin du mur pour jeter un coup d'œil dans un large couloir. Trop d'ombre, trop d'endroits où se cacher. La crosse de son arme était trempée de sueur. Elle changea de main, s'essuya la paume sur son jean.

Elle jeta un coup d'œil par-dessus son épaule. La porte derrière elle menait au couloir, à l'escalier, à la rue, à la sécurité. Devant elle, l'inconnu. Elle avança, se coula dans une alcôve, parcourant des yeux ce qui l'entourait. D'autres étagères, d'autres boîtes, des présentoirs. Aucun mouvement, aucun son. Juste le bourdonnement continu du silence.

Recroquevillée sur elle-même, elle avança dans le

couloir. Au bout se trouvait une porte qui menait peut-être à ce qui était autrefois une réserve ou une salle de repos pour employés. Elle avança pas à pas. Le montant de la porte était endommagé, fendillé. Elle tourna lentement la poignée, ouvrit brutalement la porte, parcourut la pièce des yeux. La scène était surréaliste, ignoble :

Une grande pièce, vingt mètres sur vingt... impossible à sécuriser depuis la porte... lit à droite... une simple ampoule au plafond... Colleen Byrne attachée aux montants du lit... Kevin Byrne debout au milieu de la pièce... agenouillé devant Byrne, un moine vêtu d'une robe rouge... Byrne a son arme collée contre la tête de l'homme...

Jessica jeta un coup d'œil dans le coin de la pièce. La caméra était en miettes. Personne, ni à la Rotonde ni ailleurs, n'assistait à cette scène.

Elle puisa du courage au plus profond d'elle-même, en un endroit dont elle ne soupçonnait pas l'existence, et pénétra complètement dans la pièce. Elle savait que ce moment, ce dénouement brutal, définirait le restant de ses jours.

— Hé, partenaire, murmura Jessica.

Il y avait deux portes sur la gauche. À droite, une énorme fenêtre peinte en noir. Elle était si désorientée qu'elle n'avait pas la moindre idée de la rue sur laquelle elle donnait. Elle devait tourner le dos aux portes. C'était dangereux, mais elle n'avait pas le choix.

— Hé, répliqua Byrne.

Sa voix était calme. Ses yeux, deux émeraudes froides enfoncées dans son visage. Le moine dans la robe rouge agenouillé devant lui était immobile. Byrne lui pointait le canon de son arme contre la base du crâne. Sa main était ferme. Jessica vit que le pistolet était un SIG-Sauer semi-automatique. Ce n'était pas son arme de service.

Non, Kevin.

Ne faites pas ça.

— Ça va ? demanda-t-elle.

— Oui.

Sa réponse était trop rapide, trop laconique. Il était animé par quelque énergie primitive, pas par la raison. Jessica se tenait maintenant à environ trois mètres de lui. Elle devait se rapprocher. Il fallait qu'il voie son visage, qu'il voie ses yeux.

— Alors, qu'est-ce qu'on va faire ?

Elle faisait de son mieux pour parler sur le ton de la conversation, sans jugement. Elle se demanda un moment s'il l'avait entendue.

— Je vais mettre un terme à tout cela, répondit Byrne. Tout cela doit cesser.

Jessica acquiesça, pointa son arme vers le sol. Elle savait que Kevin Byrne remarquerait son geste.

— Je suis d'accord. C'est fini, Kevin. Nous le tenons. (Elle fit un pas en avant. Deux mètres cinquante.) Beau boulot.

— Je veux dire que tout cela doit cesser pour de bon.

— OK. Laissez-moi vous aider.

Byrne secoua la tête. Il savait qu'elle essayait de le dissuader.

— Allez-vous-en, Jess. Rebroussez chemin, passez cette porte et dites-leur que vous n'avez pas réussi à me trouver.

— Je ne ferai pas ça.

— Allez-vous-en.

— Non. Vous êtes mon partenaire. Est-ce que vous me feriez ça ?

Elle avait visé juste, mais ne l'avait pas atteint. Byrne ne leva pas les yeux, ne décolla pas son regard de la tête du moine.

— Vous ne comprenez pas.

— Oh, si. Je le jure sur ma vie. (Deux mètres.) Vous ne pouvez pas… commença-t-elle. (Mauvais mot. Archi-mauvais.) Vous… ne voulez pas finir comme ça.

Byrne la regarda enfin. Elle n'avait jamais vu d'homme si déterminé. Il avait la mâchoire serrée, les sourcils froncés.

— Ça n'a pas d'importance.

— Si. Bien sûr que si.

— J'en ai vu plus que vous, Jess. Beaucoup plus.

Elle fit un nouveau pas en avant.

— J'en ai vu pas mal aussi.

— Je le sais. C'est juste qu'il vous reste une chance. Vous pouvez sortir avant de tomber avec moi. Allez-vous-en.

Un pas de plus. Elle était maintenant à un mètre cinquante.

— Écoutez-moi simplement jusqu'au bout. Écoutez-moi, et si vous voulez toujours que je m'en aille, je le ferai. OK ?

Byrne leva les yeux vers elle, puis les baissa de nouveau.

— OK.

— Vous planquez cette arme, personne n'a besoin de savoir, dit-elle. Moi ? Bon sang, je n'ai rien vu. D'ailleurs, quand je suis entrée dans cette pièce, vous étiez en train de le menotter. (Elle passa la main derrière son dos, lui tendit une paire de menottes suspendues au bout de son index. Byrne ne réagit pas. Elle balança les menottes à ses pieds.) Embarquons-le.

— Non.

La silhouette dans la robe de moine se mit à trembler. *Ça y est. Tu l'as perdu.*

Elle tendit la main.

— Votre fille vous aime, Kevin.

Un sursaut. Touché. Elle s'approcha. Un mètre, maintenant.

— Je l'ai vue chaque jour quand vous étiez à l'hôpital, dit-elle. Chaque jour. Vous êtes aimé. Ne gâchez pas ça.

Byrne hésita, essuya la sueur qui lui coulait dans les yeux.

— Je…

— Votre fille vous regarde.

Dehors, Jessica entendit des sirènes, des vrombissements de grosses cylindrées, des crissements de pneus. C'était l'équipe du groupe d'intervention. En fin de compte, ils avaient bien entendu l'échange de coups de feu.

— Le groupe d'intervention est là, partenaire. Vous savez ce que ça signifie. Aux cow-boys de jouer.

Un nouveau pas en avant. À portée de bras. Elle entendit des bruits de pas approchant du bâtiment. Elle le perdait. Il allait être trop tard.

— Kevin. Il vous reste quelque chose à faire.

Le visage de Byrne ruisselait de transpiration. On aurait dit des larmes.

— Quoi ? Qu'est-ce qu'il me reste à faire ?

— Vous avez une photo à prendre. À l'Eden Roc.

Il esquissa un sourire dans lequel elle lut une tristesse infinie.

Jessica jeta un coup d'œil en direction de l'arme de Byrne. Quelque chose clochait. Il n'y avait pas de magasin. Elle n'était pas chargée.

C'est alors qu'elle aperçut du mouvement dans le coin de la pièce. Elle regarda Colleen. Ses yeux. Terrifiés. Les yeux d'Angelika. Des yeux qui tentaient de lui dire quelque chose.

Mais quoi ?

Puis elle regarda les mains de la jeune fille.

Et comprit tandis que…

… le temps s'emballa, ralentit, s'éternisa…

Jessica pivota, braquant son arme à deux mains. Un autre moine dans une robe rouge sang était presque sur elle, son arme d'acier pointée sur son visage. Elle entendit le déclic du chien, vit le barillet tourner.

Pas le temps de discuter. Pas le temps de marchander. Juste le masque noir et brillant dans cette tornade de soie rouge.

Ça fait des semaines que je n'ai pas vu un visage sympathique…

L'inspecteur Jessica Balzano fit feu.

Encore et encore.

Il est un moment, quand on vient de prendre une vie, un moment où l'âme humaine pleure, où le cœur fait un inventaire sévère.

L'odeur épaisse de la cordite flottait dans l'air.

L'effluve cuivré du sang frais emplissait le monde.

Jessica regarda Byrne. Ils seraient à jamais liés par ce moment, par les événements qui s'étaient déroulés en cet endroit laid et humide.

Jessica s'aperçut qu'elle tenait toujours son arme braquée à deux mains, comme en une étreinte mortelle. De la fumée s'élevait lentement du canon. Elle sentit les larmes lui monter aux yeux. Elle lutta contre son envie de pleurer, perdit. Le temps s'écoula. Des minutes ? Des secondes ?

Kevin Byrne lui saisit doucement la main et ôta l'arme.

94

Byrne savait que Jessica l'avait sauvé. Il n'oublierait jamais. Il ne pourrait jamais lui rembourser sa dette.

Personne n'a besoin de savoir...

Byrne avait tenu son arme pointée contre l'arrière de la tête d'Ian Whitestone qu'il avait pris par erreur pour l'Acteur. Lorsqu'il avait tiré sur le projecteur, des bruits avaient retenti dans la pièce. Des bruits de choc, de chute. Byrne s'était retrouvé désorienté. Il ne pouvait prendre le risque de tirer de nouveau. Il avait frappé avec la crosse de son arme et heurté de la chair et des os. Lorsqu'il avait allumé le plafonnier, le moine était à terre, au milieu de la pièce.

Les images qu'il avait vues provenaient du passé sordide de Whitestone – ce qu'il avait fait à Angelika Butler, ce qu'il avait fait à toutes les femmes des vidéos trouvées dans la chambre d'hôtel de Seth Goldman. Bien que ligoté et bâillonné sous son masque, Whitestone avait tenté de dire à Byrne qui il était. L'arme de Byrne était déchargée, mais il avait un magasin plein dans sa poche. Si Jessica n'avait pas franchi cette porte...

Il ne saurait jamais.

À cet instant, un bélier défonça la vitre peinte et une lumière aveuglante inonda la pièce. Quelques secondes plus tard, une douzaine d'inspecteurs très nerveux déboulaient, armes dégainées, submergés par l'adrénaline.

— Ne tirez pas ! hurla Jessica tout en tenant sa plaque en hauteur. Ne tirez pas !

Eric Chavez et Nick Palladino s'engouffrèrent dans l'ouverture et s'interposèrent entre Jessica et la masse d'inspecteurs divisionnaires et d'agents du FBI qui semblaient un peu trop enclins à jouer les cow-boys. Les deux hommes avaient levé les mains et se plaçaient maintenant en bouclier autour de Byrne, Jessica et Ian Whitestone qui, prostré, sanglotait.

Le cocon de la police. Ils étaient à l'abri. Plus rien ne pouvait leur arriver désormais.

C'était vraiment fini.

Dix minutes plus tard, tandis que la machine policière s'emballait autour d'eux, tandis que le cordon jaune était déroulé et que les agents de la police scientifique commençaient leur rituel solennel, Byrne croisa le regard de Jessica, prêt à poser la seule question qu'il avait besoin de poser. Ils étaient recroquevillés dans un coin, au pied du lit.

— Comment avez-vous su que Butler était derrière vous ?

Jessica parcourut la pièce des yeux. Désormais, à la lumière vive du soleil, c'était évident. L'intérieur était recouvert d'une poussière soyeuse, les murs bigarrés de photographies d'un passé depuis longtemps évanoui dans des cadres bon marché. Une demi-douzaine de tabourets rembourrés était renversée. Et il y avait les pancartes : EAU, GLACES, BOISSONS, BONBONS.

— Ce n'est pas Butler, répondit-elle.

La graine s'était plantée dans son esprit quand elle avait lu le rapport sur le cambriolage de la maison d'Edwina Matisse, quand elle avait vu le nom des agents qui avaient répondu à l'appel. Elle n'avait pas voulu y croire, mais avait été près de comprendre au moment où elle avait parlé à la vieille femme qui vivait près de la confiserie désaffectée, Mme V. Talman.

« Van ! » avait-elle crié. Ce n'était pas son mari qu'elle appelait, mais son petit-fils.

Van. Le diminutif de Vandemark.

J'ai failli me marier une fois.

Il avait ôté les piles de la radio de Jessica. Le cadavre dans l'autre pièce était celui de Nigel Butler.

Jessica s'approcha de l'homme mort vêtu d'une robe de moine, lui ôta son masque. Même s'ils attendaient le verdict définitif du légiste, ça ne faisait aucun doute pour Jessica, ni pour personne d'autre d'ailleurs.

L'agent Mark Underwood était mort.

Byrne serrait sa fille. On l'avait détachée et quelqu'un avait eu la présence d'esprit de lui passer un manteau autour des épaules. Elle tremblait entre ses bras. Byrne repensa à la fois où elle l'avait bravé, à Atlantic City, un jour d'avril exceptionnellement chaud. Elle n'avait alors que six ou sept ans et il lui avait expliqué que ce n'était pas parce qu'il faisait vingt-cinq degrés que l'eau était chaude. Elle s'était tout de même précipitée dans l'océan.

Lorsqu'elle était ressortie, à peine quelques minutes plus tard, elle était bleu pastel. Elle avait frissonné entre ses bras pendant presque une heure, claquant des dents, répétant sans cesse : « Je suis désolée, papa. » Il l'avait alors serrée dans ses bras et s'était promis de ne jamais arrêter.

Jessica s'agenouilla près d'eux.

Colleen et Jessica étaient devenues proches après que Byrne s'était fait tirer dessus au printemps. Elles avaient passé bien des après-midi à attendre qu'il sorte du coma. Colleen avait enseigné à Jessica les bases de la langue des signes, notamment l'alphabet.

Byrne les regarda toutes les deux, et sentit leur secret.

Jessica leva les mains et fit quelques gestes maladroits. Cela voulait dire « Il est derrière toi » en langage des signes.

Au bord des larmes, Byrne pensa à Gracie Devlin. Il pensa à la force vitale de la jeune fille, ce souffle qu'il sentait encore en lui. Il se tourna vers le cadavre de l'homme qui venait de faire régner la terreur dans sa ville. Il songea à son propre avenir.

Kevin Byrne savait qu'il était prêt.

Il expira profondément.

Il attira sa fille encore plus près de lui, la réconforta longuement, comme il le ferait longtemps encore.

En silence.

Comme dans les vieux films muets.

La vie et le déclin d'Ian Whitestone constituaient un scénario en soi, et au moins deux films en étaient au stade de préproduction avant même que les détails aient été révélés dans les journaux. En attendant, le récit de son implication dans l'industrie porno – et, peut-être, dans la mort, accidentelle ou non, d'une jeune starlette – faisait les choux gras des loups de la presse à scandale. Quant au reste de son histoire, il serait à coup sûr publié et diffusé à travers le monde entier. Restait à savoir comment ces révélations affecteraient le succès de son prochain film de même que sa vie personnelle aussi bien que professionnelle.

Mais ce n'était peut-être pas le pire pour lui. Le bureau du procureur cherchait à ouvrir une enquête criminelle afin de déterminer ce qui avait exactement causé la mort d'Angelika Butler trois ans plus tôt, et quel rôle Ian Whitestone avait pu jouer dans son décès.

Mark Underwood fréquentait Angelika Butler depuis près d'un an quand elle avait commencé à mal tourner. L'album découvert chez Nigel Butler renfermait des photos des deux amants prises lors de diverses réunions de famille. C'était Mark Underwood qui avait saccagé les clichés et remplacé le visage d'Angelika par celui de stars du cinéma lorsqu'il avait kidnappé Nigel Butler.

Ils ne sauraient jamais exactement ce qui avait poussé Mark Underwood à faire ce qu'il avait fait, mais il était clair qu'il connaissait dès le début les personnes impliquées dans le tournage de *La Peau de Philadelphie* et les tenait pour responsables de la mort d'Angelika.

Il était aussi évident qu'il en voulait à Nigel Butler pour ce que celui-ci avait fait subir à sa fille.

Tout laissait croire qu'Underwood avait suivi Julian Matisse la nuit où il avait tué Gracie Devlin. « J'ai sécurisé une scène de crime pour lui et son partenaire dans le sud de Philly il y a deux ans », avait-il dit au Finnigan's Wake à propos de Kevin Byrne. Cette nuit-là, Underwood avait pris le gant de Jimmy Purify, l'avait trempé dans le sang puis conservé, peut-être sans savoir alors ce qu'il en ferait. Mais quand Matisse avait été condamné à perpétuité, et qu'Ian Whitestone était devenu une célébrité internationale, tout avait changé.

Un an plus tôt, Underwood était entré par effraction dans la maison de la mère de Matisse, avait volé l'arme et le blouson bleu, mettant ainsi en œuvre son plan terrible et effroyable.

Quand il avait appris que Phil Kessler était mourant, il avait su qu'il était temps de passer à l'action. Il l'avait contacté, conscient que Kessler était à court d'argent pour payer ses frais médicaux. La seule chance qu'il avait de faire sortir Matisse de prison était de faire porter le chapeau à Jimmy Purify. Phil Kessler avait sauté sur l'occasion.

Jessica apprit que Mark Underwood s'était porté volontaire pour travailler sur le tournage du film, sachant que cela le rapprocherait de Seth Goldman, Erin Halliwell et Ian Whitestone.

Mark Underwood avait essayé de prendre à Ian tout

ce qui lui était cher : Erin Halliwell, sa maîtresse, Seth Goldman, son confident et co-inspirateur, Declan, son fils, White Light Pictures, sa société qui valait plusieurs millions de dollars.

Il avait bien failli réussir.

97

Trois jours après le dénouement de l'affaire, Byrne se
tenait au pied du lit d'hôpital de Victoria et la regardait
dormir. Elle semblait minuscule sous les couvertures.
Les médecins lui avaient ôté tous ses tuyaux et elle
n'avait plus qu'une simple perfusion.

Il repensa à la nuit où ils avaient fait l'amour, combien
il avait aimé la tenir entre ses bras. Il avait l'impression
que ça faisait des années.

Elle ouvrit les yeux.

— Salut, prononça Byrne.

Il ne lui avait rien dit des événements qui s'étaient
déroulés dans le nord de Philly. Il aurait tout le temps.

— Salut.

— Comment te sens-tu ? demanda Byrne.

Victoria agita faiblement les mains. Ni bien ni mal.
Elle avait repris des couleurs.

— Est-ce que je pourrais avoir un peu d'eau, s'il te
plaît ? demanda-t-elle.

— Es-tu autorisée à boire ? (Victoria le fusilla du
regard.) D'accord, d'accord.

Il contourna le lit, porta le verre muni d'une paille
à sa bouche. Elle but une gorgée, reposa la tête sur
l'oreiller. Le moindre mouvement la faisait souffrir.

— Merci.

Elle le regarda, une question au bord des lèvres. Ses yeux argentés avaient des reflets noisette dans la lueur de début de soirée qui filtrait par la fenêtre. Il ne s'en était jamais aperçu auparavant.

— Est-ce que Matisse est mort ? demanda-t-elle.

Byrne se demanda que répondre. Il savait qu'elle finirait de toute manière par apprendre la vérité.

— Oui, se contenta-t-il de dire pour le moment.

Victoria acquiesça légèrement, ferma les yeux, inclina la tête un moment. Byrne se demanda ce que ce geste signifiait. Il ne pouvait imaginer que Victoria pût prier pour son âme – ni quiconque d'autre d'ailleurs – mais il savait aussi que Victoria Lindstrom serait à jamais une meilleure personne que lui. Au bout d'un moment, elle leva de nouveau les yeux vers lui.

— On m'a dit que je pourrais rentrer chez moi demain. Est-ce que tu seras là ?

— Je serai là, répondit Byrne. (Il jeta un bref coup d'œil dans le couloir, puis s'approcha d'elle, entrouvrit le filet qu'il portait en bandoulière. Une truffe humide jaillit de l'ouverture ; deux yeux bruns et vifs apparurent.) Lui aussi.

Victoria sourit. Elle tendit le bras. Le chiot lui lécha la main, sa queue battant à l'intérieur du sac. Byrne avait déjà opté pour un nom. Ils l'appelleraient Poutine. Non pas en hommage au président russe, mais plutôt à cause de Raspoutine, car le chien s'était déjà avéré une véritable terreur dans son appartement. Byrne s'était déjà résolu à acheter ses chaussons par caisses à partir de maintenant.

Il s'assit sur le bord du lit, regarda Victoria se laisser gagner par le sommeil. Il la regarda respirer, plein de reconnaissance chaque fois que sa poitrine se soulevait puis s'abaissait. Il pensa à Colleen, combien elle était résistante et forte. Il avait appris bien des choses sur la vie grâce à sa fille au cours de ces derniers jours. Elle avait à contrecœur accepté de s'inscrire à un programme d'aide psychologique aux victimes. Byrne s'était arrangé pour trouver un psychologue qui parlait couramment la langue des signes. Victoria et Colleen. Son aube et son crépuscule. Elles se ressemblaient tant.

Plus tard, Byrne regarda par la fenêtre et fut surpris de s'apercevoir que la nuit était tombée. Il vit leur reflet dans la vitre.

Deux personnes endommagées. Deux personnes qui se trouvaient au toucher. Ensemble, pensa-t-il, ils pouvaient faire une personne entière.

Peut-être était-ce suffisant.

98

La pluie était lente et régulière, le genre d'orage d'été qui pouvait durer des jours. La ville paraissait propre.

Ils étaient assis près de la fenêtre qui surplombait Fulton Street. Entre eux était posé un plateau chargé d'une théière remplie d'infusion. À son arrivée, la première chose que Jessica avait remarquée était que le chariot qui avait été plein de bouteilles lors de sa première visite était désormais vide. Faith Chandler avait passé trois jours dans le coma. Les médecins l'en avaient progressivement sortie et n'avaient pas prédit d'effets à long terme.

— Elle avait l'habitude de jouer juste là, dit Faith en désignant le trottoir de l'autre côté de la fenêtre tachetée de pluie. À la marelle, à cache-cache. C'était une petite fille heureuse.

Jessica pensa à Sophie. Sa fille était-elle une petite fille heureuse ? Elle le croyait. Elle l'espérait.

Faith se tourna vers elle. Elle avait beau avoir les traits tirés, ses yeux étaient clairs. Ses cheveux étaient propres et brillants, tirés en queue-de-cheval. Elle avait meilleure mine que lors de leur première rencontre.

— Avez-vous des enfants ? demanda-t-elle.

— Oui, répondit Jessica. Un.

— Une fille ?

Jessica acquiesça.

— Elle s'appelle Sophie.

— Quel âge a-t-elle ?

— Trois ans.

Faith Chandler bougea légèrement les lèvres. Jessica était certaine qu'elle avait prononcé « trois » en silence, se rappelant peut-être Stephanie crapahutant à travers ces pièces ; Stephanie chantant encore et encore des chansons de la *Rue Sésame*, sans jamais vraiment parvenir à atteindre deux fois la même note ; Stephanie endormie sur ce canapé même, son petit visage rose angélique dans son sommeil.

Faith souleva la théière. Ses mains tremblaient et Jessica envisagea de l'aider, puis se ravisa. Lorsqu'elle eut versé l'infusion et mélangé le sucre, Faith reprit :

— Mon mari nous a quittées quand Stephanie avait onze ans, vous savez. En nous laissant des dettes. Plus de cent mille dollars.

Faith Chandler avait autorisé Ian Whitestone à acheter le silence de sa fille au cours des trois dernières années sur ce qui s'était passé sur le tournage de *La Peau de Philadelphie*. Pour autant que Jessica sache, aucune loi n'avait été violée. Il n'y aurait pas de poursuites. Était-ce mal d'accepter l'argent ? Peut-être. Mais il ne lui revenait pas d'en juger. C'était une situation à laquelle Jessica espérait ne jamais se trouver confrontée.

La photo de la remise du diplôme de Stephanie était posée au bout de la table. Faith la saisit, fit doucement courir le doigt sur le visage de sa fille.

— Laissez une vieille serveuse brisée vous donner un conseil, dit Faith en lançant à Jessica un regard chargé d'une douce tristesse. Vous pensez peut-être qu'il vous reste beaucoup de temps à passer avec votre fille, beaucoup de temps avant qu'elle ne grandisse et entende l'appel du monde. Croyez-moi, ça se produira avant que vous ne vous en aperceviez. Un jour, la maison est pleine de rires. Le lendemain, il ne reste plus que le son de votre cœur. (Une larme solitaire tomba sur le verre du cadre.) Et si vous avez le choix entre parler à votre fille ou l'écouter, ajouta Faith, contentez-vous… d'écouter.

Jessica ne sut que dire. Elle ne trouva rien à répondre à ça. Les mots n'auraient pas suffi. Alors, elle se contenta de lui saisir les mains et elles restèrent assises en silence à écouter la pluie de l'été.

Jessica se tenait près de sa voiture, clés en main. Le soleil était de retour. Le sud de Philadelphie suffoquait. Elle ferma les yeux un moment et, malgré la chaleur accablante, des images sinistres lui revinrent à l'esprit. Le masque mortuaire de Stephanie Chandler. Le visage d'Angelika Butler. Les mains minuscules et impuissantes de Declan Whitestone. Elle aurait voulu rester longtemps là, dans l'espoir que le soleil purifierait son âme.

— Est-ce que ça va, inspecteur ?

Jessica ouvrit les yeux, se tourna vers la voix. C'était Terry Cahill.

— Agent Cahill, dit-elle. Qu'est-ce que vous faites ici ?

Il portait son costume bleu standard. Il n'avait plus d'attelle, mais, à la façon qu'il avait d'incliner l'épaule, Jessica vit qu'il souffrait toujours.

— J'ai appelé votre bureau. On m'a dit que vous seriez peut-être ici.

— Comment vous sentez-vous ?

Cahill fit mine de lancer une balle par-dessus son épaule.

— Comme Brett Myers.

Jessica supposa qu'il s'agissait d'un joueur de base-ball. Dès qu'il n'était plus question de boxe, elle n'y connaissait rien.

— Vous êtes de retour à l'agence ?

Cahill acquiesça.

— J'ai fini ma mission chez vous. Je vais rédiger mon rapport aujourd'hui.

Jessica se demanda ce qui y figurerait. Elle décida de ne pas demander.

— Ça m'a fait plaisir de travailler avec vous.

— Moi aussi, répondit-il. Puis il s'éclaircit la gorge, visiblement mal à l'aise dans ce genre de situation. Et je veux que vous sachiez que ce que j'ai dit était sincère. Vous faites un sacré flic. Si jamais vous envisagez une carrière au FBI, passez-moi un coup de fil.

Jessica sourit.

— Vous touchez une commission ou quoi ?

Cahill lui retourna son sourire.

— Oui. Au bout de trois nouvelles recrues, je gagne une protection en plastique transparent pour ma plaque.

Jessica éclata de rire et le son de son propre rire lui parut étrange. Ça ne lui était pas arrivé depuis un bout de temps. Mais ce moment de légèreté passa vite. Elle jeta un coup d'œil dans la rue, puis se retourna et s'aperçut que Terry Cahill la regardait fixement. Il avait autre chose à dire. Elle attendit.

— Je le tenais, finit-il par déclarer. Mais je l'ai laissé m'échapper dans cette allée, et un bébé et une jeune fille ont failli mourir.

Jessica se doutait qu'il se sentait coupable. Elle posa la main sur son bras, il ne l'écarta pas.

— Personne ne vous en veut, Terry.

Cahill la regarda quelques instants en silence, puis il tourna les yeux vers la rivière, vers les eaux de la Delaware qui faisaient miroiter la chaleur. Un temps s'écoula. De toute évidence, Cahill avait une idée en tête, il cherchait les mots justes.

— Est-ce que vous trouvez ça facile de reprendre votre vie après quelque chose comme ça ?

Jessica fut un peu interloquée par le caractère intime de la question. Mais elle-même n'était pas du genre à y aller par quatre chemins, sinon elle n'aurait pas été flic à la criminelle.

— Facile ? demanda-t-elle. Non, pas facile.

Cahill la regarda de nouveau. L'espace d'un instant, elle lut dans ses yeux une vulnérabilité qui fut aussitôt remplacée par le regard d'acier qu'elle associait aux personnes ayant choisi la police comme mode de vie.

— S'il vous plaît, dites bonjour de ma part à l'inspecteur Byrne, dit Cahill. Dites-lui… dites-lui que je suis heureux que sa fille s'en soit tirée indemne.

— Je le ferai.

Cahill hésita brièvement, comme s'il allait ajouter quelque chose. Au lieu de quoi, il lui toucha la main, puis pivota sur ses talons et s'éloigna, vers sa voiture, vers la ville au loin.

Frazier's Gym, dans Broad Street, était une institution du nord de Philly. Elle était la propriété de l'ancien poids lourd Smokin' Joe Frazier et avait produit un certain nombre de champions au fil des années. Jessica était l'une des quelques femmes qui s'y entraînaient.

Son combat pour la chaîne ESPN2 étant prévu pour début septembre, Jessica attaqua son entraînement pour de bon. Chacun de ses muscles douloureux lui rappelait que ça faisait un bout de temps qu'elle ne s'était pas entraînée.

Aujourd'hui, elle devait remonter sur le ring pour la première fois en dix mois.

Tandis qu'elle se coulait entre les cordes, elle pensa à sa vie. Vincent était revenu vivre à la maison. Sophie avait fabriqué avec du papier coloré une pancarte BIENVENUE À LA MAISON digne d'une parade du 11 Novembre. Vincent devait faire ses preuves dans la « Casa Balzano », et Jessica n'oubliait jamais de le lui rappeler. Pour le moment, il avait été un mari modèle.

Jessica savait que des journalistes l'attendaient dehors.

Ils avaient voulu la suivre à l'intérieur du gymnase, mais ça ne se faisait tout simplement pas. Deux jeunes poids lourds qui s'entraînaient là – des jumeaux d'une centaine de kilos chacun – les avaient gentiment persuadés d'attendre dehors.

La partenaire d'entraînement de Jessica était une jeune femme de Logan, une tornade de vingt ans nommée Tracy « Bigg Time » Biggs. Bigg Time avait gagné ses deux combats, tous deux par K-O, tous deux dans les trente premières secondes du match.

Vittorio, le grand-oncle de Jessica – lui-même un ancien poids lourd qui avait eu la distinction de mettre K-O Benny Briscoe à la McGillin's Old Ale House, rien de moins –, était son entraîneur.

— Vas-y mollo avec elle, Jess, dit Vittorio.

Il l'aida à enfiler son casque, attacha la jugulaire.

Mollo ? pensa Jessica. Cette gamine était bâtie comme Sonny Liston.

Tandis qu'elle attendait la cloche, Jessica repensa à ce qui s'était passé dans cette pièce obscure, à la décision qu'elle avait dû prendre en une fraction de seconde et qui avait coûté la vie à un homme. L'espace d'un moment, dans cet endroit abject, quand elle avait succombé à la douce violence de la peur, elle avait douté d'elle-même. Elle supposait qu'il en serait toujours ainsi.

La cloche sonna.

Jessica avança et feignit un coup du droit. Rien de flagrant, rien de tape-à-l'œil, juste un petit mouvement de l'épaule droite, le genre de geste qu'un spectateur non averti n'apercevrait pas.

Son adversaire tressaillit. Jessica vit la peur croître dans ses yeux.

Bigg Time était à elle.

Jessica sourit et décocha un crochet du gauche.

Une sacrée Ava Gardner.

ÉPILOGUE

Il tapa le point final à son rapport, s'enfonça plus profondément dans son siège, regarda le formulaire. Combien en avait-il vus ? Des centaines ? Des milliers, peut-être.

Il repensa à sa première affaire à la brigade. Une histoire de violences conjugales. Apparemment, la femme avait rangé dans le placard une assiette sur laquelle il restait du blanc d'œuf. Le mari l'avait battue à mort avec une poêle en acier – ironie de l'histoire, celle-là même dans laquelle elle avait cuisiné les œufs.

Il y avait si longtemps.

Byrne tira la feuille de la machine à écrire, la plaça dans le classeur. *Son dernier rapport.* Racontait-il toute l'histoire ? Non. Mais bon, le classeur ne racontait jamais tout.

Il se leva, remarqua qu'il n'avait presque plus mal au dos ni aux jambes. Il n'avait pas pris de Vicodine depuis deux jours. Il n'était pas encore prêt à jouer ailier pour les Eagles, mais il ne clopinait plus comme un vieillard non plus.

Il plaça le classeur sur l'étagère, se demanda ce qu'il ferait du restant de la journée. Bon Dieu, du restant de sa vie.

Il enfila son manteau. Il n'y avait pas de fanfare, pas

de gâteau, pas de banderoles, pas de mousseux bon marché dans des gobelets en carton. Oh, il y aurait bien un gueuleton au Finnigan's Wake dans les mois à suivre, mais rien aujourd'hui.

Pouvait-il tout laisser derrière lui ? Le code du guerrier, la joie dans la bataille. Était-il vraiment prêt à quitter ce bâtiment pour la dernière fois ?

— Êtes-vous l'inspecteur Byrne ?

Byrne se retourna. La question émanait d'un jeune agent de vingt-deux ou vingt-trois ans tout au plus. Il était grand, large d'épaules, avec cette musculature que seuls les hommes jeunes peuvent avoir. Il avait les cheveux et les yeux bruns. Beau gosse.

— Oui.

Le jeune homme tendit la main.

— Je suis l'agent Gennaro Malfi. Je voulais vous serrer la main, monsieur.

Ils échangèrent une poignée de main. Le gamin avait la poigne ferme, confiante.

— Ravi de vous rencontrer, dit Byrne. Depuis combien de temps êtes-vous de la maison ?

— Onze semaines.

Semaines, pensa Byrne.

— Où travaillez-vous ?

— Au sixième district.

— C'est mon ancien secteur.

— Je sais, dit Malfi. Vous êtes une sorte de légende là-bas.

Plutôt un fantôme, se dit Byrne.

— Ne croyez que la moitié de ce qu'on vous dira.

Le gamin éclata de rire.

— Quelle moitié ?

— Je vous laisse le choix.

— D'accord.

— D'où venez-vous ?

— Du sud de Philly, monsieur. J'y ai passé toute mon enfance. Dans le quartier de la 8e Rue, au niveau de Christian Street.

Byrne acquiesça. Il connaissait le coin. Il connaissait tous les coins.

— Je connaissais un Salvatore Malfi qui vivait dans ce quartier. Un ébéniste.

— C'est mon grand-père.

— Comment se porte-t-il ces temps-ci ?

— Bien. Merci de demander.

— Est-ce qu'il travaille toujours ? demanda Byrne.

— Il passe sa vie à jouer aux boules.

Byrne sourit. L'agent Malfi consulta sa montre.

— Je suis de service dans vingt minutes, dit Malfi. (Ils échangèrent une nouvelle poignée de main.) C'est un honneur de vous avoir rencontré, monsieur.

Le jeune agent commença à se diriger vers la porte. Byrne se retourna et regarda dans la salle commune.

Jessica envoyait un fax d'une main et mangeait un sandwich de l'autre. Nick Palladino et Eric Chavez étaient plongés dans deux rapports de police. Tony Park effectuait une recherche dans le fichier PDCH sur l'un des ordinateurs. Dans son bureau, Ike Buchanan composait le tableau de service.

Le téléphone sonnait.

Il se demanda si, durant tout le temps qu'il avait passé dans cette pièce, il avait apporté quelque chose. Il se demanda si les maladies qui infectaient l'âme humaine pouvaient être guéries, ou si lui et ses collègues étaient simplement censés rafistoler les dégâts que les gens s'infligeaient mutuellement chaque jour.

Byrne regarda le jeune agent franchir la porte, son uniforme impeccablement bleu, ses épaules carrées, ses chaussures parfaitement cirées. Il avait vu tant de choses en serrant la main de ce jeune homme. Tant de choses.

C'est un honneur de vous rencontrer, monsieur.

Non, gamin, pensa Kevin en saisissant son manteau et en regagnant la salle commune. *Tout l'honneur est pour moi.*

Tout l'honneur est pour moi.

REMERCIEMENTS

Il n'y a pas de figurants pour ce livre. Seulement des premiers rôles éblouissants.

Merci au sergent Joanne Beres, au sergent Irma Labrice, au sergent William T. Britt, à l'agent Paul Bryant, à l'inspectrice Michele Kelly, à Sharon Pinkenson, au Bureau du cinéma de Philadelphie, à Amro Hamzawi, à Jan « GPS » Klincewicz, à phillyjazz. org, à Mike Driscoll, et au merveilleux personnel du Finnigan's Wake.

Un remerciement spécial à Linda Marrow, Gina Centrello, Kim Hovey, Dana Isaacson, Dan Mallory, Rachel Kind, Cindy Murray, Libby McGuire, et à la superbe équipe de Ballantine. Merci à mes premières lignes : Meg Ruley, Jane Berkey, Peggy Gordijn, Don Cleary, et tout le monde de l'Agence Jane Rotrosen. Un merci transatlantique à Nikola Scott, Kate Elton, Louisa Gibbs, Cassie Chadderton et au groupe AbFab de Arrow et William Heinemann.

Merci encore à la ville de Philadelphie, à ses habitants, ses serveurs, et surtout aux hommes et aux femmes du département de police de Philadelphie.

Et, comme toujours, un *grazie* du fond du cœur au Gang de Yellowstone.

Sans vous, tout cela ne serait qu'un film de série B.

Collection Thriller

Des livres pour serial lecteurs

Profilers, détectives ou héros ordinaires, ils ont décidé de traquer le crime et d'explorer les facettes les plus sombres de notre société. Attention, certains de ces visages peuvent revêtir les traits les plus inattendus... notamment les nôtres.

Vos enquêteurs favoris vous donnent rendez-vous sur www.pocket.fr

UN PASSÉ PEUT
EN CACHER UN AUTRE

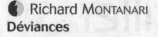 Richard MONTANARI
Déviances

Le démon du crime

Philadelphie est sous le choc. De jeunes pensionnaires d'institutions religieuses de la ville sont tuées, violées et mutilées. Toutes sont retrouvées les mains jointes dans un geste de prière avec près de leur corps, comme une signature, un chapelet. Confrontés à un criminel diabolique qui orchestre magistralement ses meurtres, ce sont bien les flammes de l'enfer que vont affronter l'expérimenté Kevin Byrne et sa jeune coéquipière…

Pocket n° 11684

MO HAYDER
Pig Island

Dans l'antre du mal

Joe Oakes est journaliste et gagne sa vie en démystifiant les prétendus phénomènes paranormaux. En débarquant sur Pig Island, îlot perdu au large de l'Écosse, il est fermement décidé à tordre le cou au mythe du monstre qui aurait élu domicile sur l'île, une mystérieuse créature filmée deux ans plus tôt par un touriste à moitié ivre. Mais rien, strictement rien ne se passe comme prévu. Joe est confronté à des événements si atroces qu'ils bouleversent à jamais son idée de la peur et du mal…

Pocket n° 13537

Pour en savoir plus : www.pocket.fr

Tess GERRITSEN
L'apprenti

À bonne école

Depuis que le « Chirurgien », tueur en série terriblement habile à manier le bistouri, est derrière les barreaux, l'inspecteur Jane Rizzoli se sent plus tranquille. Mais une enquête la conduit sur les traces d'un psychopathe qui emploie des méthodes étrangement semblables à celles du « Chirurgien ». L'enquête commence à peine lorsque le tueur s'échappe de prison, visiblement déterminé à unir ses « talents » à ceux du nouveau meurtrier.

Pocket n° 13093

James SIEGEL
Dérapage

Virage dangereux

La routine a envahi le quotidien de Charles Schine : côté professionnel, il a trouvé sa place dans une agence de publicité ; côté sentiments, il n'attend plus grand-chose d'un mariage en bout de course. Mais un jour, sa vie dérape. Le hasard lui fait rencontrer une femme d'une beauté singulière qui va faire voler en éclats ses habitudes. Ils se revoient, prennent un verre, dînent ensemble. Et ils ne se doutent pas que, pour eux, c'est le début de la descente aux enfers…

Pocket n° 13175

Pour en savoir plus : www.pocket.fr